Jordan Harper
Alles schweigt

JORDAN HARPER

ALLES SCHWEIGT

Roman

Aus dem Englischen
von Conny Lösch

Ullstein

Die Originalausgabe erschien 2023
unter dem Titel *Everybody Knows* bei Mulholland Books,
Little Brown and Company, ein Teil von Hachette, New York

ISBN: 978-3-550-08151-4

Gesetzt aus Scala OT
Satz: Pinkuin Satz und Datentechnik, Berlin
Druck und Bindearbeiten: GGP Media GmbH, Pösneck

Für Megan

Ich habe in dem Ungeheuer gelebt und
ich kenne seine Eingeweide.
José Martí

ERSTER TEIL

BRUTALES BLENDWERK

KAPITEL 1
MAE
Hotel Chateau Marmont

Los Angeles brennt.

Irgendein Irrer fackelt Obdachlosenlager ab. Heute hat's eine Zeltstadt in Los Feliz an der Interstate 5 erwischt. Das Feuer hat sich bis Griffith Park ausgebreitet. Durch den Rauch gab's einen unglaublichen Sonnenuntergang. Die Partikel in der Luft schluckten das Licht, färbten es rot. Der Himmel wurde zur neonfarbenen Wunde.

Mae wartet vor dem geheimen Eingang zum Chateau Marmont. Sie sieht die Samstagabendtouristen über den Sunset Boulevard schlendern, die Augen rot vom Qualm. Sie husten und wechseln Blicke. Dass es auf dem Sunset Strip so nach Lagerfeuer stinkt, hätten sie nicht gedacht.

Mae bewegt sich über den Gehweg wie ein Boxer vor dem Kampf. Sie trägt einen geblümten Overall aus dem Secondhandladen, ihr Gesicht ist eingerahmt von einem Lulu-Bob. Sie wirkt scharfsinnig, belesen. Ihr Blick ist der eines Wolfs auf der Pirsch, sie versteckt ihn hinter einer klobigen, viel zu großen Brille.

Sie verlagert ihr Gewicht von einem Fuß auf den anderen, die Absätze sind nicht zum Laufen gedacht. Sie hatte sie für ein erstes Date angezogen, das sie aber abgesagt hat, als vor zwanzig Minuten Dans Nachricht kam. Kein großer Verlust – sie war mit einem Stand-up-Comedian verabredet gewesen, den sie auf Bumble kennengelernt hatte. Comedians missbrauchen Frauen beim Daten oft als Testpublikum oder Psychotherapeutinnen – oder halten sie für so hohl, dass sie sich die Mühe gar nicht machen.

Dan hatte geschrieben **Hannah Chateau asap** und die Nummer von Hannah Heards neuer Assistentin mitgeschickt. Dans Nachricht war wie immer kryptisch. Die Regel lautet: *Lass möglichst viel unausgesprochen.*

Das Chateau Marmont: die hippste Absteige der Welt. Ein Märchenschloss im Shabby-Chic am Fuß der Hollywood Hills. Eigentlich gelangt man links über eine schmale gewundene Straße zum Hotel. Der geheime Eingang auf dem Sunset Boulevard führt direkt in die Grotte mit den privaten Cottages. Die unbeschriftete Tür in der weißen Backsteinwand besteht aus grünem Stoff – könnte man locker aufschlitzen und die Reichen und Berühmten ausplündern. Macht aber keiner.

Chateau-Jobs sind meistens unschön. Und dramatisch. Aber ein Riesenspaß. Mit Hannah Heard wahrscheinlich alles gleichzeitig.

Die grüne Tür geht auf. Das Mädchen auf der anderen Seite ist Anfang zwanzig. Sie hat blaue Haare und trägt ein Alaska-Thunderfuck-T-Shirt als Kleid – vom Typ her ist sie Manic Pixie E-Girl mit weit aufgerissenen Augen, wie ein Kaninchen in der Falle. Mae denkt, lange wird die sich in der Branche nicht halten. Nicht weil sie Angst hat, sondern weil man's ihr anmerkt.

Die Regel lautet: *Lass niemals die Maske fallen.*

»Ich bin Shira, Hannahs Assistentin.« Sie schluckt die eigene Stimme, noch bevor sie ihren Mund verlässt. Angesichts derart offenkundiger Schwäche zerkaut sich Mae die eigene Wange. »Bist du die Presseagentin?«

»So was Ähnliches. Bring mich zu ihr.«

In der Grotte wirkt alles gedämpft wie unter Xanax. Das Getöse vom Strip verhallt. Selbst der Brandgestank ist irgendwie verflogen. Es raschelt traumhaft, überall Bougainvillea, Bambus und Jugendstilglas. Auf beiden Seiten der Grotte befinden sich je sechs kleine Cottages. In der Mitte ein ummauerter Teich, unbeweglich und ruhig, voller Seerosen und vermooster Steine.

Eins aber stört den Traum: Der Beton-Buddha am Teich ist umgekippt und wurde beim Aufprall geköpft. Sein abgetrennter Schädel lächelt gen Himmel. Mae denkt, es muss gerade erst passiert sein. Im Chateau hat man Routine darin, Leichen zu verstecken.

Shira sieht, dass Mae den gestürzten Gott betrachtet.

Sie sagt: »Hannah hat einen langen Flug hinter sich.«

Das Mädchen versteht, Dinge zu sagen, ohne sie zu sagen. Vielleicht kann sie sich doch in der Branche halten.

Im Cottage riecht's wie auf einer Müllhalde – der scharfe Ammoniakgestank, von was auch immer geraucht wurde, treibt Mae Tränen in die Augen. Sie wendet sich zu der Assistentin um, bevor diese die Tür hinter sich schließen kann.

»Lass offen.«

»Der Gestank ...«

»Interessiert keinen.«

Das Wohnzimmer ist mehr als unaufgeräumt. Klamotten hängen aus Gucci-Koffern, eine Mischung aus Couture und Jogginghosen. Überall stehen Tabletts vom Zimmerservice und leere Flaschen. Pommes auf einem Teller, festgeklebt in angetrocknetem Ketchup. Zu Aschenbechern umfunktionierte Kombucha-Flaschen. Dom Pérignon und Cool Ranch Doritos auf einem Tablett. Daneben auf einem Tisch ein Tütchen mit etwas gelblich Weißem, wie Knochensplitter, außerdem eine häufig benutzte Glaspfeife. Mae schaut zu Boden – sie ist auf steinharte Hundekacke getreten. Muss Wochen gedauert haben, so viel Schaden anzurichten, aber die Assistentin meinte ja, Hannah sei gerade erst wieder eingeflogen. Hannah lässt die Rechnungen weiterlaufen, auch wenn sie gar nicht in der Stadt ist, dabei kosten die Cottages einen Tausender pro Nacht.

Zwei Männer und eine Frau fläzen sich wie Zierkissen auf dem Vintage-Sofa. Lifestyle und Face Filler haben sie optisch zu Drillingen gemacht. Mae kennt die Sorte: Sie sind die kleinen Fische, die den Haien den Dreck von der Haut fressen. Sie sehen Mae mit ihren ausdruckslosen Fischaugen an.

Mochi, wenn sie gepflegt wird, ein flauschiges weißes Hündchen, jetzt aber grau und verfilzt, kläfft in der Küche. Eine schrille Vorbotin der Ankunft der einzig wahren Hannah Heard.

Man kennt ihr Gesicht. Selbst mit Kapuze über dem Kopf und viel zu großer Sonnenbrille kennt man sie. Ihre Bekanntheit hängt wie Feuerqualm in der Luft. Auch wer nicht alle sechs Staffeln *As If!* oder ihre beschissenen Teeniefilme gesehen hat, kennt sie. Vielleicht erinnert man sich sogar noch, wie sie groß rausgekommen ist. Dass sie Witz hatte, ein Gespür für das richtige Timing und sehr viel Herz. Man hat sie in aufreizender Pose auf dem Titel von *Vanity Fair* gesehen, erschienen im selben Monat, in dem sie achtzehn wurde. In den letzten Jahren hörte man eher was von verpassten Rollen und Flops oder dem ganzen Boulevard-Blödsinn – alles, was Mae und Dan nicht abwürgen konnten –, ihre Seele erlag dabei wie in Zeitlupe einem frontalen Auffahrunfall.

Jetzt sind Rotweinflecken auf ihrem orangefarbenen Hoodie von Celine – schon wieder tausend Dollar im Arsch. Aber Mae beunruhigt eher die Sonnenbrille. Hannah trägt eine zu große Sonnenbrille in einem sowieso dunklen Raum. Maes Auftrag befindet sich unter der Brille.

Hannahs Stimme klingt abgehackt und kaputt: »Hey, Bitch. Siehst geil aus.«

Sie begrüßen sich mit Luftküsschen. Hannahs Schweiß duftet nach Lackverdünner. Ihr Körper dünstet Giftstoffe aus allen Poren aus. Die Umarmung wird heftig, Hannah lehnt sich auf Mae, bittet Mae flehentlich, ihr Gewicht abzunehmen. Mae hält sie, so fest sie kann.

»Hast du Narcan?«, fragt Mae Shira über Hannahs Schulter hinweg. Die Assistentin nickt. Hannah stößt sich aus der Umarmung ab.

»Fick dich. Ich fass kein Fentanyl mehr an. Seit Brad nicht mehr.«

In Maes Kopf existiert Brad Cherry nur als wunderschöne Leiche auf einer Doppelbettmatratze. Maes erster Toter. Mae hatte vergessen, dass Hannah als Teenager mit Brad *As If!* gedreht hatte, lange bevor es für beide bergab ging. Sie blinzelt sich den Anblick des toten Jungen aus den Gedanken.

»Das ist Mae«, sagt Hannah zu den Drillingen. »Sie ist ein Killer.«

»Hannah«, sagt Mae und trifft dabei genau den richtigen Ton – erfüllt von Fürsorge und Mitgefühl, gerade genug, um Hannah zu trösten, aber nicht so viel, dass sie die Herablassung spürt. Die Regel lautet: *Bearbeite deinen Klienten.* »Wieso nimmst du nicht die Sonnenbrille ab und erzählst mir, warum ich hier bin?«

Hannah nimmt die Brille ab. Ihr linkes Auge ist lila und angeschwollen wie eine aufgeplatzte Pflaume.

Mae verzieht keine Miene. Die Regel lautet: *Behalt's für dich.* Sie dreht sich wieder zu Shira um.

»Wann wird sie abgeholt?«

»Um vier muss sie in die Maske.«

»Scheiße.«

Laut der Geschichte – der Geschichte, die sich Hannahs Team ausgedacht hat – hat Hannah ihr Leben in den vergangenen sechs Monaten umgekrempelt und wieder in den Griff bekommen. Ihre Presseleute haben Läuterungsinterviews mit freundlich gesinnten Partnern bei den großen Hochglanzzeitschriften arrangiert. Paparazzi bekamen Tipps, wann sie Hannah beim Kauf frisch gepresster Bio-Säfte und veganer Wraps ablichten können. Die Geschichte hatte funktioniert. Morgen beginnen für sie die Dreharbeiten zu einem Oscar-verdächtigen Indie-Drama. Nicht die Hauptrolle, aber eine gute. Wenn alles glattgeht, folgt der Geschichte zweiter Akt: Popsternchen zeigt, dass sie's voll draufhat.

Mit dem Auge aber hat sie's verkackt.

Die Filmleute flippen aus, wenn sie das sehen. Vielleicht können sie um sie herum filmen oder ihr Auge nachbearbeiten. CGI-Bearbeitungen sind bei den großen Stars inzwischen Standard – vertraglich vereinbartes digitales Augenlifting und virtuelles Botox. Aber so groß ist Hannah nicht. Wenn Hannah gleich am ersten Tag mit dem Auge auftaucht, wird man das als Hinweis verstehen, dass sie rettungslos hinüber ist, die Produzenten werden sie absägen und das nächste angesagte Filmsternchen ranholen, das garantiert schon in der Warteschleife hängt.

Mae weiß, wenn ein Mann in der Branche über die Klippe fällt, kann er sich vielleicht wieder hochhangeln, möglicherweise strecken ihm ein paar Leute sogar eine Hand entgegen und helfen ihm rauf. Wenn eine Frau aber erst mal gefallen ist, bleibt sie unten liegen. Klammert sie sich noch an der Kante fest, treten ihr die anderen auf die Finger, einfach nur, weil das Drama Spaß macht. Wenn Hannah die Rolle verliert, stürzt sie ins Bodenlose. Die Regel lautet: *Schütze den Klienten – auch vor sich selbst.*

Hannah muss die Rolle behalten, das ist Maes Auftrag.

»Wo ist Tonya?« Hannahs Managerin.

»Geht in Santa Monica auf den Strich, was weiß ich?«, sagt Hannah. »Die Bitch ruft mich nicht zurück.«

»Jonathan?« Ihr Anwalt.

»Incommunicado.«

»Was ist mit Enrique?« Ihr Agent.

»Der hat gesagt, ich soll euch anrufen.«

Das *Platsch-Platsch-Platsch*, das man jetzt hört, kommt von den Ratten, die eine nach der anderen von Bord ins Wasser springen. Hannahs Team hat bereits entschieden, wie die Sache ausgehen wird. Sie werden keine Anstalten machen, den Produzenten das mit ihrem Auge zu erklären. Sie übergeben den Fall an das Aufräumkommando. Und Dan übergibt ihn ihr.

»Hannah, ich muss wissen, was passiert ist.« Mae nickt Richtung Schlafzimmerflur und meint: *Lass uns da hinten weiterreden.* Hannah schüttelt den Kopf, tut die Drillinge auf dem Sofa mit einer Handbewegung ab.

»Was? Die lebenden Toten da drüben? Die sind jenseits von Gut und Böse. Ich wette, für die klingen wir wie Charlie Browns Lehrerin.«

»Na gut. Schieß los.«

Hannah erzählt Mae die Geschichte in Brocken und Fetzen. Große Teile lässt sie unausgesprochen. Mae reimt sie sich zusammen.

Im Flüster-Netzwerk spricht man von *Yachting.* Frauen werden außer Landes geflogen und auf Boote gebracht, wo sie mit reichen Männern Partys feiern – reich im Sinne von Summen, die das menschliche Gehirn gar nicht erfassen kann. Die Jachten schippern um den Erdball, immer dem besten Bikini-Wetter hinterher, bleiben dabei in internationalen Gewässern. 24/7/365 immer um die Welt. Die Frauen sind Gastgeschenke. Früher wurden ganze Maschinen voller angehender Schauspielerinnen aus Burbank ausgeflogen. Gerüchten zufolge werden die meisten jetzt aus Osteuropa geholt – ist billiger. Auf den Flügen aus L. A. wird inzwischen angeblich strenger ausgewählt. Jetzt heißt es, nur noch bekannte Gesichter, die dann für sechsstellige Summen pro Nacht in Privatjets ausgeflogen werden. Sieht aus, als wäre an den Gerüchten was Wahres dran.

Mae weiß, Gerüchte sind immer richtig. Sogar die falschen.

Hannahs Ausflug verlief so: Sie wurde mit einem privaten Wagen zum Flughafen in Santa Monica gebracht, mit einem Privatjet zu einem privaten Hangar in Frankreich geflogen, kein Zoll – sie hatte nicht mal ihren Reisepass dabei. Vom Hangar aus fünfzehn Meter weiter in einen Helikopter. Ihre Füße berührten höchstens eine Minute lang französischen Boden. Der Helikopter brachte sie in internationale Gewässer. Er landete auf einem Versorgungsschiff, einem dreißig Meter langen Boot, das der Megajacht hinterherfuhr, mit Helikoptern und Jetskis und anderen Spielsachen an Bord. Security, Mitarbeiter und die Mädchen, die doch nicht ganz den Anforderungen entsprachen, wurden auf dem Boot untergebracht. Dann setzte sie auf einem stilvollen Beiboot aus Holz zu der dreistöckigen Megajacht über, wo der Kunde wartete. Zehn Mädchen waren bereits an Bord. Hannah war der Hauptgewinn.

Wie sie an den Auftrag kam, wer das arrangiert und angestoßen hat, sagt sie nicht. Teilweise erzählt sie – die schlimmsten Sachen – in einem Babysprech-Singsang und sieht dabei Mochi an. Sie lacht, als wär's *kein Ding*. Vielleicht glaubt sie das sogar wirklich.

Mae ist aufgewühlt – wegen dem ganzen Horror, aber auch weil es so spannend ist. Insiderwissen über diese geheime Welt ist aufregend. Die Welt zu sehen, wie sie wirklich ist.

Zum Kotzen.

Und elektrisierend.

»Er hat sich für schlau gehalten. Wollte mich filmen … dabei. Also hab ich sein Handy aus dem Fenster oder wie das heißt geworfen.«

»Bullauge«, sagt Shira. Hannah sieht sie an, und das Mädchen schrumpft in sich zusammen. Mae erkennt in dieser einen Sekunde die ganze Beziehung zwischen den beiden – die späten nächtlichen Anrufe, die nie enden wollenden Botengänge und mäkeligen Essensbestellungen, die Schikane, die Beschimpfungen und die eigenartig liebevollen Momente. Kaum ein Job ist so anstrengend oder intim wie der einer Assistentin eines Hollywoodstars – und die allermeisten werden besser bezahlt.

»Bullauge. So oder so, ich hab den Delfinen das Handy von dem Arschloch geschenkt. Also …« Hannah fasst sich vorsichtig an ihr dickes Auge und verstummt, als eine Erinnerung sie überrollt. Tränen steigen ihr in das andere. Sie schnappt nach Luft, verzieht das Gesicht, als hätte sie etwas Schlechtes geschmeckt. Eine Sekunde lang droht alles viel zu real zu werden. Dann schluckt Hannah, was auch immer sich Bahn zu brechen drohte, runter, und der Augenblick ist vorüber. Sie lächelt ihr Tausendwattlächeln, dem sie ihr Ticket zu der Veranstaltung zu verdanken hat.

»Kennt man ihn?«, fragt Mae. Könnte eine weitere Schwierigkeitsstufe bedeuten.

»Hier nicht.«

»Wo denn?«

»Irgendwo, wo's normal ist, dass behaarte alte Säcke in viel zu engen Badehosen rumlaufen.«

Hannah greift in die Tasche ihres Hoodies, zieht ein kleines Säckchen mit Kordelzug heraus. Leert es aus. Ein Häufchen Diamanten glitzert irre schön in ihrer Hand.

»Wahrscheinlich hat er ein schlechtes Gewissen bekommen«, sagt sie, aber nicht so, als würde sie's ernst meinen. »Das ist so was wie eine Wiedergutmachung. Wie viel sind die wert?«

»Keine Ahnung. Hast du mal deine Managerin gefragt?«

Hannah schüttelt den Kopf. »Dann will sie noch Provision.«

Sie stopft die Diamanten wieder in ihre Hoodie-Tasche. »Wahrscheinlich sowieso mehr, als ich mit dem Film verdiene.«

Sie macht ein Geräusch wie jemand, der etwas sehr Schweres schleppt. Schaut hoch und sagt an die Zimmerdecke gerichtet:

»Fick dich, Eric. Sieh nur, was du mir angetan hast.«

»Der Speedo-Typ hieß Eric?«

»Der doch nicht«, sagt Hannah. »Vergiss es. Kapierst du nicht.«

Maes Gehirn spuckt einen Namen aus: Eric Algar, Creator / Show-Runner von *As If!*. Der Mann, der Hannah und die meisten anderen Teeniestars in der Stadt entdeckt hat. Gerüchten zufolge ein Widerling allererster Güte. Einer von hundert anderen, deren Namen Mae einfiele, wenn sie sich hinsetzen und drüber nachdenken würde.

Wie ihre Freundin Sarah sagt:

Niemand sagt was.

Aber alle tuscheln.

Nach Hannahs Geschichte stehen sie schweigend zusammen. Mae klappert mit den Nägeln auf ihrem Handy. Mochi kläfft auf Hannahs Arm. Mae holt tief Luft, so wie es das Internet empfiehlt. Sie konzentriert sich auf den Auftrag. Dem Monster auf dem Boot kann das alles nichts anhaben, das ist schon mal klar – so läuft das Spiel.

»Ich brauch frische Luft«, sagt sie. »Wenn ich wiederkomme, bin ich schlauer.«

Draußen vor der Grotte sind Luft und Zeit traumhaft golden. Mae hört gedämpftes Sexgestöhne aus dem Cottage links. Verstärkt nur noch die Luxus-Vibes. Der kopflose Buddha ist weg. Hatte sie sich schon gedacht. Die vertuschen einen toten Gott genauso schnell wie alles andere.

Mae wägt die Möglichkeiten ab. Von ihrem eigenen Team wurde Hannah offensichtlich bereits abgeschrieben. Mae könnte sich einfach umdrehen und gehen, außer Hannah wäre niemand sauer. Wenn Mae geht, wird Hannah in zwei Tagen schon so bedeutungslos sein, dass man sich sowieso keine Gedanken mehr um sie machen muss.

Mae geht durch die Grotte und über die Treppe hoch zum Pool. Bei einem Shooting am Beckenrand wird das Licht des goldenen Sonnenuntergangs genutzt. Der Mann im Zentrum ist so schön, dass man bei seinem bloßen Anblick Druck auf den Augäpfeln spürt. Leute halten Kameras und Reflektoren hoch. Mae betrachtet ein junges Mädchen, das Flüssignahrung in einer Plastikflasche für das Model bereithält. Wenn du Anfängerin in der Branche bist, könnte auch ein unbelebtes Objekt deinen Job übernehmen, und das lassen sie dich spüren.

Der Gedanke weckt Erinnerungen an frühere schlimme Jobs. Wut kocht hoch. Mae beschließt, sie zu nutzen und Hannah den Arsch zu retten, nur um zu beweisen, dass sie's kann. Freude pulsiert in ihrem Gehirn. Wütende Freude ist ihre Lieblingsempfindung. Damit fühlt sie sich lebendig.

Sie geht den Job in Gedanken durch. Denkt an die Grundregeln der Verschleierung, die Dan ihr beigebracht hat.

Mach dir keinen Kopf um die Wahrheit. Ist nicht so, dass sie nicht wichtig wäre, aber es kommt nicht drauf an.

Auch eine Lüge, die keiner glaubt, kann wirkungsvoll sein – wenn sie Menschen erlaubt zu tun, was sie sowieso tun wollen.

Besorg dir einen blutigen Handschuh – *eine objektive Entsprechung, ein reales Ding, auf das du verweisen kannst, um die Lüge zu untermauern.*

Horror oder Tränendrüse. Was anderes hilft nicht.

Ihr fällt die Lösung ein.

Sie geht zurück zum Cottage. Würdigt die Drillinge keines

Blicks. Schlägt einen Ton gegenüber Hannah an, als wollte sie sagen: *Das ist ein Befehl.*

»Spring unter die Dusche, Bitch. Wir drehen einen Film.«

Hält man sich zum ersten Mal mit einem Star im selben Raum auf – nicht nur mit einer berühmten Person, sondern mit einem *Star* –, kapiert man's sofort. Man kann den Blick gar nicht abwenden. Unter dem ganzen Dreck und Schmerz strahlt Hannah immer noch.

Nach dem Dreh im Schlafzimmer – bei dem Hannah jede Zeile, die Mae für sie getextet hat, auf den Punkt perfekt abgeliefert hat – geht Mae ins Wohnzimmer zurück. Die Drillinge haben sich nicht gerührt. Einer der Männer ist inzwischen bewusstlos, ein Spuckefaden hängt aus seinem Mund. Mae gibt Shira ein Zeichen: *Komm her.*

»Hannah lädt das Video auf Instagram hoch. Wenn du was hast, das ihr beim Einschlafen hilft, gib es ihr. Sechs Stunden kann sie noch mitnehmen. Schaff die drei hier raus. Aber lass sie vorher eine Vertraulichkeitserklärung unterschreiben.«

»Wie soll ich das machen?«

Mae schnappt sich ihre Tasche vom Tresen. »Hier. Ich hab immer Blankoformulare dabei.«

Mae beschließt, in der Nähe zu bleiben, bis das Video einschlägt. Sie geht am Pool vorbei – jetzt ist es dunkel, und das Shooting ist beendet. Sie passiert Bungalow 3, wo John Belushi an einer Überdosis starb. Dann die Stufen runter, an denen sich Jim Morrison den Schädel aufgeschlagen hat, als er besoffen vom Dach fiel. Und quer über die Auffahrt, auf der Helmut Newton die Kontrolle über seinen Cadillac verlor, gegen die Mauer knallte und starb. Auch die Geister verstärken die Luxus-Vibes.

Sie betritt das Hotel, geht die Treppe zur Lobby hinauf. Gary

Oldman schlappt mit Quäkerhut an ihr vorbei. Sie geht zu den Hostessen. Alle tragen dasselbe Rostrot. Alle sehen auf dieselbe Art umwerfend aus. Mae lässt Hannahs Namen fallen. Sie sieht den Hostessen ihre Genervtheit an. Es funktioniert – an der kleinen Bar ist noch ein Platz frei. Sie bestellt einen Cocktail, irgendwas mit Yuzu und Meskal, das nach köstlichem Leder schmeckt. Dakota Johnson stakst in einem riesigen Kunstpelzmantel vorbei. In der Luft liegt künstlicher Blumenduft. Sam Rockwell und Walton Goggins sitzen an einem dichtgedrängten Tisch hinter ihr. Über die Anlage läuft Grimes – immer wieder singt sie mit ihrer naiven Mädchenstimme das Wort *violence*. Mae guckt heimlich zu den berühmten Leuten und sieht, dass auch die sie heimlich ansehen – sie überlegen, ob Mae jemand ist. Geheimnisvoll sein gefällt ihr. Schrödingers große Nummer. Sie lässt sich von der Magie des Hotels beruhigen. Sie denkt nicht mehr an Männer auf Jachten, die machen, wozu sie Lust haben.

Ihr Handy brummt in ihrer Tasche. Dan. In der Bar sind Handys nicht erlaubt. Sie lässt fünfundzwanzig Dollar liegen, meldet sich beim Rausgehen am Telefon. Dan hält sich mit keinem Hallo auf.

»Ihr scheiß Hund?« Pure Freude in seiner Stimme.

»Horror oder Tränendrüse. Was anderes hilft nicht. Hab ich mir sagen lassen ...«

Er lacht.

»Dann hat sie's also hochgeladen?«, fragt sie.

Das Video dauert ungefähr zwei Minuten. Hannah hat Mochi auf dem Arm, ihre Sonnenbrille auf und erzählt eine lustige Geschichte, von wegen die kleine Hundedame müsse unbedingt Medikamente gegen ihre Angststörung nehmen, was sie aber hasst und dabei immer wieder versucht, sich loszureißen. Höhepunkt der ganzen Rangelei ist, dass Mochi Hannah eine Kopfnuss verpasst. Hannah zieht genau im richtigen Augenblick die Brille ab – das blaue Auge ist der Clou. Sie lässt sich von Mochi über das Gesicht lecken – alles ist verziehen. Das Video ist perfekt. Hashtag »Mochi, die kleine Rabaukin«. Hashtag »Geht viral wie Hölle«.

»Die vom Studio haben das Video schon getwittert«, sagt er. »Die erkennen einen Hit, wenn sie einen vor sich haben.«

»Dann hat sie ihre Rolle noch?« Mae bleibt in der Hotellobby stehen.

»Drehbeginn ist um sechs. Die flicken ihr Auge später in der Post-Production. Ihre Managerin hat mich angerufen. Alle Achtung, soll ich dir ausrichten. Sie meint, du hast das Schiff durch die Klippen gesteuert.«

Das hat die Managerin nicht gesagt. So redet Dan. Mae kennt ihn gut. Sie weiß, dass er nicht fragen wird, wie's wirklich war, nicht am Telefon.

»Meinst du, sie hält die Dreharbeiten bis zum Ende durch?«

»Mir scheißegal«, sagt er. Er lacht. Irgendwas ist seltsam an seinem Tonfall. Das macht Mae nervös. Sie haben gelernt, einander zu durchschauen. Mae weiß, dass das Gespräch auch bis Montag hätte warten können. Sie weiß, dass es ein Vorwand für etwas anderes ist. Sie weiß, dass der Small Talk zu Ende ist und er gleich zum wahren Grund seines Anrufs übergehen wird.

»Hast du Montag nach der Arbeit schon was vor?«, fragt er.

»Vielleicht Barre-Workout.«

»Lass uns was trinken gehen.« Irgendwas in seiner Stimme macht ihr Gänsehaut.

Dan ist ihr Lieblingschef von allen, die sie je hatte. Er hat sie noch nie angeschrien, blöd dastehen lassen oder mit irgendwas beworfen.

Und er hat sie nie angegraben.

»Was trinken?«, sagt sie, als wüsste sie gar nicht, was das bedeutet – ein reiner Lückenfüller, während sie sich innerlich vorbereitet.

»Polo Lounge«, sagt er. »Ich lad dich ein. Aber behalt's für dich, okay?«

Schlechte Vibes und obendrauf noch mehr schlechte Vibes. Die Polo Lounge im Beverly Hills Hotel. Drinks an der Hotelbar. Schöne breite Doppelbetten nur eine Fahrstuhlfahrt entfernt.

»Gibt's einen Anlass?«

»Ich will dir von meinen grandiosen Visionen für eine strahlende Zukunft berichten. Vor allem deiner.« Sie weiß, wie gut er lügen kann, eine Maske aufsetzen. So gut, dass sie merkt, wenn sie verrutscht, sogar am Telefon – das macht sie fertig. Sie will auch lügen, so tun, als würde ihr einfallen, was sie am Montagabend vorhat. Aber sie kriegt es nicht hin. Er wird merken, dass es gelogen ist, so wie sie weiß, dass er lügt. Er wird sauer sein. Die Regel lautet: *Behandle deinen Chef wie deinen Klienten.*

»Abgemacht«, sagt sie. Der Rest der Unterhaltung zieht verschwommen an ihr vorbei. Ihr Gehirn durchläuft fieberhaft sämtliche Möglichkeiten. Nach Ende des Telefonats geht sie runter zum Parkservice an der Hotelauffahrt. Gibt einem der Mitarbeiter ihr Ticket. Er trägt Schweißausbruch zum Smokinghemd und sprintet los. Sie wartet.

Ein Maybach hält. Hinten steigt ein alter Mann aus, urgroßvateralt den adrigen Händen und spinnenfadendünnen Haaren nach zu urteilen. Sein gebrechlicher Oberkörper von der Farbe eines Fischbauchs schimmert unter seinem schwarzen Seidenhemd hervor. Mit ihm steigt eine Frau aus, höchstens ein Viertel so alt wie er – eine Assistentin, keine Freundin, Mae sieht es an ihrer Kleidung. Aber wie er an ihren Arm fasst, ist einfach falsch, und Mae beobachtet ihre Reaktion – das Mädchen ist gut, sie versteht es, ihr Schaudern auf ihren Blick zu beschränken. Sie sieht die beiden zum Hotel gehen. Sie denkt an Ärzte – wenn Ärzte jemanden behandeln, sehen sie dann überhaupt noch die Person? Oder nur das Fleisch, die Eingeweide, die Venen und Tumore? Wenn Mae mit Leuten zu tun hat, sieht sie nur noch Geheimnisse.

KAPITEL 2

CHRIS

Mid-Wilshire

Das Apartment des Briten sieht aus wie im Katalog, aber es stinkt nach schmutziger Wäsche. Einmachgläser mit Murmeln, hübsch platziertes antikes Spielzeug – dieser ganze sinnlose Kram. Überall gerahmte Poster, kitschige Sinnsprüche in fetten Großbuchstaben: LIVE LAUGH REPEAT. DAS LEBEN IST WIE FAHRRAD FAHREN. ZAUBERE DEINE EIGENE MAGIE. Überall Ringleuchten und Stative. Die Wohnung des Briten ist ein Set.

Chris steht mittendrin, ist eindeutig ein Eindringling in dieser Welt. Er ist einundvierzig und groß. Früher hätte man ihn für einen Footballspieler gehalten, heutzutage geht es eher Richtung Menschenfresser. Er steckt in einem Jogginganzug XXXL. Die Haare sind ungekämmt, die Haut blass unter dem ungleichmäßigen Vollbart.

Chris ist die Faust am Arm eines anderen.

Er sieht sich im Apartment um, schließt die Tür hinter sich. Zwei Plattenspieler und ein Mischpult stehen auf einem Extratisch. Die Küchenzeile in dem offenen Wohnbereich ist vollgestellt mit Kisten – Mucki-Pulver, Nahrungsergänzungsmittel, Testosteron-Booster, zuckerfreie Energydrinks. Sponcon. Gesponserte Inhalte. Der Brite postet für Geld Bilder von sich mit dem ganzen Mist.

Die Wohnungstür ist billig und hohl, zu seiner Zeit als Cop

hätte Chris sie mit einem Tritt geöffnet. Jetzt hat er sich mit einer Kreditkarte Zugang verschafft. Das lernt man als Ex-Cop: unsichtbare Mauern halten die Menschen auf Linie. Will man sie nicht sehen, sind sie auch nicht da. Geht man einmal durch, tauchen sie nie wieder auf.

Chris sieht auf sein Handy. Patrick hat ihm vor zehn Minuten geschrieben, dass der Brite die Bar in Little Tokyo verlassen hat. Chris schätzt, dass ihm zehn Minuten bleiben, bis der Brite zu Hause ankommt. Er durchsucht das Apartment allein schon, um die Zeit totzuschlagen. Er geht vor, wie er's an der Polizeiakademie gelernt hat – teilt die Räume in ein Raster ein, arbeitet sich von oben nach unten durch. Polizeigewohnheiten legt man nur schwer ab.

Er findet einen Haufen bunte Pillen in einer Sandwichtüte. Einen Eight-Ball-Fishscale Kokain in der Sofaritze. Einen mit Koksrückständen verschmierten Spiegel. Sexspielzeug und Kokosöl im Nachttisch und eine Gummi-Pussy in der Sockenschublade. Außerdem ein Bündel Hunderter in einer Anzugtasche im Schrank. Er steckt das Geld, das Koks und die Pillen ein. Polizeigewohnheiten legt man nur schwer ab.

Er beendet die Suche. Setzt sich aufs Sofa. Nimmt sein Handy und steckt es wieder ein. Dann steht er auf. In seinem kaputten Knie knackt es wie in einem Funkgerät.

Er hört Schritte im Flur, dann schabt ein Schlüssel betrunken ums Schloss.

Die Tür geht auf. Herein kommt ein dürrer kleiner Brite mit verkokstem Blick – er ist berühmt auf eine Art, die Chris nichts sagt. Der Brite sieht Chris. Erstarrt. Chris sieht sich selbst in den Augen des anderen. Was macht dieser Troll von einem Mann in seinem Apartment?

»Alter, wer bist du?« Er versucht's mit großer Klappe, aber seine Stimme spielt nicht mit. Er wird auf eine Art rot, die Chris verrät, dass er ein Arschloch ist.

Chris sendet weiter seine Keinen-Mucks-und-Rühr-dich-nicht-Vibes aus. Der Brite macht gar nichts. Sein Kampf-oder-Flucht-System blockiert.

»Also«, sagt Chris, »ich erklär dir, wie du's verkackt hast.«

Chris geht auf den Briten zu. Der Kleine haut nicht ab. Er ist schlau genug, um zu wissen, dass er nirgendwo hinkann. Dass er's dadurch nur schlimmer machen würde. Chris geht an ihm vorbei und schließt die Tür.

»Du hast es genauso verkackt, wie's alle verkacken. Du bist zu gierig geworden.«

»Du verkackst es doch gerade, Alter. Kann es sein, dass du wirklich so blöd bist, wie du aussiehst? Weißt du nicht, wer ich bin?«

»Vielleicht hättest du bis in alle Ewigkeit Scheiße im Internet verkaufen können. Aber du bist zu gierig geworden.«

Der Brite hat viele D-Prominente als Freunde – in der Liga der Reality-Shows und Instagram-Influencer. Nebenbei hat er deren Geheimnisse verkauft – an alle, die sie haben wollten. TMZ und *Truth or Dare* oder was von den Printzeitschriften noch übrig war.

Letzten Monat hatte er verkauft, Patrick DePaulo, ein schauspielernder B-Promi, hätte sich die Nasenscheidewand weggekokst. Bei *Truth or Dare* wurde die Geschichte gebracht: **Patrick DePaulos verko(r)kste Nasen-OP.** Kann sein, dass es für den Briten Routine war. Vielleicht weiß er nicht, wie sehr er's verkackt hat. Vielleicht hat sich der Brite nie danach erkundigt, womit Patricks Vater sein Geld verdient. Vielleicht hat er gedacht, Patrick kann sich von seinen sporadischen Sitcom-Gastauftritten einen Bugatti und Unmengen von Kokain leisten. Aber Patricks Daddy Leonard gehört BlackGuard, das größte private Sicherheitsunternehmen in L.A. – Überwachung, Gegenüberwachung, Schutz und viele andere Dienstleistungen, über die man nicht spricht.

BlackGuard hat wie immer in solchen Fällen einen Subunternehmer beauftragt. Patricks Vater wollte nicht direkt mit dem eigenen Unternehmen eingreifen, da es sich um eine Familienangelegenheit handelt. Eine gewisse glaubhafte Bestreitbarkeit sollte gewährleistet bleiben, sollte die Sache in die Hose gehen. Also wandte man sich bei BlackGuard an Stephen Acker. Acker ist Anwalt und ebenfalls ein Arm dessen, was Chris insgeheim als das Ungeheuer bezeichnet. Acker meldete sich wie immer bei Chris. Chris ist Patricks Lieblingsfaust.

»Du hast deine Hausaufgaben nicht gemacht und keine Ahnung, wen du verkauft hast.«

Irgendwas schaltet im Hirn des Briten. Chris kann das Funkeln in seinen Augen nicht richtig deuten.

»Ist wegen Patrick, oder?«

Dann weiß der Brite also doch, wer Patricks Vater ist. Das heißt, er wusste, was er tut. Das heißt, vielleicht wollte er, dass es so kommt. Er wollte auffliegen.

»Weißt du, wie wir dich erwischt haben?«, fragt Chris. »Wir haben die Spülung gezogen.«

»Ihr habt die verdammte Spülung gezogen?« Der Brite setzt sich aufs Sofa.

»Wir haben allen *Freunden* von Patrick einen anderen frei erfundenen Blödsinn erzählt. Dann haben wir gewartet, wessen Scheiße nach oben schwemmt. Weißt du noch die Geschichte, die dir Patrick DePaulo über Alana Dupree erzählt hat? Dass sie in der Entzugsklinik fixt? Die hast du vor zwei Tagen an *Truth or Dare* verkauft. Du warst der Einzige, dem Patrick den Quatsch aufgetischt hat. Daher wissen wir, dass du der Verräter bist.«

Der Brite sackt vornüber, vergräbt das Gesicht in den Händen. Hinter der Angst in seinen Augen liegt immer noch dieses eigenartige Funkeln.

»Ihr habt die verdammte Spülung gezogen?«

»Der Trick ist uralt«, sagt Chris. »Aber gut.«

Chris muss es wissen – damit haben sie ihn damals selbst erwischt.

Der Brite schiebt die Hand zwischen die Sofakissen, tastet nach seinem Koksvorrat. Chris zwinkert ihm zu, klopft sich auf die Tasche, in die er ihn gestopft hat. Der Brite klappt nach hinten.

»Ein beschissener kleiner Dieb bist du also auch noch. Dann hab ich eben eine scheiß Geschichte verkauft. Na und? Zerreißen sich sowieso alle das Maul, wieso soll ich mich nicht dafür bezahlen lassen?«

So wie er's sagt, erinnert er Chris an Mae Pruett. Was war ihr Spruch gewesen? *Niemand sagt was. Aber alle tuscheln.*

Er schiebt den Gedanken beiseite – ist lange her.

»Sein Vater hat jede Menge Soldaten und Killer, aber ausgerechnet dich schickt er los, hm? Einen von seinen Gorillas?«

Chris ist sich jetzt sicher. Irgendwas im Leben des Briten hat ihn auf diesen Moment zusteuern lassen.

Chris kennt die Sorte.

»Ich werde dir jetzt wehtun.«

»Nicht ins Gesicht, Alter. Ich muss morgen drehen.«

Chris nickt. Seinem Gesicht hätte er sowieso nichts getan. Niemand will, dass die Show leidet. Chris hebt den Briten vom Sofa. Packt ihn an den Schultern. Und rammt ihm ein Knie in den Magen. Der Brite kotzt Luft, Chris hält ihn aufrecht. Lässt ihn wieder zu Atem kommen. Sein Gesicht ist eine Maske aus Schmerz, aber das eigenartige Funkeln in seinem Blick bleibt. Chris rammt ihm noch mal ein Knie in den Bauch. Jetzt lässt er ihn fallen. Chris geht langsam in die Knie – sein schlimmes Knie knackt. Chris macht sich an die Arbeit. Er empfindet nichts, als er dem Briten wehtut. Allerdings ist er nicht sicher, ob's dem Briten genauso geht.

KAPITEL 3

MAE

Die West Hollywood Hills / Sixth Street

Mae will noch nicht nach Hause, in ihr brodelt es. Außerdem hat sie Kopfschmerzen vom Feuerqualm. Vor dem Chateau biegt sie nach rechts ab. Überquert die Grenze zur City of West Hollywood. Die Partybars und Hotels drängen sich auf dem Strip dicht aneinander. Gebäude und Himmel sind mit Riesenanzeigen für Fernsehsendungen und Filme tapeziert, aber es sind ausschließlich Fortsetzungen oder Neuverfilmungen. Alles ist ein Nachhall auf was anderes. Wie ihre Freundin Sarah über die Branche sagt: Irgendwo fängt einer einen Blitz in einer Flasche ein – und schon rennen alle los, um Flaschen zu kaufen.

Sie biegt rechts vom Sunset ab, fährt direkt rauf in die Hills. Sechzig Sekunden später befindet sie sich in einer anderen Welt. Gewundene Straßen, unglaubliche Häuser, die an königliche Sommerresidenzen erinnern, weiße Bauhausklötze und Bauten, die wie Selbstmorde über den Klippen hängen. Zahlen gehen ihr durch den Kopf. Fünf Komma drei Millionen. Sieben Komma zwei Millionen. Vier Komma sieben Millionen.

Sie fährt in die Hügel, weit rein und hoch hinauf, öffnet ihr Verdeck, lässt Luft rein. Der Brandgeruch strömt in den Wagen. Sie fährt auf die Spitze der Hills zu. Los Angeles liegt glitzernd unter ihr. Durch das offene Verdeck betrachtet, ist der Himmel flach und schwarz – die Lichtverschmutzung hat ihm den Garaus gemacht. Die Stadt leuchtet unter diesem toten Himmel, als hätte sie nach oben gegriffen und die Sterne gestohlen.

Vor zwanzig Jahren. Eine Zwölfjährige sitzt auf einem Bett in Monett, Missouri. Ihre Augen sind groß und grün. Ihr Name ist Amanda Mae Pruett. Sie hasst es hier. Sie will woandershin, egal wo.

Dad nimmt sie manchmal mit zum Schießen. Sie hat Angst vor Schusswaffen, findet sie aber auch toll. Weil pure Macht daraus hervorbricht. Sie sitzt auf dem Bett und riecht das Schießpulver an ihren Händen. In ihren Ohren hallen die vergangenen Schüsse – der Krach ist gewaltig, sogar noch mit Ohrschützern. Sie nimmt eine Kaliber-22.-Hülse vom Tisch. Wie das Messing glänzt. Was für ein Potenzial sie hat, diese explosive Gewalt.

Ich bin ein Geschoss, beschließt sie. *Und ich werde eine Waffe bauen, die mich hier rausschießt.*

Ich bin ein Geschoss.

Vor zehn Jahren kam sie frisch von der Duke University nach L. A. Die vier Jahre dort hatte sie darauf verwendet, sich neu zu erfinden. Sie sezierte das Mädchen namens Mandy Mae Pruett, das Mädchen aus den Ozarks, das sich mit den wilden Jungs mit den bösen Blicken und den großen Trucks herumtrieb. Sie strich die Provinz aus ihrer Stimme und kappte den ersten Teil ihres Namens, verwendete stattdessen ihren zweiten Vornamen, ließ sich den Pony krass kurz und gerade schneiden, schminkte sich Katzenaugen und legte sich dünne Emo-Boyfriends zu.

Ihr erster Job in der Branche war als Produktionsassistentin in einer Ein-Kamera-Sitcom. Die Frauen am Set bekamen einen eigenen Raum, eine Abstellkammer hinter dem Kantinentisch. »Wozu?«, hatte sie die stellvertretende Regieassistentin gefragt, die ihn ihr zeigte. »Da gehen wir hin zum Heulen«, hatte diese geantwortet. Mae hatte gelacht und gedacht, dass manche Frauen echt schwach sind. Dass einige wenige die anderen in Verruf bringen. Bis sie acht Minuten lang ohne Unterbrechung von der Nummer eins des Casts angebrüllt wurde, weil sie seine Frühstücksbestellung verbockt hatte. Sie besorgte ihm erst ein neues Frühstück, dann ging sie in die Kammer. Und zog neue Mauern in sich hoch.

Anschließend suchte sie sich was anderes. Sie arbeitete als Assistentin für einen Agenten in einer Big-Four-Agentur, wich nach ihr geworfenen Tackern und Popoklapsen aus. Und lernte, sich die Nägel in die Handflächen zu bohren, wenn sie angeschrien wurde – die Wut gegen sich selbst zu richten.

Sie sagte sich: *Ich bin ein Geschoss.* Und sie wurde eins, immer mehr. Sie suchte sich wieder etwas anderes. Und ergatterte einen Einstiegsjob bei einer PR-Firma, der ihr mit der Zeit sogar gefiel. Sie arbeitete für eine Frau mit rauchiger Zigarettenstimme, die Mae aus Gründen hasste, die Mae nur vage verstand. Die Frau brachte Mae immer wieder in engen Kontakt mit sehr schlimmen Männern und hatte dabei so ein Leuchten in den Augen, weil sie genau wusste, in was für Schlangengruben sie Mae schickte. Mae dachte daran, dass manche Menschen, denen Schlimmes widerfahren war, es nicht abwarten konnten, anderen denselben Schmerz zuzufügen. Sie lernte, wie man Pressestatements verfasst, Reportern in den Arsch kriecht und dass das Leben größtenteils nur aus den Geschichten besteht, die wir einander oder uns selbst erzählen.

Eines Tages, aus heiterem Himmel, wurde sie von Dan abgeworben. Er arbeitete für Mitnick & Associates, die renommierteste Krisenmanagement-Agentur in Los Angeles. Er ging mit ihr Kaffeetrinken und fand genau die richtigen Worte: *Black-Bag PR boomt. Wir bringen keine guten Nachrichten heraus – wir sorgen nur dafür, dass die schlechten nicht in die Öffentlichkeit dringen. Das ist wie bei James Bond, die schlüpfrige Hollywood-Fassung. Man kommt an Orte, an die sonst niemand auf der Welt gelangt. Du wirst Sachen erfahren, die sonst niemand weiß. Du wirst hässliche Dinge für hässliche Menschen machen – aber, hey, dafür wirst du auch ausgezeichnet bezahlt. Du darfst einen Blick hinter den Vorhang werfen, und das wird dir Angst machen, aber dir gleichzeitig einen Wahnsinnskick geben.*

Sie stieg ein. Sie unterschrieb Vertraulichkeitserklärungen und Non-Disparagement-Verträge, verpflichtete sich zur Verschwiegenheit.

Dan war ein guter Lehrer. Allmählich glaubte sie, ihre Bestimmung gefunden zu haben. Sie blühte auf. Zuerst wusste sie nicht, warum. Eines Tages hatte sie einen Flashback und kapierte es: Mae als Kind am Esstisch der Familie, alle aßen schweigend, diese ganzen irren *unausgesprochenen* Dinge. Ihr Vater schluckte seine Scham. Ihre Mom die Traurigkeit. Schon als Kind lernte Mae Gesichter und Stille deuten. Sie lernte, Dinge unaufgefordert zu tun und Freude an der Wut zu empfinden – wie man sie einsetzt, ohne auszubrennen. Damals wusste sie nicht, dass das ihr Training war. Sie wusste nicht, dass sie ausgebildet wurde, um in diesem geheimen Krieg zu bestehen.

Dann kam der Tag, an dem sie am Bett des toten Brad Cherry stand und begriff, dass an ihrem Mantra etwas sehr Wahres war. Dass sie, wenn es sein musste, kalt und hart sein und im Innern glühen konnte.

Ich bin ein Geschoss.

Mae verfährt sich am Benedict Canyon. Die Straßen werden schmaler.

Sie verirrt sich im eigenen Kopf. Dans Stimme läuft in einer Endlosschleife. *Lass uns was trinken gehen.*

Sie ist jetzt seit drei Jahren bei Mitnick & Associates. Drei Jahre war Dan der beste Chef, den sie je hatte. Er ist der erste Mensch überhaupt, der den Kampf in ihr toben sieht und ihr rät, sich nicht zu verstecken. *Nimm dir Skalps*, sagt er. *Trag eine Ohrenkette.*

Und er hat sie nie angegraben.

Vielleicht hat sie den Ton missverstanden. Es ergibt keinen Sinn, dass er sich an sie ranmacht. Es sei denn, er tut es trotzdem. Dan betrügt Jenny seit Jahren – das weiß Mae. Die beschämt hängenden Schultern, wenn er an seinem Schreibtisch mit dem Handy telefoniert, der Tür den Rücken zukehrt, ins Telefon flüstert und wie er manchmal sein Handydisplay abschirmt, wenn Textnachrichten ankommen.

Sie biegt von der Benedict Canyon Road in den Cielo Drive. Die Häuser sind jetzt größer und stehen weiter auseinander. Sie verstecken sich hinter riesigen Toren. Die Zahlen in Maes Kopf werden immer größer. Zehn Komma zwei Millionen. Zwölf Komma acht Millionen.

Sie wird nicht mit Dan schlafen. Die Liste dessen, was dagegenspricht, ist endlos lang. Seine Wampe, wie er beim Essen schmatzt, dass er bereits verheiratet ist, noch dazu mit einer Frau, die Mae kennt. Dass er Kinder hat. Dass er Mae verletzen wird, so wie alle Frauen auf lange Sicht immer von ihren Chefs verletzt werden, wenn sie mit ihnen schlafen. Vor allem aber wird es nicht passieren, weil sie ihn nicht will.

Sie braucht ihn aber als Verbündeten. Wenn es so ist, wie sie befürchtet, dann wird sie damit umgehen müssen. Schon beim bloßen Gedanken fühlt sie sich erschöpft.

Sie landet in einer Sackgasse und setzt an, um in drei Zügen zu wenden und den Hang wieder runterzufahren. Ihre Scheinwerfer treffen auf ein riesiges Holztor in einer Steinmauer. Plötzlich macht es Klick. Cielo Drive – die Manson-Morde. Hier starben Sharon Tate und ihre Freunde auf entsetzlich grausame Weise. Na ja, hier und auch nicht hier. Das Todeshaus wurde vor ein paar Jahren abgerissen und stattdessen dieses neue Ding gebaut. Es ist dasselbe Grundstück, aber es hat eine neue Adresse bekommen. Die Geister wurden, so gut es ging, versteckt. Mae kann das nachvollziehen. Geister verstecken ist ihr Job.

Mae öffnet die Tür ihrer Wohnung, und Mandy kommt freudig auf sie zugerannt. Sie ist der hässlichste Hund der Welt – ein Fass von einer Bulldogge-mit-weiß-der-Henker-was, ein furzendes Knäuel aus Falten und traurigen Augen. Mae liebt sie über alles.

Letztes Jahr nach einem schlimmen Tag, an dem sie schlimme Sachen machen musste, hatte sie Mandy zu sich geholt. Das war so ein Tag, an dem sie erst die Brille absetzen musste, bevor sie es über sich brachte, in den Spiegel zu sehen, sodass sie sich nur noch verschwommen sah und sich vor sich selbst verstecken konnte.

Mandy hatte im Tierheim einen anderen Namen, aber den hat Mae nicht beachtet. Sie hatte ja noch einen Namen von sich selbst übrig. Sie sah sich das hässliche, stinkende und liebevolle Mädchen an und beschloss, sie Mandy zu nennen – ihr den Vornamen zu geben, den sie vor so vielen Jahren abgelegt hatte. Sie nannte das süße, unschuldige Ding so, wie sie selbst in ihrer Kindheit hieß, und sie liebte und beschützte es.

Die Regel lautet: *Denk nie zu lange über das Warum nach.*

KAPITEL 4
CHRIS
Koreatown

Die Nacht leuchtet neonfarben. Ein gezeichneter Tintenfisch mit Kochmütze zwinkert Chris von einem Restaurantschild zu. Eine katholische Kirche wirbt in fünf Sprachen für einen Messgottesdienst. Chris kommt an einer Zeltstadt in einer Seitenstraße vorbei, seit vergangenem Monat ist sie auf die doppelte Größe angewachsen. Achtung vor dem Penner-Sprenger.

Vom Apartment des Briten bis nach Koreatown herrscht dreißig Minuten lang stockender Verkehr. Chris ist in Simi Valley geboren und aufgewachsen, das ist vorstädtisches SoCal Copland. Nach seinem Rauswurf aus dem Sheriff's Department war er nach Koreatown gezogen. Chris lebt gerne da, wo er ein Außenseiter ist. Das kommt ihm ehrlich vor.

Er lässt die Fensterscheibe runter – in der Luft liegt der Geruch von Grillfleisch. KBBQ, Halal-Kebab-Läden, ein Straßenverkäufer mit Tacos. Chris bleibt plötzlich in einem eigenartigen Verkehrschaos stecken. Eine K-Pop-Boyband lässt sich in einem Fünfzigerjahre-Cabrio mit Kamera auf der Motorhaube von einem anderen Wagen abschleppen. Sie bewegen die Lippen synchron zum basslastigen Playback. Ein Teenagermädchen auf dem Gehweg sieht sie und stößt spitze Schreie aus. Chris fährt das Fenster wieder hoch, schaltet Musik ein. Nipsey Hussle – einer der letzten Neuzugänge unter den Geistern, die L. A. bevölkern.

Schmerz schießt Chris in den linken Arm. Plötzlich ballt sich eine Faust in seiner Brust.

Kein Herzinfarkt, sagt er sich.

Er schluckt trocken eine Mini-Aspirin. Der gallensaure Geschmack füllt seinen Mund. Die Faust in seiner Brust löst sich wieder. Als er das erste Mal Schmerzen in der Brust hatte, fuhr er direkt in die Notaufnahme. Drei Stunden musste er neben einer stöhnenden Frau mit einem undichten Kolostomiebeutel warten. Jetzt lässt er's bleiben. Es ist kein Herzinfarkt – so lange nicht, bis es eben doch einer ist.

Die Musik verstummt – über Bluetooth kommt ein Anruf. Acker.

»Erzähl mir alles«, sagt Acker, meint es aber nicht ernst, denn er will nicht, dass irgendetwas laut ausgesprochen wird.

»Wir sind zufrieden«, sagt Chris.

»Natürlich sind wir das, Baby. Du bist der Beste.« Acker ist mit seiner ganzen Scheiße immer so geradeaus, dass es fast als Ehrlichkeit durchgehen könnte. »BlackGuard wollen, dass du am Montag reinschaust. Zur Nachbesprechung.«

»Na klar.«

»Ist gut für dich«, sagt Acker. »Ein Riesengefallen für den Sohn vom Chef.«

Chris legt auf. Kakophonisches Hupen lenkt seine Gedanken wieder auf die Straße. Der Truck, der die Boyband zieht, steckt fest – ein Mann mit nichts bekleidet als Zeitungen und Straßenschmutz steht mitten auf dem Wilshire Boulevard. In seinem Blick brennt heilige Wahrheit. Er hält eine Predigt. Kann sein, dass es das Wort Gottes ist – das Hupkonzert ist aber so oder so lauter.

Chris' Apartment befindet sich in einem prächtigen alten Gebäude, das irgendwann mal schwer was hergemacht haben muss. Ein Neonschild weist es als **The Ambassador** aus. Die Apartments sind groß, verfügen über Holzböden und alte Kalksteinwände.

Das Apartment ist auf eine Art unaufgeräumt, die verrät, dass außer ihm schon lange niemand mehr hier war. Er versteckt die Kohle, die er dem Briten abgenommen hat – auf den ersten Blick geschätzt dreitausend. Das Koks auch. Er wird es Patrick DePaulo geben, wenn er ihn das nächste Mal sieht, und sich damit bei ihm einschmeicheln. Selbst wird er sich nicht an dem Koks vergreifen, nicht mehr. Koks war früher, in seiner Zeit als Kriegerkönig.

Er isst ein Curry, Schweinefleisch-Katsu, aus einem Einkaufszentrum in der Nähe. Es ist köstlich, aber er schmeckt es kaum. Er schaut alte Sitcoms. Rülpst Curry. Und versucht, seinen Gefühlen einen Namen zu geben. Als das nicht funktioniert, versucht er, nichts mehr zu fühlen. Er betrachtet die Pillen des Briten. Eine Demerol kann er identifizieren und wirft sie ein. Sie wirkt schnell. Er lehnt sich im Sessel zurück, driftet in eine warme Halbwelt ab. Er schaltet eine weitere Sitcom ein. Betrachtet seine aufgeschürften Fingerknöchel. Ballt die Fäuste – irgendwo knackt ein entfernter Schmerz in den Gelenken. Die Szene mit dem Briten kommt ihm jetzt schon vor, als wäre sie einem anderen passiert – oder niemandem.

Er erinnert sich an den obdachlosen Prediger und seinen irren Blick. Die heilige Schrift auf den Lippen. Chris versucht sich vorzustellen, was Gott ihm sagen will. Aber als er an die Worte denkt, hört er nichts als Autohupen.

KAPITEL 5

MAE

Brentwood

Mae trifft an der Tür zum Bürokomplex ein, macht sich auf einen Sprung in eiskaltes Wasser gefasst. Cyrus – der Mitnick von Mitnick & Associates – ist heiß. Rund um die Uhr lässt er die Klimaanlage auf vollen Touren laufen. Trotzdem schwitzt er täglich zwei Hemden durch. Alle anderen frieren. Die Frauen tragen Wintermäntel in ihren Büros. Die Assistentinnen – vor allem die, die immer gut aussehen müssen, weil sie zur Ansicht ausgestellt werden – schieben die Füße in gefütterte Stiefel, schlürfen Kaffee und Knochenbrühe. Wenn Cyrus vorbeikommt, bemühen sie sich, nicht zu zittern.

Vor der Mitarbeiterbesprechung am Montagmorgen stellt Mae ihren Kram in ihrem Büro ab, dann nimmt sie neben Dan am Konferenztisch Platz – eine polierte Platte Walnussholz mit echter Rindenkante. Er nickt ihr ein unaufmerksames *Hallo, na?* zu, dann schlägt er in dem Versuch, sich warm zu halten, die Arme um sich. Er trägt verschrammte Kampfstiefel zum schwarzen Anzug. Das ist sein Markenzeichen, damit lässt er seine Teenagerzeit als Punk in Orange County anklingen. Inzwischen ist er Mitte vierzig, aber seine Haare sind immer noch eher schwarz als grau.

Sie versucht dahinterzukommen, was für eigenartige Vibes sie von ihm am Telefon empfangen hat. Er strahlt Stress aus. Die Botschaft lautet: *Kein Small Talk.* Seine Assistentin Tze erscheint aus dem Nichts, stellt ihm wie immer einen Kaffee mit Hafermilch hin, zieht sich dann mit den anderen Assistentinnen in den hinteren Teil des Raums zurück. Dan nimmt sie nur insofern zur Kenntnis, als er einen Schluck vom Kaffee trinkt.

Die anderen am Tisch führen Montagmorgen-Plaudergespräche wie sonst auch. Sie reden über den Brand in Griffith Park. Das LAPD hat bestätigt, dass derselbe Täter dafür verantwortlich ist, der auch die Zeltstädte der Obdachlosen angezündet hat. Bei *Truth or Dare* wird er der Penner-Sprenger genannt. Ein Wohnungsloser verbrannte bei der ersten Explosion, er ist schon das zweite Todesopfer des Feuerteufels. Der Brand konnte zu 80 Prozent unter Kontrolle gebracht werden, ungefähr hundert Hektar Parklandschaft wurden versengt.

Hector Restrepo sagt, er hat das Wochenende mit seiner Frau in Santa Barbara verbracht.

»Ich liebe Santa Barbara«, erklärt Joss McCook und legt dann eine rasiermesserscharfe Überleitung hin. »Es hat Atmosphäre, so warm und angenehm.«

»Wie das Wasser in der Wanne, in die man sich legt, um sich die Pulsadern aufzuschneiden«, sagt Mae.

»Zynismus ist eine Krankheit und keine Geisteshaltung«, erwidert Joss.

Sie streckt ihm die Zunge raus. Dann sieht sie rüber zu Dan. Er ist in Gedanken woanders.

Das Gespräch kommt auf Privatschulen. Alle im Team, die Kinder haben, schicken sie auf Privatschulen und sprechen darüber, als würde man dort Schutzgelder von ihnen erpressen. Es ist auch eines von Dans Lieblingsthemen, aber heute konzentriert er sich auf sein Handy.

Cy kommt wie immer als Letzter. Ende fünfzig, superkurze Haare und so geschnitten, dass man merkt, da war noch jemand mit einer Schere am Werk. So ein Haarschnitt, der bei weichem weißem Haar alter reicher Männer am besten aussieht. Cy ist triathletisch durchtrainiert, sehnig und völlig frei von Körperfett. Er setzt sich ans Kopfende des Tischs.

»Ich hoffe, alle hatten ein erfülltes und erholsames Wochenende«, sagt Helen Poirer. Sie ist Mitte fünfzig, yogadünn und Cyrus' rechte Hand; seine Messerhand, wie Dan sagt. Sie wartet kurz – Dan merkt es und steckt sein Handy ein –, Helen lächelt, ihre Zähne sind absurd weiß. »Also, wer hat diese Woche welche Aufgaben auf dem Tisch?«

Sie gehen die verschiedenen Aufträge durch. Ein Schmierstreifen aus Skandalen und ihren Lösungen.

Helen spricht über den DMS-Warehouse-Job – in Albany hatte eine Frau dazu aufgerufen, aus Protest gegen die Arbeitsbedingungen die Arbeit niederzulegen. Mangelnde Sicherheitsvorkehrungen, Arbeiter pissen in Einmachgläser, weil sie keine Zeit für Toilettenpausen haben. Das gibt schlechte Presse für das Unternehmen. Die gute Nachricht ist aber, sie sind auf ein pikantes Detail gestoßen; ein ehemaliger Freund hat Kontaktverbot gegen die Frau erwirkt. Kein Problem, sie mit Dreck zu beschmieren. Helens Strategie ist ein Cyrus-Mitnick-Klassiker: *Suche einen Leithammel.* Die Regel lautet: *Presse ist Vieh.* Man sucht sich einen namhaften Journalisten, füttert ihm die Story – der Rest der Pressemeute wird folgen. Extrem zynisch. Mae hat tausendmal erlebt, dass es geklappt hat. Helen verkauft die Geschichte der *New York Times.* Wenn die drauf einsteigt, werden auch andere Journalisten die Frau unter die Lupe nehmen.

Helen schaltet um. Ray Chase, ehemaliger Fernsehvorstand, wurde gefeuert, als er seine Freundin vor den Augen des Mannes vom Parkservice erwürgen wollte. Schlimme Männer rehabilitieren ist Helens Spezialität. Sie war's auch, die Reporter dazu gebracht hat, dem *MeToo* einen »Moment« anzuhängen, *MeToo Moment.* Momente gehen nämlich schnell vorbei. Und Chase glaubt, sein Moment sei bereits Vergangenheit. Er ist bereit, aus der Kälte zurückzukehren. Helen telefoniert, sucht einen Reporter, der die Geschichte von Chase' Läuterung aufschreiben könnte – dass er nach Indien gefahren ist, sich ein Sanskrit-Tattoo stechen ließ, viel meditiert hat und Veganer geworden ist. Helen sagt, vielleicht ist es noch zu früh – bislang reagieren die Reporter noch mit *Igitt-nein-danke.* Chase braucht wohl noch drei Monate im Tiefkühler, bis er reif ist für ein Comeback.

»Sag ihm, die Zeit geht schnell vorbei«, lautet Mitnicks Anweisung. »Und sag es ihm bald.«

Joss geht den Korruptionsfall mit der Polizeichefin von Pasadena durch; einundzwanzig Gerichtsverfahren wurden in ihrem ersten Amtsjahr gegen sie anhängig. Rassistische Beschimpfungen und unpassende Bemerkungen. Er arrangiert ein Fernsehinterview; er hat ihr einen Stylisten besorgt, der sie ein bisschen aufpeppt, und sie als sachliche junge Führungskraft gebrandet, die nun mal andere gegen sich aufbringt. Die Gerichtsverfahren stigmatisiert er als sexistische Retourkutschen.

Cyrus fragt Hector nach dem Crenshaw Revitalization Complex – Investoren wollen einen riesigen Apartment- und Einkaufskomplex in einen Bezirk mit Entwicklungsbedarf setzen und dabei von allen damit verbundenen Steuervergünstigungen profitieren –, Mae fängt von solcherart Gerede an zu schielen. Der Deal hängt noch beim Stadtparlament, Stadtrat O'Dwyer verhandelt darüber im Ausschuss. Es sieht nicht gut aus. Die Anwohner protestieren bereits, sie fordern mehr bezahlbaren Wohnraum und ökologische Verträglichkeit. Noch mehr schlechte Presse, und der Deal platzt. Milliarden hängen am seidenen Faden. Bislang hat Hector den großen Unternehmen einreden können, dass es keine Schlagzeilen geben wird, aber bei der *L. A. Times* wird man schon hippelig. Cyrus erklärt sich bereit, den Herausgeber anzurufen und mehr Zeit herauszuschlagen.

Helen sieht Mae an: »Kannst du Cyrus auf den aktuellen Stand im Fall Bishoi bringen?«

Mae setzt eine Maske auf, diese heißt *Vollprofi.*

»Andre Bishoi – er ist Herstellungsleiter der Fernsehserie *DEA Border Force*. Im vergangenen Monat ging ein Auto-Stunt daneben, der Wagen durchbrach eine Absperrung und krachte in den Monitorraum. Einer der Drehbuchautoren vor Ort verlor ein Bein. Ein Mitarbeiter steckte *Deadline*, es sei nur deshalb zu dem Unfall gekommen, weil sie an drei Tagen in Folge sechzehn Stunden gearbeitet hatten und der Regisseur, um Zeit zu sparen, die Besprechung über Sicherheitsvorkehrungen gestrichen hatte und Bishoi, unser Klient, kostspielige Sicherheitsmaßnahmen nicht genehmigen wollte. Im Prinzip behauptet er, die Produktionsleitung sei schuld an dem Unfall.«

Niemand fragt, ob das wahr ist. Niemanden interessiert's. Die Aufgabe besteht darin, Verantwortung und Macht zu trennen.

»Hast du eine Strategie zum Schutz des Klienten entwickelt?«, fragt Cyrus. Mae wartet kurz, ob Dan antwortet, normalerweise übernimmt er die Fragen von Cyrus. Dieses Mal bleibt er stumm, also macht sie weiter.

»Wir haben BlackGuard Security beauftragt, einen Bericht über den Stunt-Fahrer zu erstellen«, sagt sie. »Die haben ein eingestelltes Verfahren wegen Trunkenheit am Steuer vor zehn Jahren gefunden. Ich habe im Polizeiprotokoll zum Unfall am Set nachgesehen, es wurde kein Promilletest beim Fahrer gemacht. Das habe ich an Steph beim *Hollywood Reporter* weitergeleitet und ihr erklärt, dass er nach dem Unfall weder ins Röhrchen pusten noch sich Blut abnehmen lassen musste. Sie will die Nachricht bringen.«

Sie erwähnt nicht, dass die Polizei keinen Alkoholtest durchgeführt hat, weil es gar keinen Grund dafür gab. Entscheidend ist, dass sie auf die alte Anzeige verweisen können. Die Regel lautet: *Besorg dir eine objektive Entsprechung.*

»Die *Greenlight*-Verteidigung«, sagt Cyrus. Alle nicken. Mae sieht Tzes fragenden Blick. Dans Assistentin ist noch zu jung, um die Geschichte zu kennen. Damals, als noch alle auf Koks waren, kam's zu einer Katastrophe am Set eines Actionfilms, bei der vier Kinderschauspieler ums Leben kamen. Das gesamte Produktionsteam wurde vom Vorwurf des Totschlags freigesprochen, und stattdessen bekam irgendein Stunt-Koordinator die Schuld in die Schuhe geschoben.

Das Ungeheuer hat eine lange Vorgeschichte.

»Gute Arbeit«, sagt Cyrus und reißt Mae aus ihrer Erinnerung. Die Besprechung geht weiter – Dan bleibt in seiner Welt verfangen, wo auch immer.

Mae hört nur halb zu, während die anderen über einen Ausbruch von Kolibakterien bei einer großen Burrito-Kette sprechen. Sie denkt an einen kulinarischen Reisebericht, den sie vor einigen Tagen abends im Fernsehen sah. Reiche Franzosen verspeisten kleine Vögelchen mit einem einzigen Happs, mitsamt Kopf und Knochen. Bevor sie sich die Tiere in den Mund stopften, legten sie sich eine Serviette über den Kopf – damit Gott die Sünde nicht sieht. *Wir sind die Serviette,* denkt sie; ein eigenartiger Lachanfall steigt in ihr hoch. *Wir sind die Serviette, unter der sie sich verstecken, während sie immer weiter fressen, fressen und fressen.*

KAPITEL 6

CHRIS

Calabasas

Sie hängen ihn sofort an den Lügendetektor.

Yokoyama zieht ihm einen Gummischlauch über die Brust. Noch einen quer über den Bauch. Jedes Mal wenn Chris herkommt, zurrt er ihn fester. Die Schläuche messen seine Atmung. Am linken Arm hat er eine Blutdruckmanschette – die erste mussten sie gegen eine größere tauschen. Trotz des Drucks löst es keine Schmerzen im Arm oder Herzinfarktfantasien aus.

Yokoyama steckt ihm Klemmen an die Finger, um den Schweiß an seinen Fingerspitzen zu messen. Yokoyama ist ungefähr dreißig. Kaum hatte er eine lukrative Qualifikation erworben, kündigte er beim staatlichen Bureau of Alcohol, Tobacco, Firearms and Explosives und lief zum privaten Sektor über. Die Haare trägt er in einem Undercut, an den Seiten rasiert, oben fluffig orange-blond, wie die durchgeknallten Außenseiter damals an der Highschool. Beim Anblick von Chris' zerschundenen Fingerknöcheln lächelt er und sagt: »Mit deinen Händen muss ich immer vorsichtig sein.«

»Wenn ihr genug geflirtet habt, würde ich hier gerne bis zur Mittagspause fertig werden«, sagt Eisner auf seinem Klappstuhl.

Eisner war früher beim FBI. Seine Körperhaltung ist perfekt, die Haare vorschriftsmäßig kurz. Ex-Feds werden ihren Stock im Arsch niemals los. Alle bei BlackGuard sind Ex-irgendwas. Ex-Cop, Ex-Fed, Ex-Militär. Alle wurden auf Staatskosten ausgebildet.

Der Raum ist vollkommen weiß, kahl bis auf den durchlässigen Spiegel an einer Wand. Durch ihn soll der Raum wie ein Vernehmungszimmer wirken. Vielleicht funktioniert das bei Leuten, die nichts davon verstehen. Chris hat schon in unzähligen echten Vernehmungszimmern gesessen. Sie sind dreckiger als dieses hier, kleiner. Dort riecht es nach verkipptem Kaffee und ungewaschenen Hodensäcken. Dagegen ist das hier ein einziges Bullen-Disney.

Yokoyama macht Chris bereit und nimmt am Lügendetektor Platz, legt einen Schalter um und nickt Eisner zu: *Los.*

»Nennen Sie Ihren Namen.«

»Christopher Peter Tamburro.«

»Alter?«

»Einundvierzig.«

Alle Anwesenden wissen, dass Lügendetektoren Blödsinn sind. Pseudowissenschaftlich und vor Gericht absolut nicht zulässig.

»Sie sind bei Anwalt Stephen Acker als Ermittler angestellt?«

»Ja.«

Lügendetektoren decken keine Lügen auf, sie legen Nerven blank. Möglicherweise werden Leute nervös, wenn sie lügen, deshalb *könnte* ein Lügendetektor ausschlagen, wenn jemand lügt. Bei BlackGuard verwendet man sie trotzdem – für die Akten. Chris weiß, dass es drauf ankommt, was gefragt wird und was nicht. Man schreibt eine Geschichte. Anschließend wird sie irgendwo vergraben, wo man sie wieder ausbuddeln kann, sollte sie irgendwann einmal jemandem nützen.

»Wie lange sind Sie schon bei ihm angestellt?«

»Sieben Jahre.«

»Und davor?«

Vielleicht nehmen die Schläuche auf seiner Brust die Schwankungen seiner Atmung wahr. Er sieht Eisner dreckig grinsen. Chris stellt sich vor, welches Geräusch Eisners Nase macht, wenn sie bricht. Er fragt sich, wie der Gedanke auf der Maschine aussieht.

»Sheriff's Department.«

Eisner spitzt die Lippen, es sieht erneut wie ein abfälliges Grinsen aus. »Das heißt, beim Los Angeles Sheriff's Department?«

»Ja.«

»Und wie lange waren Sie beim Sheriff's Department?«

»Ungefähr zehn Jahre.«

»Warum haben Sie das Sheriff's Department verlassen?«

»Treiben Sie's nicht zu weit.«

Firearm Trace Task Force nannten sie die Abteilung. Eine auf Bandenbekämpfung spezialisierte Einheit, nur dass es nicht im Namen stand. Offiziell ging es darum, die Schusswaffen im San Fernando Valley von der Straße zu schaffen – *wie*, das interessierte niemanden. Chris war die allererste Wahl. Er war riesig. Und Cop in der dritten Generation. Er strahlte pure Gefahr aus.

Er stieß zu der Einheit. Lernte die Regeln, die laut ausgesprochenen und die unausgesprochenen. Und wie man einen Bericht schreibt, in dem genau das steht, was drinstehen soll. Wie man nebenher etwas für sich abzweigt. Alles über dreiunddreißig Gramm Koks war strafbar, daher wurden bei fast allen Razzien genau dreiunddreißig Gramm sichergestellt. Was darüber lag, ließ man verschwinden – das System konnte sowieso nichts damit anfangen. Die Einheit schon. Wenn ein Erfolg gebraucht wurde, deponierten sie was. Über Vertrauensleute wurde der Stoff verkauft und achtzig zu zwanzig geteilt. Wenn Adrenalin allein nicht ausreichte, um eine lange Nacht zu überstehen, schnieften sie's.

Es wurde heftiger. Schneller. Beschlagnahmungen führten zu weiteren Razzien. Schon bald zweigten sie auch Schusswaffen ab, die sie Bandenmitgliedern abgenommen hatten. In der Einheit hatte jeder irgendwo noch eine Zweitwaffe versteckt, die von Chris war eine .357, am Griff mit Klebeband umwickelt, er hatte sie einem Vineland Boy in North Hollywood abgenommen. Niemand sprach je laut darüber, warum man Waffen verschwinden ließ: Manchmal musste man nämlich eine neben einer noch warmen Leiche liegen lassen. Alle wussten, der Tag würde kommen.

Chris lernte das Gefürchtetsein zu lieben. Selbst unter den Cops fiel er durch seine Größe auf. Er wollte noch größer werden. Er schluckte Testosteron und Anabolika, häufte Muskelmasse an, sein Körper war wie ein Tier im Zoo – er betrachtete sich im Spiegel, verängstigt und vollgepumpt, die Muskeln faserig und definiert. Dazu hatte er so etwas im Blick, so etwas Wildes, das nicht er selbst war.

Es wurde heftiger. Leute kamen zu Schaden, wurden verletzt. Manchmal war Chris es, der sie verletzte. Vielleicht hatte es mal einen Grund gegeben, warum Chris Cop werden wollte. Jetzt kam es nur darauf an, dass er Cop war, der Zweck heiligte alle Mittel.

Chris bestand Hunderte Tests, von denen er gar nicht wusste, dass es Tests waren. Wer sie nicht bestand, wer bei Vorgesetzten petzte, Vergünstigungen verweigerte oder nicht über die richtigen Witze lachte, konnte sich nicht lange halten. Diese Typen verschwanden einfach, und Chris vergaß, dass sie je da gewesen waren. Die Verbliebenen schossen durch die Nacht, traten Türen ein, überfuhren johlend rote Ampeln und schrien *Fickt euch, ich bin ein Cop.*

Falls sonst noch einer der Kollegen nach Hause fuhr, sich bis zur Besinnungslosigkeit betrank und vollfraß, eingebildete Herzinfarkte erlitt und schweißgebadet aufwachte, redete er nicht darüber. Also redete Chris auch nicht darüber. Er fuhr in die Notaufnahme, fest davon überzeugt, dass das Testosteron, Trenbolone und Koks sein Herz platzen lassen würden. Sie schlossen ihn ans EKG an und sagten, er würde sich das alles nur einbilden. Ein Teil seines Gehirns wollte ihm einreden, er würde sterben. Aber Chris wusste nicht, wieso.

Stepanyan, sein Kumpel in der Asservatenkammer, gab ihm einen Hinweis – ein Pfund Koks, frisch eingetroffen. Chris hielt es für einen Volltreffer und beschloss, die Nummer allein durchzuziehen. In Wirklichkeit aber waren es die Feds, die an der Spülung zogen. Sie zerrten Chris aus seinem Einsatzwagen und stießen ihn hinten in ihren eigenen.

Die Spülung wurde noch einige Male betätigt. Und es erwischte einige dabei. Das FBI zeigte die gesamte Abteilung wegen Drogenhandels an – es war der dritte Fall in zehn Jahren. Die Feds gingen rigoros gegen das Sheriff's Department vor. Sie waren zu laut, zu sehr außer Kontrolle. Sie wollten Chris umdrehen, aber er schwieg. Sein Gewerkschaftsführer meinte, halt durch. Seine Freunde bei der Polizei schickten ihm nichtssagende Nachrichten, die ihm Mut machen sollten, und er verstand sie als das unausgesprochene *Zieh uns nicht mit dir runter.*

Chris wurde suspendiert bei Fortzahlung sämtlicher Bezüge. Er saß in seinem Apartment. Die Stunden zogen sich in die Länge, aber die Tage vergingen wie im Flug.

Er verlagerte seine mit Klebeband umwickelte Drop Gun aus dem Wagen in seinen Nachttisch. Erlaubte sich nicht, darüber nachzudenken, warum. Sein Schlafzimmer wurde von unsichtbarer Schwere erfüllt. Er verbrachte jetzt mehr Zeit dort.

Sein Gewerkschaftsführer meinte immer noch, halt durch – und dass die Haftstrafe minimal ausfallen würde. Er versuchte, sich ein Leben ohne Dienstmarke vorzustellen. Dieses hohle Ding. Wenn er kein Cop mehr war, war er nichts.

Nachts wachte er wie geohrfeigt auf. Der Schmerz in seiner Brust nagelte ihn ans Bett.

Bestimmt ein Herzinfarkt.

War aber nie einer.

Die Staatsanwaltschaft zeigte ihn an. Jetzt war er dauerhaft suspendiert. Musste seine Dienstmarke abgeben.

Er war kein Cop mehr. Stundenlang ging er zu Fuß durch L. A. Niemand sah ihn je an. Als wäre er längst ein Geist.

Er traf eine Entscheidung, was er machen wollte, ohne sich selbst einzugestehen, dass er sie getroffen hatte. Und er weiß, er hätte es getan, hätte Stephen Acker nicht angerufen.

Er stellte sich als Jesus dar, der von den Toten auferstand, um arme Sünder zu retten, insbesondere einen namens Sergeant Chris Tamburro.

»Du bekommst keine Haftstrafe«, erklärte ihm Acker. »Das ist ein Versprechen.«

»Wieso nicht?«

»Weil du im Gefängnis niemandem nützt.«

»Wem nütze ich nicht?«

»Den Leuten, die das einfach unter den Tisch fallen lassen können. Musst du wirklich mehr wissen?«

Chris dachte darüber nach. Kein Cop mehr – aber dafür würde er was anderes sein. »Was muss ich machen?«

»Ja sagen.«

»Ja.«

Am nächsten Tag wurde die Anklage fallen gelassen. Chris nahm die Pistole aus dem Nachttisch und warf sie in den L. A. River.

»Würden Sie erklären, wie es dazu kam, dass Sie im Auftrag von Patrick DePaulo ermittelt haben?«

»Stephen Acker hat mich kontaktiert und mir erklärt, ich sei für einen Auftrag gebucht. War nicht das erste Mal.«

Chris kann sich nicht erinnern, ob Mae oder er selbst angefangen hatte, von Maes Firma Mitnick & Associates, BlackGuard, Acker, einem Netz von anderen Anwälten, PR-Firmen und privaten Sicherheitsberatern, Anwälten und Publizisten, Security-Firmen und Ermittlern – von all den Augen, Ohren, Armen und Fäusten als von dem *Ungeheuer* zu sprechen.

»Und wurden Sie informiert, warum Sie weitervermittelt wurden?«

»In Zusammenhang mit Patrick DePaulo tauchte ein rufschädigender Artikel auf der Website von *Truth or Dare* auf. Es war der jüngste in einer Reihe rufschädigender Berichte über DePaulo und sein Umfeld. Er wollte wissen, welcher von seinen sogenannten Freunden die Geschichte an die Klatschreporter verkauft hatte.«

Er sagte nicht, dass die Geschichte stimmte. Er sagte nicht, dass er sich wirklich die *Nasenscheidewand weggekokst hatte und deshalb eine neue Nase bekam.* Wenn man eine Aussage zu Protokoll gibt, bewirft man seinen Klienten nicht mit Dreck. Besonders dann nicht, wenn es sich um den Sohn des Unternehmensgründers handelt.

»Und was tut man, um den sogenannten Freund aufzuspüren?«

»Ich habe mit Patrick DePaulo zusammengearbeitet und eine Liste der Verdächtigen erstellt. Wir haben jedem von ihnen eine andere erfundene Geschichte präsentiert. Nur eine davon ist an die Öffentlichkeit gelangt.«

»Und wer war die Person, die Sie als Verantwortlichen identifiziert haben?«

Chris nennt den Namen des Briten und sieht, dass Yokoyama eine Augenbraue hebt – wahrscheinlich guckt er zu viel Trash-Fernsehen.

»Was haben Sie dann gemacht?«

»Ich bin in das Apartment des Verdächtigen eingebrochen und habe gewartet, bis er nach Hause kam. Dann habe ich ihm ein Geständnis entlockt.«

»Und?«

»Ich habe ihn körperlich attackiert.«

Er lässt seine aufgeschürften Fingerknöchel knacken und sieht Eisner schlucken, dabei bemerkt er, dass Eisner Chris' Vitalfunktionen auf dem Lügendetektor prüft. Chris weiß, dass sein Herzschlag ruhig ist.

»Hat Stephen Acker Ihnen aufgetragen, handgreiflich zu werden?«

»Nein.« Das ist die Wahrheit.

»Hat Patrick DePaulo Ihnen aufgetragen, handgreiflich zu werden?«

»Nein.« Chris muss man so etwas nicht sagen, und zumindest teilweise ist das der Grund, warum sie mit ihm zusammenarbeiten.

Eisner schaltet das Aufnahmegerät aus. Er hat, was er braucht – sämtliche Verantwortung liegt jetzt bei Chris.

Chris hat nichts dagegen, sein Schuldeingeständnis schlägt sich in seinem Honorar nieder.

Von außen sieht es aus wie jedes andere Bürogebäude. Yokoyama tritt hinter Chris nach draußen. Chris bleibt auf den Stufen zum Parkplatz stehen. Er schaut hinaus auf Calabasas – die ausgedörrten wogenden Hügel mit den Anwesen sehr reicher Menschen, die Wert auf riesige Grundstücke und einen schnellen Anschluss an die West Side legen. Yokoyama zieht eine Zigarette aus dem Päckchen, er ist einer der letzten Raucher in L. A. Chris fühlt sich erleichtert, geläutert und gelöst nach seiner Beichte – das ist der nicht praktizierende Katholik in ihm.

»Wie war ich?«

Yokoyama zuckt mit den Schultern. Sie reden nie außerhalb des Raums über das, was im Raum passiert. Er bietet Chris eine Zigarette an. Chris nimmt sie – er kann ein bisschen Menschlichkeit gebrauchen. Yokoyama zündet sie für ihn an. Der Rauch gleitet geschmeidig in seinen Mund. Er lässt ihn ohne Lungenzug entweichen.

Yokoyama zeigt mit seiner Kippe auf die Hügel. »Denkst du manchmal, ein Knopfdruck« – er tut mit seiner Zigarette, als würde er einen Knopf drücken –, »und du könntest den halben Staat niederbrennen?«

»Bist du der Penner-Sprenger, Yokoyama?«

Yokoyama wendet den Blick nicht von den Hügeln ab. Leonard DePaulo, der Gründer von BlackGuard, lebt irgendwo da oben. Ins Büro braucht er zehn Minuten – weshalb die meisten seiner Angestellten zu zwei Stunden Berufsverkehr täglich verdammt sind.

»Wenn ich was anzünden wollte, würde ich nicht mit den Obdachlosen anfangen. Die sind nicht das Problem.« Yokoyamas Stimme soll klingen, als würde er einen Witz machen, macht er aber nicht.

Chris zieht ein bisschen Rauch in die Lunge. Sofort steigt wieder dieses heikle mulmige Gefühl in ihm auf.

Ein schwarzer SUV fährt heran. So wie er in der roten Zone hält, erinnert Chris sich daran, wie er als Cop selbst immer geparkt hatte, wo er wollte. Alle vier Türen gehen gleichzeitig auf. Vier Männer steigen aus. Sie haben kurz rasierte Haare und Bärte – offensichtlich ehemalige Militärs. Alle tragen Schwarz, gehen aufs Haus zu, als würde es ihnen gehören, und ignorieren Chris und Yokoyama wie Pflanzenkübel.

Der ganz vorne mit den raspelkurzen weißen Haaren ist so groß wie Chris, als er noch gedopt war. Matt Matilla. Chris kennt ihn vom BlackGuard-YouTube-Kanal. Früher war er bei den Special Forces, jetzt fliegt er durchs ganze Land und bringt Cops das Töten bei. Er gibt Seminare für Feds und Cops und solche, die's werden wollen. Mit ihm verdient BlackGuard einen Haufen Geld, außerdem arbeitet er für sie – er und seine handverlesene Crew, das Special Operations Department. Gerüchten zufolge gibt es unterhalb von BlackGuard noch eine andere Organisation, von der Chris keine Ahnung hat. Die Arme des *Ungeheuers*, die Chris nie gesehen hat.

»Über die Typen hört man so einiges«, sagt Chris in der Hoffnung, etwas zu erfahren.

»Ach?«

»Ja.« Chris lässt es so stehen. Yokoyama hasst Schweigen. Chris denkt, er wird es brechen.

»Eins kann ich dir sagen«, sagt Yokoyama mit leiser Stimme. »Du weißt ja, wenn du einen Auftrag erledigt hast, lassen sie dich antanzen, und ich schließe dich an den Lügendetektor an, nehme alles auf.«

»Ja, klar.«

»Niemand hat je von mir verlangt, dass ich einen von denen an den Lügendetektor anschließe.«

KAPITEL 7

MAE

Brentwood / Beverly Hills

Es gelingt ihr, sich den größten Teil des Tages zu beschäftigen. Sie arbeitet bei geschlossener Tür, telefoniert Reporter ab, plaudert fröhlich, um sie bei Laune zu halten – Restaurant-Tipps und unspektakulärer Tratsch. Von Dan hält sie sich fern – wegen der seltsamen Energie, die er gerade ausstrahlt, fällt es ihr schwer, sich ihm gegenüber normal zu benehmen.

Um zehn vor sechs geht er wortlos. Sie lässt ihm zehn Minuten Vorsprung, fährt von Brentwood nach Beverly Hills und umklammert das Lenkrad dabei so, dass ihre Knöchel weiß werden. Sie spielt verschiedene Szenarien durch. Zwei Sachen stehen schon mal fest. Sie darf Dan auf keinen Fall als Verbündeten verlieren, aber sie wird nicht mit ihm schlafen.

Wie immer gerät sie auf dem Sunset Boulevard in stockenden Verkehr. Pendler, dazwischen Busse mit Touristen auf Promi-Jagd, sie starren auf das Haus von Ted Danson oder sonst wem.

Mae kämpft sich durch den Verkehr, biegt links ab zu dem großen pinken Vergnügungstempel, der das Beverly Hills Hotel ist. Der Mann vom Parkservice öffnet ihr die Tür – er sagt etwas, aber sie versteht es nicht, so laut rauscht ihr Blut in den Ohren. Ein Paar wartet auf seinen Wagen – blonde Locken umrahmen das mit Fruchtsäure gepeelte Gesicht der Frau, ihre Zähne glänzen wie Perlen zwischen den Joker-dick aufgespritzten Lippen. Ihr Ehemann steht da wie ein nasser Sack, graue Haare polstern sein Hemd aus, lugen zwischen den Knöpfen hervor wie Sträflinge hinter Gittern. Er sieht aus, als wäre er in dem Alter, das Frauen verboten ist.

Mae geht zwischen Indoor-Palmen zur Polo Lounge. Sie denkt daran, wie viel Lebenszeit sie in Hotels verbringt. Sie nennt der Hostess Dans Namen und folgt ihr – ihr Kleid klafft auf, makellose Haut, ein Rücken, der Mae im Fitnessstudio über Monate verfolgen wird. Sie führt sie ganz nach hinten in den schummrigen Teil der Bar. Dan schüttelt die letzten Tropfen eines Whiskeys zwischen den Eiswürfeln in seinem Glas heraus. Zehn Minuten Vorsprung und schon hat er einen Drink intus. Er sieht sie kommen, stellt das Glas ab.

Sie durchläuft in Gedanken rasch das Ju-Jutsu der freundlichen Abfuhr, damit sie den Mann nur ja nicht in seinem Stolz verletzt. Ablenken, drehen und wenden – sein Ego muss um jeden Preis unbeschädigt bleiben. Niemals Verärgerung anmerken lassen und schon gar keine Abscheu.

»Na, wie geht's, Shooter«, sagt er und öffnet die Arme. Ein entscheidender Moment. Wenn er sie zu lange festhält, zu fest drückt oder zu dicht an sich heranzieht, weiß sie, was los ist.

Stattdessen eine Standardumarmung, wie sie in L. A. üblich ist. Kein Drücken, keine Wangenberührung, man umarmt sich so, wie man sich die Hände schüttelt.

Er hält sie ein kleines bisschen zu lang fest.

Sie setzt sich und überlegt, ob sie das Gespräch aufzeichnen sollte. Schiebt den Gedanken aber von sich. Sie bestellen Drinks – Dan einen zweiten Manhattan, sie einen Mezcal Margarita.

Aufgeladenes Schweigen. Sie weiß, dass er nicht zum Thema kommen wird, bevor die Drinks gebracht wurden. Er will keine Störung oder Mithörer riskieren. In einer Stadt, in der jeder jeden kennt, gehört das zum Geschäft.

Ihr Gehirn ruft Albträume auf. Wird er seine Hand auf ihre legen? Wird er ihr beichten, dass Jenny frigide geworden ist? Oder wird er ihr was erzählen über eheliche Übereinkünfte, ihr weismachen, dass Jenny *Verständnis* hat. Vielleicht reibt er ihr auch unter die Nase, was er alles für sie tun könnte. Oder schiebt seinen Fuß unter dem Tisch näher an ihren heran – sie macht sich ganz steif, um das Schaudern zu unterdrücken.

Die Drinks kommen. Sie nimmt einen großen Schluck – aber keinen zu großen. Der Margarita sollte eine Weile reichen. Sie muss cool bleiben. Egal, wie laut ihr Durst sie anbellt.

Die Kellnerin geht.

Jetzt ist der Moment.

Dan fragt: »Bist du mit jemandem zusammen?«

Scheiße, Scheiße, Scheiße.

Limettensaftsäure steigt ihr in den Rachen.

Sie überlegt, ob sie lügen soll. Sie weiß, dass es nicht schlau wäre. Er wird Fragen stellen, dann muss sie jemanden erfinden. Sie denkt wieder daran, dass sie ihn als Verbündeten behalten will. Warum müssen es Männer einem immer so schwer machen?

»Ich hab doch Mandy, zählt das nicht?«

Er lächelt – nicht nur über die Pointe. Die Antwort gefällt ihm, darauf hatte er gehofft.

»Ein Hund ist genug, hm?«, fragt er. »Wohnst du noch in der Sixth Street?«

Sie nickt.

»Zwei Zimmer?«

Wieder nickt sie – fühlt sich innerlich total verloren.

Er kippt seinen Drink runter. Sie sieht, dass er tief einatmet, sich vorbereitet. Nervös beißt sie die Zähne aufeinander.

»Dan ...«, sagt sie. Sie hat sich vorbereitet. Lenk das Gespräch. Bleib sachlich. Sprich von Respekt. *Bearbeite ihn.*

Er greift in seine Tasche. Zieht ein Plastikkärtchen heraus.

Darauf ist das Logo des Hotels. Eine Schlüsselkarte. Er legt sie mitten auf den Tisch. Verzieht dabei keine Miene. Lässt die Karte da liegen.

Scheiße, Scheiße, Scheiße.

Blicke von den anderen Tischen treffen sie. Die Männer grinsen wissend.

Mae sieht Dan in die Augen, überlegt, was hier los ist. Sie denkt an alles, was sie über Dan weiß, kommt zu einem überraschenden Schluss und riskiert es.

»Dan – wieso willst du, dass alle denken, wir hätten eine Affäre?«

Das Eis ist gebrochen. Er grinst wie *Das ist mein Mädchen.*

»Woher willst du wissen, dass ich dich nicht angrabe?«

»Wenn du mich herbestellt hättest, um mich flachzulegen, hättest du es nicht so aussehen lassen, als hättest du mich herbestellt, um mich flachzulegen. Du bist viel geschickter. Und dennoch sitzen wir hier in einer Hotelbar, rammelvoll mit Leuten aus der Filmbranche, und alle sehen die Schlüsselkarte auf dem Tisch. Du willst, dass es aussieht, als hätten wir was miteinander. Du kontrollierst die Geschichte, das Narrativ, so wie du's mir beigebracht hast. Und ich wüsste gerne, warum.«

»Sag du's mir«, antwortet er. Mit seinem Grinsen verwandelt er ihr Unbehagen in Wut. Sie stachelt sie an. Und ihr kommt ein Gedanke.

»Du willst, dass die Leute um uns herum denken, wir hätten eine Affäre. Das heißt, du vermutest, wir werden beobachtet. Deshalb lässt du's nach einer bestimmten Geschichte aussehen, um eine andere zu verschleiern – eine große und fürchterliche.«

Er lächelt. Sie hat wieder einen Test bestanden. Trotz ihrer Freude über seine Anerkennung, hat sie es satt, sich ständig beweisen zu müssen.

»Du bist gut«, sagt er. »Du könntest eine der Besten werden. Hab ich immer schon gesagt. Seit Brad Cherry.«

Wieder taucht der wunderschöne tote Junge in ihrem Kopf auf – warum kann sie ihn nicht vergessen?

»Dann behandle mich auch so.«

»Tu mir nur einen Gefallen«, sagt er. »Wenn du mich zusammenscheißen willst, lächle dabei.«

Sie spielt mit, klebt sich ein Lächeln ins Gesicht. »Du Arschloch! Du findest das witzig. Ist es aber nicht, Dan. Mit so was macht man keine Scherze.«

»Du weißt nie, wer zuguckt.«

»Das ist paranoid.«

»Just because you're paranoid«, singt er und gibt einen ganz passablen Kurt Cobain.

»Das ist mir nicht egal«, sagt sie. »Männer denken, es ist egal, ist es aber nicht. Es kränkt mich, wenn andere denken, ich geh mit meinem Chef ins Bett. So was ist kein Spaß.«

»Du hast recht«, sagt Dan. »Tut mir leid.« Und facht mit seiner schlecht gespielten Zerknirschung ihren Zorn nur noch weiter an. Sie umklammert ihr Glas und fragt sich, ob sie stark genug ist, es zu zerdrücken.

Er klappert mit dem Eis. Mustert sie und wartet, dass ihr Zorn verfliegt. Wie gut er sie kennt. Er weiß genau, dass ihre Neugier, ihr Bedürfnis, Geheimnisse aufzudecken, ihren Ärger besiegen werden. Er kennt sie zu gut. Gerade als sie ihren Kiefer wieder ein kleines bisschen entspannt, beugt er sich vor, nur um es zu beweisen: »Wie geht's deiner Schwester?« Noch so eine Frage, mit der sie nicht gerechnet hat.

»Gut, denke ich.« Alicia war in Monett geblieben, bei ihrem Vater. Mae sieht sie meist nur in den sozialen Medien, sie sieht aus wie ein schlechter Abklatsch von Mae, nur zehn Jahre älter, anstatt der zwei, die sie wirklich älter ist – müde Augen, die Kinder an ihrem Rockzipfel.

»Du hast doch eine Nichte, oder?«

»Zwei.«

»Hast du's mitbekommen, als sie schwanger war?«

»Nicht wirklich. Wir sind nicht so eng.«

»Hab mich nur gefragt, ob du Erfahrung mit Schwangerschaften hast. Unsere Leihmutter lebt in Mexiko, wir haben sie nur ein oder zwei Mal gesehen.«

Wovon spricht er? Partner, Zimmer, Schwangerschaft.

»Dan. Du willst mich nur durcheinanderbringen.«

»Meinst du?«, fragt er.

»Du hast Brad Cherry erwähnt – du willst mir sagen, dass ich mit schwierigen Situationen klarkomme. Das zeigt mir, dass du von irgendwas ablenken willst. Und jetzt redest du über Kinder.«

Er nickt ihr zu, *mach weiter*. Sie schwenkt ihren Drink. Und setzt die Puzzleteile zusammen. Sie passen nicht alle – aber sie fügt genügend aneinander, sodass sie ein Bild ergeben.

»Oh Mann. Ein Fall für die Firma ist es nicht, sonst wären wir jetzt dort. Das heißt, du hast ... was nebenher laufen?«

Er nickt wieder, *mach weiter*.

Sie sagt nicht, *was Illegales*. Sie sagt nur: »Dan, eines Tages wirst du zum Partner aufsteigen. Wieso setzt du das aufs Spiel?«

»Hör zu«, sagt er. »Du bist gut in deinem Job. Du arbeitest hart. Ich schätze dich wie sonst kaum jemanden. Und hier ist die Wahrheit: Wenn du jeden Tag im Büro auftauchst, deinen Job gut machst, früh kommst und spät gehst, immer alles hinkriegst, wirst du die Leiter immer weiter raufklettern, bis du irgendwann der Person den Kaffee bringen darfst, die über dich drübergestiegen ist, um an die Spitze zu kommen. Oder jemandem, der gleich im Eckbüro geboren wurde. Der verfluchte Neffe von irgendwem.«

»Und du hast eine bessere Idee?«

»Hinter jedem Vermögen steckt ein Verbrechen. Schon mal gehört?«

Sie nickt und wartet, dass er weiterspricht. Eine lange Weile sitzen sie schweigend in der lauten Bar.

»Also«, sagt Mae. »Du willst ein Vermögen machen. Willst du mir sagen, worin das Verbrechen besteht?«

»Nein.«

»Blödes Arschgesicht.«

Er lacht.

»Wenn ich dich eingeweiht habe, gibt's kein Zurück mehr. Wenn du es gehört hast, musst du aus dem Flugzeug springen. Wenn du Bescheid weißt, bist du dabei. Ohne Rückzieher. Und keine Handys, keine Nachrichten, nichts. Maximale Operationssicherheit.«

»Wenn das ein Witz ist, bringe ich dich um.«

Er winkt der Kellnerin.

»Ist kein Witz, Shooter. Ich sag dir, was ich mache. Morgen Abend, gleiche Welle, gleiche Stelle. Ich sitze hier am Tisch, bestelle einen Drink und trinke ihn. Setzt du dich zu mir, erzähle ich dir alles. Wenn nicht, hat das hier niemals stattgefunden. Das Leben geht weiter wie gehabt.«

Er grinst sie an. Er passt genau den richtigen Augenblick ab, sodass er das letzte Wort hat, bevor die Kellnerin wieder in Hörweite ist.

»Du machst sowieso die ganze Dreckarbeit«, sagt er. *»Könntest sie ausnahmsweise auch mal für dich selbst machen.«*

KAPITEL 8

CHRIS

Venice

Chris' schlimmes Knie schreit – er öffnet die Tür auf der Fahrerseite, um es auszustrecken.

Scheiß Auftrag. Er gibt den Hotelfick-Helfer. Wartet vor einem Wellnesscenter auf dem Abbot Kinney Boulevard auf Dave Gifford – in der Presse wird er als Promoter bezeichnet, aber alle in der Branche wissen, dass er nebenher Geschäfte mit Agenten und Managern macht und in deren Auftrag Schmiergelder verteilt, damit deren Premium-Kunden besser aussehen. Chris weiß nicht, ob das legal ist oder nicht. Und ob es ab einem gewissen Level überhaupt eine Rolle spielt.

Chris schaut in den Rückspiegel. Auf diesem Abschnitt vom Abbot Kinney Boulevard ziehen sich alle an wie Kleinkinder, tragen kurze Hosen und bescheuerte, viel zu große T-Shirts, von denen jeder weiß, dass sie dreihundert Dollar gekostet haben. Chris hält nach auffälligen Personen Ausschau. Er betreibt Gegenüberwachung – achtet auf potenzielle Detektive im Auftrag der Scheidungsanwälte von Giffords Ehefrau. Die ist nämlich paranoid. Aber wie sagt man doch so schön? Nur weil du paranoid bist, heißt das nicht, dass dein Mann nicht alles fickt, was einen Puls hat. Dave und seine Frau spielen beide mit hohen Einsätzen. Ihre Ehe hat die entscheidende Marke überschritten. Nach zehn Jahren ist Dave laut kalifornischem Gesetz verpflichtet, ihr lebenslang Unterhalt zu zahlen. Stattdessen einfach nicht mehr so viel in der Gegend herumvögeln ist ihm nie in den Sinn gekommen.

Chris lässt das Fenster ein Stück runter, will einen Hauch Ozean schnuppern. Er rechnet nach – seit einem guten Jahr hat er keine Brandung mehr gesehen. Als er tief Luft holt, riecht er nichts außer dem Qualm vom Holzkohlegrill ein Stück die Straße runter. Trotzdem denkt er an Mae – ein nicht mal sichtbarer Ozean genügt schon, um Erinnerungen zu wecken.

Er hat sie auf Anhieb gemocht. Diese großen grünen Augen hinter der großen Brille. Sie hat ihn direkt angesehen – der Tote, der direkt vor ihnen liegt, spiegelt sich nicht in ihrem Blick. Viele würden weniger gut mit der Angst klarkommen. Immerhin ist er ihre erste Leiche.

Dazu kommt, dass Brad Cherry nicht auf seinem eigenen Bett liegt. Er hat das Haus mit einem A-Lister getauscht, der jetzt bei ihm in Cobble Hill wohnt, und er war dafür bei ihm in Venice eingezogen. Wo er sich freizügig am geheimen Drogenvorrat des A-Listers bedient hat, eine fette Line Heroin geschnieft – doch offenbar war der Stoff zu stark für Brads Blut. Und jetzt liegt er tot auf dessen Bett.

Brad war Maes Klient. Sie hat die Leiche gefunden. Sie musste nicht erst gesagt bekommen, was zu tun ist. Sie rief ihre Vorgesetzten an. Die riefen Acker an. Und Acker rief Chris an.

Er ist derjenige, der eingeschaltet wird, wenn der Tote langsam kalt wird.

Der Auftrag ist klar. Brad Cherry ist tot, und das ist schlimm, aber noch lange kein Grund, den A-Lister durch den Dreck zu ziehen. Chris hat Schiss, dass er ihr das erst erklären muss. Hätte er nicht haben müssen. Sie trifft die richtigen Entscheidungen. Chris und Mae räumen auf. Den Geheimvorrat des A-Listers spülen sie ins Klo – Chris behält ein bisschen was zurück, um es Brad in die Tasche zu stecken, damit es so aussieht, als hätte er sich das H irgendwo in Venice auf der Straße besorgt. Dann lassen sie ihn liegen, damit das Hausmädchen ihn findet.

Sie gehen in Venice am Strand spazieren. Dreckiger Sand und Touristen. Sie setzen sich in eine Bar an der Straße, gucken fern, warten ab, ob die Vertuschungsaktion geklappt hat. Ob die von ihnen zusammengebastelte Geschichte hält. Während sie warten, unterhalten sie sich. Sie sitzen in der Bar und stellen dabei etwas Unglaubliches, etwas Beängstigendes fest – sie sind ehrlich miteinander, sie können sich voreinander nicht verstecken. Ihrer beider Leben besteht aus nichts als Lügen, aber gegenseitig können sie sich nichts vormachen. Er erzählt ihr von der Waffe in seinem Nachttisch und wie kurz davor er schon war. Jetzt ist er zwar nicht tot, aber trotzdem kommt es ihm manchmal vor, als würde er einfach nur einen Tag nach dem anderen abhaken, bis zum letzten. Selbstmord auf Raten.

Sie gehen ans Wasser. Dieses Gefühl, wenn man betrunken ist und die Luft um einen herum dieselbe Temperatur hat wie die eigene Haut, und man begreift, dass alles wortlos und einfach zusammenhängt.

Das Pochen in seinem Hals, wenn er sie ansieht. Das Kribbeln an den Haarwurzeln. Dieses Gefühl, für das er lange nach einem Namen sucht.

Lebendig.

Von hier aus sehen sie das Haus des A-Listers. Ein Krankenwagen steht davor.

Maes kleine Hand greift nach seiner. Dieses Rucken in seiner Brust – ganz anders als ein Herzinfarkt.

Er sagt: »Das ist wie in einem verkehrten Fegefeuer. Wenn ich nur genügend Sünden begehe, kann ich mich vielleicht befreien.«

Sie dreht sich zu ihm um, schaut zu ihm auf. In ihren Augen entdeckt er einen anderen Weg.

Das ist der Moment, in dem er sie küsst, fest.

Sie sehen Nachrichtenhelikopter über dem Strand heranschwärmen – sie küssen sich zum Klang der durch die Nacht heulenden Sirenen.

Der Traum endet abrupt, als die Tür aufgerissen wird.

»Hab ich dich erschreckt?« Gifford hat dieses postkoitale Glühen. Er setzt sich auf die Beifahrerseite. Er mag das Gefühl nicht, herumgefahren zu werden, er will nicht, dass seine Diener sich wie Diener fühlen.

Chris fährt ihn zu einem Omakase-Laden in Mar Vista – vierhundert Dollar pro Nase, und du gehst hungrig wieder raus, erzählt Gifford. Dort trifft er sich mit seiner Frau. Chris fragt sich, worüber die beiden sich unterhalten, wenn sie da vor ihrem eigens aus Japan eingeflogenen Fisch und ihren ganzen Lügen sitzen.

Aber vielleicht braucht man Lügen ja. Weil sie aufrichtig waren, hat es zwischen Mae und ihm am Anfang funktioniert, und genau deshalb ging die Beziehung zum Schluss kaputt. Keiner von ihnen konnte seinen Job machen und der Wahrheit, was das bedeutete, Tag für Tag ins Gesicht sehen. Es lief auf eine Entscheidung hinaus: Dieses Leben oder einander. Mae entschied sich für dieses Leben. Chris sagte, er auch. Aber er wusste, dass sie wusste, dass das gelogen war.

»Als ich das letzte Mal in dem Restaurant war«, sagt Gifford, »hab ich was gegessen, das hieß Shirako, und als ich fertig war, hab ich den Kellner gefragt, was es war? Der meinte, *das Gemächt vom Kabeljau.* Ich hab erst mal gebraucht, bis ich kapiert hab, dass ich den Spermasack von einem Fisch gegessen hab. Echt jetzt, Sperma. Ich hab gesagt, dass die Person mit Sperma im Mund nicht die ist, die nach dem Essen die Rechnung bezahlt.«

Chris macht ein Geräusch wie ein Lachen. Und lenkt in Gedanken den Wagen mit ihnen beiden direkt ins Meer.

KAPITEL 9
MAE
Sixth Street

Bei den Immobilienmaklern hieß dieser Abschnitt der Sixth Street immer Beverly Hills Adjacent – die Straße endet drei Blocks weiter westlich an der Grenze zu Beverly Hills. In den letzten Jahren hat Beverly Hills aber einiges an Glanz verloren, und jetzt heißt Maes Viertel bei den Maklern Beverly Glen. Mae wohnt im Erdgeschoss eines pinken zweistöckigen Doppelhauses aus den Zwanzigerjahren. Stuckleisten, Hartholzbalken – der alte Hollywood-Glamour. Ihr Vermieter hatte mal das Drehbuch zu einer Komödie mit Michael J. Fox geschrieben. Von seiner Erfolgsbeteiligung hat er sich ein paar Häuser gekauft.

Die Wohnung obendrüber gehört einer Mittvierziger-Modedesignerin mit fünfundzwanzigjährigem Freund. Sie ist ständig geschäftlich in Europa. Er hat ständig andere Zwanzigjährige zu Besuch und lässt bis spät in die Nacht Bassläufe dröhnen. Mae betet regelmäßig dafür, dass er stirbt.

Sie füttert Mandy. Bestellt sich Thailändisch. Schenkt sich Rosé ein. Und denkt nach über das, was Dan gesagt hat.

Du machst sowieso die ganze Drecksarbeit. Könntest sie ausnahmsweise auch mal für dich selbst machen. Mae krabbelt Mandy am Bauch – Mandy reibt sich mit der Pfote über die Schnauze, das ist Mandy-Sprech und heißt *Mehr*. Mae krabbelt weiter. Zieht ihr Handy aus der Tasche. Sie weiß, dass sie mit jemandem reden muss. Mit jemandem, zu dem sie ehrlich sein kann.

Sie denkt an Chris. Und dass es zu echt war. Sie waren schon vor dem Ausziehen nackt. Chris hatte sie mit seinem ganzen Wesen geliebt, diese pure Verwunderung in seinen Augen bei ihrem bloßen Anblick. Dadurch fühlte sie sich so begehrt wie von sonst niemandem. Er sagte, was er brauchte, und sie gab es ihm. Sie sagte, was sie brauchte, und er gab es ihr. Mitten in der Nacht wachten sie auf, tasteten im Dunkeln nach einander, fickten wieder und aßen hinterher Eis im Bett. Sie vögelten so lange, bis sich ihre Freude in wildem Gelächter Bahn brach.

Aber dann gab es auch Nächte, in denen Mae die Lügen wollte. In denen sie sie brauchte, um zu überleben. Sie konnte es nicht ertragen, mit jemandem zusammen zu sein, der den ganzen Blödsinn durchschaute, mit dem sie sich durchs Leben schlug. Es hatte nicht im Bösen geendet. Aber traurig. Für sie kam es einer Art Niederlage gleich, etwas so Gutes bekommen zu haben und zu wissen, dass es nicht funktionieren konnte.

Abrupt reißt sie sich aus der Erinnerung – sie hatte so lange geträumt, dass das Telefon in ihrer Hand in den Ruhezustand ging. Sie googelt, wie spät es in Rumänien ist – halb acht Uhr morgens. Sarah müsste schon auf sein. Sie war mal Schauspielerin – hatte ein paar hochkarätige Fernsehrollen, wenn man sie sieht, erkennt man sie. Mit fünfunddreißig verlegte sie sich aufs Produzieren, sie meinte, egomäßig würde sie mit einem Leben als alternde Schauspielerin nicht klarkommen. Gerade ist sie in Bukarest am Set einer Serie für irgendeinen Streaming-Dienst.

Mae kann Sarah alles erzählen. Auf jeden Fall ist es eine aufregende Geschichte. Und Mae weiß, Sarah wird ihr verbieten, sich mit Dan zu treffen. Sie wird sagen, dass sie sich auf keine abgedrehten, vermutlich illegalen Touren einlassen soll, schon gar nicht, ohne vorher zu wissen, worum es geht. Und indem sie's Sarah erzählt, das weiß Mae, wird sie die Abmachung mit Dan im Keim ersticken. Sie wird gegen seine Anweisung verstoßen, die Klappe zu halten. Was auch immer

Dan am Laufen hat, es muss illegal sein. Er wird definitiv das Ungeheuer hintergehen.

Ruf Sarah an. Kill den Deal.

Das Tuten ist ein eigenartiges Zwitschern, läuft durch irgendeinen rumänischen Filter.

»Na, Kleine«, sagt Sarah weit weg und blechern.

»Wie laufen die Dreharbeiten?«

»Die Dreharbeiten? Sind eingestellt. Wir sitzen wieder in der Vorbereitung. Der Sender hat die Drehbücher für fünf Folgen zurückgezogen. Drehbücher, für die wir längst grünes Licht bekommen hatten. Die Autoren wurden schon vor Monaten nach Hause geschickt, also mussten wir die Dreharbeiten jetzt erst mal abbrechen. Wir verschleudern täglich hunderttausend Dollar nur damit, die Besetzung und die Crew auf Eis zu legen, bis der Showrunner alles umgeschrieben hat.«

»Wenn's der Welt eine weitere freudlose Prestige-Serie beschert, dann ist es das doch wert.«

»Haha. Mach ruhig Witze. Die Branche ist total im Arsch. Ich weiß nicht mal, was wir machen. Diesen Monat starten siebzig neue Serien. Siebzig. Ich stehe jeden Tag auf, lösche Feuer, damit wir diese Serie hinbekommen, aber weißt du, was das Abgefuckte daran ist? Wenn nicht? Es würde gar keiner mitbekommen. Was wäre denn anders? Würde es überhaupt jemand beim Sender merken?«

»Ich sehe schon, du hast Spaß und liebst das Leben.«

»Alles steht in Flammen, und niemanden schert's. Apropos, wie geht's in L. A.?«

Erst als Mae den Mund aufmacht, wird ihr klar, dass sie Sarah nichts von Dan erzählen wird.

»Viel Arbeit«, sagt sie. »Folgst du Hannah Heard auf Instagram?«

Sie erzählt Sarah die Hannah-Geschichte. Bringt sie damit zum Lachen. Jetzt weiß sie's genau – sie will Dans Angebot nicht ersticken. Sie will hinter das Geheimnis kommen. Natürlich will sie das. Er kennt sie so gut. Er tut absichtlich rätselhaft, damit sie drauf anspringt. Und es hat funktioniert. Sie ist dabei.

Am nächsten Tag steht Dans Wagen nicht auf seinem Platz. Mae geht an seinem Büro vorbei. Tze sagt, er hat den größten Teil des Tages Meetings drüben in Burbank. Telefonisch kann man ihn erreichen – Tze bietet an, sie mit ihm zu verbinden. Mae winkt ab. Dan hat gesagt, *keine Handys, keine Nachrichten, nichts.* Außerdem will sie gar nicht mit ihm reden. Sie will ihm nur in die Augen sehen. Und dass er ihr in die Augen sieht.

Sie arbeitet. Sie telefoniert. Alles auf Autopilot. Ihr Resthirn fabriziert hypothetische Intrigen. Sie überlegt sich das wahrscheinlichste Szenario. Spricht es laut aus, wie eine Figur in einem Spielfilm.

»Erpressung.«

In der PR-Branche ist Erpressung nicht ungewöhnlich. Es kommt vor, dass jemand zur Kasse gebeten wird. Zu viele Geheimnisse, die zu viel Geld wert sind, fließen durch zu viele Hände. Zu viele Handyvideos und gekränkte Angestellte. Erpressungen verlaufen normalerweise *unausgesprochen.* Das Honorar wird einfach verdreifacht, und es bleibt dem Klienten überlassen zu fragen, warum. Die Rechnung zeigt an, was das Geheimnis wert ist.

Dan hat die entsprechenden Kontakte, er könnte überall Artikel unterbringen, von *Variety* bis zur *New York Times.* Wenn man seine Zeit damit verbringt, solche Storys zu unterdrücken, lernt man auch, wie man Wind damit macht. Sollte Dan ins Erpressergeschäft einsteigen wollen, muss er Beweise für etwas Krasses und nicht zu Leugnendes haben.

»Mae.«

Sie schreckt aus ihren Gedanken und sieht Cyrus in der

Tür. Sie richtet sich gerade auf. Neun Uhr morgens und er hat schon Schweißflecken unter den Achseln.

»Guten Morgen, Cyrus.«

»Hast du Dan gesehen?«

»Tze sagt, er ist den ganzen Tag in Burbank in Meetings. Kann ich dir irgendwie helfen?«

»Kann sein, dass wir bei einem seiner Klienten schnell was unternehmen müssen. Ward Parker.«

»Sag bloß nicht, es gibt noch eine Leiche.«

Sollte ein Witz sein. Cyrus' Gesicht verrät ihr, dass es keiner war.

»Eine Leiche nicht«, sagt er. »Was Schlimmeres.«

Ward Parker: Spendensammler der Demokraten in West Hollywood. Er spielt mit richtig viel Geld um richtig viel Macht. Sammelt Wahlkampfspenden für den Bürgermeister, den Gouverneur, drei verschiedene Kongressabgeordnete. Er hat Einfluss auf die gesamte West-Hollywood-Stadtverwaltung und halb L. A. Niemand weiß, woher er das Geld bekommt, und es interessiert auch niemanden.

Alle wissen, dass er auf Party 'n' Play steht, ungeschützten Sex unter Drogeneinfluss. Ward Parker findet's geil, Männern zuzusehen, die sich Crystal Meth spritzen. Zuerst gab's ein paar brenzlige Fälle in Notaufnahmen, befreundete Ärzte mussten ein paar junge Männer nach einer Überdosis wiederbeleben. Dann ein Toter – der Mann war aus Florida hergeflogen und hatte sich auf einer Matratze in einem Apartment in West Hollywood Heights mit Meth abgeschossen. Die Polizei ging von einem Unfall aus. Parker engagierte Frederick Kim, den besten Strafverteidiger für das Ungeheuer. Kim hat dann Dan dazugeholt, damit die kursierenden Gerüchte nicht gedruckt wurden.

Dann kam die zweite Leiche. Wieder lag jemand tot auf Parkers Couch mit einer Spritze im Arm. Einer, der vier Mal wegen Prostitution und drei Mal wegen Drogenbesitzes festgenommen worden war. Wieder engagierte Parker das Team. Wieder spielten die Cops mit. Niemand schrieb darüber. Aber alle tuschelten. Dan stoppte die Nachforschungen der Reporter und zahlte Schweigegeld, damit nichts davon in *Truth or Dare* erschien. Die *L. A. Times* ging in Druck – aber Dan verwässerte die Geschichte, bis kaum noch was übrig blieb. Natürlich verbreiteten sich trotzdem Gerüchte. Ein paar Twitter-Threads gingen viral. Na und? Sie verpufften bald wieder. Die Sache lief nie aus dem Ruder. Dan hatte sie fest im Griff.

Es wurde über Leichen gemunkelt, die niemand gesehen hatte. Man flüsterte sich zu, Parker hätte Aufräumkommandos bestellen müssen. Es hieß, BlackGuard sei vorgefahren. Voll die heftige Scheiße. Die *unausgesprochenste* Scheiße der Welt. Mae denkt an den verschwundenen Buddha im Chateau Marmont.

»Im Moment wissen wir nicht mehr«, sagt Cyrus, »als dass ein Mann mit einer Handschelle am Handgelenk und Nadeleinstichen in der Armbeuge zur West-Hollywood-Polizei marschierte und aussagte, Parker habe ihn gegen seinen Willen festgehalten, ihm Geld bezahlt, dann gefesselt und ihm ebenfalls gegen seinen Willen Drogen verabreicht. Er behauptet, es sei ihm gelungen, sich von seinen Fesseln zu befreien und durch ein Fenster zu fliehen. Zum gegenwärtigen Zeitpunkt ist das Aussageprotokoll noch nicht aktenkundig – das heißt, auch noch nicht öffentlich. Wenn Parker festgenommen wird, müssen wir das ganze Team dransetzen. Aber das ist natürlich Dans Baby – kannst du ihm so schnell wie möglich Bescheid geben?«

»Kein Problem«, sagt Mae.

Vielleicht ist es Zufall. Dans größter Klient steht mit dem Rücken zur Wand genau in dem Moment, in dem Dan ein großes Ding plant.

Oder wollte Dan Ward Parker erpressen?

Der Gedanke macht ihr Angst.

Und gibt ihr einen Wahnsinnskick.

Der Verkehr ist so schlimm, dass etwas in Mae beinahe hofft, es habe am Ende des Staus Tote gegeben. Sie ist spät dran. Hannah ist vor den Augen eines Reporters des *New York Times Magazine* vom Set gestürmt – ihre Mochi-Video-Sympathien hat sie damit schon wieder verspielt. Mae hat den Nachmittag am Telefon verbracht und mit dem Reporter geredet, um rauszukriegen, was er schreiben wird. Er hat nicht mitgespielt. Sie vermutet, es wird ein Frontalangriff. Das Gute dabei ist aber, dass sein Artikel frühestens in einem Monat erscheinen kann. Und bis dahin wird noch alles Mögliche passieren.

Mae spielt ein schnelles Schlagzeug auf dem Lenkrad. Sie unterbricht den Podcast auf ihrem Handy und ruft stattdessen Rihanna auf, die singt: »Bitch better have my money.« Mae trommelt weiter. Steht im Stau. Er bewegt sich ruckartig, anfallsartig. In anderen Städten wird gehupt. In L. A. staut man still. In L. A. weiß man, dass es sinnlos ist, die Götter anzuschreien.

Mae drückt auf die Hupe. Schreit die Götter an.

Die Götter schreien zurück: Über ihnen fliegt ein Helikopter des L. A. County Sheriff's Department. Das sind die Unheilsverkünder im Straßenverkehr von L. A. Ein Heli bedeutet eine Verfolgungsjagd auf den Straßen, ein schlimmer Unfall oder dass einer von der Autobahnüberführung springen will. Ein Heli bedeutet Stau, der einen ganzen Tag kostet.

Mae wechselt ungeduldig zwischen den verschiedenen Spuren, behält einen Taco-Truck auf der mittleren im Blick. Schiebt sich dran vorbei, aber der Truck schiebt sich wenig später wieder an ihr vorbei. Fruchtloses Gerangel. Die Götter haben den Verkehr in L. A. erfunden, um die Menschen zu lehren, dass Widerstand zwecklos ist.

Mae wehrt sich trotzdem. Sie versucht, an einem Wagen vorbeizukommen, an dreien. Aber jetzt kommt der Verkehr vollkommen zum Stillstand. Sie steckt hier fest. Sie steht neben einem Reisebus ohne Dach, eigentlich ist er für Rundfahrten zu Promihäusern gedacht. Stattdessen bekommen die Touristen hier im Stau das wahre L. A. geboten.

Aus dem einzelnen Heli vorne wird jetzt ein ganzer Schwarm. Helikopter der Nachrichtensender kommen dazu.

Sie ist sowieso schon zehn Minuten zu spät. Schaut auf ihr Handy. Dan hat gesagt, nicht telefonieren. Nicht mal Nachrichten schreiben.

Sie fürchtet, er denkt, sie würde nicht mehr kommen. Sie fürchtet, er denkt, man kann ihr nicht vertrauen.

Direkt vor ihr leuchten die Bremslichter eines BMW auf – ein Parkplatz wird frei. Scheiß drauf. Sie parkt. Zwei Straßenzüge. Zu Fuß kommt sie schneller voran als im Verkehr. Sie zieht ihre Clogs aus, um schneller barfuß zum Hotel zu laufen.

Als sie aus dem Wagen steigt, klingt das Dröhnen der Hubschrauber über ihr wie ein Bienenschwarm. Sirenen werden laut – Polizeisirenen, Krankenwagen, Feuerwehrwagen. Rotlicht schimmert in der Luft.

Die Kreuzung vor dem Hotel ist Ground Zero. Leute sind aus den Autos gestiegen, sie filmen mit ihren Handys. Ein Polizist in einer gelben Weste regelt den Verkehr, verliert aber den Kampf. Die Palmen biegen sich im Sturm der Helikopter.

Mae sieht einen schwarzen Tesla halb auf der Straße, halb auf dem Gehweg, die Fahrertür weit offen.

Dan fährt einen schwarzen Tesla.

Halb Beverly Hills fährt einen, sagt sie sich.

Sie geht schneller. Fängt an zu schwitzen. Kein zweiter

Wagen. Keine Kollision. Auf der Straße glitzert zersplittertes Sicherheitsglas. Sirenen aus allen Richtungen.

Jetzt ist sie an der Kreuzung. Sie sieht ein Einschussloch in der Windschutzscheibe, Risse ziehen sich drum herum wie ein Spinnennetz. Sie sieht einen Jackson Pollock aus Blut auf der Scheibe, Cops suchen den Gehweg ab. Eine Patronenhülse verschwindet in einem Tütchen, das mit einem Etikett versehen wird. Ein Toter liegt auf einer Trage, eine Decke darüber – über dem Gesicht ist sie rötlich braun verfärbt. Unter der Decke lugt ein schwarzes Anzugbein hervor, es steckt in ausgelatschten Kampfstiefeln. Sanitäter schieben den Toten in einen Krankenwagen. Mae erreicht eine Gruppe Schaulustiger. Die Helis fegen heiße Luftschwaden über die Straße. Die Decke, die den Toten verbirgt, flattert hoch und Mae sieht die feuchte graue Hirnmasse, die seitlich aus Dans Kopf gequollen ist. Die Schaulustigen machen Iiiihhh und zücken ihre Handykameras, um das Blut abzulichten.

KAPITEL 10

MAE

West Hollywood / Sixth Street

Mae fährt wie in Trance nach Hause. Im Melrose Drive bleibt sie erneut stecken, der übliche Berufsverkehr, sie kommt vorbei am Paul Smith Store, die Fassade ist in einem unmöglichen Pink gestrichen. Japanische Jugendliche in teurer Streetwear stehen Schlange, um Selfies davor zu machen, und erwischen das perfekte Los-Angeles-Licht zur Golden Hour.

Sie blinzelt und sieht, wie sich Blut auf einem Laken ausbreitet.

Ihr Handy klemmt auf der Mittelkonsole. Sie holt Mandy

aus der Doggy Daycare – die Frau an der Anmeldung macht Small Talk, Mae nickt, als würde sie zuhören, aber es ist, als hätte sie sich die Finger in die Ohren gesteckt. Alles, was die Frau sagt, rauscht an ihr vorbei.

Sie blinzelt und sieht eine gesprungene Windschutzscheibe voller Blutspritzer.

Sie setzt sich benommen auf die Couch, schaut aufs Handy, dann schaltet sie den Fernseher ein. Überall auf Twitter ist die Rede von dem Mord. TMZ war zuerst da. ***Presseagent in Beverly Hills erschossen.*** *Truth or Dare* folgt knapp dahinter. ***PR-Mann auf dem Sunset Blvd ermordet.*** Bislang sind die Artikel aber noch sehr dünn.

Maes Klamotten engen sie ein. Sie steigt aus der Hose, öffnet ihren BH und zieht ihn durch die Ärmelöffnung ihrer Bluse. Sie holt tief Luft, so wie es das Internet rät.

Truth or Dare bringen ein Update, dieses Mal wird der Name der Autorin genannt. Hätte sie sich gleich denken können, dass es Michelle Weiss ist – Dan hat sie immer als wiedergeborenen Mistkäfer bezeichnet. Ihre Überschrift lautet: ***Hollywoods Geheimnisse sterben mit Dan Hennigan.*** Dan wird als »Magier der schwarzen PR-Künste« bezeichnet – »Hollywoods Krisenmanager der Stars« – »Der Mann, der wusste, in welchem Keller die Leichen liegen«. In dem Artikel steht nicht, wie viele Storys Dan Michelle zugeschoben hat oder wie oft und in welcher Höhe er sie für ihr Schweigen bezahlte.

Die *L. A. Times* steigt spät ein – sie warten mit der Veröffentlichung, bis die Familie verständigt wurde. Dann bringen sie harte Fakten und Einzelheiten, die sie von einer nicht näher bezeichneten Quelle der Polizei von Beverly Hills bekommen haben. Ein Hispano-Amerikaner habe sich im stockenden Verkehr Dans Wagen genähert. Es ist die Rede von einem gescheiterten *Autoraub.*

Maes Handy leuchtet auf.

WTF???

TUT MIR SO LEID.

Traurige Emojis und **MEIN BEILEID.**

Sie blinzelt und sieht trotzdem noch Dan mit aufgeplatztem Schädel vor sich.

Ihr Handy vibriert in ihrer Hand.

Es ist Michelle Weiss.

Truth or Dare.

Sie überlegt, ob sie drangehen soll.

Dann nimmt sie den Anruf an.

»Kein Kommentar, Michelle.«

»Du hast die Überschrift gesehen, oder? Wir waren die Zweiten mit der Geschichte, wir brauchten einen Ansatz.«

»Habt ihr gewartet, bis Jenny es erfahren hat?«

»Nein. Willst du Stellung nehmen?«

»Ich habe nichts zu sagen, kein Kommentar. Cyrus wird für die Firma sprechen, da bin ich sicher.«

»Hör mal, *chica*, du hast mein ganzes Beileid. Aber Story ist Story. Weißt du mehr?«

Allerdings, denkt sie. *Ich weiß, dass Dan an etwas Großem, Geheimem dran war. Er hatte eine Riesenschweinerei vor, die ihm verdammt viel Geld einbringen sollte, und als er ermordet wurde, war er auf dem Weg zu einem Treffen mit mir, um mich in alles einzuweihen.*

»Ich weiß gar nichts, Michelle. Was weißt du?«

»Der Schütze war Latino, zu Fuß unterwegs. Hat gleich geschossen. Er hat die Tür aufgerissen, wahrscheinlich wollte er Dan aus dem Wagen zerren. Der Zeuge hat ausgesagt, der Täter habe etwas aus dem Wagen genommen, bevor er getürmt ist, vermutlich Dans Handy.«

Diese ganzen widersprüchlichen Puzzleteile – Mae versucht sie zusammenzufügen. Dan hatte einen Plan, der ihn schnell reich machen sollte, einen heftigen und illegalen. Dan sagt zu Mae *keine Handys*, dann wird er umgebracht, der Mörder schnappt sich sein Handy und haut ab.

»So, wie wir das sehen, war es einfach ein sinnloses, willkürliches Verbrechen«, sagt Weiss. »Ich meine, Dan kannte viele Geheimnisse, klar. Aber doch nichts, wofür man jemanden umbringt. Es sei denn, du weißt etwas, das ich nicht weiß.«

Alles passt zusammen. Nichts passt zusammen. Mae verspürt den eigenartigen Impuls, Michelle alles zu erzählen – sich von dem schrecklichen Geheimnis zu befreien. Sie könnte Michelle recherchieren und herausfinden lassen, was Dan versteckt hat, was auch immer es war und weshalb er umgebracht wurde.

»Nein«, sagt Mae. »Ich weiß nichts.«

Das Gespräch endet schnell – Michelle ist noch auf der Jagd. Mae behält das Handy in der Hand. Sie hat ein Gefühl, als würden Wale in ihr schwimmen. Die Welt zersplittert in bunte Diamanten, verschwimmt wie durch ein Kaleidoskop oder Prisma betrachtet. Erst als Mandy ihren riesigen Klotzkopf auf Maes Schoß schiebt, merkt Mae, dass sie weint. Sie gibt den Tränen nach, den Wogen, die ihren Anfang irgendwo tief in ihrem Inneren nehmen und in Form von Schluchzern aus ihr herausschwemmen. Sie weint, obwohl sie weiß, dass Dan sie dafür auslachen und als kleines Mädchen beschimpfen würde. Sie weint und weiß, dass sie nicht zu soft ist. Sie weint mit geballten Fäusten. Irgendwann versiegen die Tränen. Ihre Fäuste bleiben geballt.

Ein guter halber Liter kalter Kaffee und ein Spam-Musubi-Croissant – ein Frühstück für Helden. Sie fährt zur Arbeit, parkt hinter dem Gebäude. Ihr Magen gerät in Aufruhr, als sie Dans leere Parklücke sieht. Auch sonst sind fast alle frei –

noch zwei Stunden bis Bürobeginn. Trotzdem sticht ihr sein leerer Platz in die Augen.

Sie hat bis spät in die Nacht mit Sarah telefoniert, ihr von Dan erzählt – das, was sie erzählen konnte. Es waren Geschichten aus ihrem verrückten Leben, die sie gefahrlos weitertragen kann. Sie trauert um Dan – ungeachtet der Lügen, die sie neben der Wahrheit noch über ihn erzählt. Ungeachtet dessen, was sie auslässt. Erst hatte sie stundenlang nicht schlafen können. Und dann hatte sie von Räumen geträumt, aus denen sie fliehen und durch endlos lange Gänge rennen musste. Um fünf Uhr früh hatte ihr Wecker geklingelt, Mandy hatte auf ihren Füßen gelegen, die Decke mit den Pfoten zerwühlt und von Wölfen geträumt.

Wegen der Klimaanlage ist es eisig kalt in den Räumen. Zielstrebig geht sie durch den Gang und an ihrem eigenen Büro vorbei. Sie will sich umsehen und alles wegräumen, was sie mit Dans Tod in Verbindung bringen könnte. So viel wie möglich aufwischen und vergessen, dass überhaupt irgendetwas war. Sie biegt um die Ecke und betritt Dans Büro.

Vier schwarz gekleidete Männer stehen dort im Kreis. Ihre muskelbepackten Oberkörper stecken in schwarzen Polo-Shirts. Es stinkt nach Männer-Deo und Testosteron. Auf die Shirts ist der Schriftzug **BlackGuard** aufgestickt, dazu ein eigenartiges Pyramiden-Logo. Ein Mann mit dichtem braunen Bart und toten Augen sieht sie an.

»Wer sind Sie?« Seine Stimme klingt wie ein Befehl.

»Wer sind *Sie*?«, fragt sie zurück. Aus ihrer Anspannung wird Wut.

»BlackGuard Security, wir handeln im Auftrag der Firma und gemäß dem Standardverfahren für Mitarbeiter mit geheim eingestuften Klienteninformationen, die aus dem Dienst ausgeschieden sind.«

»*Ausgeschieden?*«

»Bitte identifizieren Sie sich.«

»Mae Pruitt. Ich habe mit Dan zusammengearbeitet.«

»Dürfen wir Ihren Ausweis sehen?«

»Nein.«

»Mae.« Cyrus steht hinter ihr, sie dreht sich um. Er kommt mit offenen Armen auf sie zu. Er weiß ihre Körpersprache nicht zu deuten und schließt sie in eine kalte Umarmung. Eine Umarmung aus geraden Linien, ohne Rundungen. Eine Umarmung, wie sie einem vielleicht am Ende eines Entlassungsgesprächs in der Personalabteilung zuteilwird.

»Mitten im Leben sind wir im Tod«, sagt er. »Der Tod – besonders, wenn er einen jungen Mann wie Dan trifft – ist immer eine Tragödie. Aber er gehört zum Kreislauf des Lebens.«

Sie nickt. Sie sagt etwas wie, *ach ja, das ist so wahr.* Hinter ihnen packen die BlackGuard-Leute Dans Sachen ein.

»Gerade wurde der Name einer zur Fahndung ausgeschriebenen Person bekannt«, sagt Cyrus.

»Wer ist es?«

»Ein gewisser John Montez. Noch hat niemand gesagt, dass er als tatverdächtig gilt.«

Cyrus fasst sie an der Schulter – Mae merkt, dass sie schwankt. »Bist du sicher, dass du dich heute der Arbeit widmen willst? Ich weiß, Dan war dein Mentor. Freie Tage für die Trauerbewältigung zu verwenden, ist sicher vernünftig.«

»Ich will arbeiten«, sagt sie. »Ich brauche Ablenkung.«

»Na schön«, sagt er. »Es gibt genug zu tun. Diese Ward-Parker-Geschichte wird knifflig. Wir müssen auf alles vorbereitet sein.«

Mae entdeckt Dans Assistentin Tze hinter Cyrus. Erst jetzt fällt Mae auf, dass eine Kiste auf ihrem Schreibtisch steht – einer der Stiernacken von BlackGuard sieht ihr beim Packen zu.

Mae blickt Cyrus fragend an.

»Sie bekommt eine großzügige Abfindung«, erklärt er.

Tze hat feuchte Augen, aber sie weint nicht.

Gut gemacht, Mädchen, denkt Mae.

Mae sitzt auf dem Platz, auf dem sie sonst auch gesessen hätte, neben Dans freiem Stuhl.

Sie fährt mit den Fingern über die ungeschliffene Borkenkante des Konferenztischs.

»Tut mir so leid«, sagt Joss. »Dan war einer von den Guten.« Er zerdrückt eine leere Plastikflasche, weiß dann aber nicht, was er damit machen soll. Nirgendwo im Büro gibt es Mülleimer. Cyrus hatte sie alle entfernen lassen und anschließend ein Statement an die Presse herausgegeben, man sei jetzt ein nachhaltiges Unternehmen, daher befinden sich unter den Schreibtischen auch keine Papierkörbe mehr. Je weniger Möglichkeiten man habe, Müll loszuwerden, umso weniger Müll würde auch produziert. Zumindest theoretisch. Der einzig verbliebene Mülleimer steht in der Küche und ist mittags schon voll, wer danach noch etwas hineinwirft, läuft Gefahr, eine Abfalllawine auszulösen. Dafür bekam Cyrus aber einen Artikel im *L. A. Magazine* über seine progressive grüne Initiative – den Papierkorb in seinem eigenen Büro hat er allerdings behalten.

»Ward Parker steht kurz vor der Festnahme. Das Timing könnte kaum schlechter sein – Dan befand sich in der Sache kurz vor dem Durchbruch.«

»Was wissen wir darüber?«, fragt Helen.

»Die Staatsanwaltschaft will Strafanzeige stellen. Die haben es auf Publicity abgesehen – und die Geschichte ist so geschmacklos, dass sie auch welche bekommen werden.«

»Ich dachte, Parker ist mit dem Staatsanwalt befreundet«, wirft Joss ein.

»Ist er auch … oder war er«, entgegnet Cyrus. »Aber dieser Ankläger ist zu beharrlich, als dass wir ihn ignorieren könnten. Möglicherweise ist Parker aus uns unbekannten Gründen in Ungnade gefallen. Leider hat Dan von Anfang an Parker für uns betreut, ich fürchte, die Fäden liefen alle bei ihm zusammen. Mae – ich dachte, wenn du für Dan einspringst, kümmert sich Joss um Parker und setzt sich mit den juristischen Vorwürfen auseinander.«

»Cyrus?«

Er sieht sie erstaunt an – sie hatte selbst nicht erwartet, dass ihre Stimme so laut klingt.

»Ich habe einen Vorschlag: Überlass mir den Kundenkontakt. Ich kann Parker betreuen und mich auch um die juristischen Aspekte der Vorwürfe kümmern. Joss soll nach außen hin die Leitung übernehmen. Wenn wir's als einen Fall von Schwulenfeindlichkeit darstellen wollen – dass hier ein schwuler Politiker fertiggemacht werden soll –, dann ist es besser, wenn das von jemandem aus der LGBTQA-Community kommt. Dan hat mir ein paar Hinweise für den Umgang mit Parker gegeben, und ich werde Parker dazu bringen, mir zu vertrauen. Wir werden ihn auf ein Interview vorbereiten, vielleicht mit deinem Mann bei der *L. A. Times*, Joss?«

Sie wirft Joss den Knochen hin – jetzt muss er ihn nur aufnehmen. Cyrus kann sehr überzeugend über Gleichberechtigung sprechen – nur wenn Frauen reden, hört er manchmal nichts.

Joss denkt nach und lässt dabei von dem Versuch ab, die Wasserflasche zu strangulieren.

»Ich denke, das könnte klappen«, sagt er. »Mach mich in der Sache zum Ansprechpartner für die Presse.«

Cyrus sieht Joss an, nickt. »Das könnte klappen«, sagt er zu ihm, als wäre es Joss' Idee gewesen. Ausnahmsweise bringt er Mae damit heute nicht dazu, laut schreien zu wollen.

Nate, Praktikant mit reichen Eltern, betritt das Konferenzzimmer. Er kam direkt von der Brown University und sitzt beim Social-Media-Team unten im Bunker. Im Gesicht trägt er die rosa Blässe eines Molchs.

»Die berichten in den Nachrichten über eine Verfolgungsjagd«, sagt er.

»Sag Bescheid, wenn's was Interessantes gibt«, erwidert Joss.

»Im Polizeifunk heißt es, das ist der, den sie verdächtigen ... der, von dem sie denken, dass er Dan umgebracht hat.«

Im Bunker schlägt ihnen das Aroma der Generation Z entgegen – Energy Drinks und Körpergeruch. Die Mitarbeiter hier überwachen die sozialen Medien – sie legen Accounts an auf Instagram, TikTok und Twitter, setzen anonym alles Mögliche in die Welt, überwachen Feeds und arbeiten mit indischen Rechenzentren zusammen, um Twitterbots zu generieren. Sechs Laptops, zwei große Leinwände, auf die sie Bilder werfen. Ein Livestream-Paradies.

Die gesamte Belegschaft zwängt sich jetzt in den Raum. Cyrus bekommt den besten Platz. Mae steht neben ihm. Alle haben ihre Handys in der Hand. Alle checken unterschiedliche Feeds.

Die Kids im Bunker sind geschockt – die Götter haben sich scharenweise zu ihnen herabbegeben. Die Praktikanten versuchen heimlich ihren Müll vom Mittagessen verschwinden zu lassen, aber auch hier gibt es keine Papierkörbe. Sie werfen Bilder auf die riesigen Monitore. Mehrere Nachrichtensprecher sind gleichzeitig zu sehen. KNBC bringt einen Live-Feed aus einem Helikopter über einer gewundenen Autobahn. Ein schwarzer Dodge Charger schlingert über alle vier Fahrspuren.

»Das ist der Arroyo Seco«, sagt Helen.

Die Praktikanten rufen Feeds mit den Handyvideos von zufälligen Zeugen auf. Gerüchte, Getuschel und »Scheiß Polizei«-Kommentare überlagern die Gesichter der Sprecher. KABC-TV hat noch keinen Heli am Himmel, stattdessen senden sie Bilder von Dan, Bilder vom Tatort. Mae guckt genau hin, kann sich selbst auf den Bildern aber nicht erkennen.

Megan Kang – Praktikantin in Selvedge-Jeans und mit Elvis-Tolle – hat Kopfhörer an ihren Laptop angeschlossen.

»Ich hör den Polizeifunk mit«, sagt sie. Ihre Augen leuchten – sie versucht sich nicht anmerken zu lassen, wie viel Spaß ihr das alles macht. Mae kann sie gut verstehen. Ihre Haut kribbelt, unzählige Informationen prasseln auf sie ein. Als würden ihr zusätzliche Augen und Ohren wachsen, so ein Gefühl ist das. Mae überfliegt ihren Twitter-Feed auf dem Handy – sucht bestimmte Begriffe. Leute schreiben: *Los, Mann, du schaffst das.* Andere: *Dräng ihn von der Straße.* Wieder andere: *Den erwischt's gleich.*

»Es heißt, er sei bewaffnet und gefährlich«, sagt Megan. »Und dass er als Verdächtiger in einem Mordfall gilt.«

»Wurde gesagt, in welchem Mordfall?«, fragt Cyrus.

»Nein, nur Mordfall.«

»Kann auch was anderes sein«, meint Cyrus. »Wir haben zu arbeiten.«

Niemand rührt sich.

»Bei *Truth or Dare* wurde ein Polizeifoto veröffentlicht«, sagt Samuel. Er hält seinen Laptop hoch.

Ein junger Latino, rasierter Schädel, die Buchstaben WF auf eine Wange tätowiert.

Joss sagt: »Sieht aus wie ein typischer Gangster.«

Samuel zieht die Kopfhörer aus dem Computer. Mitten im Satz springt der Computerlautsprecher an: »... Sheriff's Department hat bislang nicht bestätigt, dass es sich um John Montez handelt, der als dringend tatverdächtig gilt, Daniel

Hennigan, den Pressesprecher der Stars, bei einem gescheiterten Autoraub erschossen zu haben. Laut vertraulicher Quellen aus dem Department führten Kameraaufzeichnungen vom Tatort jedoch zu einer Person, deren Festnahme unmittelbar bevorstand – ob die Verfolgungsjagd in diesem Zusammenhang steht, scheint bislang unklar.«

Die Heli-Bilder zerfallen – der Wagen verwischt und zerbröselt in digitales Rauschen. Der Bildschirm über dem Lauftext ist jetzt leer.

Jemand sagt: *Scheiße.* Jemand anders sagt: *Such einen neuen Feed.* Die Praktikanten klicken sich durch die Nachrichtenseiten, suchen einen anderen Livestream.

»Verbinde mich mit Jorge in der Abteilung für Öffentlichkeitsarbeit im Sheriff's Department«, sagt Cyrus. Taylor, sein Assistent hinter ihm, hat sein Handy bereits gezückt – fünfzehn Sekunden später übergibt Taylor es ihm.

»Jorge? Cyrus. Sag's mir einfach direkt, ist das der Mann?«

Megan verzieht das Gesicht. Sie presst sich die Kopfhörer an die Ohren, damit sie Cyrus' Geblaffe nicht hört. Irgendwas ist da los.

»Jorge, tu mir das nicht an, hier geht's nicht um einen Gefallen. Hier geht's um menschlichen Anstand. Ist das der Mann?«

Megan macht Mundbewegungen Richtung Mae: »Die haben ihn. Er wurde gestellt.«

Cyrus legt auf, ohne sich zu verabschieden, wie im Film. »Er ist es. Das ist der Hurensohn, der Dan auf dem Gewissen hat.«

»Megan«, sagt Mae und bedeutet ihr etwas mit Blicken. »Was ist?«

»Ich hab einen Livestream auf Insta gefunden ...«

Sie wirft das Bild an die große Leinwand. Verwackelte Handyaufnahmen, gefilmt durch das Fenster eines in einer

Wohngegend parkenden Wagens. Heulende Polizeisirenen, der Helikopterlärm verzerrt alle Geräusche und weckt bei Mae Erinnerungen.

»Verdammt, die Motherfucker fahren schwere Geschütze auf«, sagt der Mann mit der Kamera. Das übersteuerte Mikro verzerrt seine Stimme. Verpixelte Cops springen aus Einsatzwagen, kauern sich dahinter wie frisch geschlüpfte Vögelchen. Der Typ, der das alles filmt, zoomt auf einen Mann in einem weißen T-Shirt neben dem Dodge Charger – er ist unscharf, aber soweit zu erkennen, ist es derselbe wie auf dem Polizeifoto. Zuschauerkommentare wandern über den Bildschirm, anscheinend verfolgen viele das Geschehen live.

»Er hat was in der Hand«, sagt Nate.

»Fox 11«, sagt einer der jungen Typen in der Ecke, die Mae nicht kennt. »Die haben einen Heli direkt drüber.« Der Junge wirft das Bild auf den anderen großen Monitor – dieselbe Szene nur von oben. Alle im Raum sehen sich die live gesendeten Bilder auf dem geteilten Bildschirm an.

»Das Polizeifoto wurde gemacht, als er zum zweiten Mal mit Drogen erwischt wurde. Bei *Truth or Dare* heißt es, er ist Mitglied einer Gang namens White Fence.«

In dem Live-Feed auf dem Handy erscheinen Kommentare am Rand:

SCHNAPPT IHN EUCH!!!
FUCK 12
SCHEISS LATINOS

Der Mann im weißen T-Shirt brüllt etwas. Man hört es nicht, nur Polizeisirenen und Rotorenlärm.

Er hat was in der Hand. Er dreht sich um. Maes Brust brennt – sie merkt, dass sie das Atmen eingestellt hat.

»Die erschießen ihn«, sagt Samuel.

»Ach du Scheiße«, sagt der Mann, der sein Handy draufhält. »Liefer ihnen doch keinen Vorwand …«

Der Mann im weißen Hemd zuckt – das metallene Ding in seiner Hand funkelt in der Sonne. Jetzt hängt das Handyvideo, erstarrt … das Bild ist verzerrt, man hört es nur mehrfach laut knallen.

Die Schüsse lassen das Mikro in den roten Bereich ausschlagen – sie sind nur als stoßweises Rauschen wahrnehmbar.

Vom Helikopter aus sieht man den Mann umfallen.

Jemand ruft: *Oh Gott.*

Jetzt springt das Handyvideo wieder an – zehn Sekunden verzögert. Der Mann steht noch, ein in der Zeit verschobener Geist. Sie können nicht verhindern, was jetzt kommt, und sehen ihn noch einmal sterben.

KAPITEL 11

MAE

Brentwood

Wieder in ihrem Büro, Mae hat die Tür zugemacht, ihr ist schwindlig, fast schon übel – drei Tage Achterbahnfahrt.

Sie sucht im Netz nach Reaktionen. Cyrus macht sich zum Sprecher der Firma, gibt Statements an die *L. A. Times*, KNBC, CNN, die *New York Post* heraus, bestückt den Instagram-Account der Firma. Helen entwirft ein Statement für andere Organe.

Taylor schaut zu Mae ins Büro herein – Morgen um drei hat sie einen Termin mit Mr Parker. Sie notiert ihn sich, kann jetzt aber nicht drüber nachdenken.

Der Sheriff gibt ein Statement vor versammelter Pressemeute ab. Mae sieht sich den Livestream dazu an. Der Sheriff hat die grauen Haare streng zurückgekämmt und ein Gesicht in der Farbe von Kochschinken.

»Heute um zirka fünfzehn Uhr fünfzehn kam es zu einem Schusswechsel mit einem Polizisten in Cypress Park, Los Angeles. Ich möchte nur sagen, dass wir vieles noch nicht wissen, und gemäß Absatz I-9 der Grundordnung wird es noch eine unabhängige Untersuchung geben, also bedenken Sie dies bitte.« Maes erster Gedanke – der wurde eigens für den Umgang mit den Medien geschult. Seine Stimme klingt kräftig, er verkneift sich sämtliche *Ähms* und Pausen. »Ich kann Ihnen aber Folgendes mitteilen: Aufgrund einer Fahndung des Beverly Hills Police Department sperrten Sheriff's Deputies aus East Los Angeles eine Straße. Es kam zu einer Verfolgungsjagd, die in Cypress Park in Los Angeles mit einem Schusswechsel zwischen einem Polizeibeamten und dem Verfolgten endete. Inzwischen wurde Letzterer, John Montez, ins Good Samaritan Hospital gebracht und für tot erklärt.«

Der Sheriff beantwortet die auf ihn einhagelnden Fragen mit Standardfloskeln – es wird eine Untersuchung stattfinden, die Deputies sind zurzeit vom Außendienst suspendiert. Verschiedene Umstände verlangen eine rasche Aufklärung.

»Es wird Ermittlungen geben, die die verfassungsmäßigen Rechte unserer Beamten ...«

Wütende Stimmen jenseits der Kamera unterbrechen ihn.

Jemand schreit: *KEINE GERECHTIGKEIT, KEIN FRIEDEN!*

Der Sheriff weiß, wann er besser den Mund hält.

Ein anderer brüllt: KEIN GELD FÜR DIE POLIZEI!

Noch ein anderer: ÄRMEL HOCH! ZEIGT EURE TINTE!

Zeigt eure Tinte? Den Spruch hat Mae noch nicht gehört.

Die Zwischenrufer verstummen – die Störer werden außerhalb des Kamerabildes aus dem Saal geführt. Der Sheriff wartet kurz. Als er wieder ansetzt, ist es, als wäre nie was gewesen. Er wiederholt noch einmal, dass man Untersuchungen einleiten wird und er über laufende Ermittlungen nichts sagen darf. Er ist gut – er wartet auf die entsprechende Frage eines freundlich gesinnten Journalisten, erst dann spricht er darüber, wie John Montez zu Tode kam.

Er erklärt, die Polizei in Beverly Hills habe die Aufnahmen der Sicherheitskameras des Hotels sichergestellt. Darauf ist zu sehen, wie sich ein Mann an der Ampel vor dem Beverly Hills Hotel Dan Hennigan nähert. Zunächst sieht es nach Autoraub aus. Montez wird identifiziert – dank der Gesichtstattoos kein Kunststück. Sie geben Montez' Namen an die Presse raus. Weniger als eine Stunde später hat ihn das L. A. Sheriff's Department gefunden. Mae erkennt Strukturen – sie spürt, wenn eine Story festgeklopft wird.

Was nicht bedeutet, dass sie nicht stimmt. Mae bewohnt die Erde bereits lange genug, um zu wissen, dass das Universum derb und komisch ist, dass manchmal verrückte Dinge passieren, mit Zufällen gespickte Dinge, die nicht mehr zu bedeuten haben, als dass das Leben Wahnsinn ist. Vielleicht ist es genauso gewesen, wie gesagt wurde – vielleicht gerieten Dan und John Montez einfach so aneinander. Vielleicht war es reiner Zufall, dass Dan auf dem Weg zu einer Verabredung mit ihr war, bei der er sie in sein großes geheimes Vorhaben einweihen wollte.

Möglich. Aber sie glaubt es nicht.

Sie hat Gänsehaut auf den Armen. Sie wird das Gefühl nicht los, dass jemand hinter ihr steht und ihr eine Pistole an den Kopf hält.

Du bist in Sicherheit – hört sie Dans Stimme. *Niemand weiß, dass du da warst.*

Sie schaltet die Liveübertragung aus, versucht sich auf ihr

Treffen mit Parker vorzubereiten. Ein Blick in die Akte, und schon kommen ihre Gedanken wieder in Schwung.

Und wenn Dans Geheimnis etwas mit Parker zu tun hatte?

Die Angst kehrt zurück. Sie spürt etwas Hartes im Rachen, will es runterschlucken, aber es steckt fest.

Sie gräbt sich ihre Fingernägel in den Arm – will Montez vertreiben, der ihr durch den Kopf geistert. Dieser Typ, der längst tot war und es nur noch nicht wusste.

KAPITEL 12

CHRIS

Calabasas

Leonard DePaulos Garten ist so groß wie ein Fußballfeld, hinter der mit Marmor ausgelegten Terrasse befindet sich ein riesiger Orangenhain. Chris überblickt das Gelände von DePaulos Arbeitszimmer aus und zählt sechs Gärtner bei der Arbeit. Die knochentrockenen Hügel hinter der Gartenmauer werden von braunem Gestrüpp gesprenkelt – der Orangenhain streckt den Göttern den Mittelfinger entgegen. Das Sündige daran macht ihn nur noch spektakulärer.

Chris spürt die Luft in seinem Nacken und an den Wangen. Gestern Abend ließ er sich extra rasieren und die Haare schneiden. Acker meinte DePaulo liebt Cops – er liebt es, Cop-Energie aufzusaugen. Er hat nicht gesagt, *in letzter Zeit siehst du echt kacke aus,* aber Chris hat es trotzdem rausgehört. Acker meinte: *Zieh dich an wie ein Detective aus einem Fernsehkrimi.* Chris hat seinen alten Gerichtsanzug rausgekramt. Der Kragen schneidet ihm messerscharf in den Hals – ist schon ein paar Jahre alt und viel zu eng am Hals.

Chris' Nerven machen Luftsprünge, reiche Menschen jagen

ihm eine Heidenangst ein. Zur Ablenkung zählt er die Angestellten. Zwei Hausmädchen und zwei Assistenten hat er bislang gesehen, außerdem einen Mann, der sich als DePaulos »Haushofmeister« vorgestellt hat. Die Muffins auf dem Tisch sind noch warm – einen Konditor beschäftigt er also auch.

»Meine Herren, danke, dass Sie gewartet haben.«

Leonardo DePaulo ist halb Mensch, halb Geld. Chris hat die Zeitungsausschnitte aus der Zeit gesehen, als er noch kein Millionär war – ein bleicher Nerd mit Brille und schlechten Zähnen. Dann wurde BlackGuard groß und DePaulo reich, mit seinem Geld hat er sich neu erfunden, hat sich seine jetzt viel zu weißen Zähne machen und PRP gegen Haarausfall spritzen lassen. Er leistet sich einen Personal Trainer und einen Koch und schluckt darüber hinaus Steroide, um auf sechs Prozent Körperfett runterzukommen. Seine Haut ist gebräunt, dermabrasionsgeglättet. Sein Kopf ist gedrungen und durch die über viele Jahre eingenommenen Wachstumshormone breiter geworden.

»Chris Tamburro, darf ich vorstellen, Leonard DePaulo – unser Wohltäter in mehr als nur einer Hinsicht.« Ackers Stimme klingt seltsam, Chris braucht einen Augenblick, bis er draufkommt, warum: Chris hat Acker noch nie erlebt, wenn er nicht das Alphatier war.

Leonard streckt Chris eine Hand entgegen, Chris weiß, dass er versuchen wird, sie zu zerdrücken. Er ist stark; aber Chris ist stärker. Sein Bauchgefühl sagt ihm: *Drück fest.* DePaulos Augen funkeln vor Freude darüber.

»Wahnsinnshändedruck«, sagt DePaulo.

»Danke, Sir.« Chris ist klug genug, ihm ein Sir zu schenken. Er kommt sich nur ein bisschen vor wie ein Hund, der sich ein Leckerli erhofft und dafür Kunststückchen macht.

Acker blitzt Chris mit den Augen an, als wollte er sagen: »Braver Junge.«

»Acker spricht in den höchsten Tönen von Ihnen. Patrick übrigens auch – danke, dass Sie ihm geholfen haben.«

»Mach ich gern.« Chris ballt die Fäuste. Lässt DePaulo seine verschrammten Fingerknöchel sehen. DePaulo grinst.

»Ich habe mir sagen lassen, Sie haben Erfahrung im Polizeidienst.«

»Zehn Jahre beim Sheriff's Department, meist mit der Firearm Trace Task Force mittendrin in der Scheiße. Unsere Aufgabe bestand darin, Leuten Schusswaffen abzunehmen, die sie sich nicht unbedingt abnehmen lassen wollten.«

»Chris war der Schrecken aller Gangs«, sagt Acker geflissentlich. »Vor ihnen steht der gefürchtetste Mann in San Fernando Valley.«

Wieder dieses Streberlächeln.

»Haben Sie noch Kontakte zum Sheriff's Department?«

»Einige.«

»Chris weiß, was Loyalität bedeutet«, sagt Acker. »Und seine Freunde im Department vergessen das nicht.«

DePaulo nickt.

»Ich bin stolz darauf, wie viele unterschiedliche Dienste BlackGuard seinen Klienten anbieten kann.« Seine Stimme hat sich verändert – jetzt ist er derjenige, der was verkaufen will. Chris hat das Vorsprechen bestanden. Auch Acker hat das begriffen – Chris sieht, dass er sich entspannt. »Aber Sie wissen, wir können nicht zaubern. Wir arbeiten Hand in Hand mit Anwälten wie Stephen hier, manchmal wenden wir uns in Fragen der Cybersecurity auch an andere Unternehmen, und natürlich sind wir international vernetzt. Bisweilen kollaborieren wir mit PR-Firmen und Agenturen für Krisenmanagement wie Mitnick & Associates«, erklärt DePaulo. »Ich gehe davon aus, dass Sie Letztere kennen?«

Chris nickt – der Name ruft Bilder von Mae auf, was ihm den Blick auf den ganz offensichtlichen Zusammenhang verstellt. DePaulo sieht ihn an, als würde er darauf warten, dass es Klick macht. Chris kombiniert.

»Es geht um Dan Hennigan.«

»Kannten Sie ihn?«

»Wir sind uns nie direkt begegnet. Ich hatte nur mit Mae Pruett zu tun, seiner Mitarbeiterin, sehr kompetent.« Den Rest lässt er weg – nicht mal Acker weiß, dass er was mit Mae hatte, sie hatten es instinktiv geheim gehalten.

»Aber Sie wissen sicher, was passiert ist.«

»Natürlich.«

»Und was halten Sie davon?«

»Wovon?«

Die beiden Männer wechseln Blicke. Sie hätten ihn gerne etwas weniger begriffsstutzig. Irgendwas übersieht er hier.

»Von der Geschichte, wie sie der Öffentlichkeit bislang präsentiert wurde. Dass Dan Hennigan bei einem gescheiterten Autoraub ermordet wurde und der Täter am darauffolgenden Tag von der Polizei erschossen wird.«

»Ich habe nichts gesehen, was Zweifel daran geweckt hätte. Sie etwa?«

»Nicht direkt«, erwidert DePaulo – Chris verbucht es als Lüge. »Hennigan hatte Zugang zu einer Vielzahl sehr empfindlicher Klienteninformationen. Sollte an der Geschichte um seinen Tod mehr dran sein, wollen wir das wissen. Wir möchten eigene Ermittlungen anstrengen, parallel zu denen der Polizei.«

»Soll ich meine Kontakte ins Department aktivieren und hören, was man von dort berichtet?«

»Genau.«

DePaulo lächelt wieder, als wollte er sagen: *Braver Junge.* Acker lächelt als wollte er sagen: *Endlich hast du's begriffen.* Chris strahlt beide mit kaputten Zähnen an. Er lässt die Schultern kreisen, um die Anspannung zu lösen.

»Sind in dem Fall *Sie* unser Klient, Mr DePaulo?«

DePaulo macht ein komisches Gesicht – das ist nicht die Reaktion, die Chris erwartet hat.

»Wie meinen Sie das?«

»Ich wollte nur wissen, ob wir in diesem Fall für Sie oder für Mitnick & Associates arbeiten?«

»Ach so«, sagt DePaulo und erholt sich – Chris weiß nicht, warum. »Ja, ich bin der Klient.«

»Wir teilen unsere Informationen in dieser Sache nicht mit Mitnick & Associates, Chris«, erklärt Acker. Chris nickt, *okay*. Das war eine Routinefrage, aber DePaulo hat sie aus dem Konzept gebracht.

»Wir möchten, dass Sie mit den Schüssen auf Montez beginnen. Wir brauchen Ihre Kontakte ins Department und Ihre Diskretion«, sagt DePaulo. »Wenn Sie auf etwas stoßen, das weitere Ermittlungen lohnenswert erscheinen lässt, gehen Sie damit zu Acker, er wird Ihnen sagen, wie weiter zu verfahren ist. Das ist ein sensibler Auftrag, wir werden Ihren normalen Stundensatz verdreifachen. Wie klingt das?«

Nach einer Chance, mehr zu sein als nur eine Faust. Nach einer Chance, an einem richtigen Fall zu arbeiten, endlich wieder so was Ähnliches wie ein Cop zu sein. Nach einer Gelegenheit, sich mal wieder unter die Lebenden zu mischen. Das alles reizt Chris mehr als das Geld.

»Sehr gut, ich kümmere mich darum.«

Viel länger dauert der Termin nicht – DePaulos MMA-Trainer taucht auf, woraufhin er sich schnell verabschiedet. Er schenkt jedem noch eine Orange aus seinem Hain. Acker klopft Chris auf dem Weg zum Wagen auf die Schulter. Raunt ihm zu: »Gut gemacht.«

Neben Chris' SUV parkt der Truck eines Landschaftsgärtners. Die Ladefläche ist mit einer Plane zugedeckt, dazu hört man so ein komisches Summen – überall schwirren Bienen.

Chris wird neugierig. Er weicht den Bienen aus, um zum Truck zu gelangen. Ein widerlich süßlicher Gestank schlägt ihm entgegen, als er die Plane zurückzieht. Ein Berg vergammelter Orangen häuft sich darunter auf, die meisten sind schon ganz braun. Chris lacht. Acker lächelt ängstlich – man weiß ja nie, wer zuhört.

»Die werfen sie einfach alle weg«, sagt Chris lachend.

»Wahrscheinlich war er nur scharf auf die Orangenbäume, aber Orangen will er nicht.«

Chris wirft seine zu den anderen auf die Ladefläche. Und lacht noch mehr. Alles ist viel zu perfekt. Die Orangenbäume bieten einen spektakulären Anblick – die Fäulnis riecht man erst, wenn man näher rangeht.

KAPITEL 13

MAE

Glendale

Forest Lawn Cemetery – Touristen spazieren über den Friedhof und suchen das Grab von Michael Jackson. Manche schielen rüber zu Dans Beerdigung und fragen sich, ob in dem Sarg jemand liegt, den man kennen muss. Sie suchen die Trauergemeinde nach berühmten Gesichtern ab.

Dans Frau und die Kinder wirken stark mitgenommen. Als Mae Jenny umarmte, kam es ihr vor, als hätte sie eine Marionette im Arm – lauter schlaff herunterhängende kantige Gliedmaßen.

Mae steht bei ihren Kollegen aus der Firma. Cyrus Mitnick hat bei der Trauerfeier eine Rede gehalten, bedrückte Stärke ausgestrahlt. Sein Leitmotiv war: *Im Geiste bleibt er immer bei uns.*

Jetzt steht Mae auf dem Friedhof, betrachtet Dans Sarg und hört die unausgesprochene Eloge: *Du nimmst deine Geheimnisse mit ins Grab.*

Tze steht am äußeren Rand der Menge – im Film würde das bedeuten, sie hat ein dunkles Geheimnis. Aber Mae sieht sie nervös herumfingern, sich die Haut um die Nägel abkratzen – sie ist frisch gefeuert und hält Abstand, weil sie sich unwohl fühlt.

Jenny wirft eine Handvoll Erde auf Dans Grab. Seine Tochter schluchzt laut.

Oben auf dem Hügel schreit jemand: »Hey, schau mal, ich hab Brittany Murphy gefunden.«

Der Dan in Maes Kopf lacht sich kaputt.

Tze dreht sich um, will gehen.

Mae wartet kurz, dann folgt sie ihr.

Tze steht am Rand des Parkplatzes, bestellt per Handy ein Mitfahrtaxi.

»Hey, Tze.«

»Hey …« Ihre Stimme versagt. Mae vermutet vom Arzt verschriebene Benzos. Das Mädchen hat ihren Chef verloren und ihren Job, eine fiese Kombination.

»Hör mal, ich lad dich zum Essen ein. Morgen. Hast du Zeit?«

Sie muss lachen. »Klar, hab ich Zeit. Ich hab erschreckend viel Zeit. Aber du musst das nicht machen.«

»Will ich aber.« Mae sagt nicht, *ich will dich nämlich über deinen toten Chef ausfragen.* Sie sagt nicht, *ich will wissen, wieso er abtrünnig werden wollte*, und auch nicht, *ich will wissen, ob er deshalb sterben musste.* Und schon gar nicht sagt sie, *ich will die Wahrheit herausfinden – vielleicht ist sie dieses Mal ja wichtig.*

Dan hat ihr nicht mehr hinterlassen als dieses Geheimnis. Es gehört ihr, und sie ist nicht bereit, es rauszurücken.

Es macht ihr Angst.

Und gibt ihr einen Wahnsinnskick.

ZWEITER TEIL

SCHLIMMER ALS EIN TRAUERFALL IN DER FAMILIE

KAPITEL 14
MAE

West Hollywood

Das Café befindet sich schräg gegenüber vom West-Hollywood-Rathaus. Ein Einsatzwagen des Sheriff's Department rollt an die Ampel heran und hält – Regenbogenflagge an der Tür. Lautes Gelächter hallt über die Straße – eine Drag Queen moderiert das wöchentliche Bingo bei Hamburger Mary.

Mae ist hier, um sich vor Parker als die Person zu verkaufen, die ihn vor dem aufziehenden Sturm retten wird. Erstes Zwischenziel – seine Verbundenheit zur Firma festigen. Zweites Zwischenziel – rausfinden, ob Dans Pläne mit Parker zu tun hatten.

Parker kommt rein, winkt den Mitarbeitern. Shorts und Polohemd, sonnengebräunte Haut, weiß überkronte Zähne. Für einen Sechzigjährigen sieht er gut aus, legt es nicht zu sehr drauf an, sein Alter zu verbergen.

Er entdeckt sie sofort – sie ist die einzige Frau.

»Sie müssen Mae sein.«

Sie steht auf. Sie begrüßen sich mit einer Hollywood-Umarmung, dann tritt er einen Schritt zurück und betrachtet sie.

»Dans Freitag, nur kein junger Mann, sondern ein Mädchen. Er hat gar nicht erzählt, dass Sie so eine Wilde sind.«

Dans Stimme in Maes Kopf: *Parker sendet ständig Botschaften aus, ob du sie verstehst oder nicht.* Sie hat sich strategisch gekleidet – heute gibt sie einen sanften Superschurken mit Butch-Touch: schwarzer Overall mit smaragdgrünem Schlitz am Hals, die Tasche von Alexander McQueen hat einen Totenschädel aus Zinn am Griff.

»Das Wichtigste am ersten Eindruck ist, dass man überhaupt einen hinterlässt«, sagt sie.

»Hat Dan Ihnen das beigebracht?«

Sie nickt. Dans Tod hat sich in ihrem Gehirn noch nicht zur harten Tatsache verfestigt. Sie ist jedes Mal erneut überrascht, wenn es ihr wieder einfällt, aber sie macht weiter und lässt sich ihre Trauer nicht anmerken. Die Regel lautet: *Schenke dem Klienten Vertrauen, bevor du ihn bittest, dir welches zu schenken.*

Es funktioniert. Parker lächelt traurig, legt ihr eine Hand auf den Arm.

»Ah, mein liebes Mädchen, es tut mir so leid. Er war wirklich einzigartig – mein Punkrock-Presseagent. So eine Tragödie. Mein herzliches Beileid.«

»Danke.«

Sie setzen sich. Ohne vorher zu fragen, bringt ein Barista einen Hafermilch-Cortado, und Parker sagt: »Danke, Yonas.«

»Sind Sie hier Stammgast?«

»Ich wohne seit dreißig Jahren ein kleines Stück die Straße runter. Wissen Sie, warum?«

»Ich hab gehört, da hinten bei Hugo soll das Frühstück gut sein?« Der Scherz floppt – Test nicht bestanden.

Er nickt Richtung Rathaus.

»Weil ich mich hier sicher fühle. Ach ja, es ist nicht mehr wie früher, aber ich fühle mich immer noch sicherer an Orten, wo ich eine Regenbogenflagge sehe. Wissen Sie, warum WeHo als das schwule Mekka von Südkalifornien gilt? Warum wir uns hier bereits vor so vielen Jahren zusammengerottet haben?

Dans Stimme in ihrem Kopf: *Parker muss immer der Schlauste sein. Lass ihn.*

Also sagt sie: »Verraten Sie's mir.«

»Viele finden Los Angeles toll, weil es ein Ort ohne Gedächtnis ist – aber ich habe meins noch. Ich möchte mich daran erinnern, woher ich komme. Sehen Sie, in den Vierziger- und Fünfzigerjahren gab es regelmäßig Polizeirazzien in Schwulenbars, alle wurden verhaftet und die Tunten den Kameras vorgeführt, ihre Namen landeten in der Zeitung. Jede einzelne Schwulenbar innerhalb der Stadtgrenzen von L. A. wurde dichtgemacht. Glücklicherweise war die Liebe des Sherriffs zum Geld letztlich doch größer als sein Hass auf Homosexuelle. Die Kneipenwirte haben das Sheriff's Department bestochen, damit sie nicht schließen mussten. Hier in West Hollywood war man nah am Stadtzentrum und genoss den Schutz des Sheriff's Department. Deshalb sind die Bars geblieben. Hier waren wir sicher – weil wir Bestechungsgelder gezahlt haben, und das haben wir der Korruption bei der Polizei zu verdanken –, und jetzt gibt's sogar ein Regenbogenflaggen-Logo auf den Streifenwagen von West Hollywood. Schon lustig, oder?«

»Stimmt das denn wirklich alles?«

Er nimmt einen Schluck Cortado, um etwas zu überspielen.

»Haben Sie nicht gesagt, Sie hätten Ihren Job von Dan gelernt – das ist wirklich eine blöde Frage für jemanden aus Ihrer Branche. Spielt es eine Rolle, ob es wahr ist?«

Noch einen Test nicht bestanden. Die Regel lautet: *Betrachte die Welt mit deren Augen.* Frag nicht, ob wahr ist, was sie sagen – überleg dir, *warum* sie es sagen.

»Sie wollen mir erklären, man bekommt, wofür man zahlt – und nicht mehr«, sagt sie.

Er nickt.

»Ich habe Geld für den Bürgermeister organisiert – von West Hollywood und Los Angeles. Ich habe Kongressabgeordneten, Senatoren und auch Präsidenten Geld beschafft. Daran wird sich nichts ändern. Mag sein, dass ich angezählt wurde, aber tot bin ich noch nicht. Richten Sie Cyrus das aus.«

»Cyrus weiß das ...«

»Wirklich? Warum hat er mir Sie dann als Dans Nachfolgerin geschickt – bislang, meine Liebe, spielen Sie wie eine aus der Schulmannschaft. Anscheinend bin ich nicht mehr nützlich. Aber ich verspreche Ihnen, Mädchen, wer denkt, ich würde mich aufs Abstellgleis schieben lassen, irrt sich.«

»Mr Parker, Ende der Woche werden Sie festgenommen. Mein Mitarbeiter Joss wird entsprechende Pressestatements mit Ihrem Anwalt ausarbeiten, aber sobald die Festnahme erfolgt, wird darüber berichtet.«

»Sind Sie sicher, dass Sie das nicht verhindern können?«

»Ich könnte Sie jetzt anlügen. Ich bin eine hervorragende Lügnerin. Wenn dann alles den Bach runtergegangen ist, könnte ich's einfach verkehrt herum darstellen. Ich sage Ihnen aber stattdessen lieber, was wirklich passiert. Die Festnahme wird öffentlich bekanntgegeben, und Sie sind eine in der Öffentlichkeit bekannte Person. Reza Nuri von der *Times* wollte längst über Sie berichten, Dan konnte das gerade noch unterbinden. Dieses Mal aber wird ein Artikel erscheinen. Unsere Aufgabe besteht darin, den Schaden so gering wie möglich zu halten und dafür zu sorgen, dass Nuri der Einzige bleibt. Wir haben überall befreundete Journalisten sitzen. Wir können die Berichterstattung auf ein Minimum reduzieren, wir können sie begrenzen, nur unterbinden können wir sie nicht.«

»Na schön. Ich habe inzwischen begriffen, dass mein Lebenswandel nicht jedem gefällt – vielleicht nicht mal Ihnen.«

»Für anderer Leute Sexleben gilt dasselbe wie für ihre Träume«, sagt Mae. »Sie interessieren mich nur, wenn ich eine Rolle darin spiele.«

Er lacht. Allmählich findet sie Halt. Er braucht Autorität. Eine gewisse Ausgebufftheit. Kann er haben: »Ich schlage einen zweigleisigen Ansatz vor. Erst einmal möglichst viel verhindern – die Berichterstattung auf ein Minimum herunterschrauben. Sobald alles danach aussieht, dass eine größere

Story ansteht – und das werden wir erfahren, weil man sich an uns wenden wird –, ziehen wir auf der Überholspur dran vorbei. Joss arrangiert ein Interview mit Ihnen und einem befreundeten Journalisten.«

»Klingt gut.«

Los jetzt, tu's, hört sie Dans Stimme in ihrem Kopf.

»Und wo haben Sie den jungen Mann kennengelernt, der die Vorwürfe gegen Sie erhoben hat?« Sie wirft ihm einen unerwarteten Ball zu, will ihn aus der Balance bringen, und es funktioniert. Er begreift, was sie bezweckt, und betrachtet sie mit mehr Respekt.

»Wollen Sie mit ihm sprechen?«

»Ich will die Geschichte aus seiner Sicht hören, um festzustellen, wie schlimm es wäre, wenn Nuri oder ein anderer Reporter ihn findet. Ich will mir ungefiltert anhören, was er zu sagen hat, bevor er es anderen Leuten erzählt. Und ich muss wissen, welche Schwächen er als Zeuge hat. In Ihrem Interesse.«

Sie spürt, wie sich sein Blick in ihren bohrt, und hält ihm stand.

»Mr Parker, ich habe nicht viel Zeit. Daraus kann eine Geschichte über eine irgendwie verkorkste private Verabredung werden – oder über einen sexsüchtigen Killer, dessen Opfer ihm entkommen ist.«

Er reagiert nicht. Sie ist unwillkürlich beeindruckt. Als würde man ihm die Kehle aufschlitzen, ohne dass was rauskommt.

»Wir wollen ehrlich sein, ich werde nicht jünger. Mehr als Geld habe ich nicht zu bieten. Mag sein, dass es strafbar ist, für Sex zu bezahlen, aber eine Sünde ist es sicher nicht. Ich habe Verständnis für diesen jungen Mann und seine wilden Geschichten – vielleicht glaubt er sie sogar. Methamphetamin-Psychosen sind eine scheußliche Sache.«

»Wenn ich mit ihm spreche und eine Möglichkeit sehe, seine Geschichte so zu drehen, dass sie zu Ihrer passt, könnten wir erreichen, dass die Anzeige zurückgezogen wird. Aber dafür muss ich ihn treffen.«

»Und wenn er Ihnen Sachen erzählt, die mir schaden?«

Sie schließt einen unsichtbaren Reißverschluss zwischen ihren Lippen.

»Sie sind mein Klient. Wenn er etwas sagt, das Ihnen nicht hilft, bleibt es bei mir. Und ich werde tun, was ich kann, um ihn entweder von der Presse fernzuhalten oder ihn und seine Version der Ereignisse in deren Augen zu vergiften.«

Er grinst – dieses Mal reicht es sogar bis zu den Augen.

»Dann sind Sie meine Priesterin. Der junge Mann heißt Panko – seinen richtigen Namen kenne ich nicht. Er ist obdachlos, ich habe ihn auf dem Strich in Santa Monica aufgelesen, aber er hat gesagt, er lebt in einer der großen Zeltstädte weiter im Osten. Er ist über eins achtzig groß, hat wunderschöne Mandelaugen und Dreadlocks – an einem Weißen wären sie albern, aber er sieht damit aus wie Herakles. Er hat einen schwarzen Kreis innen auf sein Handgelenk tätowiert, außerdem ein Muttermal auf der Wange. Ich fürchte, das ist alles, was ich weiß.«

»Ist ein Anfang«, sagt sie.

Er schiebt seine Kaffeetasse von sich, als wollte er sagen: *Gespräch beendet.*

»Also dann, Sister Mae, ziehen Sie hinaus und erlösen Sie mich von meinen Sünden.«

KAPITEL 15

CHRIS

Koreatown

Chris hat die Nummer in seinem Handy immer noch unter **Schwerverbrechen** gespeichert. Sein Daumen verharrt über der Wähltaste.

Dieses Gefühl in seiner Brust – kein eingebildeter Herzinfarkt. Eher ein Stechen.

Er legt das Handy hin. Sieht aus dem Fenster.

Sein Handy summt – die Dodgers haben verloren. Die Mitteilung reißt ihn aus seiner Trance, er nimmt das Handy wieder auf. Entsperrt es.

Das Wort **Schwerverbrechen** brennt sich in seine Augäpfel.

Er liest es als: *Du bist kein Cop mehr.*

Er schiebt den Anruf schon einen ganzen Tag vor sich her. Vierundzwanzig Stunden lang hat er getan, was er konnte, ausschließlich mithilfe öffentlich einsehbarer Informationen. Es gibt ein paar Sachen, die er schon jetzt sicher weiß. Das Hotel hat das Filmmaterial aus den Sicherheitskameras veröffentlicht, das den Mord an Hennigan zeigt. Einzelne Bilder davon stehen jetzt ebenso wie das Polizeifoto von Montez auf den Nachrichtenseiten im Netz. Das *WF*-Tattoo im Gesicht des Täters ist deutlich zu sehen. Chris kennt es noch aus seiner Zeit als Deptuy – *WF* steht für White Fence, eine der ältesten Gangs in L. A. Durch das Tattoo ist er leicht zu identifizieren. Es gibt keinen Zweifel – John Montez hat Dan Hennigan erschossen.

Die Frage nach dem Warum aber lässt Chris keine Ruhe. Die vorläufige Theorie vom gescheiterten Autoraub scheint absurd. Dass Gangster durch Beverly Hills spazieren und Leuten ihre Fahrzeuge unter dem Hintern wegklauen, ist Blödsinn aus Spielfilmen der Neunzigerjahre.

Zeugen sagten aus, John habe nach dem Mord etwas aus Dans Wagen genommen, und Dans Handy konnte am Tatort nicht sichergestellt werden. Wäre Montez auf das Auto aus gewesen, hätte es doch keinen Sinn gehabt, dass er sich das Handy schnappt.

Chris weiß, man darf nicht erwarten, dass an einem Tatort alles Sinn ergibt. Es gibt immer Einzelheiten, die nicht zusammenpassen. Vielleicht wollte der Typ einen brandneuen Tesla und war bereit, dafür das Gehirn eines Menschen über dessen Windschutzscheibe zu verteilen. Vielleicht geriet er in Panik oder schnappte sich einfach nur das erstbeste Ding von Wert.

Vielleicht.

Vielleicht aber auch nicht.

Eine Verbindung zwischen Montez und Hennigan scheint weit hergeholt. Ein Hollywood-Pressesprecher der gehobenen Klasse und ein jugendlicher Gangster aus East Los Angeles leben in derselben Stadt, bewegen sich aber in unterschiedlichen Dimensionen. Wenn sie auf der Straße aneinander vorbeigehen, sehen sie sich nicht mal.

Er überlegt, ob er Mae anrufen und fragen soll, ob sie Hinweise hat. Oder ihr zumindest sein Beileid aussprechen. Er kommt nicht weiter, als ihren Namen in seinen Nachrichten aufzurufen. Die letzte Nachricht zwischen ihnen kam von ihm – ein lahmes Hahaha als Reaktion auf einen Witz von ihr vor über zwei Jahren.

Er sagt sich, Mae zu kontaktieren, sprengt den Rahmen dieser Mission.

Stattdessen sieht er sich noch mal den Clip an, in dem John Montez stirbt. Schaut ihn in Zeitlupe. Der Junge hat eine

Waffe in der Hand. Vielleicht hat er eine ruckartige Bewegung gemacht. Vielleicht hat er die Waffe gehoben. Vielleicht aber auch nicht.

Aus den Luftaufnahmen der Hubschrauber wird man nicht schlauer. Erst steht Montez, dann nicht mehr. Erst lebt er, dann ist er tot.

Chris' Daumen zögert über der Wähltaste. Schmerz steigt in seine Brust. Weckt Herzinfarktängste. Er geht die Checkliste durch, die ihm der Arzt in der Notaufnahme eingebläut hat.

Keine Übelkeit – kein Herzinfarkt.

Der Schmerz befindet sich nicht genau in der Mitte seiner Brust – kein Herzinfarkt.

Sein Hirn gaukelt ihm einen Phantomtod vor. Der echte tritt nicht ein.

Chris schaut mit dem Handy in der Hand aus dem Fenster. Der Verkehr rauscht über die Einkaufsstraße. E-Scooter schlängeln sich zwischen Autos durch. Er sieht sich das an, bis der Schmerz vergeht.

Er holt tief Luft und drückt auf die Wähltaste. Hält sich das Handy ans Ohr.

»Major Crimes Division, Gutierrez.«

»Wer ist heute Abend Captain?«, fragt er, barsch wie ein Cop.

»Martinez.«

»Holen Sie ihn.«

Der Deputy am anderen Ende hat keine Fragen. Stellt nur den Anruf durch.

»Martinez.« Immer noch das heisere Krächzen aus aufgeschlitzter Kehle. Chris verliert sich kurz in alten Erinnerungen, so wie wenn man zum ersten Mal in den Pool springt.

Martinez sagt: »Hallo?« und lässt Chris damit wiederauftauchen.

»Hey, Erwin. Hier ist Tamburro.«

»Monster?«

»Häufig imitiert, niemals erreicht.«

»Hast recht, Monster Tamburro, auferstanden von den Toten. Wie ist es denn so außer Dienst?«

»Die Arbeitszeiten sind definitiv besser.«

»Glaube ich. Aber die Straße vermisst dich. Die Knuckleheads hier haben keine Angst mehr. Die wissen, der große böse Monster Tamburro wird aus keinem Streifenwagen springen und sie dran erinnern, wie Asphalt schmeckt.«

Dieses Gefühl, unschlagbar zu sein – als hätte Gott kugelsichere Westen eigens für ihn geschneidert. Dieses alte goldene Leuchten. Er stellt sich blutverschmierte Gehwege vor. Das Leuchten schwindet.

»Ich habe eine Frage«, sagt er.

»Und du sollst eine Antwort bekommen. Die Leute vergessen nicht, was du für sie getan hast.«

»Die John-Montez-Schießerei. Ich hätte gerne den Bericht.«

Martinez braucht eine Weile. Chris betrachtet die Szenerie draußen.

»Hab gehört, du arbeitest für einen Strafverteidiger. Bist du zur anderen Seite übergelaufen?«

Wenn Chris sich in einem Punkt sicher ist, dann, dass es nur ein einziges Team gibt. Aber davon will Martinez nichts wissen.

»Irgendwoher muss die Kohle ja kommen.«

»Willst du das Department fertigmachen?«

»Nein, das siehst du ganz falsch.«

»Ich weiß nicht, Monster. Vertritt der Anwalt, für den du arbeitest, die Familie des Täters? Wollen die das Department vor Gericht zerren? Die Schießerei war völlig gesetzeskonform.«

»Das ist es nicht. Der Klient hat nichts mit Montez zu tun.«

»Wozu willst du dann den Bericht?«

»Es geht nicht um die Schüsse. Ich ermittle gegen den Jungen, nicht gegen die Polizei.«

»Wer ist dein Auftraggeber?«

»Kann ich dir nicht sagen.« Tu so, als wär's eine Stärke. Sag ihm nicht, dass du's selbst nicht weißt.

»Mann, ich seh schwarz. Siehst du auch schwarz?«

Chris lässt das Schweigen für sich sprechen:

Zwing mich nicht zu sagen: *Ich hab deinen Namen nicht genannt.* Zwing mich nicht zu sagen: *Ich bin für deine Sünden gestorben.*

Als der Bericht kommt, kommt er in einer anonymen E-Mail von einem verschlüsselten Server. Betreff: **DENK DRAN, WER DU WARST.**

Es ist Freitagabend – Koreatown rockt vor Chris' Fenster. Der Straßenzug gegenüber vom Apartment ist ein einziges Openair-Desaster. Bettler belagern den 7-Eleven. Vor den Restaurants bilden sich Menschentrauben, vor dem Laden mit den Schmorrippchen, den hausgemachten Noodles und den scharfen Schweinshaxen. Der Parkplatz ist verstopft, die Leute vom Parkservice springen von einem Wagen zum nächsten. Sie spielen Auto-Tetris, scheren aus, fahren mit Tempo rückwärts, erwischen aber nie eine fremde Stoßstange.

Chris scrollt mit dem Daumen die PDF-Anhänge durch, wechselt zum Laptop und lädt sie runter. Dann öffnet er die gescannten Dateien und findet Montez' Eintrag in der Cal-Gang-Datenbank. Vor vier Jahren wurde er vom LAPD als Bandenmitglied in das Register aufgenommen: John Montez, Spitzname Slick. Siebzehn Jahre alt. Aufnahmekriterium: Er wurde mit bekannten Mitgliedern der White Fence im Auto erwischt. Auf dem Polaroid, das der Cop vor Ort gemacht hatte, ist ein erschrockener Junge zu sehen.

Chris klickt auf eine andere Datei. Formular vom 16.12.05 – Mitteilung an die Eltern über die Aufnahme in die CalGang-Datenbank –, geschickt an eine Adresse in El Sereno. Das ist eigenartig – er wohnt auf dem Gebiet der El Sereno Rifa, wurde offiziell aber als Mitglied von White Fence registriert. Chris notiert sich die Adresse, spürt ungute Vibes bei dem Gedanken, die Familie zu besuchen.

Schrille Schreie draußen stören ihn in seiner Konzentration. Unten auf dem Gehweg stehen Teenager und essen Dragon-Breath aus monsterförmigen Plastikbechern. Sie atmen Trockeneisdampf in Schwaden aus, quietschen und kreischen dabei, fotografieren sich mit ihren Handys und posten die Bilder sofort.

Chris öffnet weitere Dateien. Montez wurde nur wenige Male richtig festgenommen – wegen Drogenbesitzes, Trunkenheit und Ruhestörung vor einem Club auf dem Hollywood Boulevard. Das Polizeifoto zeigt eine Transformation, der verängstigte Junge hat jetzt ein Tattoo im Gesicht. Nur echte Doomer lassen sich im Gesicht tätowieren – komisch, irgendwie wurde aus dem erschrockenen Jungen ein Hardcore-Gangster, und das ganz ohne Vorstrafengregister oder Knastaufenthalt.

Chris liest die Polizeiberichte des Beverly Hills PD über den Mord an Hennigan. Er erstellt eine zeitliche Abfolge der Ermittlungen nach dem Mord. Die Kollegen vom Beverly Hills PD haben sich das Videomaterial aus Verkehrskameras und vom Hotel besorgt – wahrscheinlich hatten sie's, noch bevor Dan im Leichenschauhaus ankam. Die Screenshots sind verschwommen, aber Montez' Tattoos würde man auch noch aus dem All erkennen. Er konnte im Handumdrehen identifiziert werden.

Um Mitternacht lag bereits ein Haftbefehl gegen ihn vor. Um vier Uhr morgens steht die Polizei bei Johns Eltern vor der

Tür, trifft Montez dort aber nicht an. Die Eltern geben keine Hinweise, wo er zu finden sein könnte.

Um neun Uhr dreißig benennt das Beverly Hills PD John als möglichen Verdächtigen – keine Stunde später entdecken ihn Beamte des Sheriff's Department in East L. A.

Wieso East L. A.? Er hat dort eigentlich nichts zu suchen.

Chris macht Pause, bestellt Grillhuhn bei einem Koreaner ein Stück weiter die Straße rauf. Während er wartet, widmet er sich erneut den Dateien. Klickt sich durch weitere verschwommene Aufnahmen und liest schließlich den Bericht über die Schießerei, verfasst von einem gewissen Deputy Marcus Woodcock.

Deputy Archer und ich fuhren um zirka 11 Uhr Streife in der Gegend um den Floral Drive und den nördlichen Teil der Eastern Avenue, als uns ein Passant Handzeichen gab und mitteilte, er habe einen Bewaffneten in einem Dodge Charger sitzen sehen. Deputy Archer gab den Standort des Verdächtigen unterwegs zu ihm an die Zentrale durch. Bei unserer Ankunft auf dem nahe gelegenen Parkplatz identifizierte ich den Mann im Dodge Charger als übereinstimmend mit der Beschreibung des zur Fahndung ausgeschriebenen John Montez. Über Lautsprecher forderten wir den Mann auf, sein Fahrzeug zu verlassen. Er weigerte sich und entfernte sich stattdessen mit seinem Fahrzeug von seinem Standort. Wir brachten Code 3 zur Anwendung, und Deputy Archer informierte die Zentrale über unseren Einsatz. Nach einer Verfolgungsjagd verließ das Subjekt schließlich das Fahrzeug und wollte zu Fuß fliehen. Daraufhin verließen auch wir unseren Einsatzwagen. Ich sah einen Gegenstand in der Hand des Subjekts, den ich für eine Schusswaffe hielt, und forderte das Subjekt auf, die Waffe fallen zu lassen und sich mit dem

Gesicht nach unten auf den Boden zu legen. Gleichzeitig nahm ich einen Helikopter über uns wahr, der Montez' verbale Äußerungen unverständlich machte. Mir fiel das unberechenbare Verhalten des Verdächtigen auf. Der Verdächtige schien die Schusswaffe zu heben. Aus Angst um unsere eigene Sicherheit und die anderer eröffneten Deputy Archer und ich das Feuer. Als der Verdächtige zu Boden gegangen war, näherten wir uns und sicherten den Verdächtigen, der nicht ansprechbar war. Ich informierte die Zentrale darüber, dass Schüsse abgegeben wurden, und leistete dem Verdächtigen erste Hilfe, indem ich die Wunde abzubinden versuchte.

In Chris erwacht ein sehr ungutes Gefühl. Er liest noch einmal den Bericht. Chris hat ein Auge für die Kunst des Berichtefälschens – er hat Dutzende davon verfasst. Er konzentriert sich auf einen Satz: Als uns ein Passant heranwinkte.

Typischer Fall von Bullshit. In acht Jahren auf der Straße war Chris vielleicht zweimal von Zivilisten angehalten worden, in seine Berichte hatte er es aber bestimmt zwei Dutzend Mal eingebaut. Damit wird etwas verschleiert – es lässt sich nicht widerlegen, so wie wenn man sagt, man hat Gras gerochen, um ohne Durchsuchungsbefehl einen Wagen zu filzen. Chris zieht einen voreiligen Schluss, der kaum voreilig ist – es gab keinen Passanten. Woodcock hat Montez' Aufenthaltsort von einer Quelle bekommen, die er schützen will.

Vielleicht ist es nichts. Chris hat an genügend Fällen gearbeitet, um zu wissen, dass die Lösung der meisten Rätsel einfach und dumm ist. Wenn es so aussieht, als hätte ein Möchtegern-Gangster einem Mann in Beverly Hills mitten in der Rushhour den Wagen abnehmen wollen und hätte ihn dabei getötet, dann ist es meistens so gewesen.

Aber er hat ein ungutes Gefühl.

Ein Klopfen an der Tür reißt ihn aus seiner Konzentration. Essen. Chris bezahlt – die Tüte riecht himmlisch. Er denkt, er sollte mit seinen Nachforschungen jetzt Feierabend machen – Sticky Korean Chicken verträgt sich nicht mit der Arbeit am Laptop.

Aber dieses Gefühl will nicht verschwinden.

Er tippt mit einer Hand weiter und hat einen Schweißausbruch, weil das Essen so scharf ist, die Knochen wirft er in die Liefertüte.

Dann nimmt er sich Deputy Woodcock vor und findet eine Facebook-Seite – Woodcock sieht aus wie gecastet, ein typischer Vertreter seiner Art. Lauter *Back the Blue*-Bilder und Aufrufe zur Unterstützung und Stärkung der Polizei auf seiner Homepage. Eine nichtssagend hübsche Frau mit nichtssagend hübschen Kindern auf einem Jet-Ski auf dem Lake Elsinore. Woodcock posiert mit Waffen in beiden Händen, auf der Brust hat er einen Totenschädel.

Chris gibt Suchbefehle ein. Liest alte Nachrichteneinträge. Woodcocks Name taucht in vielen Meldungen auf. Er ist offensichtlich einer, der schießt. Die meisten Cops ziehen in ihrer gesamten Laufbahn kein einziges Mal ihre Waffe. Diejenigen, die's tun, dafür umso öfter. Die Schießerei mit Montez war schon die fünfte in Woodcocks Karriere. Chris erinnert sich an eine der früheren. Ein Siebzehnjähriger starb nach sieben Schüssen in den Rücken, danach gab es sehr viele Medienberichte und Proteste. Woodcock ging völlig unbelastet daraus hervor.

Sein Name taucht auf einer Bürgerwehr-Website und auch in einem Bericht über Cliquen im Sheriff's Department auf. Woodcock gehört zu den Dead Game Boys.

Das ungute Gefühl lässt Chris einfach keine Ruhe.

Das Hupkonzert draußen reißt Chris aus seiner Konzentration. Ein weißer Junge rollt mit einem Affenzahn auf einem

E-Scooter den Hang runter. Blankes Entsetzen steht ihm ins Gesicht geschrieben. Und pure Freude. Er fährt bei Rot über die Kreuzung. Verfehlt einen SUV nur um wenige Zentimeter. Die Bettler vor dem 7-Eleven johlen. Ein Mann vom Parkservice sprintet an dem Jungen vorbei – für so einen Whiteboy-Mist haben sie keine Zeit. Die Teens lassen die Handys wieder sinken, finden es jetzt langweilig – wäre jemand umgekommen, wäre das Video viral gegangen.

Chris wischt sich die Hände an der beiliegenden Restaurantserviette ab. Er blinzelt durch müde Augen. Sein Rülpser brennt im Rachen. Er fasst zusammen und schreibt einen Entwurf für seinen Bericht an Acker.

John Montez erschießt Dan Hennigan – ein scheinbar zufälliger Mord, ohne ersichtliche Verbindung zum Opfer. Ein Verbrechen, das keinen Sinn ergibt. Der Fall wird schnell gelöst – dank eines vermeintlichen Hardcore-Gangsters, der nicht mal auf die Idee kommt, seine Gesichtstattoos zu verdecken. Dann taucht Johns Gesicht in den Nachrichten auf. Eine Stunde später wird er von Polizisten gefunden, die irgendeine Geschichte erzählen – aber keine gewöhnlichen Polizisten, sondern in Seilschaften verwickelte, außerordentlich schießfreudige Cops.

Draußen vor Chris' Fenster leuchtet und surrt Koreatown in sämtlichen Neonfarben.

Er weiß, wie sich das anfühlt.

KAPITEL 16

MAE

Silver Lake

»Ich überlege mir, eine Katze anzuschaffen, dabei sind alle meine Sukkulenten eingegangen. Sollte ich das nicht als Wink mit dem Zaunpfahl verstehen?«

Tze sitzt vornübergebeugt am Tisch, die Ellbogen aufgestützt – es gibt keine Stühle in dem Restaurant, nur Hocker. Sie ist nicht zierlich, aber Mae schaut sie an und sieht ein kleines Vögelchen.

Mae hat das Lokal im Silver Lake Boulevard ausgesucht, am Hang direkt unterhalb vom Reservoir, weil es von dort aus nicht weit ist zu Tzes Apartment – und den Zeltstädten auf der Eastside. Zuvor brachte sie Cyrus auf den aktuellen Stand, und er war mit ihr der Meinung, dass Parkers Beschuldiger Priorität bekommen muss.

Um seiner selbst wie auch unseres Klienten willen, hatte er gesagt, ohne eine Miene zu verziehen.

Auf der Fahrt erledigte Mae ihre Anrufe über Bluetooth. Sie sprach mit Reportern der großen Tageszeitungen und beim Fernsehen und versuchte rauszufinden, ob schon jemand Wind von der Geschichte mit Parker bekommen hatte. Ein paar stellten sich auf eine Weise dumm, die Mae verriet, dass sie an etwas dran waren.

Unterwegs machte sie in Echo Park Halt, zog fünfhundert Dollar am Geldautomaten, ließ sie sich in Zwanzigern auszahlen. Danach spazierte sie um den See – seit sie vor ungefähr einem Jahr das letzte Mal dort war, hatte sich hier eine ausgewachsene Zeltstadt entwickelt, Hunderte von Zelten umringten den See. Enten quakten und kackten zwischen die teilweise aneinandergebauten oder mit Gängen aus Plastikplanen verbundenen Zelte. Sie suchte einen großen, gut aussehenden Mann mit Whiteboy Dreads. Sie fragte herum. Eine Frau mit dicken Dreadlocks und traurigen Augen kannte Panko, behauptete, sie hätte ihn gesehen. Mae gab ihr einen Zwanziger und einen Zettel mit ihrer Telefonnummer.

Jetzt sitzt sie in der künstlichen Atmosphäre des Restaurants, und Tze stochert in ihrem Avocado-Hummus mit Santa-Barbara-Pistazien. Mae pickt an einer Schüssel Ur-Getreide mit Bison. Beim Kauen ermüdet ihr Kiefer.

»Bist du öfter hier?«, fragt Mae.

»Die verlangen vierzehn Dollar für ein Brot«, sagt Tze und nickt Richtung Tresen. »Das müsste eigentlich strafbar sein.«

»Hab aber gehört, das Brot soll gut sein«, erwidert Mae und mischt ein bisschen Gekränktheit in ihren Tonfall. Prompt sieht sie Tze das schlechte Gewissen an.

»Ist es ja auch«, sagt Tze fast panisch. Sie schaut rüber, nickt zu dem Tisch, an dem sich Beanie Feldstein mit jemandem einen Rohkostteller teilt. »Ist echt cool.«

Ihr Blick fleht um Vergebung.

Mae spricht ein wertloses Gebet für Tze – eines Tages wird ein Mann mit einem geschulten Blick für Schwäche seine Klauen in sie schlagen und sie in tausend Stücke zerreißen.

Es ist voller im Restaurant, als Mae lieb ist, sie möchte, dass Tze frei sprechen kann. Am Nachbartisch sitzen ein Mann und eine Frau mit ihrer Tochter, die offensichtlich gerade eine Runde um den Silver Lake gedreht haben. Stramme Radfahrerwaden, dazu Shorts und Laufschuhe aus veganem Leder. Das Mädchen ignoriert seine Eltern und stiert geistesabwesend auf ihr Handy. Die Mutter sagt: »Chrysalis, bitte, probier den Zackenbarsch doch wenigstens mal.«

Mae fragt Tze: »Wie geht's dir?«

»Es ist noch nie jemand gestorben, den ich kannte. Ich

muss das erst verarbeiten. Manchmal denke ich, es war meine Schuld.«

»Das war doch nicht deine Schuld.« Wieder kommt es Mae vor, als würde sie ein kleines Vögelchen in Händen halten. Ein Wesen, das man mit einem einzigen Händedruck zerquetschen könnte. Sie schiebt den Gedanken von sich – wenn Tze ihr die Irritation anmerkt, macht sie vollkommen dicht.

»Ich hab ihn an seinen letzten Termin erinnert«, sagt Tze. »Ihn ein paar Minuten lang aufgehalten, damit er noch ein paar Sachen unterschreibt. Was, wenn ich das nicht getan hätte? Aber wahrscheinlich ist das schon so was wie latenter Narzissmus, oder? Weil ich von meiner gottgleichen Macht überzeugt bin und Schuldgefühle habe?«

Mae rührt in ihrem Essen, kippt hausgemachte lacto-fermentierte scharfe Soße drüber und lässt Tze ihre Geschichte auf ihre eigene Art erzählen.

»Schon komisch«, sagt Tze. »Ich hab ihn noch im Handy. Lösch ich die Nummer? Das kommt mir falsch vor. Aber sind dann nicht eines Tages die Hälfte der Leute in meinen Kontakten tot? Das ist doch auch komisch, oder? Als würden wir kleine Friedhöfe in unseren Handys mit uns herumtragen.« Sie grinst unbeholfen. »Tut mir leid, ich bin noch dabei, das Trauma zu verarbeiten.«

»Es ist traurig«, sagt Mae. Und das ist wahr. Mae hat ihre eigene Traurigkeit hinter eine Glasscheibe geschoben, wo sie sie sehen, aber nicht berühren kann. Sie möchte dem Mädchen raten, es genauso zu halten.

»Darf ich dich was fragen?«, fragt Tze.

»Klar.«

»Ist das falsch?«

»Hm?«

»Was wir in der Firma gemacht haben. Diesen Leuten helfen, unseren Klienten. Ist das falsch?«

»Ist ein Job«, sagt Mae. »Ich konzentriere mich auf das, was mir daran Spaß macht. Auf die Geheimnisse, die man erfährt. Außerdem kämpfe ich gerne und gewinne gerne. Beides kann ich in meinem Job.«

Tze nimmt einen Schluck – will ihre Gedanken vor Mae verbergen.

Tze sagt: »Ich weiß nicht, was ich machen soll. Wenn ich nicht bald was finde, muss ich zurück nach Seattle. Meine Eltern werden wollen, dass ich ein Aufbaustudium mache oder, Gott steh mir bei, Medizin studiere. Ich weiß sowieso nicht, ob PR überhaupt was für mich ist. Ich glaube nicht, dass ich besonders gut darin war. Ich glaube, Dan hat mich nur deshalb nicht gefeuert, weil er so nett war. Das war er nämlich, weißt du das? Das war sein Geheimnis.«

»Na ja, eins von vielen«, sagt Mae. »Dan hatte viele Geheimnisse.«

Tze fingert an ihrem Iced Matcha herum. Sie ist so aufgelöst, denkt Mae, *ob sie was mit Dan hatte?* Nein, eher nicht – Dan stand auf starke Persönlichkeiten. Verletzliche Mädchen hätten ihm nicht dieses Siegergefühl gegeben, nach dem er sich so gesehnt hat.

Aber sie weiß was.

Tze sagt: »In der Firma ist alles geheim. Weißt du, wie viele Vertraulichkeitsvereinbarungen ich unterschreiben musste, bevor die mich gefeuert haben?«

»Es gibt Geheimnisse und *Geheimnisse.* Du weißt, wovon ich rede.«

Mae macht Dan nach, wie er mit einer Freundin telefoniert, über den Schreibtisch gebeugt, die Hand umschließt das Telefon. Tze lacht, spuckt feinen Pistazienstaub in die Atmosphäre von Santa Barbara. »Oh Gott, genauso hat er ausgesehen.«

Sein auf der gesprungenen Windschutzscheibe verspritztes Blut blitzt auf.

Das kleine Mädchen am Nachbartisch stößt einen Urschrei aus – er reißt Mae aus der Erinnerung. Die Eltern gucken Mae an, als hätte sie eine Pistole gezogen – fast hätten sie die Hände gehoben. Mae dreht sich wieder zu Tze um, voll konzentriert. Mae schenkt ihr ein verschwörerisches Lächeln. Sie beugt sich vor. Tze macht es ihr nach.

Hab sie.

»Dan war derjenige, der mir beigebracht hat, dass man selbstbewusst sein und lächeln muss, wenn man Drecksarbeit erledigt. Je mehr man aussieht, als wollte man bloß nicht auffallen, umso mehr sieht man aus wie jemand, der nicht erwischt werden will – nur wenn es um Frauen ging, konnte er einem nichts vormachen. Man hat ihm sein schlechtes Gewissen immer angemerkt. Ich glaube, er hat Jenny wirklich geliebt – und deshalb hatte er Schuldgefühle. Aber bei seiner Arbeit für die Firma nicht. Das gehörte für ihn einfach zum Geschäft.«

Tze lacht. Sie hat so ein Lächeln im Gesicht, und Mae denkt, *yesssss!*

»Er hatte zwei Trainer«, sagt Tze. »Der eine war Thor oder so ...«

»Zeus«, sagt Mae, »den hatte er seit Jahren.«

»... und dann eine neue, Katherine.«

Zwei Trainer – klassische Verschleierungstaktik. Er hat sich fit gehalten, musste aber nicht unbedingt für eine Rolle in einem Superheldenfilm trainieren. Das klang auf die richtige Art verkehrt.

»Katherine? Hat er mir gegenüber nie erwähnt.«

»Er hat sie überhaupt nie erwähnt. Das meine ich ja. Die Termine mit ihr hat er selbst verabredet. Zweimal die Woche.« Tze grinst, guckte fast erleichtert. Manchmal kann ein Geheimnis auch in einem anwachsen, und man muss den Druck ausgleichen. Früher oder später tuschelt deshalb jeder.

»Weißt du, wie Katherine mit Nachnamen heißt?«

Das Mädchen hinter ihnen *kreischt*. Mae merkt, wie sie sich selbst verspannt.

Die Mutter sagt: »Chrysalis, bitte!«

»Ich hab sie mal auf Instagram gefunden«, sagt Tze. »Ein Haufen Lifestyle-Protzerei und Werbung für Magentee, dazu solche aufgeilenden Yogaposen, bei denen ich schon vom Hingucken Komplexe bekomme.«

Sie gibt Mae das Handy. Katherine Sparks ist Mitte zwanzig, blond, unverschämt durchtrainiert, macht im Handstand Spagat und hat eine perfekte Stupsnase, dazu ein super selbstbewusstes Grinsen und wilde Augen.

Genau Dans Typ.

Am Tisch hinter ihnen flippt Chrysalis aus. Das kleine Mädchen wirft ihren Teller um, der mit S-Chug marinierte Zackenbarsch fliegt durch die Luft.

Die Mutter sagt: »Chrysalis, nein!«

Mae begegnet dem Blick der Kellnerin und gibt ihr ein Zeichen, *die Rechnung, bitte*. Tze greift nach ihrem Portemonnaie – aber nur der Form halber. Mae winkt ab und zückt ihr eigenes.

»Danke.«

»Ist mir ein Vergnügen. War nett, mit dir zu reden. Hör mal, geht mich ja nichts an, aber du solltest dir überlegen, wieder nach Seattle zurückzuziehen. Ich weiß nicht, ob die Stadt hier was für dich ist.«

»Wieso?«

»Du hast mich gefragt, was richtig und was falsch ist.«

KAPITEL 17

MAE

Silver Lake

Mae fährt über den Silver Lake Boulevard zur 101 zurück. Beim Fahren scrollt sie sich durch Katherines Instagram-Account und wird angehupt. Sie blickt auf und tritt abrupt auf die Bremse – Reifen quietschen. Wenige Zentimeter fehlen, dann wäre sie auf den BMW vor sich gekracht.

Sie biegt auf den Parkplatz eines Chinese-Food-&-Donuts-Imbiss. Der Beinaheunfall gießt noch mehr Adrenalin in ihr Feuer. Ihre Hände zittern. Sie stellt ihr Handy in den Becherhalter. Überfliegt Katherines Instagram und sieht, dass ihre Maske gerade so noch sitzt. Ihr Lächeln ist sanft, aber ihre Augen sind hart. Mae scrollt weiter – Selfies vor dem Spiegel, Aufnahmen mit glutenfreien Riegeln und frisch gepresstem Rote-Bete-Saft – gesponserter Health-Influencer Content. Kurze Videos von ihrem Tanzunterricht, Teenagermädchen, Typ Kinderschauspielerin bei Dancehall-Moves.

Katherine posiert mit Mitbewohnern – ein fettfreier Rothaariger mit arroganter Miene namens Kevin, ein muskelbepackter Blonder namens Loto und ein großer, gut aussehender Schwarzer namens Tony. Mae scrollt an sexy Body Shots vorbei, auf denen Katherine unbeschwert und spontan wirken will. Die Wohnsituation schreit Möchtegern-*Clout House*.

Bilder mit Promis, die sie trainiert hat – ein gewisser Michael, da eine von den Housewives.

Partyaufnahmen, Stars aus Reality Soaps und ehemalige Kinderstars – Katherine mit Lydia Lopez, früher bei *As If!*, aufgestiegen vom Teeniestar zur mäßig bekannten Pop-Diva. Apropos *As If!*, Katherine hat sich auch mit der unvergleichlichen und einzigartigen Hannah Heard ablichten lassen, ein schneller ungestellter Schnappschuss in einem VIP-Raum. Hannahs Lächeln wirkt aufgesetzt – Mae kennt sie gut genug, um das Funkeln in ihren Augen zu durchschauen und die Gehässigkeit darunter zu erkennen.

Mae scrollt weiter. Urlaubsfotos: Katherine mit dem Paddleboard auf Maui, Wale beobachten in Sayulita, Yoga-Workshop in Bangkok, Sonnenuntergang in einem luxuriösen Wellnessbad in Palm Springs und Surfen in …

Moment mal. Noch mal zurück. Das Wellnessbad in Palm Springs.

Das Bild ist zurechtgeschnitten. Katherine hat jemanden aus ihrem Selfie entfernt. Ganz unten ist noch ein Stück von einer anderen Person zu sehen. Ein Stück vom Arm eines Mannes – schmales Handgelenk, dunkel behaart.

Wie Dan.

Mae schaut auf das Datum – das Foto ist vom 23. Mai letzten Jahres. Sie öffnet ihren Kalender, scrollt zurück zum vergangenen Mai – ein viertägiges Event, rot markiert – **DAN NICHT IM BÜRO (PS). PS** für Palm Springs.

Dan und Katherine haben sich heimlich in Palm Springs getroffen.

Dan und Katherine – hatten die beiden zusammen einen Plan ausgeheckt, wie man scheißreich wird?

Sie überlegt, wie sie's rausbekommen kann. Die Sache mit dem Obdachlosen droht ihr jetzt schon über den Kopf zu wachsen. Sie muss Panko finden und sich seine Geschichte über Parker anhören – und ihm ein Bild von Dan zeigen. Das heißt, weitere Zeltstädte anfahren. Außerdem hat sie noch ihren normalen Job – nach dem Ende der Trauerzeit schiebt Cyrus Mitnick ihr jetzt sämtliche von Dan unerledigten Aufgaben rüber. Sie kann nicht gleichzeitig der Spur folgen, Panko suchen und ihre eigenen Klienten bei Laune halten.

Sie denkt darüber nach. Öffnet ihre Kontakte und ruft Tze an.

»Hallo?« Wieder dieses argwöhnische Beutetierstimmchen, Mae würde sich bei so viel Schwäche am liebsten die Wange zerkauen.

»Hey, hier ist Mae. War schön heute mit dir. Hör mal, wenn du doch noch nicht sofort nach Seattle zurückwillst, hätte ich vielleicht einen Job für dich.«

KAPITEL 18
CHRIS
El Sereno

Er hat Angst vor der Mutter des toten Jungen.

Richtig Schiss.

Das Haus der Familie Montez befindet sich ein Stück weiter vom Valley Boulevard bergauf. Ein zweistöckiges verputztes Haus mit aufgeklebten Gitterstäben an den Fenstern. Im Garten vereinzelte Pflanzenkübel und Bougainvillea. Chris parkt hinter einem Pritschenwagen mit repariertem Rücklicht. Er fegt sich Krümel vom Schoß. In einer Bäckerei in der Marengo Street hat er sich einen Kaffee und ein Concha geholt.

Er betrachtet sein altes Abzeichen – das echte Abzeichen eines falschen Cops.

Länger kann er's nicht mehr aufschieben.

Er geht zum Haus. Zwingt sich, sachte anzuklopfen – nach jahrelangem *Fickt euch ich bin Cop*-Gehabe klopft er instinktiv immer noch viel zu heftig.

Der Junge, der die Tür öffnet, ist ungefähr fünfzehn, lang und dünn, auf der Oberlippe so ein Teenagerflaum, der ihn eher jünger als älter aussehen lässt. Er sieht Chris und erstarrt.

Chris macht sich nicht mal die Mühe, sein Abzeichen zu zeigen. Der Junge hat ihn schon in dem Moment, in dem er seine weiße Visage sah, als Cop verbucht.

»Ich suche Gustavo oder Marisol Montez.«

Der Junge sieht ihn an – Angst und Hass ringen in seinem Blick, und er schließt die Tür wieder bis auf einen Spalt. Chris kann es ihm nicht verdenken. Gedämpft hört Chris ihn »Ma« rufen.

Marisol Montez trägt Büroklamotten in dunklen Farben. Chris sieht die Trauer in ihrem Blick, aber auch noch etwas anderes, etwas Elektrisierendes. Sie ist kaum über eins fünfzig groß, wirkt stark und gleichzeitig niedergeschmettert, als würde die Schwerkraft in ihrer Welt schwerer wiegen als in seiner.

»Kann ich Ihnen helfen?«

»L. A. Sheriff's Department, Ma'am. Ich wollte mit Ihnen über Ihren Sohn sprechen.«

»Ich habe Ihnen nichts zu sagen.«

»Ma'am, ich ermittle nicht gegen Ihren Sohn. Ich arbeite für LASD Internal Affairs und untersuche den Fall, weil Polizeibeamte an dem Schusswechsel beteiligt waren.«

»Wirklich? Sie ermitteln gegen Ihre eigenen Leute?«

»Ganz genau, Ma'am.«

»Wann wurde das letzte Mal ein Cop in L. A. dafür bestraft, dass er jemanden umgebracht hat? Kann es sein, dass Sie nicht besonders gut sind in Ihrem Job? Oder sind Sie sogar sehr gut?«

»Ma'am, ich gebe mir Mühe, fair zu sein. Sie können mir helfen.«

Sie sieht ihn an, als wollte sie sagen: *Ja, na klar.* Sie sagt: »Ich muss zur Arbeit.«

»Darf ich mit Ihrem Mann sprechen?«

»Er ist krank«, sagt sie, nach einer Mikropause, die Chris verrät, dass sie lügt.

»Dürfte ich dann bitte einen kurzen Augenblick Ihrer Zeit in Anspruch nehmen?«

»Und wenn ich Nein sage?«

»Dann werde ich nur eine Seite der Geschichte zu hören bekommen.«

Sie macht die Tür auf. Ihren Gesichtsausdruck hat er schon hundert Mal gesehen. Sie fügt sich, ohne zu brechen, ein stillschweigendes *Fick dich* schwingt mit.

»Ich habe zehn Minuten, dann muss ich zur Bank.«

Er wartet darauf, dass sie sagt: *Kommen Sie rein.* Er hält sich an die Polizeivorschriften. Man muss aufgefordert werden einzutreten. In der Hinsicht sind Cops wie Vampire.

Marisol führt ihn durchs Wohnzimmer, wo ein Mann auf dem Sofa sitzt, von dem er vermutet, dass es sich um Gustavo handelt, im Fernsehen laufen die morgendlichen Verkehrsnachrichten. Chris war schon in anderen Räumen wie diesem, hat andere Väter wie diesen gesehen. Entweder wird man eiskalt oder so heißblütig, dass man innerlich überhitzt. Gustavo hat sich für das Eis entschieden. Er starrt die Wand über dem Fernseher an, sieht einen von den eigenen Augen projizierten Film.

Ein kleines Mädchen sitzt in einem Dora-die-Entdeckerin-T-Shirt am Küchentisch, isst Rührei und Toast. Auf der Anrichte liegt eine Packung Brot.

»Geh zu Papi frühstücken«, sagt Marisol. Das kleine Mädchen schaut Chris mit großen Augen an, geht wortlos mit ihrem Teller nach nebenan.

Marisol schaut auf ihr Handy.

»Ich hab noch acht Minuten«, sagt sie.

Chris legt eine Aktenmappe auf den Tisch. Sie ist voller alter Papiere, die Chris noch zu Hause rumliegen hatte. Er tut, als würde er sie durchblättern, zieht etwas über kalifornische

Banden heraus, das er schnell noch am Morgen ausgedruckt hatte.

»Hier ist etwas, das nicht so richtig Sinn ergibt«, sagt er. »Wenn ich mir die Akte Ihres Sohns ansehe. Laut Polizeiangaben war er Mitglied von White Fence, aber wir sind hier auf El-Sereno-Gebiet.«

Sie lacht.

»El-Sereno-Gebiet, so nennen Sie das? Mit dieser bescheuerten Registrierung haben die meinem Sohn das Leben ruiniert.«

»Dann sagen Sie also, er war gar nicht Mitglied einer Gang?«

Sie schüttelt den Kopf, mit Bestimmtheit – als könnte sie die Wahrheit herausschütteln. »Er war bei einem Straßenrennen in Huntington Beach gewesen – nur als Zuschauer, die sind mit meinem Honda gefahren, das ist kein Rennwagen. Die Polizei ist aufgetaucht und hat das Ganze unterbunden, John hat gemacht, was alle gemacht haben, er ist weggefahren, aber er hatte Pech, die Polizei hat ihn und die anderen rausgewunken. Er war ein guter ... verkneifen Sie sich diesen Blick.«

»Ma'am?«

»Sie gucken mich an, als wäre ich so eine Mutter, die sich für ihren Taugenichts von einem Sohn starkmacht. Ich versichere Ihnen, er war ein guter Junge, aber Sie sitzen da und denken: *Das sagen sie alle*. Okay, kann sein. Aber wissen Sie was? Vielleicht waren sie das ja alle. Vielleicht hat jeder Einzelne von ihnen mal als kleiner Junge angefangen, so wie Sie auch einer waren.«

»Mein Blick war gar nicht so gemeint.«

Sie verstummt, verliert sich in Erinnerungen.

»Mit Druck ist er nicht gut klargekommen. Die Polizei ist ihnen gefolgt, aber sie sind nicht geflohen, John wollte anhalten, aber mein Sohn war aus Versehen verkehrt auf den Highway gefahren, also hat er versucht zu wenden, zurückzusetzen und am Straßenrand zu halten. Aber der Polizist hat ihn wegen aller möglichen Vergehen angezeigt, die ihm nur eingefallen sind. Dreitausend Dollar Strafe.

Der Junge, der mit ihm im Wagen saß, war schon im Gangregister, ich weiß nicht, warum, also dachten die Cops, wenn der eine ein Gangster ist, ist es der andere auch. Als wäre das eine Krankheit, die man sich holt, wenn man dieselbe Luft atmet. Der Polizist hat meinem Sohn dreitausend Dollar Strafe und einen Eintrag ins Bandenregister beschert. Nach dem Eintrag war sein Leben ruiniert, und das mit siebzehn Jahren. Er hat gerne gezeichnet, sich für Kunst interessiert. Er hatte einen Job in einer Druckerei. Wollte ein Handwerk lernen. Wie sein Vater – Gustavo ist Schlachter. Gibt nicht mehr so viel Handwerk auf der Welt, das nicht von Maschinen übernommen wird, aber mein Junge hat sich eins ausgesucht. Dann hat er aber seinen Führerschein abgeben müssen, und als er nicht mehr für die Druckerei ausliefern konnte, hat er seinen Job verloren. Wenn so was erst mal in den Akten steht, bleibt es für immer da. Man kann es nicht wieder verschwinden lassen. Und dadurch wird es wahr, jedenfalls bei den meisten. Nachdem sie festgestellt hatten, dass er zu einer Gang gehört, haben sie ihn nie wieder in Ruhe gelassen. Wegen nichts wurde er abgeholt. Wegen jeder Kleinigkeit – er war ein Teenager. Sie waren doch auch mal einer, waren Sie nicht auch ein bisschen wild? Haben Sie nicht auch schon mal Laternen zerschlagen und sich betrunken dumm benommen? Aber bei ihm war es was anderes. Wenn ihn sowieso alle für einen Gangster hielten, konnte er sich auch wie einer benehmen. Zu den echten *carnales* hat er aber nicht gepasst, die wussten, dass mein Sohn keiner von ihnen war. Die haben sich nicht von diesem Register täuschen lassen. Nur die Cops haben meinen Sohn für einen Gangster gehalten, die echten Gangster aber nie.

Mit der Zeit hat er sich dann mit Leuten abgegeben, die er in einem Nachtklub kennengelernt hat. Er hat sich tätowieren lassen und ist jemand geworden. Er ist auf die West Side gezogen, hat in einer Bar als Security gearbeitet und bei Weißen gewohnt, die ihm abgenommen haben, dass er der ist, der zu sein er vorgab.«

Ihre Stimme wird jetzt tiefer, schleppender, triefend vor Trauer. »Und vielleicht ist er durch die Leute, die's ihm abgekauft haben, ja auch derjenige geworden. Ich weiß es nicht. In den letzten Monaten hatte er sich verändert. Hat Versprechungen gemacht, dass er mir alles zurückzahlen wird, sogar meine Leasing-Raten für den Wagen wollte er übernehmen. Und für uns sorgen. Aber er hatte immer noch diesen Blick, den hat er nie abgelegt. Er war mein Sohn, mein lieber kleiner Junge, der für mich Bilder von Löwen und Tigern gemalt hat ...«

Sie verstummt. Chris nutzt den Augenblick, um sein Handy aus der Tasche zu ziehen. Das Foto von Dan Hennigan hat er vorher schon aufgerufen, jetzt zeigt er es Marisol.

»Haben Sie Ihren Sohn schon mal mit diesem Mann gesehen?«

»Ich weiß, wer das ist. Das ist der Mann. Die Polizei sagt, mein Sohn hat ihn erschossen – aber das war nicht er. Ich mache mir nichts vor. Ich hab die Aufnahmen gesehen. Das war nicht der Mensch, der mein Sohn in Wirklichkeit war. Die haben ihm eine Maske aufgedrückt, und er hat sie so lange getragen, bis er reingewachsen ist.«

Ihre Stimme klingt nach Tränen. Chris verspürt die stumpfe Panik, die ihn schon früher jedes Mal überfallen hatte, wenn Mütter geweint hatten.

»Die hätten ihn nicht erschießen müssen. Er hätte nicht abgedrückt. Er war nicht so, wie er ausgesehen hat. Er war nicht so, wie … Ich weiß, das klingt alles verrückt, aber ich meine es ernst. Er war nicht der, der er war.« Die Wörter purzeln jetzt als einzelne Brocken aus ihr heraus. »Haben Sie seinen Blick gesehen? Haben Sie die Videos gesehen?«

»Hab ich gesehen«, erwidert er. Sie nickt, fühlt sich bestätigt.

»Eine Mutter kennt diesen Blick. Eine Mutter weiß, wenn sie gebraucht wird. Eine Mutter sieht so einen Blick und will nur noch zu ihrem Kind laufen, dieser Blick ist wie ein Schrei, *Mami, Mami …*«

Sie presst die Lippen aufeinander, um etwas für sich zu behalten. Chris sitzt neben ihr und weiß, wenn er sie berühren wollte, würde sie ihm ausweichen. Und zwar zu Recht.

Der Teenager kommt und bleibt in der Tür stehen. Er will Chris mit Blicken töten. Chris steht auf, seine Knie sind weich.

Er sagt: »Falls Sie's noch nicht getan haben, könnten Sie mit einem Anwalt sprechen. Versuchen Sie's bei David Gibson. Das ist ein Guter. Die Polizei wird Ihnen einen Vergleich anbieten. Den sollten Sie aber ablehnen, danach wird man mit einem zweiten Angebot an Sie herantreten, und das akzeptieren Sie.«

Er findet selbst hinaus. Auf dem Weg zur Tür wirft Chris erneut einen Blick auf Gustavo. Die Miene des Mannes ist noch immer versteinert. Die Hände auf seinem Schoß greifen ins Leere, packen und umklammern Luft, als wollte er der Welt die Kehle zudrücken, bis sie tot ist.

KAPITEL 19

MAE

Brentwood

Im Büro ist es so eisig wie im Kühlraum eines Schlachthofs. Mae beißt sich in die Wange, nur um nicht zu zittern – sie hat ihre Jacke im Wagen gelassen. Gedanken an Katherine laufen in Endlosschleife in ihrem Hinterkopf – wie ein schlechter Song.

Sie schaut zu Joss ins Büro. Er isst Kurkuma-Couscous und trinkt einen Kurkuma-Latte. Lächelt sie gelb an.

»Hey, Kleines. Was geht?«

»Das Übliche, Obdachlosenlager abklappern und Stricher suchen. Der Traum von einem Leben in Los Angeles.«

»Oha, sie wünscht sich mehr Glamour«, sagt er und hält ein paar Papiere hoch. »Sie verlangt nach Prestige. Vielleicht solltest du dich lieber mit Euridyke befassen, dem neuesten Klienten unserer Firma.«

»Ist das ein schwedischer Popstar?«

»Fast. Es handelt sich um ein Unternehmen für Gewebebeschaffung.«

»Sag das noch mal.«

»Ein Unternehmen zur Beschaffung menschlichen Gewebes. Du weißt doch, dass manche Menschen Organe spenden, wenn sie tot sind. Glaubst du vielleicht, das Zeug wird wohltätig verschenkt? Bestimmt nicht. Es geht an Unternehmen wie Euridyke – die zerlegen deinen Körper in sämtliche Einzelteile. Die Organe, na klar, die wollen sie natürlich haben. Aber die nehmen auch deine Haut, deine Sehnen, dein Herz, deine Gefäße. Ich sag dir, die nehmen deine Knochen, verarbeiten sie zu Paste und machen Zahnimplantate draus.«

Er lacht über ihren angewiderten Gesichtsausdruck.

»Unser Gespräch gibt mir ein richtig gutes Gefühl«, sagt sie. »Das wollte ich alles schon immer wissen.«

»Wem sagst du das? Ich sitze hier und lese, dass die mir den Kopf abschneiden, wenn ich sterbe, und ihn an eine Schule für Schönheitschirurgie schicken. Dort werden abgeschnittene Köpfe zum Üben benutzt. Ich meine, wirklich, das hört nicht mal auf, wenn man tot ist, oder?«

»Und warum haben die uns jetzt engagiert? Von den naheliegenden Gründen einmal abgesehen.«

»Die haben ein Büro im selben Gebäude, in dem auch die Gerichtsmedizin von L.A. untergebracht ist. Und manchmal sind sie wohl ein bisschen übereifrig, schnappen sich Leichen, bevor der Gerichtsmediziner sie freigegeben hat. Dadurch gibt es hin und wieder Probleme.«

»Na ja, wahrscheinlich müssen die frisch verarbeitet werden«, gibt Mae zu bedenken.

»Im wahrsten Sinne des Wortes. Die *Times* schnüffelt inzwischen herum, und deshalb sitze ich hier. Keine Ahnung, Mädchen, ob dir das schon mal aufgefallen ist, aber das ist ein irres Leben, das wir hier führen.«

Mae lacht lauter als nötig. Sie sagt nicht, *du hast ja keine Ahnung*, wie *irre.*

Sie setzt sich an ihren Schreibtisch. Zieht einen Schal aus der Schublade und wickelt ihn sich wie eine Maske um den Kopf. Ihr ist so kalt, dass sie ihre Ohren kaum noch spürt.

Erst überweist sie Tze per Handy-App etwas für ihre Auslagen und zwei Wochen Lohn – absolut inoffiziell. Pankos Beschreibung hatte sie Tze schon gleich am Telefon durchgegeben. Tätowierungen, Augen, das Muttermal auf seiner Wange. Sie gab ihr eine Liste von Orten mit, wo sie anfangen sollte – bei den größeren Zeltstädten. Erst mal nur die, die ihr auf Anhieb einfielen, in den Seitenstraßen südlich von Beverly und Vermont, den kleinen Gassen südlich des Cinerama Dome, in der Myra Avenue unter der Überführung vom Sunset Boulevard. Tze klang, als wäre sie dankbar für die Aufgabe, aber auch, als hätte sie ein bisschen Angst davor, was sie sich aber auf keinen Fall anmerken lassen wollte. Mae hatte ihr den Job als Gelegenheit verkauft, Gutes zu tun – hilf uns, den obdachlosen Jungen zu finden. Ich will ihm Geld geben, ihm helfen.

Sie sagt nicht: *Du musst meinen Job übernehmen, damit ich Katherine Sparks stalken kann.*

Sie sagt nicht: *Dadurch bleibt einem unserer Klienten eine Anzeige wegen Körperverletzung erspart.*

Sie sagt nicht: *Außerdem ist er vielleicht der Grund, warum Dan sterben musste.*

Mae zwingt sich zu arbeiten. Sie erledigt ein paar Anrufe im Zusammenhang mit dem Fall Bishoi, gibt im Auftrag eines Animationsstudios einen Bericht über Gewerkschaftsorganisatoren in Auftrag und kümmert sich um ein paar liegengebliebene Angelegenheiten von Dans Klienten. Seine Stimme hallt ihr durch den Kopf.

Er sagt: *Du musst gewissenhaft vorgehen.*

Mae telefoniert vom Festnetzanschluss, nimmt aber ihr privates Handy, um Katherine im Netz zu stalken. Sie schaltet das Wi-Fi aus und verwendet ihr eigenes Datenvolumen – sie will nicht, dass der Name Katherine Sparks über die Server der Firma läuft. Katherine unterrichtet den sogenannten »Tiger Style« – Aerobic für Hipster-Mütter der Generation X zur Achtzigerjahre-Musik, wer's mag. Katherine fühlt sich wohl in ihrer Haut, wirkt insgesamt sehr lässig. Ihre Haare umschmeicheln lockig ihren Hals – sie ist so ein Mädchen, wie Mae sie schon in der Highschool gehasst hat, die ihr aber trotzdem keine Ruhe ließen. Ihr Anblick weckt Erinnerungen bei Mae an ihre Mutter, die ihr immer auf den Teller schaute und schweigend missbilligte, wenn Mae sich Nachschlag nahm.

Katherine unterrichtet also Teenagermädchen in Tanz und Aerobic – anscheinend hat sie sich auf Teeniestars spezialisiert –, ihre Zielgruppe sind die hübschesten Mädchen der Highschool oder die mit den entschlossensten Moms, deren eigene Träume unerfüllt blieben. Ihnen werden Porträtaufnahmen, Schauspiel- und Tanzunterricht verkauft. Nur wenige von ihnen schaffen es; die meisten halten ein paar Probemonate durch, dann ziehen sie ärmer und wütender mit ihren enttäuschten Müttern zurück in die Heimat.

Katherine arbeitet außerdem als Tanzcoach im Auftrag von ItGirl, einer Castingagentur für junge Talente, die in der Welt der Kinderstars offenbar den Ton angibt und sämtliche Kabelsender mit neun- bis zwölfjährigen Schauspielerinnen ausstattet. Insbesondere die Sendungen eines Produzenten namens Eric Algar, King des Nachmittagsfernsehen. Gemeinsam entdecken sie Mini-Diven und Kinderstars.

Irgendwann um die Mittagszeit hört Mae auf, sich anzulügen. Sie macht keine Anrufe mehr für die Firma, isst einen matschigen Salat an ihrem Schreibtisch und vertieft sich in Katherines Online-Leben.

Der ItGirl-Kontakt bringt ihr offensichtlich gute Aufträge. Katherine hat mitgeholfen, die gesamte zweite Generation der *As If!*-Stars auszubilden. Die Sendung lief über Jahre mit immer wieder wechselnder Besetzung. Viele Berühmtheiten fingen bei *As If!* an – man muss nur jemanden fragen, der im letzten Jahrzehnt dreizehn und ein Mädchen war. Lydia Lopez ist wohl die bekannteste – zumindest nach Brads Tod –, aber in ganz Hollywood finden sich Dutzende ehemaliger *As If!ler*. Einer moderiert eine Show auf Netflix, in der es darum geht,

Pizza um die Wette zu backen; eine andere hat vor wenigen Monaten mit ihrer OnlyFans-Seite für einen Skandal gesorgt.

Und dann natürlich Hannah Heard. Mae scrollt zu Katherines Foto mit Hannah runter.

Scheiße.

»Was gibt's, Bitch?« Hannahs Stimme klingt am Telefon so dick wie Hustensaft. Im Hintergrund flippt Mochi aus.

»Hey, Kleines. Wie geht's deinem Auge?« Das ist der fadenscheinigste Vorwand, der Mae eingefallen ist. Sie scrollt an einem stumm geschalteten Video von Katherine vorbei, in dem sie irgendwas erzählt und der Schriftzug **BEHALTET EURE SCHEISS KOMMENTARE FÜR EUCH** quer über ihrem Gesicht auftaucht.

»Alles gut, am Set haben sie jetzt alle Schiss vor Mochi, weil sie mein Auge gesehen haben und wissen, wie krass sie drauf ist.« Hannah lügt absolut mühelos – nichts lässt vermuten, dass die Geschichte reiner Bullshit ist –, und das sogar gegenüber Mae, die sie sich ausgedacht hat. Hannah lebt ihre eigene Wahrheit konsequent, auch wenn sie noch so gelogen ist. Vielleicht macht genau das eine Schauspielerin aus. »Egal, ist sowieso längst vergessen. Die Produktion ist scheiße. Ich hasse es hier. Voll der Albtraum.«

Mae denkt an einen Witz, den ihr Sarah mal erzählt hatte: *Wie verdirbt man Schauspielern die Laune? Man engagiert sie.*

»Oh nein«, sagt Mae pro forma. Sie weiß, dass sie Hannah zuerst Gelegenheit geben muss, Dampf abzulassen, danach kann sie dann das Gespräch in die gewünschte Richtung lenken. Sie scrollt weiter über Katherines gesponserte Werbung für ein Kollagenpulver mit Tee-Extrakten.

»Seit drei Stunden stellen die jetzt schon die Beleuchtung ein, ich hab gesagt, das ist eine Greenscreenbox, was gibt's da auszuleuchten? Wenigstens sind in der Szene keine Dialoge, und ich hab jetzt frei.«

Mae lacht, als hätte sie den noch nie gehört. Sie sagt: »Vielleicht hast du ja zufällig eine Empfehlung, ich schau mir gerade so eine neue Personal Trainerin an – kennst du die, Katherine Sparks?«

Hannah macht Geräusche, als müsste sie kotzen. »Die arrogante Influencer-Bitch?«

»Das heißt, du kannst sie nicht empfehlen?«

»Die ist das Allerletzte. Hat sich an ItGirl rangehängt – vor einer Million Jahren, als ich noch klein und dumm war, hatte ich auch einen Vertrag bei denen. Hast du ein Bild von mir und ihr im Netz gesehen?«

»Auf Insta.«

»Die hat mir nicht gesagt, dass sie mich als Werbung für sich selbst benutzt. So eine Scheiße hat sie überall gepostet. Mich in einem Bild getaggt und damit ihre beschissenen Dance Classes verkauft – dabei hab ich nie eine Stunde bei ihr genommen. Das ist so eine typische Drei-Uhr-morgens-Freundin, weißt du?«

»Nicht so richtig, nee.«

»Das sind die, die sich frühmorgens in den VIP-Bereich schleichen, wenn dort gekokst wird. Schmarotzer und Abzocker, die ständig was von dir wollen, dich manipulieren. Immer geht's um irgendeine krumme Tour, irgendeine Filmidee, eine Modelinie oder ein Kilo Koks, das sie auftreiben und verscherbeln wollen, irgendwas. Ganz schlechte Nachrichten. Die ist so eine Bitch, die nie was isst und immer Hunger hat.«

Hannah zischt jemandem etwas zu wie: *Schon gut.*

»Hör zu, Schnalle, ich muss weiter – anscheinend wird weitergedreht. Die kurze Antwort ist: Halte dich fern von den Haien, sonst fressen sie dich bei lebendigem Leib.«

KAPITEL 20

CHRIS

East L. A.

Niemand spricht von einer Kill-Party.

Kill-Partys sind verboten. Kill-Partys würden das falsche Signal an die Öffentlichkeit senden.

Deshalb wird nicht darüber gesprochen.

In dem Tattoo-Studio riecht es nach Mango-Vape und Testosteron. Die Stimmung ist gedrückt bis feierlich. Die Deputys, die sich hier in Freizeitkleidung zusammendrängen, haben die Arme tätowiert und Cop-Haarschnitte. Sie sind Schwarze, Weiße, Braune. Sie drehen die Lowrider-Oldies des Tätowierers runter und übernehmen die Kontrolle über die Anlage, lassen Metal dröhnen und lachen lauter, als sie müssten, nur um zu demonstrieren, dass ihnen der Laden gehört. Sie setzen ihre Duftmarken.

Der Tätowierer trägt *chicano-Stil*, eine zerknitterte Khakihose und ein weißes T-Shirt unter der Schürze, dazu eine dicke Brille auf der Nase. Er ist gut – an den Wänden hängen Bilder seiner Kunst, Aztekenkrieger, Dämonen und wie Clowns geschminkte Mädchen. Er arbeitet schweigend – Chris sieht, dass seine eigenen Tattoos teilweise im Knast entstanden sind. War offensichtlich nicht seine Idee, nach Feierabend eine Party für die Deputys aus der Clique zu schmeißen, das merkt man ihm an.

Deputy-Cliquen verabreden geheime Zeichen; sie haben gemeinsame Tattoos, die aber stets von der Uniform bedeckt bleiben, und sie geben sich Namen wie Little Devils, The Vikings und The Banditos.

Niemand spricht von einer Gang.

Cliquen im Sheriff's Department wurden per Gesetz verboten, und der Sheriff hat behauptet, es gäbe gar keine mehr. Der Sheriff sagt, nur wenige faule Äpfel sind für sämtliche Probleme verantwortlich. Der Sheriff leugnet, dass Deputy-Cliquen überhaupt so was wie Gangs sind. Chris hat gerüchteweise gehört, der Sheriff würde selbst einer angehören. Es heißt, der Sheriff sei ein Bandito – auf seinem Oberarm reitet ein Skelett mit einem Sombrero und einem Gewehr. Manchmal wird er von der Presse danach gefragt. Und deshalb rufen Demonstranten manchmal: *Zeig deine Tinte.*

Der Sheriff behauptet, das ist gelogen, krempelt seine Ärmel aber nicht hoch.

Gerüchten zufolge muss man eine Mutprobe bestehen, um bei den Dead Game Boys aufgenommen zu werden. Man muss sich die Hände blutig gemacht haben – eine Prügelei in einem Hinterhof, eine Schießerei, heimlich deponierte Beweismittel – oder man muss sich weigern, bei internen Ermittlungen zu kooperieren. Blut ist bei ihnen an der Tagesordnung. Man muss sich die Finger schmutzig machen, um eingeführt zu werden. Man muss Blut vergießen, um rote Tattoo-Tinte zu verdienen. Gerüchten zufolge ist die East Los Angeles Station fest in der Hand der Dead Game Boys.

Aber niemand spricht von einer Gang.

Deputy Darvin Archer sitzt mit freiem Oberkörper auf dem Tätowierstuhl. Archer hat den fauchenden Schädel eines Pitbulls über seinem Herzen tätowiert. Chris weiß, dass jeder Dead Game Boy dasselbe Tattoo auf der Brust trägt, wo es normalerweise unter seiner Uniform und einer kugelsicheren Weste versteckt bleibt. Die Stechpistole summt und gibt rote Tinte ab. Der Tätowierer zeichnet rotes Blut auf die gefletschten Zähne des Pitbulls. Archer ist dunkelhäutig – die frische rote Tinte knallt gut. Laut der Vorschriften der Dead Game Boys darf Blut erst tätowiert werden, wenn man jemanden im Dienst getötet hat. Archer hat sich seine blutigen Zähne mit den Schüssen auf John Montez verdient. Die anderen aus seiner Crew sind hier, um das neue Killertattoo mit ihm zu feiern.

Aber niemand spricht von einer Kill-Party.

Alle im Raum außer dem Tätowierer und Chris sind Dead Game Boys. Draußen auf dem Atlantic Boulevard steht ein Imbisswagen neben dem anderen. An dem direkt gegenüber gibt's einen riesigen mexikanischen Fleischspieß vom Grill, eine Ananas brutzelt oben auf dem Schweinefleisch. Der Typ, der dort arbeitet, ist Profi. Chris sieht zu, wie er mit nur einer Hand das Fleisch absäbelt, die herunterfallenden Stücke direkt auf eine Tortilla fallen lässt, Volltreffer – dann ein kurzer Abstecher zur Ananas oben, schon purzeln geröstete Ananasstücke herunter. Chris nimmt sich insgeheim vor, später noch mal an dem Stand vorbeizugehen.

Chris wurde von Martinez eingeschleust, und Martinez musste mehrmals für Chris bürgen. Woodcock hatte ihn zu der Party eingeladen. Jetzt steht Chris neben ihm. Woodcock ist das Alphatier in einer Horde von Alphatieren. Chris kann praktisch sehen, wie die Steroide sein Blut in Wallung bringen. Woodcock ist fast schon grotesk aufgepumpt und sehnig – die Adern auf seinen Armen treten hervor, als hätte man sein Blut gestaut. Sein rasierter Schädel lässt ihn noch breiter wirken. Chris sieht das Tier in seinen Augen, es tobt in seinem Käfig, tritt gegen die Tür und verlangt, befreit zu werden. Er mustert Chris misstrauisch – er ist es nicht gewohnt, nicht der größte Mann im Raum zu sein.

»Hab gehört, du hattest früher einen gewissen Ruf«, sagt Woodcock zu Chris.

Betonung liegt auf *früher*.

Chris hält seinem Blick stand. Das Weitpissen strengt ihn jetzt schon an. Er weiß aber genau, wie er's anstellen muss.

Wenn er zu stark auftritt, schließen sie ihn aus. Gibt er zu schnell nach, erzählen sie ihm nichts.

Also setzt er auf old school, auf Geschichten von früher. Mit der Botschaft: *Ich bin einer von euch.*

»Einmal war ich mit bei einer Razzia in Cerritos. Wir haben so einen Drogenboss festgenommen, King of Skid Row wurde der genannt. Der Knucklehead hatte einen komplett schwarzen BMW und ist damit mitten durch Shit City gefahren. Seine Leute haben die ganzen Dealer-Crews der Obdachlosen da unten beliefert. Der ganze billige Mist. Crack, H, Meth. Harter Stoff, in rauen Mengen. Wir haben seine Tür eingetreten – sofort kam uns der Gestank entgegen, es stank erbärmlich nach Pisse, Schweiß und Kotze, so heftig, dass man's schon schmecken konnte.«

Die Dead Game Boys lachen. Treten näher an ihn heran.

»Der Typ kommt auf uns zugerannt. Ich tu ihm einen Gefallen und schieß ihm kein Loch in den Bauch, ich …«

Chris fuchtelt mit einer unsichtbaren Pistole.

»… hab stattdessen seine Nase zu Tomatenpüree verarbeitet.«

Jemand sagt: *Boah yeah.*

»Anschließend hab ich ihn festgenommen, aber der Typ hat so viel Rasierwasser drauf, dass man es praktisch um ihn herumwabern sieht. Er ist frisch und sauber, na ja, von seinem Gesicht mal abgesehen. Aber als ich aufstehe, steigt mir wieder dieser Pennergestank in die Nüstern. Betreibt der Typ da hinten einen Puff oder was? Ich sage zu meinem Partner, der Gestank macht mich fertig, wir müssen rausfinden, was da so stinkt.«

»Und was war's?«, fragt Woodcock.

»Ich sag dir, was es war. Wir haben das Zimmer hinten aufgemacht und die versteckte Kohle von dem Kerl gefunden – eine halbe Million Dollar in Ein- und Fünfdollarscheinen, der ganze Raum war voll mit Bargeld, aber so dreckig, schmutzig und verkrumpelt, ihr könnt euch das gar nicht vorstellen. Überlegt mal – der Typ ist der Drogenboss von ganz Skid Row. Die Kohle hat schön im Junkie-Dreck gelegen, die Scheine waren grau, manche schwarz. Das war der dreckigste Haufen Bargeld, den ich im Leben gesehen hab.«

Die Dead Game Boys beugen sich vor. Sie spüren, dass noch eine Punch Line lauert.

»Den Gestank hab ich ein ganzes Jahr lang nicht mehr aus meiner Brieftasche bekommen.«

Die Dead Game Boys lachen laut. Er sieht, dass sie sich entspannen. Ein alter Trick – mit dem kleinen Geständnis erwirbt er sich ihr Vertrauen für ein großes. Sie lassen ihn in ihren Kreis eintreten – nur ein bisschen. Jemand reicht ihm eine Dose Hard Seltzer. Er trinkt sie schnell aus. Das hilft. So kann er seine Frequenz besser auf die der anderen einstellen.

Die Deputys mixen Hard Seltzer mit Wodka, lachen laut, sitzen breitbeinig. Ihre Blicke sagen: *Mir kommt keiner blöd.* Als einer von ihnen Hunger bekommt, laufen sie über die Straße zu dem Al-Pastor-Stand. Sie drängeln sich vor. Tun nicht mal so, als würden sie nach ihren Brieftaschen greifen. Der Mann vom Imbiss gibt ihnen die Tacos umsonst.

Sie erzählen Chris jetzt ihre Geschichten, machen ihm vor, wie sie irgendwelche Knuckleheads mit Kopfnüssen zu Boden schicken. Alle benutzen immer wieder dieses Wort – *Knucklehead* –, das ist Polizeicode in Südkalifornien für andere Begriffe, die sie lieber nicht mehr laut sagen.

Chris erwähnt BlackGuard – wieder beugen sie sich ein Stück vor. Sie träumen von einer zweiten Karriere nach ihrer Pensionierung bei BlackGuard. Alle haben sie schon mal von Matt Matilla gehört, haben seinen Lehrgang über die Mentalität des Kriegers gesehen, darüber, wie man tötet. Wegen ihm üben sie jetzt, auf Ziele zu schießen, die wie schwangere Frauen und kleine Kinder aussehen, denn um töten zu können, muss man erst etwas in sich selbst töten, alles vernichten, was einen eventuell zögern lässt.

Jetzt wollen sie Chris beeindrucken. Sie zeigen Selfies von Orten, an denen jemand ums Leben kam – Schnappschüsse von Deputys, die mit Unfalltoten und Mordopfern posieren. Dabei geben sie sich gegenseitig Punkte für Stil. Aktuell ist Woodcock der Champion – er war der Erste am Tatort eines dreifachen Mordes, er setzte allen drei Leichen Sonnenbrillen auf und stellte sich mit Fuck-you-Fingern in die Mitte.

Sie erzählen Geschichten, lästern über verweichlichte Staatsanwälte, die keine Fälle weiterleiten. Sie lästern über Vorgesetzte. Die wahren Feinde im Leben eines Cops sind seine Vorgesetzten und die Staatsanwälte, das sind die wahren Bösen. Die Knuckleheads sind nur die Ware, mit der sie handeln.

Sie sitzen bequem, strahlen Macht aus. Park deinen Wagen, wo du willst, fahr zu schnell, wenn dir danach ist, auch über rote Ampeln. Alle, die ein Problem damit haben, können sie mal. Sie essen umsonst und können jederzeit Frauen haben, die auf Männer in Uniform stehen, Badge Bunnys lauern ihnen auf. Sie führen ein aufregendes Leben. Chris kennt diese Verschworenheit, die Macht, und weiß, das ist alles eine Lüge. Trotzdem vermisst er es.

Chris wartet bis zu seinem dritten Drink, dann spricht er das Thema an: »Hat Martinez euch gesagt, warum ich mit euch reden will?«

Woodcock zeichnet Gänsefüßchen in die Luft: »Über den *Vorfall.*«

»Zwei ins Schwarze«, ruft Archer von seinem Stuhl aus. Die Cops lachen, aber Chris sieht, dass Archer seinen Drink runterkippt, als müsste er etwas tief in seinem Inneren ertränken.

»War alles vorschriftsmäßig«, sagt Woodcock, tut aufrichtig. Er sagt es extra laut, damit auch die anderen es hören. »Der Verdächtige hatte eine Waffe und hat unberechenbar damit herumgefuchtelt.«

Alle grinsen – gleich kommt's.

»Deputy Archer ...«, alle Dead Game Boys stimmen in den Sprechgesang ein, »hat aus Angst um sein Leben sowie das eines Kollegen ...«

Es sind die Zauberworte, die jeden Schuss eines Polizisten rechtfertigen – unangreifbar, unwiderlegbar, die stets gültige Rechtfertigung dafür, einen Menschen abzuknallen. Solange man bereit ist auszusagen, dass man in dem Moment, in dem man abgedrückt hat, Angst hatte, geht Töten klar.

Sie stoßen mit ihren Dosen an und stürzen ihre Drinks runter aus purer Freude, selbst unverwundbar zu sein.

Chris wartet, bis sich alles ein bisschen beruhigt hat. Die anderen kehren zu ihren eigenen Gesprächen zurück, und Chris redet mit Woodcock unter vier Augen weiter.

»Ich weiß, dass nach Vorschrift gehandelt wurde. Das ist nicht mein Anliegen, ich will niemanden reinreiten. Ich habe nur etwas erfahren und will dem nachgehen, aber ich ermittle gegen Montez, nicht gegen euch. Was hast du für einen Eindruck von ihm?«

»Ein typischer Knucklehead, der sich für ein Genie gehalten hat. ›Ich geh einfach mal dahin, wo's die schönen Autos gibt.‹ Von Beverly Hills hat er schon mal was gehört, also zieht er los und will sich dort einen Wagen unter den Nagel reißen. Es kommt zum Mord. Typische Knucklehead-Logik.«

»Hast du den Bericht geschrieben?«

»Ja ... mal sehen, was die verfluchten Motherfucker damit anfangen. Ich hab ihn absolut wasserdicht verfasst.«

»Zu meiner Zeit damals hab ich auch eine Menge Berichte geschrieben und behauptet, ich sei von Passanten angehalten und auf irgendwas aufmerksam gemacht worden. Meistens gab es aber gar keine Passanten. So viele brave Bürger, die uns anhalten und bei der Ausübung unseres Jobs unterstützen, gibt's doch gar nicht, oder? In den Gegenden, in denen wir arbeiten, macht niemand die Polizei auf irgendwas aufmerksam. Trotzdem hab ich's oft geschrieben. Weißt du, was ich meine?«

Woodcocks Schweigen ist eine Antwort.

Chris sagt: »Ich hab nicht vor, dich reinzureiten, Mann. Kannst jeden fragen. Frag Martinez. Als die mich gefeuert haben, hab ich meine Strafe geschluckt. Ich hab nie den Mund aufgemacht. Du hast den Bericht über die Schießerei geschrieben. Ich will nur eins wissen – wenn's ein Informant war, der euch verraten hat, wo ihr John findet, dann will ich mit ihm reden. Ich werde dich nicht verraten und auch dem Informanten nicht sagen, wie ich auf ihn gekommen bin. Ich brauche nur seinen Namen, mehr nicht.«

Woodcock mustert ihn. Er zuckt mit den Schultern, als wollte er sagen: *Scheiß drauf.*

»Kevin Baldassare. Mit zwei s. Dealt ein bisschen, schmieriger Hollywood-Typ. Hat so eine superscharfe Freundin, anscheinend ist sie Tänzerin, mit der wohnt er drüben in den Hollywood Hills. Hin und wieder gibt er mir ein paar Tipps.«

»Wie bist du an ihn geraten?«

»Vor ein paar Jahren haben wir so einen Dealer beschattet, als ein Weißer in einem alten Bronco vorbeikam, um was zu kaufen. Pech für ihn, Glück für mich. Ich hab ihn umgedreht wie einen Pfannkuchen. Inzwischen versorgt er mich mit allen möglichen Informationen. Kurz nachdem die Fahndung nach Montez draußen war, hat mich Baldassare angerufen und gesagt, er hätte in den Nachrichten gehört, dass John Montez gesucht wird, und er kann ihn mir servieren. Er hat mir versprochen, dass Montez eine halbe Stunde später auf einem Parkplatz in East L. A. steht, und so war's.«

Chris nickt. Im Kopf verbindet er die einzelnen Punkte: Montez' Mutter hat gesagt, er habe in letzter Zeit häufig mit Weißen auf der Westside abgehangen. Die Puzzleteile passen zusammen – eine irre Idee.

Woodcock sagt: »Er hat nur darum gebeten, seinen Namen aus der Sache rauszulassen. Ich verbrenne nicht grundlos meine Quellen. Deshalb habe ich das so geschrieben, wie ich's geschrieben habe. Schadet niemandem.«

»Hat er Angst vor dir?«

Woodcock zieht sein Hemd aus. Der fauchende Hundeschädel – der erste Dead Game Boy – mit Blut an den Zähnen, man kann es auch lesen als sechs Tote. Woodcock grinst.

»Wenn nicht«, sagt Woodcock, »ist er noch dümmer, als er aussieht.«

Jemand drückt Chris etwas zu trinken in die Hand. Chris kippt es runter. Es brennt genau richtig, wie ein Motor, der kläffend anspringt.

Bevor Chris dazu kommt, weitere Fragen zu stellen, steigt Archer vom Tätowierstuhl – sein Pitbull mit dem blutverschmierten Maul weint jetzt kleine rote Tränen, Archers Blut hat sich mit der roten Tinte vermischt. Er stößt Kriegsgebrüll aus, das in das Bellen eines Pitbulls übergeht. Die Dead Game Boys jubeln. Sie blecken die Zähne. Etwas in ihnen bricht sich Bahn, sie bellen jetzt einstimmig, erst langsam, dann immer schneller.

Es ist lächerlich. Aber man kann sich ihm nicht entziehen. Chris spürt etwas in seiner Magengrube – dieses Ding, von dem er dachte, es sei längst tot. Es kommt in Form eines Knurrens aus seinem Mund. Deputys ziehen Waffen aus dem Nichts, halten sie hoch. Das Gebell hebt zu einem wahnsinnigen Crescendo an.

Archer heult den Mond an. Sein Blick ist halb Freude, halb Schmerz. Er richtet seine Pistole auf das Schaufenster. Schüsse hallen durch die Nacht. In Chris' Ohren erhebt sich ein schrilles Jaulen. Die Kugeln reißen Spinnennetze in die Scheibe. Die Menschen vor den Imbisswagen laufen schreiend davon, und die Deputys lachen und johlen.

Die Deputys bleiben schweigend im Schießpulvergestank sitzen und grinsen. Der Tätowierer macht sich ganz klein auf seinem Stuhl. Archer hat feuchte Augen. Er sieht aus, als würde er gerade erst wieder in die Realität zurückkehren.

»Okay«, sagt Woodcock. »Kann jemand der Zentrale melden und durchgeben, dass ...«

Auf einmal bricht die ganze Glasscheibe. Ein Wasserfall aus Scherben schwappt auf die Straße.

Das Grölen der Deputys hallt hinaus in die Nacht.

KAPITEL 21

MAE

Valley Village

Mae beobachtet Katherine durch das Fenster des Studios beim Tanzen.

Zwei Tage hat sie gebraucht, bis sie den Mut hatte herzukommen. Zwei Tage Cyberstalking, Arbeiten für die Firma und darauf warten, dass Tze Panko findet.

Mae hält sich an einem Saft für vierzehn Dollar fest – rote Bete, Grünkohl und Äpfel, inzwischen ist er matschig braun verfärbt. Sie trinkt ihn langsam. Sie will nicht zu viel Flüssigkeit zu sich nehmen – alter Observierungstipp von Chris Tamburro. Sie trägt eine Yogahose, dazu ein Metal-T-Shirt. Ihre Yogamatte liegt auf dem Beifahrersitz.

In der Einkaufsstraße befinden sich ein Wimpernsalon, ein Acai-Bowl-Laden, in dem Mae sich den Saft geholt hat, und ein Handyladen. Mae musste zwanzig Minuten warten, bis sie den Parkplatz vor dem Tanzstudio bekam.

Sie erledigt Anrufe, während sie die Tänzerinnen beobachtet. Zuerst meldet sie sich bei Joss – nichts Neues über Parkers Verhaftungstermin. Dann ruft sie Tze an. »Das ist echt heftig«, sagt diese ihr. Bislang hatte sie kein Glück mit Panko. Sie sagt, morgen fährt sie in die Innenstadt. Mae dankt ihr, hört nur halb zu.

Katherine tanzt zu »Toxic«. Sie trägt eine neonfarbene Aerobic-Tight, dazu einen Ledergürtel mit Nieten. Die Mädchen starren Katherine an wie eine fleischgewordene Göttin und machen ihr alles nach, nur viel ungeschickter und zurückhaltender. Alle Mädchen haben die Haare streng zu Pferdeschwänzen zurückgebunden, sie schwitzen und wünschten, es wäre nicht so, alle sind sie auf ihre Art erfolgreich, rennen ihren Träumen nach oder vielleicht auch denen anderer. Katherine gibt diesen Mädchen etwas. Mae sieht das sogar durch die Scheibe – die Mädchen brauchen das, was Katherine ihnen bietet, so wie sie Wasser zum Trinken und Luft zum Atmen brauchen. Diese Art, sich wild und frei zu bewegen – sie bringt ihnen keine Technik bei. Sie bringt ihnen bei, die eigene Furcht abzulegen, und zeigt ihnen, wie man sich in seinem Körper lebendig fühlt. Der ewige Teenager in Mae möchte sich ihr ebenfalls verschreiben, sich die Haare frisieren wie Katherine und auch so einen Nietengürtel kaufen, um ein bisschen was von der Ausstrahlung dieser Frau zu stehlen.

Die Class besteht ausschließlich aus neun- bis zwölfjährigen Schauspielerinnen und Sternchen. Auf der anderen Seite der Warner Bros. Studios befindet sich der Oakwood Apartment Complex, so was wie ein Flüchtlingslager für Kinderstars. Beinahe sämtliche Apartments dort sind an deren Eltern oder Betreuer vermietet. Corey Haim kehrte zum Ende seines Lebens wieder dorthin zurück und hat sich dort auch die Überdosis verpasst, an der er schließlich gestorben ist. Es war das einzige Zuhause, das er je kannte.

Die Mädchen teilen sich in verschiedene Gruppen. Die einen, die's niemals schaffen werden, die, die's vielleicht schaffen, und die wenigen, die's schon geschafft haben. Mae erkennt ein paar von ihnen, weil sie auf Plakatwänden oder in Netflix-Trailern zu sehen sind.

Hinten im Raum stehen die Mütter, die sie managen, sie tuscheln und zeigen mit Fingern auf sie. Sie starren die Mädchen an, achten auf Fehler, tragen Juicy Couture zu ihren blondierten Haaren. In ihrer Mitte steht eine andere Sorte Frau – unmöglich, ihr Alter zu schätzen, sie hatte offenbar verdammt gute Schönheitsoperationen, dezent und geschmeidig, nicht auf Wunder aus –, ihr teuer wirkender schwarzer Anzug ist zerknitterte Perfektion, ihre Haare sind raspelkurz geschnitten und sie ist spargeldürr. Die Mütter schauen zu ihr auf, so wie die Mädchen zu Katherine aufschauen – wie zu einer Göttin, die gleich ein Urteil fällt.

Die Frau in Schwarz betrachtet die Mädchen, die Managermütter betrachten sie, die Mädchen betrachten Katherine – unausgesprochen überträgt sich Macht durch ihre Blicke.

Schwangere Frauen in Sportklamotten stellen sich jetzt vor dem Studio an – als Nächstes findet hier Schwangerschaftsyoga statt. Der stumpfe Bass verstummt. Katherine führt die Mädchen in die Abwärmphase.

Maes Herz schlägt ein bisschen schneller. Es ist Zeit, undercover zu gehen, zu lügen, so zu tun, als wäre man jemand anders, hundert Mal hat sie das in ihrem Job schon getan. Die Regel lautet: *Du musst wissen, wann du du selbst sein musst und wann jemand anders.*

Die Frau in Schwarz geht noch vor Ende des Unterrichts. Sie nickt niemandem zu, sagt niemandem Auf Wiedersehen.

Mae sieht, wie die Mütter ihr hinterhersehen, wie sie tuscheln und jede Bewegung der Frau zu deuten versuchen. Sie steigt in einen schwarzen Genesis, der direkt neben Mae parkt – aus der Nähe erinnert sie Mae an jemanden –, sie hat die Frau schon einmal gesehen.

Dann ist die Stunde zu Ende. Die Mädchen lassen sich Zeit beim Gehen. Sie umringen Katherine, lachen, wollen sie anfassen und berühren, als könnten sie ihr etwas von ihrer Lebenskraft aussaugen. Die Mütter schieben die Kinder nach draußen – Mae sieht, wie die Mädchen kleiner werden, durch das, was die Mütter zu ihnen sagen, wie die Schwerkraft in ihr Leben zurückkehrt.

Alle Mütter tragen die gleiche riesige Sonnenbrille derselben Marke. Die Mädchen folgen ihnen – sie erinnern Mae an Gefangene, die beim Hofgang ein klitzekleines Stückchen Freiheit kosten durften und nun wieder in ihre Zellen müssen.

Etwas in Mae sagt: *Fahr weg.* Bislang hat sie nichts getan, was sich nicht zurücknehmen ließe. Aber was sie jetzt vorhat, wird sie angreifbar machen, sich später nicht leugnen lassen. Jetzt ist die letzte Chance loszulassen, Dans Geheimnis mit ihm zu begraben. Aber Katherine selbst gibt Mae, was sie braucht, um aus dem Wagen zu steigen. Diese furchtlose Freude – Mae will es wissen.

Katherine wischt sich den Schweiß aus dem Gesicht, umarmt die gerade ankommende Yogalehrerin. Sie nimmt ihren Sportbeutel – **Nipsey Hussle RIP** ist seitlich daraufgedruckt.

Mae nimmt ihre Yogamatte und die Wasserflasche vom Beifahrersitz und steigt aus – geht dabei noch einmal ihre sehr schlichte Geschichte durch und übt kurz ihr Lächeln – freundlich / verlegen – gib ihnen was zum Anknüpfen, ein bisschen Verletzlichkeit und das Selbstbewusstsein, sich diese anmerken zu lassen. Das Paradox, das Menschen dazu bringt, einen zu mögen, einem zu vertrauen. Mae weiß, Katherine würde es verstehen, wenn sie mit ihr darüber reden würde. Das hat ihr die Art verraten, wie Katherine getanzt hat.

Katherine kommt nach draußen. Aus der Nähe sieht Mae, dass die Haut um ihre Fingernägel verkratzt und blutig ist. Als hätte Katherine besorgt daran herumgekaut, so wie ein Hund im Käfig an seinem eigenen Bein. In ihr tobt ein Sturm.

Vielleicht weil ihr heimlicher Liebhaber gerade ermordet wurde.

Und weil sie weiß, warum?

Das ist eine Vermutung, sagt Mae sich. *Du wirst die Wahrheit nur erfahren, wenn du sie fragst.*

Schritt eins – unschuldige Anmache.

Der unwiderrufliche Moment. Das ist wie aus einem Raumschiff steigen und im Weltraum spazieren gehen.

Sie wagt sich hinaus ins All.

»Verzeihung …«

Katherine erschrickt ein bisschen. Mae riecht den salzigen Schweiß an ihr.

»Brauchst du was?«

»Du bist doch Katherine Sparks, oder?«

»Höchstselbst.«

»Ich folge dir auf Instagram – du bist ein echter Rockstar.«

»Danke, dass dir das aufgefallen ist.« In welcher Angst oder Sorge Katherine auch gelebt haben mochte, jetzt ist sie verschwunden.

»Ich hab einen Recall bei Warner«, sagt Mae, »und dachte, ich könnte noch eine Class nehmen, bevor ich da auftauche und mich bei lebendigem Leib zerfleischen lasse.«

Mit der Story signalisierte Mae Katherine, dass sie aus der Branche kommt und ihr vielleicht sogar helfen kann. Mae hatte sie möglichst vage und verführerisch gestaltet. Bevor Katherine nachfragen kann, was sie so macht, zeigt Mae Richtung

Studio, auf die Frauen und ihre Bäuche. »Wusste gar nicht, dass da jetzt Schwangerschaftsyoga stattfindet – ist ja eher abschreckend, wenn du mich fragst.«

Katherine lacht. »Für mich ist das auch nichts – als wollten die den Hund machen und das Baby wie eine Kanonenkugel aus der Muschi schießen.«

Mae lacht – nicht aufgesetzt. Eine Frau mit einem riesigen Bauch, die gerade ins Studio geht, hört das Gespräch und wirft ihnen beiden böse Blicke zu – sie lachen beide.

»Ich bin Mae.«

»Hey, Mae. Meinen Namen kennst du ja schon.«

»Ich würde super gerne mal in eine Class von dir kommen.«

»Mach das doch. Komm vorbei und sieh's dir einfach an. Ich bin ständig am Unterrichten, vielleicht versuchst du's mal mit meiner Tiger Style Class.«

Eine Autohupe ertönt – ein weißer, zum Cabrio umgebauter Bronco hält vor dem Studio. Aus den Lautsprechern dröhnt Trap. Der Typ im Cabrio hat rote Haare und die Muskeln eines Trainers. Sie kennt ihn von Katherines Insta-Account – das ist ihr Mitbewohner, vielleicht Freund Kevin. Sein Gesichtsausdruck ist der gleiche, wie Mae ihn schon bei Hunderten von Männern mit solchen Körpern gesehen hat – er ist geprägt von einem Selbstbewusstsein so ausufernd wie Krebs.

»Ich werde abgeholt«, sagt Katherine und nickt Richtung Wagen, als wollte sie sagen, *Sekunde.* Ein schwarzer moderner SUV rollt hinter dem Bronco heran. Eine große Silhouette zeichnet sich am Steuer ab.

»Gibst du auch privat Classes?«, fragt Mae. »Das soll nicht großspurig klingen, aber ich hab mehr Geld als freie Zeit.«

»Ein verbreitetes Problem«, sagt Katherine. »Ja, klar. Schick mir eine Nachricht auf Insta oder so.«

»Mach ich«, verspricht Mae. Sie spürt, dass Kevin sie mustert, abhakt.

»Unbedingt«, sagt Katherine. »Jeder muss sich ab und zu mal so richtig auspowern.«

Sie steigt in den weißen Bronco. Kevin sieht sie nicht an – gibt nur Gas. Der Abgang wird ihm aber von einem großen silberfarbenen Range Rover versaut, der vor ihm rückwärts aus einer Parklücke fährt. Er tritt auf die Bremse. Der schwarze SUV rollt langsam hinter ihm heran. Hält direkt neben Mae. Lauter riesige Autos auf dem winzigen Parkplatz. Mae denkt, sie sollte sich das Kennzeichen des Bronco merken.

Irgendwas klingelt in ihrem Hinterkopf. Irgendwas an dem schwarzen SUV, aus dem tiefe Bässe dröhnen, kommt ihr bekannt vor. Mae wirft einen Blick auf die große Gestalt am Steuer.

Sie tritt an das Fenster des SUV.

Das kann nicht sein.

Maes Welten prallen aufeinander.

Der Bronco hat jetzt die Parkplatzausfahrt erreicht. Mae guckt kaum noch hin.

Die Scheibe auf der Beifahrerseite des SUV senkt sich, aus dem Inneren dringt Gangsterrap nach draußen. Der Fahrer macht ihn aus.

»Steig ein«, sagt Chris. »Sonst hängen die uns ab.«

KAPITEL 22

CHRIS

Valley Village / Laurel Canyon

»Schön, dich zu sehen«, sagt er und meint es auch so, obwohl er Mühe hat, das Aufeinandertreffen zu verstehen.

»Gleichfalls«, sagt sie – aber es liegt eine gute Portion *Was zum Teufel?* in ihrer Stimme.

Er behält sie mit einem Auge im Blick, das andere richtet er auf Kevins Bronco. Mae hat immer noch diese großen Hexenaugen.

Ihre Stimme in seinem Kopf sagt: *Ja, na klar, du Blödmann. Hast du gedacht, ich lass mich abhängen?*

Sein Herz hämmert schneller als eine Double Kick Drum. Wegen eines eigenartigen Details kommt es ihm vor wie Schicksal: Sie trägt ein altes T-Shirt von ihm.

»Das ist kein Zufall«, sagt er.

»Wahrscheinlich nicht«, sagt Mae.

»Erklärst du mir, was es sonst ist?«

»Gib mir einen Augenblick. Das ist zu irre. ›Und dann taucht plötzlich auch noch Chris Tamburro aus dem Nichts auf.‹«

Der Range Rover verlässt den Parkplatz und beschleunigt. Der Stau löst sich auf. Der weiße Bronco biegt links auf die Colfax Avenue. Chris wartet eine ganze Weile – lässt ein paar Fahrzeuge dazwischen, damit weniger offensichtlich ist, dass sie sich an den anderen dranhängen.

»Siehst gut aus.«

»Chris ...«

»Ich sag's ja bloß. Weil es stimmt.«

»Ich weiß, dass es stimmt.«

Er fädelt sich zwei Fahrzeuge hinter dem Bronco in den Verkehr. Schaut zu Mae. Sie hat so ein seltsames Lächeln im Gesicht.

»Der Bart ist ab«, sagt sie, reibt sich am Kinn. »Hast deinen Werwolf-Look abgelegt.« Sie lachen zusammen – ihm hat immer schon gefallen, wie es klang, wenn sie beide zusammen gelacht haben. Jetzt hat er wieder dieses alte Gefühl, auch wenn er mitbekommt, dass sie das Thema wechselt, Zeit schindet.

»Acker hat mich letzte Woche vor dem Termin mit dem

Chef von BlackGuard auf Hochglanz poliert. Er wollte, dass ich wie ein Cop aussehe.«

»Haben die dich auf einen Fall angesetzt?«

Er überlegt sich eine Geschichte, die das alles einleuchtender macht. Entweder das Ungeheuer ermittelt in zahlreichen parallel laufenden Strängen und Mae folgt einem anderen Ansatz als er selbst, oder sie ist in etwas Finsteres, Weitreichenderes verwickelt. Die Vibes, die sie gerade aussendet, lassen irgendwas zwischendrin vermuten – mit Tendenz zum eher Düsteren.

»Ist sie die Freundin?«, fragt er.

»Wessen Freundin?«

»Mae. Komm schon.«

»Als Erstes«, sagt sie, »spielen wir: *Pack aus.*«

»Und wenn ich auspacke?«

Sie antwortet nicht.

»Okay, ich spiel mit«, sagt er. »Die haben mich beauftragt, Dans Tod zu untersuchen. Tut mir übrigens sehr leid. Ich weiß, dass du ihn gemocht hast.«

In ihren großen Augen blitzt Schmerz auf. Sie wendet sich von ihm ab, als wollte sie nicht, dass er ihr ins Gesicht sieht. Er streckt die Hand nach ihrer Schulter aus – und zieht sie wieder zurück. Der Augenblick verstreicht. Eine Sekunde später dreht sie sich erneut zu ihm um.

»*Die* haben dich beauftragt Dans Tod zu untersuchen«, sagt sie. »Wer sind *die*?«

Der Bronco fährt aggressiv, wechselt ständig die Fahrspur. Chris fährt ruhig, hält mühelos mit Kevin mit. Der Verkehr in L. A. ist wie Treibsand – wenn man sich wehrt, sinkt man nur tiefer ein.

»BlackGuard. Nach dem Mord an Dan haben sie mich ins Boot geholt. Leonard DePaulo, der oberste Chef. Der mit dem Sohn, hinter dem ich ständig aufräumen muss.«

»Ich erinnere mich.«

»Er hat Acker und mich zu sich nach Calabasas bestellt. Meinte, er will, dass ich in Dans Mordfall ermittle, meine Kontakte ins Sheriff's Department nutze, um mir John Montez genauer anzusehen. Ich soll herausfinden, ob es einen Zusammenhang gibt, einen Grund anzunehmen, dass es keine rein zufällige Tat war.«

Sie fahren unter der 101 durch. Auf der Betonfläche unter der Überführung befindet sich eine Mini-Zeltstadt. Alte Teppichläufer hängen wie Wandbehänge über den Zäunen. Ein beiläufiger Gedanke – gestern Nacht fielen wieder Brandbomben auf ein Obdachlosenlager. Dieses Mal drüben in Little Bangladesh, aber es wurden nur ein paar Zelte angekokelt. Die Polizei hat bestätigt, dass die Tat die Handschrift des Penner-Sprengers trägt – wie diese genau aussieht, wurde nicht verraten. Bei öffentlichkeitswirksamen Fällen hält die Polizei Schlüsseldetails zurück, um später falsche Geständnisse widerlegen zu können.

»Das heißt, du arbeitest für BlackGuard? Gibt's einen Klienten?«, fragt Mae. »Hat Cyrus Mitnick das angeleiert?«

»Mitnick ist es nicht, da bin ich ziemlich sicher. Die haben so getan, als sei's nur eine interne Angelegenheit. Wie du gesagt hast, sie gehören alle zum Ungeheuer und wollen einfach möglichst gewissenhaft vorgehen.«

»Andere Informationen hast du nicht bekommen? Haben die nichts weiter über Dan gesagt?«

»Nein. Die haben mich nur gebeten, mir die Schießerei genauer anzusehen, meine LASD-Kontakte dafür anzuzapfen.«

Sie nickt. Irgendwas in ihr entspannt sich. Ein bisschen.

Er sagt: »Das ist mein T-Shirt.«

Sie grinst und erwidert: »Ist gut für Sport.«

»Das ist ein Zeichen.«

Und mit demselben Grinsen: »So was wie Zeichen gibt's gar nicht. Das Universum, in dem wir leben, ist gottlos und kalt.«

»Da ist ja wieder mein gut gelaunter Sonnenschein.«

Sie schweigen – das einzige Geräusch im SUV ist das Summen der Klimaanlage. Der Verkehr auf der anderen Seite vom Highway fließt weiter. Sie beschleunigen. Chris hält sich immer noch zwei Autolängen hinter dem Bronco. Die Frau lehnt sich zurück, legt die Füße hoch an den Seitenspiegel.

Der Bronco biegt rechts nach Moorpark ab. Chris fährt geradeaus weiter.

»Die sind ...«

»Die Straßen sind da hinten zu schmal, da kannst du niemandem folgen, ohne gesehen zu werden. Außerdem glaube ich, dass ich weiß, wo sie hinwollen.«

Sie fahren tief in die Hills. Hochaufragende Bäume und Hänge auf beiden Straßenseiten nehmen ihnen das Sonnenlicht, sie sind von wunderschönem Dämmerlicht umgeben, das nur hier und da ein Lichtstrahl durchdringt. Er umfährt parkende BMWs und Mercedes, E-Autos mit Elektrokabeln, die ins Haus führen – die Straßen sind so eng, wenn einem ein Wagen entgegenkommt, muss man halten, um ihn durchzulassen.

»Also, die haben dich beauftragt, dir die Schießerei genauer anzusehen«, sagt Mae. »Und das hat dich irgendwie auf einen Parkplatz in Valley Village geführt.«

»Die Deputys, die John Montez erschossen haben – irgendwas in ihrem Bericht kam mir komisch vor, also hab ich mit denen geredet. Die haben mir gesagt, dass sie einen Tipp bekommen haben, wo Montez sich aufhält, und zwar von einem gewissen Kevin Baldassare.«

Sie zuckt zusammen, als hätte er direkt neben ihrem Kopf einen Schuss abgefeuert, und sagt: »Ach, du verfluchte Scheiße. *Verfluchte Scheiße.* Kevin Baldassare hat den Cops gesteckt, wo sie Montez finden?«

»Dann weißt du, wer Kevin ist ...«

»Der Rothaarige eben auf dem Parkplatz.«

Die Straße ist schmal und gewunden. Chris kann Mae nicht so oft ins Gesicht sehen, wie er eigentlich möchte.

»Kevin ist ein fieses Stück Hollywood-Scheiße«, sagt er. »Er war das Erste, das so was wie eine Verbindung zwischen Montez und Dan Hennigan herstellt. Also hab ich ihn beschattet. Und vor zehn Minuten eine hundertprozentige, unwiderlegbare Verbindung zu Dan Hennigan gefunden. Sie reicht von Montez zu den Cops, die ihn erschossen haben, zu Baldassare ... und dir.«

Sie fahren durch den Radford Canyon, stoßen auf den Laurel Canyon und fahren immer noch bergauf, dann biegen sie ab Richtung Süden, wieder rein nach L. A. Der Verkehr stockt – Chris schätzt, Kevin und die Blondine sind fünf Minuten hinter ihnen.

»Hast du mir nicht auch was zu sagen, Mae?«

Sie bohrt Mondsicheln in ihre Yogahose.

»Ich hab dir gesagt, was ich weiß«, fährt er fort. »Als ich dir von der Verbindung zwischen Kevin und Montez erzählt habe, hast du geguckt wie vom Schlag getroffen. Sag mir, warum.«

Sie biegen rechts in den Mulholland Drive, dieses Stück Wildnis ganz oben auf dem Rücken der Hügel, die die Stadt vom San Fernando Valley trennt. Hinter der Nordseite der Straße geht es steil bergab, trockene Sträucher ziehen sich über den Abgrund bis runter nach Studio City.

Sie beißt sich auf die Unterlippe, kämpft mit etwas Großem.

Sie nehmen die Laurel Pass Avenue, fahren jetzt bergab. Rechts in die Wonderland Avenue, vorbei an der Grundschule dort und irgendwann auch an den Häusern aus der glorreichen

Zeit in den Siebzigerjahren, als alle in den Hills auf Koks und Valium waren. Jetzt sind sie eher shabby-chic. Kevins Haus befindet sich direkt vor ihnen. Chris sieht eine Lücke, die für den SUV groß genug ist. Er parkt und dreht sich zu Mae um.

»Das ist das Haus von Baldassare, er hat es gemietet, Katherine und er leben dort mit drei anderen. Wir haben fünf Minuten, bis sie uns einholen. Lass uns was draus machen und Montez und dich verbinden.«

Er hat ihr Zeit für die Entscheidung gegeben, jetzt antwortet sie schnell.

»Ich bin nicht die Verbindung«, sagt sie.

»Du hast Sportklamotten an ...«

Er streckt die Hand aus, fährt mit einem Finger an ihrer Wange entlang. Bei der Berührung entlädt sich eine irre Energie in ihren Augen. Ihre glatte Haut fühlt sich heiß an.

Und trocken.

»Aber du hast keinen Sport gemacht.«

Sie nickt, als wollte sie sagen: *Gut, weiter.*

»Und als ich dich mit der Blonden gesehen habe, musste ich raten. Für mich sah's aus, als wärt ihr euch noch nie begegnet.«

»Stimmt«, sagt sie. *Weiter.*

»Ich hab dich auf dem Parkplatz gesehen und gedacht, es gibt zwei Möglichkeiten. Entweder du ermittelst im Auftrag der Chefs, so wie ich, oder du bist in den Fall verwickelt. Aber jetzt denke ich, es gibt noch eine dritte Möglichkeit. Du gehörst gar nicht zu diesen Leuten und arbeitest auch nicht im Auftrag deiner Vorgesetzten an dem Fall. Du gehst eigene Wege«, sagt er. »Ermittelst unabhängig.«

Sie lächelt immer noch: *Gut, weiter.*

»Mae, ich werde deinen Namen da rauslassen. Ich hab dich nie gesehen. Deine Geheimnisse sind sicher bei mir.«

Sie sagt: »Okay.« Was sie ihm danach erzählt, spaltet ihm

den Schädel, wie ein Geschoss, abgefeuert aus dem Schulbuchlager in Dallas.

KAPITEL 23

MAE

Laurel Canyon

Er steckt es ganz gut weg, guckt aber geschockt. Sie kann's verstehen, ihr geht es genauso. Als würde man zwei Starkstromkabel aneinanderhalten und Funken sprühen sehen.

Chris' Kabel – dass John Montez kein echter Gangster war und die Cops durch Kevin Baldassare, Katherines Freund, auf ihn kamen – und ihr Kabel – Dan mit seinem scheißlukrativen Geheimnis und seiner Affäre mit Katherine.

Sie kann das Salz an Chris riechen – sie betrachtet seine großen Hände am Lenkrad. Die Erinnerung an seine Hände überall auf ihr drohen sie zu überfluten.

Sie weiß, dass sie in der Sache einen Partner braucht. Es gibt Gründe, warum Chris dieser Partner sein sollte – gute und schlechte. Zu den guten gehört, dass sie ihm vertrauen kann. Zu den schlechten, dass da immer noch was zwischen ihnen ist, sie können sich nicht anlügen. Was sie einerseits zusammenschweißt, es andererseits aber auch sehr kompliziert und unschön machen könnte.

Sie blickt auf, sieht Chris' Gesicht und sagt etwas, das sie bis dahin noch niemandem sagen konnte: »Chris, ich hab ihn tot gesehen. Ich hab ...«

Sie betrachtet ihre eigenen Hände, mit denen sie versucht, das Stück von Dans Kopf zu zeigen, das ihm weggeschossen wurde. Sie sieht ihre Hände zittern und verschwimmen, weil ihr Tränen in die Augen steigen.

Er sagt nichts. Er will nirgendwo reinfunken. In der Hinsicht war er immer schon gut. Sie zwinkert sich die Tränen aus den Augen und merkt, dass sie ihr über die Wangen laufen. Sie schnieft ein bisschen Tränenrotz die Nase hoch. Grinst ihn an, wie um zu sagen: *Geht schon.*

Er wartet lange genug, dann fragt er: »Du weißt also nicht, was er vorhatte?«

»Nein. Aber ich denke, es hatte was mit der Frau zu tun. Mit Katherine. Ich hab auch noch ein paar andere Ideen, in Zusammenhang mit ein paar Aufträgen, an denen er gearbeitet hat. Das schau ich mir noch an. Aber jetzt, wo ich weiß, dass es eine Verbindung zwischen ihr und Montez gibt ... irgendwie muss das der Grund sein, weshalb er sterben musste.«

»Dann arbeitest du gar nicht im Auftrag vom Ungeheuer«, sagt Chris. »Wieso machst du es sonst?«

Sie sieht Chris an, als würde die Frage gar keinen Sinn ergeben.

»Dan ist tot«, sagt sie. »Das ist sinnlos. Ich will wissen, warum. Also werde ich das rausfinden. Ich meine, du kennst mich doch.«

Das Mädchen mit dem Kriegerinnenblick. Die Kämpferin.

»Ja«, sagt er. »Ich kenne dich.«

»Pass auf. Nach dem, was Dan gesagt hat, ging's um sehr viel Geld. Richtig viel Geld. Und wenn das so ist, werde ich nicht so tun, als würde ich es nicht haben wollen. Ich werde herausfinden, was Dan mit diesen Leuten vorhatte, und ich werde mir überlegen, was ich damit anfange. Vielleicht gründe ich meine eigene Firma.«

Er bricht den Blickkontakt nicht ab. Sie halten ihn lange. Sie weiß, was er sagen wird, bevor er es sagt.

»Ich will dabei sein. Ich werde einen ergebnislosen Bericht für Acker aufsetzen, ihm erklären, dass man die Sache besser auf sich beruhen lassen sollte. Bis ich dir begegnet bin, gab es keine Verbindung. Ich kann die Ermittlungen abbrechen – und wenn wir mehr wissen, entscheiden wir, wie wir weiter vorgehen. Du entscheidest. Aber jetzt sind wir erst mal ein Team.«

Sie sagt: »Gut.«

KAPITEL 24
CHRIS
Koreatown

Chris holt sich eine Pizza und ein Sixpack und schaltet einen Actionfilm aus den Achtzigern ein. Das Wegwerfhandy legt er sich in den Schoß, eins von zweien, die er mit Mae in einem Elektronikladen in Hollywood gekauft und bar bezahlt hat. Er klappt seinen Laptop auf, liest noch mal seine Notizen und gewöhnt sich wieder daran, falsche Berichte zu verfassen.

Zuerst schreibt er den wahren – die Version für Mae und sich selbst. Er verbindet die einzelnen Glieder der Kette miteinander, John Montez mit den Cops, die ihn getötet haben, mit Kevin Baldassare, Katherine Sparks und Dan.

Die beweglichen Teile schiebt er zurecht. Arrangiert sie noch mal neu.

Eins nach dem anderen – die Geschichte von dem gescheiterten Autoraub ist Blödsinn. John Montez wurde als vermeintlicher Supergangster vorgeschoben – er ist ein Möchtegern, der sich mit dem Bodensatz von Hollywood eingelassen hat, und nur so kam es zu der Verbindung mit Dan Hennigan. Dan hatte ein großes Geheimnis – und er hatte was mit Katherine. Unbegründete Schlussfolgerung: Katherine und ihre Freunde kennen sein Geheimnis.

Irgendwas läuft schief. Dan sucht einen neuen Partner oder eine neue Partnerin – er entscheidet sich für Mae.

Jemand beschließt, dass Dan getötet werden muss. Vielleicht weil rauskam, dass er denjenigen hintergehen wollte. Vielleicht ist es aber auch was anderes.

Montez bekam den Auftrag – seine böse Gangsterlüge wurde ihm zum Verhängnis. Und er hat es gründlich verkackt – viel zu groß aufgezogen, zu öffentlich. Außerdem wurde er dabei gefilmt. Sein Gesicht taucht in den Morgennachrichten auf, und eine Stunde später ist er tot.

Chris stellt eine Hypothese auf: Montez musste sterben, weil sein Foto in den Nachrichten gezeigt wurde. Es war nur eine Frage der Zeit, bis die ihn erwischt hätten. Angenommen, Kevin Baldassare wusste das. Er wusste, wenn Montez erwischt wird, kann er mit dem Finger auf Kevin, Katherine und Gott weiß wen zeigen. Er könnte über die wahren Gründe auspacken, warum er Dan Hennigan erschossen hat.

Weiß Woodcock Bescheid? Hat er Montez erschossen, um ihn zum Schweigen zu bringen?

Chris wägt die Möglichkeit ab – verwirft sie aber. Hätte Woodcock Montez im Auftrag von Baldassare erschossen, hätte er Chris niemals dessen Namen verraten. Nein, Woodcock ist genau der, der er zu sein scheint – ein schießwütiger Cop.

Montez wurde in East Los Angeles angetroffen – weit weg von zu Hause. Mitten in Woodcocks Revier. Vielleicht hatte Kevin ihn dorthin geschickt – *Hey, Bro, nach dir wird gefahndet, fahr nach East L. A., da hol ich dich ab.* Und die Info hat er dann Deputy Woodcock gesteckt, weil er wusste, dass ihm die Pistole locker sitzt. Er denkt sich, wenn die Cops Montez sowieso finden, steht er selbst am besten da, wenn es welche sind, die ihn eher nicht lebendig verhaften.

Chris verbindet die einzelnen Punkte: Kevin Baldassare spielt ein verzweifeltes Spiel – er arrangiert ein Blind Date zwischen John Montez und zwei schießwütigen Cops. Ganz schön gewagt.

Aber es funktioniert. Woodcock und sein Partner erschießen Montez.

Sein Geheimnis stirbt mit ihm.

Diese ganzen irren Zusammenhänge, und mittendrin ein schwarzes Loch.

Warum das alles?

Er kopiert den Bericht in eine neue Datei. Das wird der Bericht für Acker. Katherine nimmt er raus, lässt die Einzelteile unverbunden. Mae wird auch gelöscht. Er schreibt ein Märchen ohne jede Stringenz und entwirft dazu noch eine Angsthasentheorie: Montez war ein Gangster, der Hennigan den Wagen stehlen wollte. Baldassare dealte und konkurrierte mit Montez. Als er eine Chance sah, ihn zu verpetzen, hat er sie genutzt. Chris schlägt vor, sich noch ein paar Tage an Baldassare dranzuhängen, nur zur Sicherheit. Er kopiert seinen verschlankten und veränderten Bericht in eine Mail an Acker.

Sein Finger schwebt über dem Sendesymbol. Er denkt an Mae. Dann tippt sein Finger ganz von allein auf Senden. Jetzt hängt er mit ihr drin. Angst steigt in ihm auf, aber es ist eine andere als die sinnlose vor Herzinfarkten. Diese Angst ist schrecklich, aber sie funkelt. Es ist die Art von Angst, die einem das Gefühl gibt, am Leben zu sein, und vielleicht auch dazu beiträgt, dass man es bleibt.

DRITTER TEIL

KRANKE HOLLYWOODTYPEN

KAPITEL 25

MAE

Laurel Canyon

Sie stellen sich so schnell wieder perfekt aufeinander ein, dass es ihr Angst macht. Gemeinsam mieten sie einen kleinen grauen Wagen mit Heckklappe – auf den Straßen von Los Angeles gibt es davon eine Million –, dann holen sie sich Burritos und Eiskaffee. Chris reißt jetzt Doppelschichten ab. Er sitzt den ganzen Tag im Wagen vor dem Haus, Mae kommt dazu, wenn sie kann, meist nach der Arbeit. Sie treffen sich in dem Imbiss in der Franklin Avenue, nicht weit vom Celebrity Centre. Sie essen Kartoffelpuffer und Tunfischtoast, fahren anschließend zusammen wieder rauf und beobachten gemeinsam das Haus.

Der Wagen ist zu klein für Chris. Er hat schlimme Knieschmerzen – manchmal macht er die Autotür auf, um sein Bein auszustrecken. »Ich werde alt«, sagt er und guckt dabei, als müsste er sich dafür schämen.

Sie beobachten ein ständiges Kommen und Gehen. Das Haus strahlt etwas aus, an das Mae sich noch aus ihrer Anfangszeit in L. A. erinnert, als sie Assistentin in einer Agentur war, gute Partys ausfindig machen sollte und ständig spätnachts und nach zu viel Koks fröstelnd in beengten Schlafzimmern neben irgendeinem Arsch hockte, der über seinen Development Deal jammerte – Koks ruft die schlimmsten Typen der Welt auf den Plan, und als Mae in der Stadt eintraf, hat sie mit ihnen allen gefeiert.

Gemeinsam beobachten sie das Haus. Chris macht sich ein Bild, so wie ein Polizist es tun würde. Mae checkt die sozialen Medien – und macht sich ein entsprechend anderes Bild.

Hinterher fügen sie beide zusammen und entwickeln eine Vorstellung von allen fünf Personen im Haus.

Katherine, die Tänzerin. Kevin, der Rothaarige, ohne Köperfett, dafür mit eingefallenen Wangen und leerem Blick. Loto, klein, aber aufgepumpt, blond, aber strähnig, bullig, aber hässlich. Tony, schwarz, groß, eigentlich ein heißer Typ – von der Sorte, die Mae in ihren frühen Zwanzigern das Leben ruiniert hat. Janice De Waal, Modepüppchen aus Haut und Knochen mit glatten schwarzen Haaren und Waschbär-Make-up. Janice sehen sie am häufigsten – sie steht ständig mit einer Zigarette und einer Cola Light draußen vor dem Haus. Mae denkt immer ihren vollständigen Namen mit, spricht ihn genüsslich immer wieder aus, probiert verschiedene Betonungen aus.

Chris folgt ihnen tagsüber. Alle haben Jobs. Katherine gibt Tanzunterricht und arbeitet für ItGirl. Kevin ist Personal Trainer. Loto arbeitet in einem Gym für Gewichtheber in Lincoln Heights. Janice De Waal irgendwo in einer Kosmetikabteilung. Tony kellnert im Century City Steak House.

Mae geht ihre Posts in den sozialen Medien durch. Sie leben alle wie im Traum, wie im Abklatsch eines Traums, so falsch, wie Träume im Fernsehen falsch sind.

Sie checkt, womit die Hausbewohner nebenher Kohle machen. Alle machen Werbung für irgendeinen billigen Mist. Katherine verkauft Magentee. Kevin ein Proteingel für Sportler. Loto verkauft gefälschte Testosteron-Präparate. Tony verkauft Unterwäscheabos. Janice De Waal ein Gesichtsserum. Und alle verkaufen sie gefilterte Versionen ihrer selbst.

»Die wollen ein Clout House sein«, sagt Mae zu Chris.

»Wenn du's sagst.«

»Betonung liegt auf wollen.«

Chris ruft Polizeiberichte ab. Er sieht spätabends Leute kommen und gehen. Er zeigt auf das Gitter vor der Haustür, das sich nur mit einem elektrischen Türöffner von drinnen entriegeln lässt. Schwere Security in diesem Teil der Stadt, was immer auf illegale Geschäfte hinweist. So kommt er drauf, was sie neben ihren Nebengeschäften sonst noch verkaufen.

Katherine und Kevin dealen Koks und K, Loto Steroide und Wachstumshormone, Tony Pillen. Janice De Waal verkauft Botox-Spritzen, ohne eine Lizenz zu besitzen – Mae und Chris sehen Frauen mit kleinen Giftpickeln zwischen den Stirnfalten das Haus verlassen.

Daran sieht man, dass sie Abzocker sind. Mit dem Gesetz spielen. Keiner von ihnen ist aber auch nur annähernd reich genug, um für Dan von Interesse gewesen zu sein.

Chris und Mae treffen sich nachts. Mae bringt Mandy mit. Sie sitzt auf dem Rücksitz und pupst so fürchterlich, dass sie die Fenster runterlassen müssen – sie lachen, blinzeln sich die Lachtränen und den Hundefurz aus den Augen. Mandy verliebt sich schwer in Chris – in seine Mondaugen. Sie schmiegt sich an ihn, so wie Hunde das machen, so als wollten sie ihre Moleküle mit denen ihres Lieblingsmenschen mischen.

Lange Stunden verstreichen, in denen nichts passiert. Chris und Mae reden, reden und reden. Sie erzählen sich Geschichten aus den Jahren nach ihrer Trennung. Chris erzählt, dass er mal was für Patrick DePaulo aus der Apotheke holen musste. Auf Patricks Bitte ließ er sich eine Papiertüte vom Apotheker geben und dazu eine einzelne rote Rose. Beides brachte er einer Frau in Marina del Rey. Irgendwie dachte er, dass er sie schon mal gesehen hatte, wusste aber nicht, wo. Sie machte die Tüte auf, schaute nach, was drin war, entdeckte die Rose und warf sie Chris ins Gesicht. Dann stand sie da und weinte, starrte Chris an, schaute nicht weg, blieb in der Tür stehen und schluchzte. Sie zwang ihn, ihre Traurigkeit und ihre Wut mit ihr zu teilen. Und er blieb stehen und teilte sie mit ihr.

»Ich hab danach noch lange im Auto gesessen«, sagte

Chris. »Vielleicht hätte ich einfach losfahren sollen. Bis zum Morgen hätte ich in Texas sein können.«

»Aber du bist geblieben«, sagt Mae.

»Ist halt die Hölle, die man kennt«, sagt er schulterzuckend.

Sie erzählt ihm von einem Restaurantbesitzer, dem ein Burgerladen in der Melrose Avenue gehört. Er hatte seine Freundin geschwängert und wollte nicht, dass seine Frau was davon mitbekommt. Also hat er von der Freundin verlangt, dass sie's wegmachen lässt. Die hat ihm versichert, dass sie nichts von ihm will, nur das Baby bekommen. Aber nicht mal das wollte er ihr lassen. Er hat bei einem korrupten Apotheker Misoprostol gekauft und es zu Pulver zermahlen. Dann hat er seine Freundin zum Essen ausgeführt, ist mit ihr ins Bett und hat vorher seine Finger in das Misoprostol getunkt. Am nächsten Tag erlitt sie eine Fehlgeburt. Aber sie ist draufgekommen, konnte es sogar beweisen und ist damit vor Gericht und zur Presse gegangen. Der Mann hat Mitnick & Associates engagiert, die haben Artikel lanciert und seine Freundin in den Dreck gezogen. Mae hat selbst die Anrufe gemacht und die Artikel untergebracht. Danach ist sie ins Tierheim gefahren und hat Mandy gerettet.

Sie sagen es nicht laut: *Ich wünschte, ich hätte dir das alles schon erzählen können, als es passiert ist.*

Sie gleiten wieder in diese unkomplizierte Art des Zusammenseins. Diese langen aufgeladenen Pausen zwischen ihnen – beide wissen, was das bedeutet. Sie haben noch nicht darüber gesprochen, weil sie wissen, was für ein Chaos das alles geben wird. Nachts liegt Mae mit einem Kuscheltier zwischen den Beinen im Bett, erinnert sich an Hotelzimmer und parkende Autos in Seitenstraßen, an die ungezähmte Freude.

Nach ein paar Abenden kämpft Mae sich durch den Verkehr auf der Franklin Avenue – auf der 101 geht während der Rushhour gar nichts mehr. Mandy steht auf dem Beifahrersitz, streckt den Kopf aus dem Fenster, will die ganze Welt schnuppern. Mae schaltet auf Autopilot, lässt ihr Reptiliengehirn fahren. Der Stau schenkt Mae unausgefüllte Zeit, und sie kann sich ihren Gedanken widmen.

Sie denkt an Dan. Alles kreist um diese eine Frage: *Warum?* Sie schreibt eine Liste mit alten Projekten, alten Klienten, Leuten mit Geheimnissen.

An roten Ampeln liest sie die Posts der WG-Bewohner in den sozialen Medien. Sie ist besessen von ihnen, wie von einer Realityshow im Fernsehen.

Sie denkt an Chris' Theorie, dass einer seinem Kumpel Killer-Cops auf den Hals hetzt, weil er weiß, dass die ihn wahrscheinlich erschießen. Er setzt drauf, dass die Cops zuerst abdrücken – was für ein abgefucktes Hirn kommt auf so eine Idee.

Ihr Handy brummt – und reißt sie aus ihren Überlegungen. Dann brummt es gleich wieder, eine ganze Reihe von Nachrichten kommt an. Sie muss in einem Funkloch gesteckt haben.

Ein verpasster Anruf. Von Tze.

Und mehrere Nachrichten. Auch von Tze.

PANKO GEFUNDEN!
ER IST HIER.
ER SAGT, ER WILL WEITER.
BEEIL DICH!

KAPITEL 26

CHRIS

Laurel Canyon

Maes Anruf kommt wegen der Hügel nur verstümmelt an. Sie klingt aufgelöst. Irgendwas wegen einem Obdachlosen oder einem anderen Fall, an dem sie arbeitet.

»Ich komme klar«, sagt er. »Kümmer dich ruhig um deinen Job.«

Chris sitzt im Mietwagen. Der Rücken tut ihm weh. Sein Knie schreit. Als Mae gestern wegfuhr, war er noch stundenlang vor dem Haus geblieben. Bis ungefähr drei Uhr war dort einiges los gewesen, der stete Strom von Partygirls und Machoboys riss nicht ab. Sie kamen mit hungrigen Augen und zogen zittrig wieder ab, die Nasen rot wie Pavianärsche.

Sein Handy klingelt. Acker. Scheiße.

»Hey.«

»Hey, Champ.« Er ist nicht sicher, ob Acker überhaupt jemals das Büro verlässt. Wie eine Spinne, die in ihrem Loch lebt.

»Acker, was gibt's?«

»Sag du's mir.«

»Ich observiere das Haus, kann aber keine Verbindung zwischen Hennigan und dem Täter finden. Manchmal verläuft sich eine Spur auch einfach.«

»Bleib dran«, sagt Acker. »Ich denke, ich kann dir noch ein paar Tage zum Sondertarif rausschlagen, aber schröpfen können wir unsere Auftraggeber auch nicht. Ich mache häufig Geschäfte mit denen.«

Was heißt: *Sie sind Teil des Ungeheuers.* Was heißt: *Bau mir bloß keinen Scheiß.*

Janice De Waal steht draußen und raucht. Katherine kommt dazu, setzt sich auf die Stufen. Schaut auf die Straße, als würde sie auf etwas warten. Vielleicht haben sie Essen bestellt.

Bei dem Gedanken merkt Chris, dass er Hunger hat. Er denkt an Thai Town. Oder Boat Noodles bei Sapp's. Oder Curry Catfish bei Pa Ord. Er lässt den Wagen an. Vor dem Haus hält ein Jeep Wrangler mit offenem Verdeck. Könnte der Essenslieferant sein. Er wartet – den Jeep hat er noch nie gesehen. Er aktiviert die Kamera auf seinem Handy und filmt mit, zoomt für alle Fälle auf das Kennzeichen.

Am Steuer sitzt ein Rattengesicht, auf dem Beifahrersitz daneben ein zierliches Mädchen. Katherine und Janice laufen zur Beifahrerseite. Das Mädchen sieht aus wie vierzehn. Sie lächeln, bezirzen sie, helfen ihr aus dem Jeep. Das Aussteigen fällt ihr nicht leicht. Als Chris sieht, warum, zoomt er mit dem Handy noch näher ran und denkt: *Verfluchte Scheiße, ist es das?*

KAPITEL 27

MAE

Atwater Village / L. A. River

Sie fährt über den Sunset Boulevard auf die Fountain Avenue, dann durch Silver Lake, vorbei an dem Laden mit dem guten veganen Softeis, vorbei an dem Trader Joe's, wo die Cops den Kassierer erschossen haben, weiter zur Hyperion Bridge, dann über die 5 Richtung Norden, durch die smogverhangenen Verdugo Mountains. Sie blickt zum L. A. River runter, diesem breiten Betonkanal mit dem seichten Strom. Von hier sieht sie unzählige Zelte in den kiesigen Buchten und auf den Flussinseln.

Sie legt sich ihren Angriffsplan zurecht. Es ist kompliziert – sie arbeitet gerade an so vielen Fällen, sie muss sich überlegen, in welche Richtungen der Ball springen könnte.

Sie fährt den Hang zur Hauptstraße in Atwater Village hinauf und parkt vor einem Bio-Restaurant. Die Gäste draußen sind nach dem anstrengenden Hot Yoga nebenan total erledigt, futtern Schüsseln voller Gesundheit: massierter Grünkohl, Ur-Getreide, Avocadomus. Mantras in serifenloser Schrift zieren die Wände der Innenräume.

KAU DICH KREATIV
ENTKOLONIALISIERE DEINEN GAUMEN
NIEMAND ENTKOMMT DER GEWALT DES ESSENS

Mae geht runter zum Fluss. Die Frauen haben glatte Haare und tragen Joni-Mitchell-Hüte zu handgewobenen Bauernblusen für achthundert Dollar. Die dünnen Männer tragen schmutzige Jeans und Bartstoppeln, sehen aus wie Hundescheiße, aber die Frauen klammern sich trotzdem an sie.

Sie fährt an einer französischen Bäckerei vorbei, eine Frau dort sieht aus wie Natalie Portman – es ist Natalie Portman –, sie isst ein Schokocroissant, Zack de la Rocha sitzt am Nachbartisch. Mae überquert eine unsichtbare Grenze, plötzlich versiegt die Hipness, hinter einer Unterführung, einem Getränkeladen, einer Tankstelle, überall Bettler. Auf dem ganzen Hang bis runter zum Fluss, sie kommt an einer Frau mit total verfilzten Haaren vorbei, die im Müll nach Dosen sucht. Mae geht zum Flussufer, weicht einem Müllberg aus. Mandy schnuppert und schnaubt, wackelt mit ihrem Stummelschwanz. Tze wartet auf dem rissigen Asphaltweg hinten am Ufer. Mandy zieht an der Leine, hechelt mit offenem Maul nach Tze.

»Oh, die ist so süß«, sagt Tze und geht in die Hocke, nimmt dankbar Liebe entgegen.

»Ist er noch da?«

»Ja, er wartet. Ich hab ihm gesagt, dass du kommst, um zu helfen.« Mae hört die Frage in Tzes Stimme.

»Wir werden ihm helfen.«

»Er ist auf der mittleren Insel, wo die Wäscheleine zwischen den Zelten hängt. Er trägt einen lila Hoodie.« Sie reibt Mandys Gesicht.

»Hast du gut gemacht.«

»Aber ist es auch gut? Kommt mir nämlich gar nicht so vor.«

»Willst du mitkommen?«

»Nein, ich glaube, ich verschwinde lieber.«

»Hör mal, ich kann versuchen, dir noch mehr Aufträge zu besorgen, damit du dich über Wasser halten kannst, bis du was Festes findest. Soll ich mit Mitnick reden? Ihm sagen, dass ich eine Assistentin brauche?«

»Schon okay, danke. Ich glaube, das ist nichts für mich. Ich glaube, ich brauche was, wie du gesagt hast, wo Richtig und Falsch eine Rolle spielen. Aber ich wünsche dir viel Glück.«

Mae überquert die Brücke zum westlichen Flussufer mit dem neuen Radweg, breit und glatt und voller Radfahrer mit in Spandex eingezwängten Eiern und aerodynamischen unbehaarten Hinterläufen. Sie hält sich dicht am Geländer. Überall sind Zelte aufgebaut. Unter ihr, auf den großflächigen Flussinseln stehen die Zelte dicht gedrängt, noch mehr auf der anderen Seite des Maschendrahtzauns, im Gras zwischen Radweg und Highway. Ein Floß mit Enten treibt zwischen schwimmendem schlammigen Gestrüpp. An ein paar Felsen klebt trockenes Moos – wegen der Dürre ist der Fluss nur noch ein schmales Rinnsal. Jemand hat **HELL ANGEL CAMP** an die Brücke gesprüht. Ein anderer **I HATE COPS**. Dutzende von winzigen verdreckten Gummihühnern liegen verstreut auf dem Weg. Ein alter Bürostuhl mit der Aufschrift DA BIG BOSS auf der Rückenlehne. Ein Junge mit Haaren grün wie Wackelpudding rollt auf einem Skateboard vorbei, das so lang ist wie er selbst, aus seinem Rucksack lugen Pumpguns aus Plastik. Ein schwarzer Hund mit einem Stachelhalsband schläft im Schmutz.

Mae duckt sich unter dem Geländer durch und geht den asphaltierten Hang zum Fluss hinunter. Mandy schnuppert und schnaubt – ein Paradies aus Gestank.

Ein Graureiher stakst durchs Wasser, er ist höchstens einen Kopf kürzer als Mae und bewegt sich auf unglaublichen Beinen. Mandy will sich auf ihn stürzen, zieht wieder an der Leine, was Mae im Schultergelenk zu spüren bekommt. Der Graureiher hebt ab, segelt über den Freeway davon. Mae blinzelt. Der Verkehr, das Leben, der Müll und die Schönheit – alles zusammen ist schwindelerregend.

Eine Sperrholzbrücke verbindet die Zeltstadtinsel mit dem Ufer. Auf der Insel drängen sich alle möglichen Verschläge, Zelte und Hütten, die mit Gängen aus blauer Plane verbunden sind. Als Mae sie betritt, hängt die Brücke durch bis aufs Wasser. Sie macht sich Sorgen um ihre Schuhe – und hasst sich dafür. Sie steigt über Müllhaufen, ein Mann arbeitet an einem halb zusammengebauten Fahrrad, Speichen und eine ausgebaute Gangschaltung liegen auf dem Boden. Neben ihm sitzt ein Mann in einem lila Hoodie. Er sieht Mae an – hohe Wangenknochen, lila Muttermal auf der Wange.

»Bist du Panko?«

»Dann bist du wohl die angekündigte Verstärkung«, sagt er. »Hab mit deinem Vorposten schon gesprochen, hübsches Mädchen, aber völlig überfordert. Und jetzt kommst du, bist auch ein hübsches Mädchen, aber der Sache offenbar gewachsen.«

Er bückt sich, jetzt bekommt auch er Mandys Liebe ab. »Schon gut, wir sind Freunde, stimmt's?« Mandy wirft sich auf den Rücken und zeigt ihm ihren weichen Bauch. Er reibt ihn.

»Du bist hier, um mit mir über den Mann zu sprechen.«

»Ich bin von der *L. A. Times*«, sagt sie. »Ich sammle Hintergrundinformationen für einen Artikel über Ward Parker. Ich würde gerne deine Version hören.«

»Aha.«

»Ich denke, es ist wichtig, was du zu sagen hast.«

»Aha.«

»Ich kann dich auch bezahlen«, sagt sie.

»Mehr musst du gar nicht sagen.«

Sie gehen rüber auf die andere Seite der Insel, überqueren eine weitere improvisierte Brücke zur Ostseite des Flusses, weg von den Fahrrädern und Zelten.

Sie gibt ihm einen Umschlag mit Geld.

»Ich will einfach nur deine Seite der Geschichte hören.«

»Nimmst du das auf oder so?«

»Jetzt nicht. Ich will nur deine Version hören.«

Er schaut auf die Zeltstadt runter, aus der sie gerade kommen

»Ich kann nicht behaupten, dass mich niemand gewarnt hätte. Der Typ ist auf dem Strich bekannt. Die anderen, die da arbeiten, hatten mir schon alles Mögliche über ihn erzählt. Dass er auf Drogensex steht. Pass auf, meinten die, hüte dich vor dem Kerl im himmelblauen Benz. Aber an dem Abend hatte ich voll den Jieper. Dann hat der himmelblaue Benz am Taco-Stand gehalten, mit laufendem Motor, die Scheinwerfer waren auf mich gerichtet ... wie Augen. Die Scheibe ging runter. Er hat einen Blick wie Eiswasser, das dir jemand über den Rücken kippt. Ich kann nicht sagen, dass ich nicht gewarnt gewesen wäre.«

Jetzt ist er in der Geschichte drin – Panko steht nicht mehr am Fluss, er sitzt im himmelblauen Benz – und er redet auch nicht mehr mit Mae.

»Er hat mich zu sich mitgenommen. Nicht dahin, wo er wohnt und schläft, sondern dorthin, wo er seine Partys feiert. Ich war schon in einigen Wohnungen, das kannst du mir glauben. Ich war überall. Aber dem seine Fickbude war was anderes. Es hat nach Gleitgel und Zigaretten gestunken. Hässlicher Teppichboden. Auf dem Boden lag eine Matratze, dazu Bettzeug mit lila Bettwäsche – da sieht man die Flecken nicht so drauf, zu erkennen waren sie aber trotzdem. Das ganze Besteck lag schon bereit, die Spritze und alles.

Ich hatte noch nie Crystal gespritzt, geraucht schon ein paar Mal, aber nie gespritzt. Ich hab Nein gesagt, er hat einfach nur Zwanziger hingeblättert, einen nach dem anderen, bis ich nicht mehr Nein sagen konnte. Und vielleicht sagst du jetzt, das war alles okay, weil ich das Geld genommen habe, aber wenn ich eins im Leben gelernt habe, dann, dass wir einen freien Willen haben, ich weiß, bei Gott, das ist die Wahrheit. Wir haben einen freien Willen, und der freie Wille ist echt. Aber er ist nicht das einzige Spiel, das gespielt wird. Nicht das Einzige, was hier in der Stadt zählt.

Er hat mir den Arm abgebunden, viel dabei geredet, er hat von meinen Venen geschwärmt und mir dann die Nadel in den Arm gestochen. Es hat gebrannt, und die ganze Welt wurde zur Supernova. Als wäre ich plötzlich die Sonne. Und ich hab nichts mehr gesehen, weil ich glühend heiß gebrannt habe, heißer als Feuer, fast wäre mein Herz explodiert. Es hat sich angefühlt, als wären meine Venen zu kosmischen Strahlen geworden, ich hab sie überall in mir gespürt, sie waren am Kochen. Das war ein Gefühl wie in der Hölle, mein Herz wollte den Mist durch meine Venen pumpen, das war schon gar kein Blut mehr. Das Weiße ist mir aus den Augen gefallen, und ich habe zum ersten Mal wieder geatmet. Er sah mich an.

Fast war das, als hätte er seine Maske abgelegt, während ich weg war. Jetzt hat er mir sein wahres Gesicht gezeigt, und als ich an mir runtergucke, sehe ich, dass er mir Handschellen angelegt und noch eine Spritze in der Hand hat.«

Irgendwann hört Panko auf zu erzählen. Mae merkt, dass sie blutet – sie hat die Haut an ihrem Daumennagel so heruntergekratzt, dass sie eingerissen ist. Sie wischt das Blut mit den Fingern weg, ignoriert das seekranke Gefühl in ihrem Magen.

Dan in ihrem Kopf: *Der Mann ist eine tickende Bombe.*

Panko weiß, wie man eine Geschichte erzählt. Wenn Dan als Erster bei ihm war, könnte er Dans großes Geheimnis sein.

»Hast du die Geschichte außer der Polizei noch jemandem erzählt?«

Er schüttelt den Kopf.

Sie zieht ihr Handy aus der Tasche, hält es mit beiden Händen, um ihr Zittern zu verbergen. Das Foto von Dan hat sie schon aufgerufen.

»Hast du den Mann schon mal gesehen?«

Er schaut auf das Display.

»Nein, kenne ich nicht.«

Sie steckt ihr Handy ein.

»Kann sein, dass ich noch mal mit dir reden muss. Meine Assistentin hat gesagt, du willst weg?«

»Hier sind ein paar fiese Typen dabei, das Kommando zu übernehmen. Hells Angels. Egal, wo du hingehst, irgendwie gewinnen die Bösen doch immer die Oberhand. Sogar unten am Fluss. Aber egal, ich nehme, was ich habe, und verzieh mich in die Pinata Street. Ich kenne ein paar Leute, die da pennen.«

Der Graureiher fliegt über sie hinweg, streckt die Flügel aus und landet wieder im Fluss. Panko beobachtet ihn. Als er sich wieder zu Mae umdreht, hat er Tränen in den Augen.

»Ich will nur frei sein und clean werden«, sagt Panko. »Ich weiß nicht, wieso das so schwer ist.«

Sein Schmerz und seine Offenheit sind zu viel für Mae, und sie sieht weg. Sie will ihm etwas sagen, aber es ist zu groß und zu furchterregend, und außerdem hat sie einen Auftrag zu erledigen, also zwingt sie es tief in sich hinein. Als sie ihn wieder ansieht, merkt man ihr nichts an.

»Ich kann dir Geld bringen. Jede Woche. Ich kann was für dich finden, wo du wohnen kannst. Bleib bloß unter dem Radar und lass dich nicht festnehmen.«

»Ihr denkt immer, mit Geld kann man alles kaufen. Und so ist es auch. Wenn du mich in der Pinata Street findest, sag ich nicht nein. Aber das nächste Mal tu nicht so, als wärst du von der Presse. Ständig kommen Reporter zu uns, wollen über uns schreiben, als würden sie sich für uns interessieren, ich hab jede Menge von der Sorte gesehen. Von denen hat niemand Haare oder Klamotten wie du.«

Sie versucht gar nicht erst, es abzustreiten. Sie sagt nur: »Wenn ich dich brauche, suche ich dich im Pinata District. Kann ich dir das Taxi in die Innenstadt bezahlen?«

»Mann, hör auf. Die lassen mich doch nicht mal einsteigen.«

Sie geht wieder den Hang hinauf zur Hauptstraße in Atwater. Ihr Magen ist sauer und schmerzt. Pankos Worte dröhnen in ihrem Kopf.

Ich will nur frei sein und clean werden.

Ich weiß nicht, wieso das so schwer ist.

Sie denkt an Tze, die einfach gegangen ist. Und dass Menschen, die gehen, vergessen werden. Margot Danser zum Beispiel, die bei Mitnick gearbeitet hatte, als Mae dort anfing. Sie war ausgebrannt. Hatte gekündigt. Niemand hat ihr Schwäche vorgeworfen – jedenfalls hat es ihr niemand ins Gesicht gesagt. Mae wird bewusst, dass sie seit Monaten nicht mehr an Margot gedacht hat. Leute steigen nicht einfach nur aus diesem Leben aus – man lässt sie aus seinen Gedanken verschwinden, damit einem die Idee, ebenfalls auszusteigen, nicht mehr real erscheint. Damit dieses Leben das einzig mögliche zu sein scheint. Das, was sie Panko eigentlich sagen wollte, treibt wieder an die Oberfläche. Wir bekommen oft erklärt, eine Wahrheit sei kindisch, so als ob sie das weniger wahr machen würde. Eine Wahrheit, die eigentlich alles auf den Kopf stellen müsste.

Ihr Handy brummt. Chris.

Sie überlegt, nicht dranzugehen. Alles hinzuschmeißen. Alles zu vergessen. Dan zu vergessen, die Geheimnisse zu vergessen.

Aber sie geht ans Telefon.

»Hey.«

»Bist du frei? Ich muss dir was zeigen.«

»Ja«, sagt sie. »Ich bin frei.« Es kommt ihr vor wie ein schlechter Scherz.

Sie blickt auf, durch das Fenster des hippen Restaurants. Auf die Sprüche an den Wänden.

NIEMAND ENTKOMMT DER GEWALT DES ESSENS

Jetzt klingt es wie eine Prophezeiung.

KAPITEL 28

CHRIS

Hollywood

Irgendwas stimmt nicht – das erkennt er schon daran, wie Mae die Tür zum Diner aufreißt. Und dass sie bei der Begrüßung, als sie sich gegenseitig in die Augen schauen, keine Augenbraue hochzieht.

»Alles klar?«, fragt er, als sie sich auf die Bank schiebt.

»Gar nichts ist klar«, sagt sie.

Mae nimmt ihre Gabel und schreddert die Serviette damit. Bevor er nachfragen kann, kommt der Kellner an den Tisch. Mae setzt das Lächeln auf, das sie allen Kellnern schenkt, und bestellt Kamillentee. Als der Kellner geht, verschwindet ihr Lächeln.

»Also, was ist los?«

Chris sieht, dass Mae in sich versinkt. Sie schüttelt den Kopf ein bisschen, um wieder aus sich rauszukommen.

»Keine Ahnung, was Dan für ein Geheimnis hatte, aber es hatte nichts mit Panko zu tun«, sagt sie. »Dabei sollten wir's belassen.«

»Dann belassen wir's dabei.«

»Was ist mit dir?«, fragt sie. »Du hast gesagt, du bist auf was gestoßen.«

Chris gibt ihr sein Handy. Er hat das Video schon aufgerufen.

»Tipp auf Play.«

»Was ist das?«

»Tipp auf Play, dann sagst du's mir.«

Er sieht sie an, während sie es sich ansieht.

Es sind die Aufnahmen, die er vor dem Haus gemacht hat.

Ein Jeep Wrangler mit offenem Verdeck, am Steuer ein Mann Anfang zwanzig, mit schrecklichem Schnurrbart, neurotisch und fies. Auf der Beifahrerseite sitzt ein Mädchen, ein Teenager, nicht älter als vierzehn, ihre braunen Haare hat sie zu einem hohen Pferdeschwanz gebunden. Chris unterdrückt ein Lächeln. Gleich kommt der Moment, in dem das Mädchen aus dem Auto steigt. Er will Maes Gesicht sehen, wenn sie es sieht.

Jetzt ist es so weit.

Das Mädchen steigt aus. Es fällt ihr nicht leicht. Ihr Bauch ist prall. Sie ist ungefähr im sechsten Monat schwanger.

Mae hebt eine Augenbraue, wie um zu sagen: *WTF?*

Sie legt das Handy auf den Tisch. Das Video läuft noch. Chris betrachtet es verkehrt herum. Janice und Katherine schieben das Mädchen ins Haus.

Chris fragt: »Wieso geben die sich mit einem schwangeren Teenager ab?«

Mae nimmt ihr Wasserglas. Stellt es wieder ab – ihre Hand zittert zu sehr, um daraus zu trinken.

Ihr Blick trifft den von Chris. Ihr Blick schüttelt ihn durch.

Er hatte mit einer Reaktion gerechnet, nicht mit einer Kernschmelze.

Mae sagt: »Du hast doch eine Nichte, oder?«, als würde sie jemanden zitieren.

»Heh?«

»Das hat mich Dan gefragt, an dem Abend in der Polo Lounge. Er hat mich nach meinen Nichten gefragt und ob ich dabei war, als meine Schwester schwanger war.«

»Ohne Scheiß?«

»Ohne Scheiß.«

Das Video ist zu Ende. Chris nimmt sein Handy wieder an sich.

»Zwanzig Minuten später sind sie wieder rausgekommen«, sagt Chris. »Mit einem Haufen Einkaufstüten.«

»Dan hat mich gefragt, ob ich mit jemandem zusammen bin. Er hat mich gefragt, ob ich immer noch ein Gästezimmer habe.«

»Das heißt, das Mädchen ...«

»Das Mädchen. Oh Mann. Oh Mann, diese scheiß Stadt.« Sie fingert an ihrer zerfetzten Serviette herum, zupft dran und dreht sie zu einer schlaffen Strippe.

»Das ist es, oder? Das ist das Geheimnis?«

»Kann sein.«

»Und was machen wir jetzt damit?«, fragt Chris.

Sie hält das Serviettenseil wie eine Würgeschlinge.

»Wir machen uns an die Arbeit.«

KAPITEL 29

MAE

Mid-City

Sie meldet sich krank. Geht nicht näher auf ihre Symptome ein – das machen nur Lügner. Sie verspricht Taylor, Cyrus später wegen Parker anzurufen. Sie kämpft nicht dagegen an, dass ihr Pankos Gesicht immer wieder in den Kopf kommt. Sie wehrt sich nicht gegen das Bild von dem Mädchen mit dem dicken Bauch. Sie lässt sich davon antreiben.

Dan hat sie nach Schwangerschaften gefragt. Das Mädchen war minderjährig und schwanger. An beidem ist auf dieselbe Art irgendwas faul.

Mae macht Yoga. Sie schiebt die neuen Erkenntnisse zur Seite. Konzentriert sich möglichst auf die frische Luft, atmet tief durch die Nase ein. Und schafft es genau einen Atemzug lang.

Vielleicht ist doch alles ganz anders. Vielleicht ist der Typ mit dem schrecklichen Schnurrbart der Vater – vielleicht. Vielleicht ist das Mädchen jemandes Cousine, jemandes Nichte. Ein Mädchen, das einen Fehler gemacht und dem falschen Jungen vertraut hat und aus irgendeinem Grund, den Mae niemals verstehen wird, das Baby behalten wollte.

Aber dann ist da noch diese andere, dunklere Möglichkeit.

Mae zwingt sich, im Flow zu bleiben. Sie hält die Position, atmet ein und aus, zählt ihre Atemzüge bis zehn. Als sie fertig ist, springt sie auf.

Sie holt ihren Laptop. Macht sich an die Arbeit. Vom Look ähnelt das Mädchen Katherines Kursteilnehmerinnen: dieselben Rehaugen, Wangenknochen und derselbe hohe Pferdeschwanz. Sie hat ausgesehen, als würde sie Schauspielerin werden wollen. Vielleicht sogar wie eine, die's schaffen könnte. Mae geht noch einmal Katherines Instagram durch, sieht sich die Aufnahmen aus den Tanzkursen an. Das Mädchen entdeckt sie dort nicht.

Mandy kommt aus dem Schlafzimmer getrappelt und reißt Mae aus ihrer Konzentration. Mae zieht sich ein Sweatshirt über den Schlafanzug und geht mit ihr spazieren. Die Morgenluft ist diesig. Sie gehen die Straße rauf bis zu Mandys Lieblingsbaum, einer Mimose mit fluffigen rosa-weißen Blüten.

Ein Kolibri schwirrt auf seiner Umlaufbahn. Mandy erweist dem Baum die Ehre, pinkelt an den Stamm. Mae starrt in die Ferne und denkt wieder an das schwangere Mädchen.

Dann gehen sie nach Hause. Mae guckt noch mal Katherines Bilder durch. Dieses Mal liest sie die Kommentare, die ganzen überschwänglichen Nachrichten, voller Emojis. Sie ignoriert die schlüpfrigen Bemerkungen der Männer, klickt die Namen der Beiträger an und findet Mädchen aus dem Tanzunterricht. Geht deren Feeds durch. Bild für Bild betrachtet sie das ihr fremde Leben der potenziellen Teeniestars. Fotosessions im

Kinderzimmer, Selfies am Strand, TikTok Dance Challenges. Mae scrollt und scrollt und scrollt.

Ihre Augen werden müde. Fast hätte sie's übersehen. Ein Bild aus dem Tanzunterricht vor ein paar Monaten. Ein Mädchen mit großen Augen, hochgebundenem Pferdeschwanz, bei einem Spagatsprung, darunter steht: **Go, Nevaeh, go.**

Das Foto ist sechs Monate alt. Das Mädchen hat keinen Bauch.

Chris schickt ihr das Video. Sie sieht es sich noch einmal an, pausiert es, als das Mädchen aus dem Jeep steigt, und hält das Bild neben das Handy. Volltreffer.

Mae betrachtet ihren Bauch noch mal im Video. Er ist nicht zu leugnen.

Der Dan in ihrem Kopf sagt: *Such dir eine objektive Entsprechung.*

In groben Zügen entwirft sie eine erste Theorie.

Als es an der Tür klopft, hätte sie vor Schreck beinahe laut aufgeschrien.

KAPITEL 30

CHRIS

Sixth Street

Mae hat diesen Gesichtsausdruck, den Chris bislang nur am Schauplatz eines Verbrechens gesehen hat.

Mae zeigt ihm das Bild. Es ist das Mädchen. Vor der Schwangerschaft.

Er zeigt auf den Namen.

»Nevaeh?«

»Heißt *Heaven* rückwärts. Bei uns zu Hause gab's einige Nevaehs. White Trash Nonplusultra. Aber das ist sie.«

»Das ist sie. Und was heißt das?«

»Hast du was rausbekommen über den Mann im Jeep?«

»Hab das Kennzeichen eingegeben. Der Wagen ist auf einen Jesse Harutyunyan registriert. Hab aber nicht viel über ihn gefunden. Ich werde weiterforschen.«

»Was ist mit einer Adresse?«

»Das Kennzeichen stammt aus Minnesota. Ich schätze, dass er einer von den Handlangern ist, noch ziemlich neu dabei, noch nicht lange genug in L. A., um den Wagen umgemeldet zu haben.«

Er wartet auf ihre Theorie, stattdessen sagt sie: »Lass uns mehr über das Mädchen herausfinden.«

Chris fängt an zu suchen – vermisste Mädchen namens Nevaeh –, keine Ergebnisse, die auf das Mädchen passen. Mae arbeitet sich durch einen Wust aus Social Media. Die Teenager mit ihren auf Hochglanz polierten Träumen arbeiten alle an der eigenen Marke.

»ItGirl«, sagt sie aus dem Nichts heraus.

»Heh?«

»ItGirl – viele der Mädchen, die Katherine unterrichtet, kommen aus dieser einen Teenieagentur.«

Sie ruft die Website von ItGirl auf und findet eine Liste von Mädchen, dazu Aufnahmen, viel zu sexy. Mae sieht sie angeekelt an.

Auf der Website finden sie unter »Über uns« ein Foto von einer dünnen kantigen Frau mit kurzen dunklen Haaren. Laut Bildunterschrift handelt es sich um Carol Goodman, Gründerin und Eigentümerin von ItGirl.

Mae sagt: »Das erklärt die Ehrfurcht der Mütter.«

»Hm?«

»Die hab ich beim Tanzunterricht gesehen. Die Mütter haben sie angestarrt wie eine Göttin. Ich denke, in deren Augen ist sie eine.«

Sie klickt die Seite mit den berühmten Ehemaligen an, und sie sehen Lydia Lopez, Hannah Heard und die halbe Besetzung von *As If!*

Sie findet ein Gruppenbild – da ist Nevaeh. Unter dem Bild steht: Nevaeh Green.

Mae gibt den Namen in die Suchleiste ein.

»Vielleicht haben wir ja Glück. Vielleicht ist das ihr richtiger Name.«

Ein Bild von demselben Mädchen, aufgenommen vor sechs Jahren. Sie steht als Kinderschauspielerin auf einer Bühne in Tulsa und spielt mit üppiger orangefarbener Perücke Annie.

Ein Zitat von ihrer Großmutter und Sorgeberechtigten Annabelle Green. Chris gibt den Namen ein und findet eine Festnetznummer in Broken Arrow, Oklahoma. Ihre Blicke treffen sich – sie tauschen sich wortlos aus. Mae greift zum Handy.

KAPITEL 31

MAE

Sixth Street

»Hallo?« Der Oklahoma-Akzent ist dem ihrer Familie in den Ozarks ähnlich genug, um Erinnerungen wachzurufen.

»Hallo, Ma'am.« Chris' Blick verrät Mae, dass ihr über Jahre unterdrückter Akzent gerade wieder zum Vorschein kommt. Sie lässt sich drauf ein. »Ist da Annabelle Green?«

»Denke schon.«

»Guten Tag, ich heiße Courtney Brown. Ich arbeite für Sixth Street Pictures hier in Los Angeles ...«

»Muss schön sonnig und warm bei Ihnen sein.«

»Das ist es, Ma'am. Ich melde mich wegen Nevaeh Green. Wir würden sie gerne für eine Filmrolle vorsprechen lassen.«

»Na, da wird sie sich aber freuen. Sie ist so hübsch, finden Sie nicht? War sie schon immer, schon als ganz kleines Mädchen. Ich hab zu meiner Tochter gesagt, Nevaeh könnte auch so ein Kind aus der Traubensaftwerbung sein. Das hübscheste Mädchen in Broken Arrow.«

»Ich bin sicher, das war sie. Hören Sie, es ist keine große Rolle, aber immerhin ein großer Film. Das könnte für Ihre Enkelin der Durchbruch werden. Ma'am, eigentlich darf ich's Ihnen gar nicht sagen, aber Tom Cruise spielt auch mit.«

»Nein. Wirklich? Sagen Sie mal ganz ehrlich, ist der wirklich so klein, wie alle behaupten?«

»Ma'am, wir fangen nächste Woche an zu drehen, wir müssen uns also wirklich ranhalten und einen Vorsprechtermin vereinbaren.«

»Aber sicher! Der Agentur liegen alle Genehmigungen und was weiß ich was fertig unterschrieben vor. Wie heißt die noch?«

»ItGirl?«

»Genau.«

»Und wissen Sie, wo Nevaeh sich aufhält?«

»Na drüben in Los Angeles, das braun gebrannte kleine Strandmädchen.«

»Haben Sie kürzlich mit ihr gesprochen?«

»Natürlich, gestern erst. Sie ist ja meine Enkeltochter, ich hab sie mehr oder weniger aufgezogen.«

»Würde sie denn in zwei Wochen drehen können?«

Die Frau lacht.

»Aber natürlich! Deshalb ist sie doch in L. A. Ihr ganzes Leben träumt sie schon davon, berühmt zu werden. Natürlich hat sie Zeit. Ach, die wird sich vielleicht freuen.«

In ihrer Stimme liegt nichts Gekünsteltes, kein Zögern, kein Zweifel.

Ihre Großmutter weiß nichts von der Schwangerschaft.

»Sie ist meine Flamingo-Prinzessin. Wie in dem Spiel. Jetzt wird es Wirklichkeit, sie ist ein echter Flamingo.«

»Ein Flamingo?«

»Es gibt so ein Spiel, das spielt sie immer. *The Kingdom of Dreams.*«

»Kenne ich nicht. Können Sie mir sagen, wie ich Nevaeh erreiche?«

»Also vor einem Monat hat sie ihr Handy verloren und noch kein neues bekommen. Sie hat mich immer von geliehenen Handys angerufen. Aber sie wohnt mit anderen Mädchen zusammen, in so einem Haus, wo die ganzen jungen Schauspielerinnen untergebracht sind und die anderen, die was weiß ich was werden wollen. Da gibt's so eine Hausmutter, die sich um alle kümmert, Nevaeh sagt, das ist da wie auf einer großen Übernachtungsparty. Natürlich hat mich das beunruhigt, sie da alleine hin zu lassen, aber so ist es billiger, und die Hausmutter kümmert sich ja, Missy heißt sie, die bleibt bei den Mädchen. Ich vermisse meine Kleine ganz schrecklich, aber sie hat schon immer einen Raketenantrieb, und da geht's ihr in L.A. besser, da kann sie versuchen, zum Mond zu fliegen, anstatt hier in Broken Arrow bei lebendigem Leib zu verbrennen, das hab ich immer gedacht. Hier bei uns kann ein Mädchen leicht in Schwierigkeiten geraten.«

Mae sagt nicht: *Hier bei uns auch*. Stattdessen sagt sie: »Können Sie mir sagen, wie ich sie in dem Apartment erreiche?«

»Warten Sie, ich hab's hier irgendwo.«

Sie gibt Mae eine Nummer. Mae schreibt sie sich hinten auf die Quittung einer Essenslieferung. Eine Telefonnummer. Und eine Adresse in Burbank.

»Danke für Ihre Hilfe, Ma'am.«

»Wenn Sie ihn sehen, sagen Sie Tom Cruise, ist mir egal, ob er sich auf einen Wasserkasten stellen muss, ich bin zu allem bereit.«

Mae legt auf. Sie hat das Gefühl, als würde die Zeit rückwärts laufen. Der ganze Scherbenhaufen hebt sich, und die Einzelteile setzen sich zu einem unbeschädigten Weinglas zusammen.

»Glaubst du ihr?«

»Auf jeden Fall.«

Maes Handy brummt. Sie schaut drauf.

»Oh Scheiße.«

»Was?«

Sie zeigt Chris das Display: **CYRUS**.

»Ich rufe bei Nevaeh an«, sagt Chris.

»Viel Spaß.«

Sie geht in ihr Schlafzimmer, nimmt den Anruf entgegen, zieht sich schnell noch ein bisschen Rotz in den Rachen, aber nicht zu viel. Die meisten übertreiben, wenn sie sich krank gemeldet haben.

»Cyrus.«

»Mae. Wie geht's?«

»Schon besser. Ich glaube, das ist dieser Virus, der gerade rumgeht.«

»Ich will dich nicht stören, wenn du krank bist …«

»Nein, ich hab's Taylor schon gesagt, ich wollte mit dir über Parker sprechen. Ich hab den Mann gefunden, der ihn angezeigt hat.«

»Wo?«

»In einer Zeltstadt unten am L. A. River.«

»Kein Wunder, dass du dir was eingefangen hast. Es heißt, wegen der Zeltstädte gibt's jetzt wieder die Beulenpest in L. A.«

»Die war nie weg.«

Er muss lachen.

»Cyrus, ich muss dir ehrlich sagen, wenn man die Geschichte hört, der junge Mann – das hat mich berührt.«

»Ist er überzeugend?«

»Cyrus – der Auftrag –, vielleicht sollten wir Parker fallen lassen? Vielleicht braucht er uns nicht. Vielleicht wär's besser, wenn er verurteilt wird.«

»Mae, du weißt so gut wie ich, dass wir gegenüber unseren Klienten in der Verantwortung stehen. Unsere Klienten haben das Recht, dass ihre Geschichte gehört wird. Wir stellen ihnen einen Dienst zur Verfügung. Ich bin ein viel beschäftigter Mensch, ich hab keine Zeit, dir das zu erklären.«

»Cyrus ...«

»Das läuft folgendermaßen, Mae: Wenn du dir lieber einen anderen Job suchen und Pressemitteilungen für Zahnpflegeprodukte schreiben willst, dann stell ich dir gerne ein Empfehlungsschreiben aus. Die Abfindung fällt dann vielleicht weniger wohlwollend aus, aber man muss im Leben Entscheidungen treffen.«

Sie bohrt sich eine Plastikgabel ins Bein. Die Zinken schmerzen alle einzeln. Sie fragt sich, was wohl zuerst nachgibt, die Gabel oder ihre Haut.

»Okay. Vergiss es. Ich hab den Auftrag ausgeführt.«

»Mehr verlange ich nicht von dir.«

Die Gabel bricht.

KAPITEL 32

CHRIS

Sixth Street

Sie geht ins Wohnzimmer zurück – er sieht die Giftwolke, die sie umgibt.

»Alles okay?«

»Das Leben ist ein herrlicher Liederzyklus. Ein Medley der Unmöglichkeiten.«

»Was?«

Sie winkt ab, als wollte sie sagen: *Vergiss es.*

»Ich habe da angerufen, wo Nevaeh angeblich wohnt«, sagt er. »Und ich habe mit dieser Missy gesprochen, die dort aufpasst, die ist gerade mal Mitte zwanzig. Klang schwer nach Teenagerrandale im Hintergrund, lauter kreischende Mädchen. Auf jeden Fall hat sie mir gesagt, dass Nevaeh bei ihr gewohnt hat, aber vor zwei Monaten ausgezogen ist, zurück nach Hause zu ihrer Großmutter.«

»Der Übernachtungstrick«, sagt Mae. »Du sagst deiner Mutter, dass du bei mir übernachtest, ich sage meiner Mutter, ich übernachte bei dir. Das heißt, das Mädchen spielt mit, mindestens ein bisschen.«

»Mae – wollen wir laut drüber sprechen, oder willst du's einfach nur für dich behalten, bis du platzt?«

Sie lächelt ihn gequält an.

»Sie ist der blutige Handschuh.«

Ihm fällt ein, dass Mae die Formulierung schon einmal benutzt hat, aber nicht mehr, was sie bedeuten soll. Sie muss es ihm angesehen haben, denn sie sagt: »Das ist das einzig Solide, wodurch eine Geschichte wahr wird. Das, worauf du verweisen kannst, weil es sich nicht leugnen lässt. Nevaeh ist vierzehn Jahre alt. Wenn der Kindsvater ein Erwachsener ist ...«

»Sie trägt die DNA in sich, anhand derer sich die mutmaßliche Vergewaltigung im juristischen Sinne nachweisen lässt.«

»Sag einfach Vergewaltigung«, sagt Mae. »Geht schneller und trifft es besser.«

Er nickt.

»Der Vater ist also erwachsen«, sagt sie. »Ein Typ mit Geld. Mit Macht. Das Baby in ihrem Bauch ist ein handfester Beweis. Das Mädchen ist eine wandelnde Erpressung.«

Etwas in Maes Stimme veranlasst Mandy, zu ihr zu trotten

und sich an ihr Bein zu schmiegen. Mae tätschelt ihren Hund, dann fährt sie fort.

»Das Mädchen zieht also mit vierzehn Jahren nach L.A., wird ohne Eltern und völlig schutzlos auf die Stadt und die mächtigen Männer losgelassen. Und dann passiert es. Wenig später merkt Nevaeh, dass sie schwanger ist. Sie hat eine Riesenangst. Ihre Grandma kann sie nicht anrufen. Den anderen Mädchen will sie's nicht sagen – wer weiß, was in deren Köpfen vor sich geht? Sie wendet sich an Katherine.«

»Ihre Tanzlehrerin? Ausgerechnet die bittet sie um Hilfe?«

»Du müsstest mal sehen, wie die Mädchen sie anhimmeln. Die verehren sie – zu ihr und zu niemand sonst würde sie gehen«, sagt Mae. »Folge mir einfach erst mal. Sie wendet sich nach dem Unterricht an Katherine, beichtet ihr, dass sie schwanger ist. Ich vermute, sie erzählt ihr alles.«

»Und was macht Katherine?«

»Also, ich weiß, was sie nicht gemacht hat – sie wendet sich nicht an die Behörden. Ich vermute, Katherine hatte Dollarzeichen in den Augen, sie heckt mit ihren Mitbewohnern einen Plan aus. Dann holen sie Dan mit ins Boot, Katherines Gelegenheitsliebhaber. Vielleicht brauchen sie Geld, vielleicht brauchen sie einen Mittelsmann. So oder so, Dan gefällt, was er hört, und steigt ein.«

»Das heißt, der Kindsvater ist eine ganz große Nummer«, sagt Chris. »Dan muss gedacht haben, dass die Sache Millionen wert ist, oder? Das heißt, es war jemand mit richtig viel Kohle. Ich denke, die Zielperson ist steinreich. Und mächtig.«

»Oder«, sagt sie, »er ist reich, aber nicht mächtig.«

»Ist reich und mächtig nicht dasselbe?«

»Ab einem gewissen Level nicht, nicht immer«, sagt sie. »Echte Macht kommt daher, dass man für andere Profite generiert. Das ist die Regel, so hat Dan es mir beigebracht.

Niemand gerät ernsthaft in Schwierigkeiten, wenn das Ungeheuer es nicht will. Und wenn jemand Profite für die Branche erwirtschaftet, ist es noch schwerer, ihm ein Bein zu stellen. Vielleicht gibt's ein paar Tage lang schlechte Presse, vielleicht muss derjenige ein Jahr Auszeit nehmen. Aber wenn das Ungeheuer hinter ihm steht, wird er nicht zu Fall kommen.«

»Das Ungeheuer ist nicht real, Mae. Das ist nur ein Begriff, den wir uns ausgedacht haben.«

»Geld ist auch nicht real. Trotzdem sind wir hier.«

»Der Mann, der Nevaeh vergewaltigt hat, ist vielleicht reich, aber möglicherweise nicht oder nicht mehr mächtig. Das Mädchen möchte Schauspielerin werden, sie nimmt Tanzunterricht ...«

»Eric.« Ihre Stimme hat einen eigenartigen Tonfall, als würde sie jemanden imitieren. »Fick dich, Eric. Sieh nur, was du mir angetan hast.«

»Wer ist Eric?«

Sie sieht einen Film auf der Leinwand ihrer geschlossenen Augen.

»Hey, du!« Er winkt mit der Hand vor ihrem Gesicht. »Wo bist du?«

Sie blinzelt sich in die Welt zurück.

»Ich glaube, ich weiß, wer der Kerl ist.«

KAPITEL 33

MAE

Simi Valley

Sie taucht unter Nebelwolken auf dem Ronald Reagan Freeway durch.

Mae fährt im falschen Morgengrauen – so wenig Verkehr herrscht in L.A. zu keiner anderen Tageszeit. Sie trinkt einen bitteren kalten Kaffee, den sie noch hinten im Kühlschrank hatte, und betrachtet sich selbst im Spiegel – sie sieht nur ein bisschen verrückt geworden aus, in ihrem Schädel spielen sich merkwürdige Dinge ab.

Mae sieht ein gelbes Schild an der Ausfahrt. Ein schwarzer Pfeil mit der Aufschrift **BLISS**. Mae nimmt die Ausfahrt. Der Nebel ist hier dichter. Sie hält das Lenkrad mit beiden Händen auf jeweils zehn und zwei Uhr und folgt einem weiteren gelben Schild mit einem weiteren schwarzen Pfeil auf den Campus der Brandeis-Bardin University. Ein gelangweilter Security-Typ winkt sie weiter, ohne sie anzuhalten.

Die Uni ist tot. Mae fährt am Campus vorbei und ein Stück weiter rauf in die Hügel. Ein letzter schwarzer Pfeil schickt sie auf einen Parkplatz. Hier stehen hauptsächlich teure Pick-ups und luxuriöse Limousinen. Filmcrews bestehen aus Gewerkschaftsmitgliedern mit gutem Einkommen und null Freizeit. Sie verbringen viel Zeit im Auto auf der Fahrt zu den Drehorten, deshalb gönnen sie sich schicke Wagen.

Mae parkt neben ein paar Set-Mitarbeitern, die gerade ihren Morgenkaffee trinken. Grips schieben ein Kameragestell an ihr vorbei, sie tragen schwere Werkzeuggürtel und Funkgeräte mit aufgeklebten Namensschildern, an ihren Gürteln stecken Wäscheklammern.

Am Horizont erscheint ein orangefarbener Streifen. Hannahs Call-Time ist sechs Uhr früh, dann probt sie ihre Szenen und geht in die Maske, während der erste Kameramann das Set übernimmt, es ausleuchtet und die Kamerabewegungen festlegt. So lange hat Hannah eine Stunde für sich. Mehr als genug für das, was Mae von ihr wissen will.

Mae geht an den Trailern vorbei, die über Nacht bereitgestellt wurden, sie sind voll mit Beleuchtungsgerüsten, Kostümen, Requisiten und sonstigem Kram.

Sie folgt den anderen zu den Cateringwagen – hier stehen Wärmebehälter mit Eiern, Speck und Porridge. An einem anderen Wagen werden Frühstücks-Burritos verteilt. Mae schnappt sich ein bisschen Speck aus einem Wärmebehälter und schenkt sich einen Kaffee ein. Niemand guckt sie komisch an. Sie sieht aus wie eine Geschäftsfrau aus der Westside. Sie hat bewusst unpraktische Kleidung angezogen, wer sie sieht, hält sie für eine Studiomitarbeiterin und lässt sie in Ruhe.

Statisten in langen weißen Gewändern mit rasierten Köpfen warten zusammengepfercht auf einem abgesperrten Platz. Dahinter, oben auf dem Hügel, das House of the Book, ein futuristisches Gebäude aus den Siebzigerjahren. Mae hat es schon öfter in Filmen gesehen. Sie vermutet, dass es im Film als Sitz der Sekte herhalten soll.

Sie sieht eine Frau mit sehr langen Haaren zwei dicke Mappen und einen Klappstuhl schleppen. Die Frau weist alle typischen Merkmale einer Scriptie auf. Scripties sind fast immer Frauen, Regisseure dagegen sind meist Männer, und die meisten Männer brauchen eine Mutti. Das heißt, sie ist unterwegs zum Regisseur, der schon bald dort sein wird, wo Hannah ist.

Mae folgt der Frau in den Monitorraum. Bildschirme, Klappstühle, der Regisseur, Mitte sechzig, volles graues Haar, ein geschientes Knie, das unter seiner zu kurzen Shorts zum

Vorschein kommt, hält dort Hof. Kostüme, künstlerische Leitung, der erste Regieassistent blickt bereits nervös auf die Uhr. Alle tragen Cargo-Shorts – bald wird es sehr heiß sein. All diese Leute – die Grips, Transpos, Bühnenbildner, der Director of Photography und seine Kameracrew – ein Mann mit wilden Haaren und breitem Akzent – schuften sechzehn Stunden täglich am Set und machen den Film überhaupt erst möglich. Wenn man ununterbrochen für das Ungeheuer arbeitet, vergisst man irgendwann, wem es eigentlich dient.

Sie postiert sich hinter einer nervös wirkenden Frau, die das Script studiert – eindeutig die Drehbuchautorin.

Vor der Call-Time gibt es noch eine Besprechung zur Sicherheit – der erste Regieassistent warnt vor Brandgefahr.

»Wieso, ist hier eine Zeltstadt in der Nähe?«, ruft jemand dazwischen. Einer lacht – in der vorangegangenen Nacht hat der Penner-Sprenger wieder in einem Lager an der 101 zugeschlagen, eine Frau erlitt Verbrennungen dritten Grades.

Hinter ihr steht ein Mann mit Tonangel am Sound-Cart und redet mit dem Typen, der den Sound-Cart bedient. Der Tonfall – unterdrückte Wut.

»Sie macht es nicht.«

»Willst du mich verarschen? Diese verfluchte … Verkabel sie einfach.«

»Ich sag dir doch, sie weigert sich – ich hab ihr schon erklärt, dass ich's nicht unbedingt selbst anbringen muss, falls das ihr Problem ist. Jasmine kann das auch machen – also wenn's kein Mann sein soll. Sie hatte Tränen in den Augen, verdammt – Bro, wenn's Tränen gibt, bin ich raus. Wir nehmen sie mit der Angel auf.«

»Das wird doch ein scheiß Sound. Die ist total bescheuert.«

»Schon klar, ist ja allgemein bekannt.«

Sie reden über Hannah.

Der mit der Tonangel merkt, dass Mae mithört. Er erstarrt.

Sie wurden gerade beim Lästern über eine Schauspielerin erwischt.

»Brauchen Sie ein Headset?«, fragt der mit dem Seitenscheitel und versucht, locker zu bleiben.

Sie schüttelt den Kopf. Mae wirft ihnen ein Lächeln zu, als wollte sie sagen, bleibt unser Geheimnis. Sie entspannen sich ein bisschen. Sie haben einen Job zu erledigen.

Ryan Gosling geht an Mae vorbei – egal, wie lange man schon dabei ist, es hört nie auf, surreal zu wirken, wenn man ein bekanntes Leinwandgesicht aus der Nähe sieht, das man besser kennt als die Gesichter der eigenen Freunde. Mae wuschelt sich unwillkürlich die Haare auf, lässt die Hände aber schnell sinken, als es ihr bewusst wird.

Ein Mädchen mit an den Seiten rasierten Haaren kommt mit einem Papptablett vorbei. Mae braucht eine Sekunde, bis sie Shira erkennt, Hannahs Assistentin aus dem Chateau – jetzt hat sie müde Augen wie jemand, der verdammt tief in der Scheiße gesessen hat.

»Hey, Shira? Kennst du mich noch?«

»Du bist von der PR-Agentur. Mae, stimmt's?«

»Genau. Hör mal, ich muss kurz mit Hannah sprechen.«

»Bist du sicher, dass du das willst?«

»Ich krieg das hin, ich bin in ihren schlimmsten Momenten mit ihr klargekommen.«

»Bist du da auch sicher?«

»Es ist wichtig.«

»In einer halben Stunde kriegt sie Haare und Make-up. Dann kannst du mit ihr reden.«

Visagisten und Maskenbildner sind Megafone – die Therapeuten der Schauspieler, sie wissen alles und plaudern es lauter aus als alle anderen. Mae hat ihnen oft genug Schweigegeld bezahlt, um das zu wissen.

»Nicht gut. Es muss unter uns bleiben. Geht auch schnell«,

sagt Mae. Sie nickt zu dem Tablett in Shiras Händen. »Bis zum Frühstück bin ich fertig.«

»Dann komm.«

Mae folgt Shira zu dem extra breiten Trailer mit der Satellitenschüssel obendrauf und Hannahs Namen auf einem Plastikschild an der Tür. Ein paar Crew-Mitglieder – die Soundtypen stehen mit einer dürren Frau, die Mae als zweite Regieassistentin erkennt, in ausreichend großem Sicherheitsabstand vor dem Trailer. Sie erinnern Mae an Cops im Einsatz bei einer bewaffneten Geiselnahme. Die dürre Frau sieht Shira und sagt: »Kannst du sie ...«

»Nein.«

»Shira ...«

»Ich mache meinen Job, macht ihr euren.«

Die zweite Regieassistentin eilt davon. Mae dreht sich zu Shira um.

»Du bist ganz schön krass drauf, weißt du das?«

»Mein Therapeut spricht von einem maladaptiven Bewältigungsmechanismus. Aber danke.«

In einem Promi-Trailer ist es nie so glamourös, wie man sich das vorstellt – der beigefarbene Teppichboden killt jede Atmosphäre. In Hannahs Trailer stehen überall Körbchen mit nicht gegessenen Muffins, Weinflaschen und Blumen – Mae sieht welche von Cyrus, wie üblich eine Orchidee im Topf.

Hannah sitzt auf einem der eingebauten Sofas. Sie wirkt wie auf Droge und geschwächt – trotzdem besser als beim letzten Mal.

»Hey, Bitch«, sagt sie. Shira stellt das Frühstück auf den Tisch vor Hannah.

»Wie geht's?«

»Noch zweiunddreißig Tage bis Drehschluss – ich könnte kotzen. Die wollen mir ein Mikro anlegen, aber mein Kleid ist so scheißeng, das wird kacke klingen, das weiß ich genau, aber die wollen einfach nicht auf mich hören.«

»Bist echt tapfer«, sagt Mae. Hannah winkt ab, als wollte sie sagen: *Fick dich.*

»Gibt's auch gute Nachrichten? Du hast ungefähr fünf Minuten bis Trisha, die blöde Kuh, wieder was von mir will.«

Mae sieht Shira an. Hannah kapiert, gibt Shira ein Zeichen, das bedeutet: *Raus hier, verzieh dich.*

»Bewach die Tür. Wenn du Trisha kommen siehst, schlag ihr den Schädel ein und setz dich ab nach Mexiko.«

Shira geht raus. Hannah klappt den Frühstückskarton auf – das Essen ist zusammengefallen, gesund und freudlos. Sie pickt an fünf Cashews neben einem glutenfreien Pancake. Vier Stück Drachenfrucht liegen in einem eigenen kleinen Schälchen daneben.

»Oh Gott, ich wünschte, ich wäre einfach nur fett«, sagt Hannah. »Kannst du dir vorstellen, wie toll das wäre?«

»Ich muss mit dir über Eric Algar reden.«

Hannah spuckt die zerkauten Cashews in die Schüssel.

»Nein, willst du nicht. Leute wie du, ihr wollt nie über Leute wie Eric reden. Ihr wollt für ihn arbeiten. Ihr wollt reich werden durch ihn. Aber reden wollt ihr ganz bestimmt nicht über die.«

»Doch, ich jetzt schon.«

»Wenn du einen drohenden Presseskandal abwürgen willst, helfe ich dir nicht«, sagt Hannah. »Ich halte die Klappe. Ich mache selbst kein Fass auf, aber ich werde dir auch nicht helfen, ihm zu helfen.«

»Ist das alles wahr?«

»Weißt du überhaupt, wovon du sprichst?«

»Sag du's mir.«

Hannah lacht. Es klingt, als würde sie ertrinken. Sie sitzt da und schaut lange auf ihre Hände.

»Sag's mir.«

Hannah stiert weiter auf ihre Hände.

»Was willst du andeuten? Alle tuscheln? Also, als ich klein war, haben alle immer behauptet, Eric Algar wäre mein Schlüssel zum Erfolg, meine Eintrittskarte ins Märchenschloss.«

Ihre Lippe bebt, ihr Kinn zittert, als würde ihre Spucke sauer schmecken.

»Wenn du klein bist und im Oakwood wohnst, wird über nichts anderes geredet – dass man's irgendwie schaffen muss, auf eine seiner Pool-Partys eingeladen zu werden – vielleicht macht er die noch immer, wahrscheinlich sogar. Soda-Pops wurden die Partys genannt. Wie verdammt einfallslos ist das? Alle verzweifelten Kinderschauspieler wollten zu den Soda-Pops bei Eric in den Hills. Eltern waren nicht erwünscht. Es gab nur Limo zu trinken – jedenfalls haben sie das den Eltern weisgemacht. Denen, die's interessiert hat, aber das waren nicht viele. Die Kinder sind in ihren Badesachen rumgerannt, und die schreckliche Frau von ItGirl ...«

»Carol Goodman.«

»Die ranzige Kuh, die hat die Partys organisiert und den Eltern klargemacht, dass sie nicht bleiben dürfen. Alle wussten, dass man dort entdeckt wird, bei den Soda-Pops. Alle Mädchen und Jungs wollten hin. Eric hat die Hälfte aller Sendungen für den Sender produziert und Carol das Casting für die andere Hälfte gemacht. Ich wollte so unbedingt eingeladen werden. Ich komme aus Chicago, ich war mit meinem Dad allein im Oakwood und plötzlich bin ich bei Eric um den Pool gerannt. Das Haus steht am Hang, L.A. lag uns zu Füßen. Man schwebt hoch über allem und sagt sich, dass es schön ist, weil es schön sein soll. In Wirklichkeit blickt man aber bloß von oben auf eine dicke Smogschicht und sieht, dass wir in einem verfluchten Dreckloch leben. Aber da oben steht man drüber, und das kommt einem so toll vor, und da ist Brad Cherry – Gott, damals war er so süß. Und es gibt Hotdogs und Musik, es wird geflirtet und Limonade getrunken, und dann gibt es hinten auch noch die Zimmer mit den Pillen und dem Wodka, aber das darfst du niemandem verraten. Und dann, bei Party Nummer drei, wenn du dich schon dran gewöhnt hast, deine Geheimnisse für dich zu behalten …«

Ihr Nacken verkrampft sich, als hätte sie etwas geschluckt, das zu groß für ihren Rachen ist. Plötzlich sieht Mae Hannah als junges Mädchen vor sich. Sie sieht den Geist dieses strahlenden Mädchens, das Hannah einmal war. Das Mädchen, das geleuchtet hat, das dazu geschaffen war, zu strahlen und zu glänzen, was sie in einem anderen Leben vielleicht auch immer noch tut.

»Dann merkst du, dass in dem Haus noch eine ganz andere Party stattfindet. Eine für Eric und seine Freunde. Die können es nämlich kaum erwarten, dich kennenzulernen.«

Dieser schreckliche lange Moment. Mae weiß, sie sollte was sagen, aber sie weiß nicht, was, und es würde ihr sowieso aufgesetzt vorkommen.

»Meinst du, er macht das immer noch?«

Grausames Lachen.

»Warum sollte er je damit aufhören?«

Ein Klopfen an der Tür vertreibt den Moment.

»Verdammte Scheiße, dann komm halt rein.« Hannah versprüht aufgestauten Zorn in hohem Bogen, sie wirft eine Champagnerflasche an die Wand ihres Trailers. Die Flasche prallt ab und landet auf dem Teppichboden. Hannah scheint sich zu wundern, dass sie nicht kaputtgegangen ist.

Die zweite Regieassistentin – am Namensaufkleber auf ihrem Funkgerät unschwer als die verhasste Trisha zu erkennen – ist bereits um sechs Uhr früh zu Tode erschöpft. Einer der Sound-Typen steht kleinlaut hinter ihr.

»Hannah. Wir müssen dir ein Mikro anlegen.«

»Trish, nein«, sagt Hannah. Dieser verzweifelte Ton in ihrer Stimme. »Das passt nicht unter mein Kleid.«

Mae kann die Gesichter lesen. Alle wissen, dass es gelogen ist. Aber sie dürfen es nicht laut sagen, sie wollen alle nur ihre Jobs machen und sehen sich mit dieser Person konfrontiert, die mehr Göttin als Mensch ist.

»Eddie hat gesagt, ihr sollt das Mikro nicht an mir befestigen. Er hat gesagt, so wie das Kleid geschnitten ist ...«

Mae winkt Hannah zum Abschied. Hannah sieht sie gar nicht mehr.

»Hannah«, sagt Trisha, »Eddie steht direkt draußen vor dem Trailer. Er sagt, es ist okay, das Mikro unter das Kleid zu legen.«

Mae steigt die Trailerstufen runter, vorbei an dem Soundmann, an dessen Hand ein kleines Mikro baumelt.

»Niemand fasst mich an. Niemand. Niemand.«

Mae entfernt sich vom Trailer, kehrt zu ihrem Wagen zurück. Sie denkt über das Schweigen nach.

Hannah schreit – man hört es durch die geschlossene Trailertür.

»Niemand fasst mich an. Niemand fasst mich an.«

Maes unpraktische Schuhe graben sich in den vom Morgentau feuchten Boden. Sie blickt runter nach Simi Valley und sieht die Sonne über den Hügeln aufsteigen, die eigenartige, abstrakte Schönheit des House of the Book. Sie denkt an etwas, das Sarah mal gesagt hat.

Alle reden darüber, dass Schauspielerinnen verrückt sind, aber niemand redet darüber, was sie dazu gemacht hat.

Sie bleibt in ihrem Wagen sitzen. So viele Geheimnisse. So viel Unausgesprochenes.

Sie sieht Shira allein oben auf dem Hügel stehen, abseits

vom Set. Sie regt sich nicht, schaut in die aufgehende Sonne. Der Sonnenaufgang ergießt sich blau und pink über die nebelverhangenen grünen Hügel. Mae kommt es vor, als würde sich die ungefilterte Schönheit über sie lustig machen. *Hier ist diese herrliche Welt, die dir gegeben wurde, du dummes kleines Mädchen. Schau nur, womit ihr alle angefangen habt.*

Sie ruft Sarahs Nummer auf. Wieder dieses blecherne Klingeln – der Anruf federt durchs All.

»Hey, Mädchen, du bist früh auf. Wie spät ist es bei euch, fünf?«

»So ungefähr. Ich bin auf, da hab ich gedacht, ich ruf mal an. Wie ist es in Rumänien?«

»Ich bin müde. Ich will einen absurden Margarita mit irgendwas wie Guave oder Yuzu. Ich will Khao Soi. Und ich will nie wieder etwas essen, das in Kohl eingewickelt wurde. Ich will Sonne ... einen Mann mit tätowiertem Hals, der mich erdet und dazu bringt, mir die Haare zu raufen. Ich will fünfzehn Dollar für eine Flasche Rote-Bete-Saft bezahlen ... ich will im Verkehr stecken bleiben ... ich will einen Pastrami-Burrito ... ich will verschmutzte Luft ... ich will Los Angeles.«

»Keine Angst«, sagt Mae. »Was tot ist, kann nicht sterben. Alles wartet hier auf dich.«

»Geht's dir gut? Wegen Dan und so?«

»Ich versuche es zu verstehen. Aber hör mal, ich hab eine Frage an dich für meine Arbeit.«

Sarah hört auch das Unausgesprochene – *es geht um schmutzige Geheimnisse*. Sie senkt ihre Stimme.

»Bleib dran, ich geh ein Stück hier rüber, weg von den anderen. Okay, hörst du mich?«

»Ja. Ich hätte nur gerne gewusst, was du von jemandem hältst. Hauptsächlich macht er Kindersendungen für Neun- bis Zwölfjährige, ein Produzent und Autor namens Eric Algar.

Es dauert lange, bis Sarah sagt: »Eric Algar?«

»Genau.«

»Hast du gemerkt, dass ich gezögert habe?«

»Hab ich.«

»Das ist meine Antwort. Ist er ein Klient von euch?« Mae kämpft gegen das Bedürfnis an – sie muss es jemandem erzählen, der das ganze Grauen versteht. Chris hat es so gut begriffen, wie ein Mann es nur begreifen kann, aber das Entsetzen vibriert nicht in seinen Knochen. Sarah würde es kapieren. Aber jetzt ist nicht der richtige Zeitpunkt.

»Ich hole nur Informationen ein«, sagt Mae.

»Oh Gott. Dein Job. Also, ja, alles, was du gehört hast, hab ich auch gehört. Es ist genauso schlimm, wie du's dir vorstellst.«

Niemand sagt was. Aber alle tuscheln.

Mae sagt: »Je schlimmer die sind, desto besser stehen sie da.«

»Hey, das ist eine beschissene Welt. Natürlich sind die Ratten am erfolgreichsten.«

»Ich muss wissen, wo er auf der Skala steht. Wie viel Einfluss hat er noch?«

»Hm. Ich denke mal, nicht mehr ganz so viel wie früher. Er hat einen Generalvertrag bei einem Sender, der seinen Marktwerte einigermaßen hält. Aber diese Teenieshows sind überholt – vor drei Jahren hatte er sechs Sendungen, da war er noch ein wichtiges Machtzentrum, heute vielleicht eine? Kann das sein? Vermutlich kostet er den Sender inzwischen mehr, als er einbringt – er kann nicht wert sein, was die ihm zahlen, nicht mehr. Was er macht, ist von gestern. Heutzutage gucken Kinder YouTube, Twitch, TikTok und irgendeinen Scheiß, von dem du und ich nie gehört haben. Also ja, der ist auf dem absteigenden Ast. Eigentlich ist er reif zum Abschuss. Komisch, dass das noch nicht passiert ist.«

»Das wollte ich wissen. Danke.«

»Weißt du, wer das genauer wissen müsste?«, sagt Sarah. »Hannah Heard. Gibt ein paar Geschichten von früher. *As If!* ist auf seinem Mist gewachsen. Lydia Lopez, Brad Cherry und sie – von denen ist keiner ganz normal aus Algars Orbit hervorgegangen. Frag doch mal, ob Hannah nicht auspacken will.«

»Gute Idee«, sagt Mae. »Lass uns bald wieder sprechen.«

Sie legt auf. Vor ihrem Fenster dreht sich Shira wieder um, wischt sich Tränen aus dem Gesicht. Sie sieht Mae im Wagen sitzen. Ihre Blicke treffen sich. Es entsteht ein kurzer Moment des vollkommenen Einverständnisses zwischen den beiden.

Mae ruft Chris mit ihrem Wegwerfhandy auf seinem an. Seine Stimme klingt kehlig vor Schlaf, als er sich meldet. Sie hat ganz vergessen, wie früh am Morgen es ist. Doch sie ist so wach wie nie zuvor.

»Es stimmt. Eric Algar und kleine Mädchen. Seit vielen, vielen Jahren. Gott weiß, seit wie vielen. Da draußen laufen unzählige Mädchen rum, die er kaputtgemacht hat. Und niemanden interessiert's.«

»Mae.« Die Besorgnis in seiner Stimme macht Mae bewusst, wie sie klingt, wie nah sie mental am Abgrund steht.

»Ich will Eric Algar überführen. Ich will ihn stoppen. Ich will das Mädchen retten.«

Was ihr Angst macht, lässt sie unausgesprochen: *Wenn wir's richtig anstellen, können wir uns selbst damit retten.*

KAPITEL 34

CHRIS

Sixth Street

Sie treffen sich nachmittags nach Maes Arbeit bei ihr zu Hause. Chris tut vom langen Sitzen alles weh – ein ergebnisloser Tag auf Beobachtungsposten vor dem Wonderland-Haus. Er schüttelt es ab, als er bei ihr durch die Tür tritt.

Mandy begrüßt ihn begeistert. Er erlaubt dem Hund, sich an ihn zu schmiegen. Er weiß, woher der Name kommt – dass es einen Teil von Mae gibt, den sie verdrängt hat, um die Person zu werden, die sie ist.

Sie essen, sie reden. Sie erzählt ihm von ihrem Tag – sie warten auf Parkers Festnahme. Sie erzählt davon, als würde sie Gift aus einem Schlangenbiss saugen. Es fühlt sich an wie früher – nur dass die Geheimnisse sie jetzt nicht mehr auseinandertreiben. Sie haben allerdings noch nicht über sich gesprochen. Chris will nicht darüber reden. Er will es einfach geschehen lassen. So wie sie jetzt eng nebeneinander auf der Couch sitzen und alte Mauern zwischen ihnen einstürzen.

Zusammen erstellen sie einen Lebenslauf von Eric Algar. Er hat selbst als Teeniestar gearbeitet – ein paar Familienserien damals in den Neunzigern gedreht. Als Kind war er niedlich, als Erwachsener wirkte er unbeholfen. Er wechselte hinter die Kamera und führte bei Kindersendungen Regie. Dachte sich selbst eine aus. Er entdeckte eine Marktlücke und verstand, sie mit billigen Mitteln zu füllen. Der Sender gab ihm grünes Licht. Er hatte eine gute Idee, nicht in Hinblick auf den Inhalt, es war bloß eine Komödie, die in einem Einkaufszentrum mit Schnellrestaurants spielte. Sein genialer Einfall bestand darin, all die arbeitslosen Autoren der längst abgesetzten Drei-Kamera-Produktionen zu engagieren. Ihre Witze funktionierten nicht mehr in den neuen Sitcoms, die Zeit hat sie überrollt. Allmählich liefen ihre Tantiemen aus dem goldenen Zeitalter der Sitcoms aus – aber sie mussten die Hypotheken für ihre Häuser in Hancock Park und Alimente zahlen. Er holte sie alle in sein Autorenteam und legte lauter alte Witze für Kinder neu auf, weil die sie noch nie gehört hatten.

Er hatte ein Auge für junge Talente und tat sich mit Carol Goodman von ItGirl zusammen, entdeckte Hanna Heard, Brad Cherry und Lydia Lopez. Und die Two Tylers.

Dann ging er mit weiteren Serien auf Sendung, und irgendwann liefen so viele von ihm, dass er das Senderprofil prägte.

Mae zieht einen zehn Jahre alten Artikel mit einer unglaublichen Lobeshymne aus dem Netz.

»Eric hat die Aura eines Medienmoguls«, schwärmt darin ein Vorstandsvorsitzender. »Er weiß, wie man in Hollywood Geschäfte macht, weil er das Wort Nein gar nicht hört.«

As If! trug ihm einen dicken fetten Generalvertrag ein. Mae arbeitet sich durch alle möglichen Einträge und Meldungen und kann an ihnen ablesen, wann er welche PR-Leute engagiert hat – der Ton der Artikel verändert sich, sie werden länger. Eric nimmt ab, geht zu einem teuren Friseur und lässt sich den Beinamen »King of Tween« verpassen. Er beherrscht das gesamte Abendprogramm des Senders und lanciert unzählige Teeniestars, von denen einige steil Karriere machen. Andere stürzen ab.

Chris und Mae gehen die Liste durch:

Hannah Heard – am Rande eines Nervenzusammenbruchs.

Brad Cherry – schön, aber tot.

Lydia Lopez – die Pop-Queen, erst Junkie, dann Verfechterin einer neuen Nüchternheit, vorläufig also aus dem Gröbsten raus.

Der süße Tyler – völlig abgewrackt erstach er vor ein paar Jahren seine Vermieterin vor seinem Apartment in Los Feliz.

Der verwegene Tyler – nach zu vielen Schönheits-OPs entstellt, macht er jetzt schreckliche Musik, die sich viral im Netz verbreitet, weil sie so scheiße ist. Ganz Amerika lacht über ihn.

»Als hätten die alle in einem Atomkraftwerk mit undichtem Reaktor gearbeitet. Jetzt haben sie Krebs, wir zeigen mit dem Finger auf sie und lachen sie wegen ihrer Geschwüre aus«, sagt Mae.

Vorspulen bis in die Gegenwart. Von Erics sechs Sendungen sind nur noch zwei übrig. Tween-Shows sind passé. Seine Zeit ist vorbei.

Erics Geheimnis ist schon lange keins mehr – mit Einschränkungen.

Niemand redet. Aber alle tuscheln.

Sie finden Fotos. Eric mit Schauspielerinnen im Teenageralter am Set, sie lächeln, gucken wie Kaninchen im Schatten eines Habichts. Mae zeigt Chris Kommentare im Netz, anonym erhobene Vorwürfe, wilde Theorien darüber, dass Eric ein Fußfetischist sei, ein Widerling, ein Perverser. Manche sind lächerliche Hirngespinste. Andere nicht.

Zwischendurch wird Mae so wütend, dass sie aus dem Zimmer gehen muss.

Sie sagt: »Ich wünschte, wir könnten mit ihr reden. Mit Nevaeh.«

»Ihre Grandma hat doch gesagt, sie hat ihr Handy verloren.«

»Das ist Bullshit. Katherine und die anderen wollen bloß nicht, dass sie erreichbar ist.«

»Und was machen wir jetzt, Mae?«

»Zweifelst du etwa daran, dass wir auf der richtigen Spur sind?«

»Eigentlich nicht. Passt alles zusammen.«

»Ich vermute, Baldassare und Katherine wollen ihn erpressen. Vielleicht haben sie Dan als Vermittler ins Boot geholt. Und dann hat er beschlossen, das Ganze zu übernehmen. Ich kenne Dan. Ich weiß, wie er getickt hat – wenn er die Sache mit diesen Amateuren durchgezogen hätte, wären sie aufgeflogen. Niemals hätte er denen das zugetraut – außerdem wusste er, wie er's ohne sie hinbekommt. Seine Idee war, mit mir zu arbeiten, aber irgendwie haben sie kapiert, dass er sie hintergehen wollte. Und ihn deshalb umgebracht.«

»Also was machen wir?«

»Wir werden Eric nicht erpressen«, sagt sie. »Wir holen uns das Mädchen von Katherine und den anderen, dann haben wir die DNA, die beweist, dass Eric Algar der Vater ihres Kindes ist. Ein handfester Beweis. Ich werde Verträge für Nevaeh aufsetzen, zusehen, dass sie ihre Geschichte für einen Betrag im achtstelligen Bereich verkauft – Fernsehinterviews, Buch- und Filmrechte. Die werden versuchen, das zu verhindern, aber wir wissen, was auf uns zukommt und wie wir's umgehen. Wir suchen uns einen Anwalt, aber keinen aus der Filmbranche, und sichern uns über ihn ab. Wir beide wissen doch, welche Art von Erpressung funktioniert und welche nicht. Ich weiß, wer die Geschichte im Keim ersticken kann – und das heißt, ich weiß auch, wem es nicht gelingen wird. Und jetzt kommt die Hauptsache: Eric Algar ist für niemanden mehr von großem Wert. Für ihn zu kämpfen, lohnt sich nicht. Er hat nicht die ganze Macht des Ungeheuers hinter sich. Er ist das perfekte Erpressungsopfer. Außerdem hat er's verdammt noch mal verdient. Ein einziges Mal möchte ich daran beteiligt sein, wenn so jemand bekommt, was er verdient.« Sie sagt das, als müsste man sich dafür schämen. »Und wenn wir unser Honorar vom Gewinn abziehen, haben alle was davon.«

»Diese Leute verstehen aber keinen Spaß«, erwidert Chris. »Wahrscheinlich musste Dan deshalb sterben. Wir wissen gar nicht, wozu die imstande sind.«

»Die wissen umgekehrt aber auch nicht, wozu wir imstande sind. Überleg dir, wie wir Nevaeh finden. Ich überlege mir, wie wir die Story am besten groß rausbringen. Dann passiert niemandem was.«

VIERTER TEIL

WONDERLAND

KAPITEL 35

MAE

Westwood

Der Eintritt ins Büro ist wie ein Sprung ins Eismeer. Assistenten erkundigen sich bei Mae, ob es ihr besser gehe, und sie erzählt was von Magen-Darm. Die Assistenten unterstellen ihr einen Kater, aber sie streitet es augenzwinkernd und lachend ab. Sie geht an Joss' Büro vorbei – er winkt ihr, *komm rein.*

»Morgen steht die Geschichte über Parker in der *L.A. Times*«, sagt Joss. »Jemand hat uns eine erste Fassung zugespielt.«

»Schlimm?«

»Die Überschrift lautet ***Spendensammler der Demokraten des brutalen Übergriffs in Drogen-Liebesnest beschuldigt.***«

»Eher nicht gut.«

Er winkt sie an seinen Bildschirm. Sie überfliegt den Artikel. Panko wird anonym zitiert. Der Artikel erzählt die komplette Geschichte. Zwei Tote. Pankos Augenzeugenbericht bricht Parker das Genick.

Sie liest: *Anklageerhebung steht kurz bevor.*

Sie denkt: *Gut.*

»Hat Mitnick das gesehen?«

»Hab noch nicht mit ihm gesprochen. Cyrus wird schwere Geschütze auffahren müssen, um das geradezubiegen.«

Sie finden Cyrus und Hector mitten im Gespräch.

»Wir machen unseren Job«, sagt Hector. »Zwei Sender und *L.A. Weekly* werden positiv berichten. O'Dwyer stellt sich nach wie vor quer.«

»Ich bin noch nie einem Stadtrat begegnet, der so allergisch auf Fortschritt reagiert.«

»Das ist es nicht«, sagt Hector. »Es geht um O'Dwyers Umfrageergebnisse.«

»Glaube ich nicht ... Es muss eine Möglichkeit geben, Druck auszuüben ...«

»Hey«, sagt Mae. »Entschuldigt. Wir müssen über Parker sprechen ...«

»Müssen wir nicht«, erwidert Cyrus. »Parker hat keine Priorität mehr.«

Einfach so. Vor zwei Tagen hatte sie noch darum gebeten, ihn fallen zu lassen, und war damit deutlich abgeblitzt. Jetzt sägt Cyrus Parker ab, ohne mit der Wimper zu zucken. Die Machtverhältnisse haben sich verschoben.

»Ich hab den Artikel in der *L.A. Times* über Parker, wenn wir ...«

»Ward Parker hat keinerlei höhere Priorität mehr«, sagt Cyrus. »Der Staatsanwalt will seinen Skalp, und wir müssten mehr soziales Kapital aufbringen, um den Artikel zu unterbinden, als er überhaupt wert ist. Ganz einfach. Kündigt ihm den Vertrag.«

Fertig. Parker ist geliefert. *Dies ist eine Lektion*, denkt Mae.

Wie gelassen das Ungeheuer eine Niederlage wegsteckt, wenn es die klügste Entscheidung ist.

Finde das Mädchen, und Eric ist geliefert.

KAPITEL 36
CHRIS

Koreatown / Laurel Canyon

Den Samstag nehmen sie sich frei. Mae sagt, sie hat ihr Leben vernachlässigt – sie braucht einen Tag für Erledigungen und zum Saubermachen. Und einen Abend mit Wein auf der Couch vor dem Fernseher.

Sie sagt nicht, *bevor wir eine weitere Grenze überschreiten,* Chris hört es aber trotzdem.

Er wacht mit frischer Energie auf, die in ihm brennt, als hätte er ausnahmsweise den richtigen Treibstoff für sich gefunden. Er sieht sich in seiner Wohnung um, sieht sie mit anderen Augen.

Chris öffnet die Fenster und sammelt Klamotten vom Boden auf. Schmutzige Wäsche quillt aus dem Korb, er packt sie zusammen. Zum ersten Mal seit einer Ewigkeit wechselt er die Bettwäsche und putzt das Bad, die Dämpfe der Scheuermilch brennen mit jedem Atemzug in seiner Lunge.

Als er fertig ist, sieht die Wohnung aus, als würde gleich eine andere Person hereinspazieren. Als könnte ihn jeden Moment eine Frau besuchen und nicht entsetzt sein.

Koreatown draußen ist bereits voll im Gang. Er erwischt sich dabei, wie er durch sein Apartment tigert und dabei an Tiere in Kleinstadtzoos denkt, die in viel zu engen Käfigen auf und ab schleichen.

So hat er sich lange nicht mehr gefühlt. Er braucht dieses Gefühl. Auf dem Weg zur Tür schnappt er sich den Schlüssel, läuft zur Parkgarage und fährt raus aus Koreatown, hoch nach Wilshire – vorbei an dem supermodernen KFC, den koreanischen Massagesalons, einem Hühnchengrill, vor dem Leute bis um den Block anstehen. Verkehrsstau vor der Baustelle eines neuen Wohnblocks kurz hinter Santa Monica. Weiter nach Hollywood rein, er biegt links auf die Franklin Avenue ab, vorbei am Scientology Celebrity Centre – dann schaltet er die Klimaanlage aus und lässt frische Luft rein. Immer weiter auf der Franklin Avenue die Hügel rauf und runter in westlicher Richtung, dann rüber auf den Hollywood Boulevard und Richtung Laurel Canyon. Im Laurel Canyon Country Store macht er Halt, isst ein Sandwich und trinkt ein Wasser. Geht pinkeln.

Dann fährt er mit heruntergelassenen Scheiben weiter und verspürt so ein Kribbeln. Dieses gute, heilsame Kribbeln. Als würde er aus seiner alten Haut aussteigen. Als wäre doch noch was Neues und Frisches in ihm.

Die kleinen Straßen den Hang hinauf bis zum Haus sind voller als sonst, überall parken Autos. Er schaltet die Musik aus, als er näher kommt – doch statt Stille hört er einen hämmernden Bass herüberhallen.

Die Party läuft auf vollen Touren. Im Haus brennen alle Lichter, die Tür steht offen, sodass die Musik bis weit über die Hügel dröhnt, verzerrt vom Gewirr Hunderter Stimmen. Lauter junge, gut aussehende Menschen lungern vor dem Haus herum, ein paar stehen im Kreis, lassen einen Joint herumgehen. Chris fährt langsam vorbei und hat eine Idee. Sie durchzuckt ihn auf gute Art, und ihm wird bewusst, dass die eingebildeten Herzattacken weg sind.

Folge dem Gefühl.

Er fährt vorbei, ist schon zwei Straßenecken weiter, als er endlich eine passende Lücke findet. Er schaltet das Deckenlicht ein, betrachtet sich im Rückspiegel. Er weiß noch, was Mae gesagt hat – Produzenten und mächtige Menschen tragen keine Anzüge mehr. Scheiße aussehen ist ein Zeichen von Macht – damit demonstriert man, dass man's nicht nötig hat, sich darum zu kümmern, was andere von einem denken.

Er zieht seine Armeejacke über und geht den Hang runter zum Haus. Der Kifferkreis mustert ihn, als er die Stufen hinaufsteigt. Er nickt. Es funktioniert. Wenn man einfach so tut, als würde man dazugehören, gehört man dazu.

Das Haus ist rammelvoll, die Luft feucht vom Atem der vielen Menschen, fruchtig vom Dunst der Vaper und heiß vor Körperwärme. Chris schwitzt sofort, als er über die Schwelle tritt. Es fühlt sich gut an.

Der Eintritt ins Haus kommt ihm vor wie der Einstieg in eine Sendung, die man bis zum Abwinken geguckt hat, einfach durch den Bildschirm mitten rein. Die Leute, die er so lange vom Wagen aus beobachtet hat, befinden sich plötzlich rings um ihn herum. Dadurch wirken sie realer. Oder vielleicht auch umgekehrt. Vielleicht ist Chris selbst jetzt erst wieder in die Wirklichkeit zurückgekehrt.

Er mischt sich unter die Menge, wird hier und da beäugt, mehr nicht. Er ist einen Kopf größer als die meisten hier. Er entdeckt Tony, den größten Hausbewohner, umringt von anderen, er guckt völlig verkokst, befindet sich mitten in einer Geschichte. Anscheinend hat er einen Callback bekommen und schwört, dass er's denen so was von zeigen wird. Alle haben diesen Partyblick, dieses Gefühl wie in Geiselhaft, als würde einem der Typ, der nicht aufhört, über seinen Callback zu irgendeiner Netflix-Serie zu reden, ein Messer an die Kehle halten.

Männer mit Angebermuskeln und abrasierter Brustbehaarung trinken Champagner aus Flaschen, außerdem seltsame knallorangefarbene Cocktails. Das laute Stimmengewirr verstärkt den Luftdruck – ein Flugzeug kurz vorm Abheben.

Eine Frau fast so groß wie er selbst presst sich in der Menge an ihn. Sie ist auf langweilige Weise schön.

»Mit wem bist du hier?«, fragt sie, kommt gleich zum Punkt. Jetzt weiß er, dass seine Produzentenpose funktioniert.

»Ich bin im Development«, sagt er, den Jargon hat er sich bei Mae abgeguckt. »Im Pod von Nic Cage.«

»Was du nicht sagst«, murmelt die Frau und wendet den Blick ab – aus irgendeinem Grund war das der falsche Spruch. Er lacht laut.

Folge dem Gefühl.

Er will sich im Haus umsehen, biegt um die Ecke und sieht Janice De Waal mit einer Frau knutschen, die anderen haben ihre Kameras gezückt und rufen im Chor *Weiter, weiter, weiter* – der Kuss ist aufgesetzt, lesbisches Getue zu reinen Showzwecken. Dicke Schlabberküsse, und dazu gucken sie wie Kinder, wenn sie der Familie an Weihnachten was vortanzen.

In der Küche drängen sich die Menschen. Chris kämpft sich zum Kühlschrank vor, nimmt sich ein Bier. Kevin und Katherine schwanken betrunken. Er sieht Loto, sein Tanktop bringt seine Riesenmuskeln zur Geltung – Loto arbeitet im Gym, schluckt Steroide und dealt damit. Chris kennt diesen Blick, weiß genau, dass das von den Steroiden kommt. Dieses Gefühl, außer Kontrolle zu geraten, die schiere Freude am Durchdrehen und die Angst, vielleicht nie wieder alles in den Griff zu bekommen – dieser unglaublich höllische Rausch. Chris dreht sich zum Kühlschrank um, will …

Ein Knall.

Chris fasst unwillkürlich an die Hüfte, dorthin, wo sein Holster war – sollte ihn jemand beobachtet haben, dann hätte er sich jetzt als ehemaliger Cop geoutet. Aber alle Blicke sind auf Kevin gerichtet, die Champagnerflasche in seiner Hand schäumt. Katherine versucht, etwas vom Champagner aufzufangen. Sie ist sternhagelvoll. Kevin kippt Champagner in offene Münder – wie ein Priester bei der Weihe.

Loto setzt eine Tequilaflasche an und trinkt in großen Schlucken.

Chris hat solche Partys schon öfter erlebt, mit Gangstern und mit Cops. Er kennt den ganzen Wahnsinn, diesen freudlosen, verzweifelten Spaß.

Alle haben entsetzliche Angst.

Sie stehen am Abgrund.

Hinter der Küche befindet sich ein Flur mit einer Tür, vermutlich zur Toilette, dahinter führt eine Treppe nach oben. Das Licht ist aus – das Stockwerk oben ist für Partygäste tabu. Ein irres Bild schießt ihm in den Kopf: Nevaeh versteckt sich im ersten Stock, während die Erwachsenen unten ihre Party feiern. Höchst unwahrscheinlich. Aber nicht zu irre, um sich nicht wenigstens zu vergewissern. Sein innerer Treibstoff drängt ihn weiter.

Folge dem Gefühl.

Er schiebt sich durch die Menge nach hinten in den Flur. Eine Frau wartet vor der geschlossenen Toilettentür. Sie ist Schwarz, ihre Haare sind kurz rasiert, sie ist wunderschön.

Die Tür klappert auf und zu, unterdrücktes Keuchen. Die wartende Frau lächelt verlegen.

Chris sagt: »Bei dem Tempo müssen wir bestimmt nicht lange warten.«

Die Frau lacht. Er lacht mit – ihr Gelächter mischt sich in das Stöhnen. Chris merkt, dass er fast hart wird. Irgendwas Animalisches in ihm läuft heiß.

Chris schaut die Treppe rauf.

»Wir sollen nicht nach oben«, sagt die Frau mit vornehmem britischem Akzent. »Aber wenn du …«

Die Menge in der Küche brüllt laut. Klingt aber irgendwie seltsam. Kein Partygeräusch.

TOTALES CHAOS in der Küche. Die Frau geht hin. Chris folgt ihr.

Ein Mann so groß wie Chris steht vornübergebeugt da, hat die Hände vors Gesicht geschlagen. Kevin mit einer frischen

Champagnerflasche daneben, der Schaum tropft ihm auf die Schuhe.

»Komm schon, Mann! Hör auf mit dem Scheiß«, sagt Kevin.

Der Mann nimmt die Hände weg – sein linkes Auge ist weiß und rot, blutunterlaufen, die braune Iris sieht aus wie ein zerbrochener Teller. Eine Frau hebt etwas vom Boden auf, den Korken.

»Ich seh nichts mehr, du Motherfucker! Ich seh nichts!«

Schreie, die wie Gelächter klingen. Gelächter, das nach Schreien klingt.

Jemand sagt: »Ruf einen Krankenwagen.«

»Scheiß drauf, Uber geht schneller.«

Die Menge drängt sich um den Verletzten – auch die Frau, die eben noch vor der Toilettentür stand. Chris dreht sich zu dem menschenleeren Flur um.

Los, geh.

Er unterdrückt innerliches Kriegsgeheul und rennt die Treppe nach oben, nimmt drei Stufen auf einmal.

Die Luft kribbelt – das tut sie immer dort, wo man sich eigentlich nicht aufhalten dürfte. Er bemüht sich nicht, leise zu sein, unten kann ihn niemand hören. Vier Türen gehen von dem Flur oben ab, er vermutet drei Zimmer und ein Bad.

Chris schaut überall rein – das Zimmer, von dem er vermutet, dass es das von Loto ist, stinkt nach abgestandenem Schweiß, überall stehen Kugelhanteln herum, außerdem leere Dosen von Energy Drinks, Spritzen im Mülleimer, ebenso wie Tupfer zum Desinfizieren – damit ist Lotos Status als Steroidjunkie bestätigt. Chris durchsucht das Zimmer schnell, ohne genau zu wissen, wonach.

Dann geht er im Flur weiter zu dem, wie er richtig vermutet, größten Schlafzimmer – dem von Kevin und Katherine. Ein Badezimmer ist daran angeschlossen. Chris tastet sich eilig durch die Kommodenschubladen, findet Sportklamotten, Yogahosen, Alltags-BHs – in der Schublade darunter ist die bessere Unterwäsche. Er ertappt sich bei einer schrägen Sexfantasie mit Katherine und Mae und überlegt, wonach es wohl aussehen würde, wenn jetzt jemand hereinkäme. Er schiebt die Schublade zu. Geht zu der anderen Kommode – der von Kevin.

In der Sockenschublade findet er eine flache schwarze Neun-Millimeter. Kalt und schwer liegt sie in seiner Hand, das Blut stockt in seinen Adern. Er hatte lange keine Waffe mehr in der Hand. Er wiegt sie. Sieht nach, ob sie gesichert ist – ist sie nicht. Er sichert sie und trifft schnell eine Entscheidung, steckt die Waffe ein.

Dann geht er wieder in den Flur und zur Treppe zurück. Das Licht, das von unten heraufdringt, zerbricht in Schatten – jemand torkelt über die Stufen nach oben. Chris ballt die Fäuste, bereit, sich nach draußen zu kämpfen, und er will es sogar.

Lautes Gegröle dröhnt herauf. Alle rufen: *Kotz es raus und sauf weiter!* Sie feuern sich gegenseitig an.

Chris schiebt sich durch die Tür zu seiner Linken – er hofft, das Zimmer ist leer – ist es.

Katherine schlingert an ihm vorbei. Sie ist sturzbesoffen und hickst feucht, schluckt die Anfangskotze aber wieder runter. Sie murmelt etwas, das er nicht versteht, und reißt die Tür zum größten Schlafzimmer auf. Wenige Sekunden später übergibt sie sich und stöhnt laut dabei. Chris wird plötzlich von Mitgefühl durchzuckt – treibt man es zu weit mit dem eigenen Körper, zeigt er einem, wer das Sagen hat.

»Bitte«, sagt sie. »Bitte, es tut mir so leid. Oh bitte, oh Gott, oh nein.« Chris schleicht sich begleitet von ihrem Gejammer die Treppe runter, sie fleht um Gnade. Welchen Gott oder Dämon sie auch anruft, er erhört sie nicht, und sie muss schon wieder würgen.

Draußen trifft die kühle Luft auf seine Haut. Der Mann mit dem verletzten Auge sitzt am Bordstein, eine Frau hält ihn im Arm und schaut über seine Schulter zur Party zurück, als könnte sie's nicht abwarten, endlich wieder reinzugehen. Das Uber ist gleich da, verspricht sie ihm.

»Ich kann nichts sehen«, sagt er.

»Das kriegen die schon wieder hin.«

»Ein verfluchter Champagnerkorken, und morgen hab ich meinen Callback. Mein Agent bringt mich um.«

Als die beiden Chris kommen hören, drehen sie sich zu ihm um. Der Mann sieht Chris an, sein kaputtes Auge weint Blut – wie ein Omen aus vergangener Zeit, als Götter noch Wirklichkeit waren.

KAPITEL 37

MAE

Sixth Street

»Chris, das war echt bescheuert.«

Sie sitzen bei Mae auf der Couch. Mandy schläft mit dem Kopf auf Chris' Schoß, alle drei sind in dieser eigenartigen Häuslichkeit versunken.

»Das Haus war voller Leute, ich war einer in der Menge.«

»Und was hast du rausbekommen?«

»Dass sie Angst haben. Scheiße, die haben entsetzliche Angst. Was auch immer sie vorhaben, es ist bald so weit.«

»Dann müssen wir schneller sein.«

»Genau.«

Maes Handy brummt.

»Parker«, sagt sie, rührt ihr Handy aber nicht an. »Gestern wurde er verhaftet.«

»Und das Ungeheuer hat ihn fallen lassen?«

»Der Staatsanwalt ist schon ganz heiß auf ihn. Anscheinend hat jemand nachgerechnet, und plötzlich stand Parker auf der falschen Seite der Gleichung.«

Das Handy hört auf zu brummen.

»Ich hab das Zimmer von Kevin und Katherine durchsucht«, sagt er. »Und eine Pistole gefunden.«

»Was hast du damit gemacht?«

»Hab sie mitgenommen.«

»Wir brauchen keine Waffe.«

»Ich hab sie versteckt«, sagt er. »Besser, wir haben eine und brauchen sie nicht. Und noch besser, wenn die anderen keine haben.«

»Was machen wir?«, fragt sie. »Was ist der nächste Schritt?«

»Ich denke, wir sollten mit einem von denen reden.«

»Reden?«

»Wir schnappen uns einen von ihnen, bringen ihn zum Reden und drehen ihn um.«

»Du bist kein Cop mehr, Chris.«

Das Grinsen hat sie noch nie an ihm gesehen. Diabolische Freude.

»Das müssen wir denen ja nicht verraten. Wir brauchen jemand aus dem inneren Kreis.«

»Mit wem fangen wir an? Nicht mit Katherine. Die wird mich erkennen.«

»Baldassare auch nicht. Der ist das Zentrum. Wenn wir ihn erschrecken, geht alles in die Hose. Ich sage, wir fangen mit Loto an, mit dem Bodybuilder. Der verkauft Steroide und so einen Mist. Das können wir ausnutzen.«

Sie fragt ihn: »Also ziehen wir's durch?«

»Wir ziehen das durch.«

Das Blut in ihrem Körper rauscht wie Starkregen.

KAPITEL 38

MAE

Lincoln Heights

Ein Schwarm wilder Papageien sitzt in den Bäumen, das Geschnatter ist ohrenbetäubend. Die Autos auf dem Parkplatz des Fitnessstudios sind flächendeckend mit Papageienscheiße verkackt. Mae ist froh über den Krach, er übertönt ihre Gedanken.

Wir ziehen das durch.

Auf der anderen Straßenseite befindet sich eine *carnicería*. Nach dem Workout gehen Männer über die Straße und kommen mit großen Plastiktüten voller rohem Carne Asada heraus, mit proteinreichem roten marmorierten Muskelfleisch. Die Männer sind so groß und durchtrainiert, dass sie aussehen wie gehäutet. Mae muss zugeben, dass das auf groteske Art heiß ist.

Sie trinkt eine Zitronenlimo aus dem Laden und isst getrocknete Mango mit Chili.

Loto stapelt Handtücher, wischt Bänke ab – überall ist Schweiß –, Adern so dick wie ihr kleiner Finger. Irgendwie erinnert sie das alles an den Biologieunterricht. Bullige Männer mit Gewichthebergürteln und Handgelenkmanschetten aus Leder.

Sie warten. Und beobachten andere Männer – zwei oder drei Frauen machen verschiedene Kniebeugen, trainieren ihren Hintern, aber die meisten hier sind Männer. Das Studio war mal eine Autowerkstatt – die großen Türen stehen jetzt wegen der Hitze offen, sodass Mae und Chris alles beobachten können.

Sie sehen Loto mit jemandem wispern. Er nickt Richtung Umkleide. Mae erkennt sofort die Körpersprache des Dealers.

»Wie ist das?«, fragt sie Chris. »Wenn man Steroide nimmt.«

»Total abgefahren«, sagt er. »Wie vier Lines Coke auf einmal, du steckst dir ein Abzeichen an, eine Pistole ein und rast mit heulenden Sirenen und Blaulicht um Mitternacht über rote Ampeln mitten durch die Stadt – dann kommst du ziemlich schnell drauf, was für ein Gott du sein könntest.«

»Und was für einer warst du?«

»Ein Gott des Zorns.«

Er windet sich, weil er ihr nicht in die Augen sehen kann. Diese Mischung aus Scham und Begierde – wie wenn sie ans Rauchen denkt.

»Jetzt kannst du nur noch versuchen, es wiedergutzumachen.«

»Meinst du, das machen wir gerade?«

Loto tritt aus der Tür, hält seine Sporttasche in der Hand und erspart es ihr, auf die Frage zu antworten.

»Okay«, sagt Chris. »Mir nach. Danach gibt's kein Zurück.«

»Kein Zurück.«

»Na dann«, sagt er. »Wir sehen uns auf der anderen Seite.«

Er macht die Tür auf – Papageiengekreisch hebt an, und sie sieht ihn mit großen Schritten um den Wagen herumgehen. Mae spürt, wie sich jedes Haar auf ihren Armen einzeln aufrichtet und alle ihre Venen sich durch ihr Fleisch ziehen.

Loto erreicht seinen Wagen. Chris beschleunigt, nähert sich ihm von hinten und schlägt Lotos Kopf gegen die Wagentür. Mae vibriert im Einklang mit dem Aufprall. Chris zieht Loto nach hinten, stößt ihn auf den Rücksitz des SUV.

»Hey, Bro, was soll der Scheiß?«

»LAPD«, sagt Chris und legt ihm Handschellen an.

Chris nimmt Loto die Tasche ab, der will sie wieder an sich reißen, aber seine großen Hände greifen ins Leere.

»Detective Armbruster, LAPD«, sagt Chris. Er lässt sein Abzeichen so schnell aufblitzen, dass man es nicht lesen kann.

»Alter, du brauchst einen Durchsuchungsbefehl, so läuft das nicht.« Der Mann hat einen Bluterguss über dem rechten Auge.

Chris wirft die Tasche auf den Rücksitz. Spritzen, Röhrchen, Pillenfläschchen fallen raus. Chris geht den Inhalt der Tasche durch.

»Stanozolol, Dekabol, Oxanabol. Tamoxifen – damit du von den Steroiden keine Titten bekommst. HCG macht die Eier dick. Bei dir bekommt man alles, was das Herz begehrt, Loto – du könntest die Tasche am Echo Park Lake abstellen und zugucken, wie den Gänsen Muskeln wachsen.«

Loto sieht Mae an – der Bluterguss über seinem Auge schwillt an, ein irrer Blutballon.

»Sie ist nicht von der Polizei.«

»Echt jetzt«, sagt Mae.

Chris fasst Loto am Kinn.

»Mach dir keine Sorgen wegen ihr. Mach dir Sorgen wegen mir.«

Chris wird animalisch in diesem Moment, seine Stimme klingt fordernd.

Ein zorniger Gott.

»Loto, wenn wir dich hochgehen lassen wollten, hätte ich nicht meine Freundin mitgebracht. Das ist ein Haufen Papierkram, Loto, und du bist ein kleiner Fisch.«

Mae verfolgt den Krimi vom Beifahrersitz aus. Es gibt ihr einen Wahnsinnskick, und ihr wird schlecht davon. Im Wagen stinkt es nach Salz und Angst, und das macht sie an.

Ist es das, was Macht hervorruft?

Loto zwinkert – der Bluterguss droht aufzuplatzen, gleich spritzt Blut. Mae weiß, wie sich das anfühlt.

»Okay, scheiß drauf«, sagt Loto. »Meacham im Büro ist eingeweiht, er kassiert einen Anteil und lässt mich dafür dealen – ich bin nicht der Einzige. Die halbe Belegschaft vertickt das

Zeug. Du kannst eine fette Festnahme machen, aber mich lässt du da raus.«

»Wenn mich der illegale Handel mit Steroiden in einem scheiß Gym auch nur im Geringsten interessieren würde, hättest du jetzt einen Deal. Aber das ist es nicht, was wir wollen, Loto. Meine Freundin, da hast du ganz recht, ist nicht von der Polizei, sondern vom Jugendamt.«

Das ist Maes Stichwort – sie weiß, wie sie's spielen muss.

»Loto, erzähl mir von Neveah Green.«

Loto stößt ein Geräusch aus, es kommt tief aus der Magengrube – als hätte er etwas zu lange eingehalten, das sich jetzt unumkehrbar Bahn bricht.

»Ich hab's gesagt, ich hab's gleich gesagt, das ist eine Nummer zu groß. Man muss wissen, wo man steht, bei Gott, das hab ich gesagt.«

»Sie ist schwanger – und du und deine Freunde benutzt sie für eine Erpressung.«

»Ich hab nichts damit zu tun, Mann.« Mae muss nicht mal hinsehen, um zu wissen, dass Loto lügt. »Ich mache nur, was ich mache. Ich hab denen gesagt, bei Gott, das ist verrückt.«

»Sag uns einfach nur, ob wir recht haben, Loto. Benutzt ihr das Mädchen für eine Erpressung?«

»Ich meine, die ist vierzehn und schwanger, das ist eine Sünde, versteht ihr? Bei Gott, das ist so falsch. Wir knöpfen dem Kerl Geld ab, na und? Der ist pervers, er hat's verdient.«

»Weißt du, wie der Mann heißt?«

»Keine Ahnung, irgendein perverser Sack aus Hollywood. Eric irgendwas.«

Chris wirft ihr einen Millisekundenblick zu. Mae muss schwer schlucken.

»Eric *wer?*«

»Hm?«

»Eric Algar?«

»Genau.«

»Was war mit Dan Hennigan?«

Auf der Fahrt hierher hatten sie drüber geredet – nicht zu viel Druck machen, nicht mit Beihilfe zum Mord drohen. Vielleicht ist Loto so dämlich, dass er denkt, weil er nicht selbst abgedrückt hat oder nicht direkt was mit dem Mord zu tun hatte, dass er dann auch nicht dafür verurteilt werden kann. Vielleicht weiß er nicht, wie kriminelle Verschwörungen und Absprachen funktionieren oder was Beihilfe ist.

»Bin ihm nie begegnet – Kevin dachte, der nimmt ihn aus. Dan wollte noch einen Partner dazuholen und uns dafür absägen. Kevin fand, dass er die Todesstrafe verdient hat, ehrlich.«

Chris fragt: »Dieser Partner, hat der einen Namen?« Mae hält die Luft an.

Loto schüttelt den Kopf.

»Kevin wusste nur, dass Dan vorhatte, uns alle zu verarschen, nur nicht mit wem.«

Mae atmet aus, sie kennen ihren Namen nicht.

Chris fragt: »Dann hat er John beauftragt, ihn umzubringen?«

Loto guckt zur Decke, als könnte sie aufreißen und die Götter ihn entführen. Salz und Angst machen die Luft immer dicker, einen langen Moment bleiben sie schweigend sitzen.

»Ich hab's nicht gewusst, bis es passiert ist, bei Gott, ich schwör's. Und ich glaube nicht, dass Katherine was wusste, die war voll fertig.«

»Dann geht das alles auf Kevins Kappe?«

»Es gibt Leute, die machen einen Scheiß und leben davon, andere machen Scheiße, um zu leben. Okay, also ich deale mit dem Mist, na und? Ich will nur jeden Tag ein bisschen Muskeln zulegen, bei Gott. Ich verkaufe Steroide, um es in der Welt zu was zu bringen. Kevin nicht. Der ist böse, echt. Das war alles seine Idee. Bei Gott, ich weiß nicht mal richtig Bescheid.«

»Wir wollen das Mädchen«, sagt Chris. »Du mischst bloß am Rande mit, das haben wir jetzt kapiert. Sag uns, wo das Mädchen ist.«

»Keine Ahnung, wo sie wohnt. Jesse kümmert sich drum. Bei dem ist sie sicher, der steht nicht auf Mädchen, egal in welchem Alter, wenn du verstehst, was ich meine.«

»Wo sind sie abgestiegen?«

»In einem Hotel in Venice oder so. Ich weiß es nicht.«

Chris fasst sich ans Ohr – das Zeichen dafür, dass Loto ihnen alles gesagt hat, was er weiß. Jetzt wird's Zeit, seine Seele zu kaufen. Chris lächelt Loto an.

»Hier ist dein Deal: Wir sind dein verdammter Rettungsanker, Loto. Du willst nicht in den Knast? Dann finde raus, wie das Hotel heißt, in dem er mit ihr abgestiegen ist. Bohr nicht auffällig nach. Ich hör mir lieber an, dass du's nicht weißt, als dass du's versaut hast, weil du zu offensichtlich danach gefragt hast. Verstanden? Sag uns, wo das Mädchen ist, wir holen sie da raus – dann siehst du uns nie wieder. Haben wir einen Deal?«

Der veränderte Tonfall bringt Loto aus der Fassung. Mae erinnert sich an das, was Chris ihr gestern Abend erzählt hat: *Willst du jemandes Seele kaufen, musst du gleichzeitig Gott und Teufel sein.*

»Ich will das nicht mehr. Am liebsten würde ich in einen Bus steigen und mit allem Schluss machen.«

»Du kannst noch nicht abhauen, Loto. Nicht, solange das Mädchen irgendwo alleine da draußen ist.«

»Lasst mich einfach gehen, bitte.«

Loto verzieht das Gesicht, kneift die Augen zu. Trotzdem kullern Tränen.

»Ich weiß nicht mal, wie ich da überhaupt reingeraten bin. Ich kann ganz anders sein, ein anderer Mensch. Ein besserer. Bei Gott, das weiß ich.«

»Es gibt einen Ausweg. Nimm ihn.«

Loto öffnet die Augen.

»Ja, gut.«

Mae drückt ihm ihr Wegwerfhandy in die Hand, er steigt aus dem Wagen – kühle Luft weht herein. Loto setzt sich in seinen eigenen Wagen und fährt in Schlangenlinien vom Parkplatz. Mae legt ihre Hand auf Chris' Arm – er ist heiß. Seine Augen glühen, er sieht krank aus.

»Chris?«

Chris steigt aus, geht fünf Schritte und kotzt an den Parkplatzrand. Die Papageien drehen durch. Sie flattern auf, eine grün-rote Wolke erhebt sich. Ihr Geschnatter hallt Mae in den Ohren. Chris blickt auf und zwinkert ihr zu, fährt sich über den Mund und lacht.

KAPITEL 39

CHRIS

Venice

Der Venice Boulevard ist hier breit, eine endlose Aneinanderreihung von Geschäften und Restaurants, mexikanisch, kubanisch, Thai. So viele kleine Hotels mit Namen, die nach Strand klingen, Leute buchen online Zimmer, ohne zu ahnen, dass sie immer noch zwanzig Minuten vom Meer entfernt sind. Heute ist Samstag – also eher vierzig Minuten.

Sie fahren den Parkplatz ab und suchen Jesses Jeep.

Chris denkt an die Tätowiersession mit den Dead Game Boys und wie er selbst mitgegrölt hatte.

Gestern mit Loto hatte er wieder dasselbe Tier in sich gespürt. Dem Mann wehzutun, hatte sich gut angefühlt.

Mae sitzt auf der Beifahrerseite, ihr Fenster ist offen. Sie rutscht hin und her, schlägt die Beine übereinander, erst so rum, dann wieder anders. Er bemüht sich, nicht hinzugucken.

Sie fahren durch die Dämmerung, vorbei an lauter zwielichtigen Hotels.

Diese ganzen unausgesprochenen Gedanken. Die Blicke, das wissende Grinsen. Mae neben ihm.

Etwas schwillt in ihm an. Etwas, von dem er dachte, es wäre gar nicht mehr in ihm. In Wirklichkeit war es nie weg.

Und auch ihr sieht er es an.

Es ist die Freude darüber, sich zu befreien.

Aber noch sind wir nicht frei.

KAPITEL 40

MAE

Koreatown

»Wir brauchen einen Plan B.«

Sie sitzen in einem von Chris' Lieblingsrestaurants – einem Noodle-Imbiss in einem überfüllten Einkaufszentrum in Koreatown neben einer koreanisch-französischen Bäckerei und einer Karaokebar in der Western Avenue. Eine Frau im Rentenalter führt den Laden. Überall stehen kleine Schälchen mit eingelegtem Gemüse und süßen getrockneten Fischchen – Mae hat keinen blassen Schimmer. Sie folgt seinen Anweisungen und isst scharfes Schweinefleisch, ein paar Löffel Reis, eingelegten Rettich, Glasnudeln mit Fleisch. Der Soju brennt wie Feuer, der Dampf steigt ihr in die Augen, und sie sieht plötzlich verschwommen.

»Einen Plan B?«, fragt Chris.

»Falls Loto uns reinlegt.«

»Wird er nicht.«

»Wer würde es wagen, den furchterregenden Mr Tamburro zu hintergehen?«

»Im Prinzip schon«, sagt er und lächelt, um zu überspielen, dass es kein Witz war.

»Trotzdem. Nur mal angenommen ... er kann uns nicht helfen, sie zu finden?«

»Dann rufen wir jemanden an. Ich habe Kontakte ins Department ...«

»Chris. Du weißt so gut wie ich, dass die ihre eigenen Beweggründe haben, ihre eigenen Beats. Wenn was durchsickert, bevor die Geschichte raus ist, haben wir keine Kontrolle mehr. Kann sein, dass die dann übernehmen, und denen sind Frauen egal, es sei denn, sie sind tot ...«

»Komm schon ...«

»Ich weiß, wovon ich rede. In den Augen der Männer werden Frauen durch den Tod gereinigt.«

»Es gibt auch gute Cops da draußen.«

»Wirklich?«, fragt sie. Hinter seinen Augen spielen sich schlimme Filme ab. Er antwortet nicht.

»Vielleicht kennst du einen Cop, der das Richtige tun würde. Aber kennst du auch seinen Chef? Und kennst du den Chef vom Chef? Chris, ich weiß, wie man so was unter den Tisch kehrt. Ich hab das jahrelang selbst gemacht.«

»Dann gehen wir eben nicht zu den Cops.«

»Wir machen uns was vor, wenn wir glauben, irgendwas außer Macht könnte Macht haben. Gute Absichten haben keine Macht. Schöne Worte auch nicht. Nicht mal Lügen haben Macht – es kommt allein drauf an, wie lautstark man sie verbreiten kann.«

»Was ist mit der Wahrheit? Hat die Wahrheit denn keine Macht?«

»Das hat mir Dan vor langer Zeit beigebracht: ›Ist nicht so, dass sie nicht wichtig wäre, aber es kommt nicht drauf an.‹«

»Ich weiß nicht, wieso ich mir über Plan B den Kopf zerbrechen soll. Plan A macht mir schon genug Sorgen. Mae, wir reden hier von Kidnapping, oder?«

Sie reagiert merklich angespannt, sieht sich um – es ist zu laut im Restaurant, als dass jemand mithören könnte. Hauptsächlich sind sie umgeben von Paaren, ein paar gelangweilten Mädchen, die auf ihre Handys starren, ihre K-Pop-Klingeltöne durchbrechen den allgemeinen Lärm.

»Das ist kein Kidnapping«, behauptet sie.

»Ich find's immer besser, man nennt die Dinge beim Namen«, erwidert Chris.

Was ist, wenn es keinen Namen dafür gibt? Wie für das zwischen uns ...

»Wir entführen sie nicht. Wir retten sie.«

»Du sagst das, als würden wir Wunder was für sie tun.«

»*¿Por qué no los dos?*«, fragt sie. »Ich meine, warum nicht beides? Sie muss gerettet werden, ich muss aussteigen – und ich denke, du auch. Und ausnahmsweise können wir das alles hinbekommen, indem wir die Wahrheit sagen, sie mit Fakten belegen – und wir können das Mädchen als Waffe einsetzen, und hey, vielleicht werden wir sogar reich dabei. Ich bin keine Heldin, ich will auch keine sein. Aber das heißt nicht, dass es nicht richtig ist.«

»Ich will das machen, aber es macht mir Angst, Mae. Gerade, weil ich es will.« Sein Blick ist so voller Leben.

»Dann lass es uns machen.«

»Angenommen, Loto verrät uns, wo Nevaeh steckt, und wir finden sie ... was dann? Klopfen wir an die Tür und sagen: ›Hey, dürfen wir uns mal deinen lebendigen Beweis borgen?‹«

»Du bestimmst, wie wir's machen«, erklärt sie.

Er kippt seinen Soju. Sie nimmt die Flasche und schenkt ihm nach.

»Wie entführen wir sie überhaupt?«

»So wie Cops das machen würden, im Einsatzwagen«, sagt er. »Ich besorge Blaulicht, wir mieten einen, der nach Undercover-Cop aussieht, und tauschen die Kennzeichen, nur zur Sicherheit. An der Tür zeige ich Jesse mein Dienstabzeichen, hole das Mädchen raus und behaupte, wir wollen ihr nur ein paar Fragen stellen. Dann lassen wir den Wagen stehen.«

»Das ist irre.«

»Hast du vielleicht einen Plan, der's nicht ist?« Wieder lächelt er sie an. Und Mae wird klar, dass sie heute Nacht mit Chris schlafen wird. Vielleicht ist der gefährlichste Teil des Ganzen, dass sie sich besinnungslos aneinander betrinken.

»Oder wir finden eine Möglichkeit, mit ihr zu reden, ihr ein besseres Angebot zu machen. Wir bitten sie einfach, mit uns mitzukommen.«

»Wie meinst du das?«

»Ich glaube, Dan wollte sie bei mir zu Hause unterbringen«, sagt Mae. »Im Gästezimmer.«

»Besser, wir finden was anderes. Wenn die hinter uns her sind, sollten wir's ihnen nicht so leicht machen.«

»Bei Sarah ... meiner Freundin Sarah, weißt du noch? Sie ist gerade für einen Monat in Rumänien, und ich hab einen Schlüssel für ihre Wohnung, dort können wir Nevaeh verstecken.«

»Und wie verhindern wir, dass sie kein Fenster einschlägt und um Hilfe schreit?«

»Wir müssen sie auf unsere Seite ziehen – wir nehmen sie mit, dann locken wir sie mit Geld. Wenn sie gehen will, lassen wir sie gehen. Wir halten kein Mädchen gegen seinen Willen gefangen, Chris. Und deshalb ist es auch keine Entführung.«

»Wenn sie gehen will, lassen wir sie einfach?«

»Ja. Wir bieten ihr ein besseres Leben und machen sie reich. Wenn sie das nicht will, fragen wir sie, was sie will, und besorgen es ihr.«

»Ich will nur ehrlich sein«, sagt er. »Wir verkaufen die Missbrauchsgeschichte einer schwangeren Minderjährigen, bringen einen gefährlichen Täter vor Gericht und werden dabei alle drei reich.«

»Genau das machen wir.«

»Dann kümmere ich mich darum, wie wir sie da rausholen, du kümmerst dich um den Rest.«

Mae zeigt ihm eine Liste auf ihrem Handy – Journalisten, denen sie die Geschichte verkaufen wird. Das Ganze läuft in zwei Schritten ab – zuerst sucht man einen Reporter, der die Geschichte aufschreibt, einen echten Reporter, jemanden mit Einfluss. Dann verkauft man die Geschichte an einen anderen, der Kohle dafür bezahlt – man verkauft die Exklusiv- und die Filmrechte, sichert sich einen Verlagsvertrag – man kassiert schnell ab – teilt das Geld, verkauft die Rechte – schätzungsweise bringt Nevaeh was im siebenstelligen Bereich, und das reicht, um es durch drei zu teilen, kein Problem.

Sie brauchen eine Speichelprobe und einen Vaterschaftstest. Mae hat so was schon mal gemacht. Die Firma hat Klienten, bei denen es zum Standard gehört, nach einem One-Night-Stand Vertraulichkeitserklärungen unterschreiben zu lassen. Diese Typen sichern die Mülleimer, in die sie ihre Kondome werfen, mit Vorhängeschlössern.

Chris fragt: »Wie kommen wir dann an Eric Algars DNA?«

»So wie Vaterschaftsanwälte das machen – wir folgen ihm. Jeder muss mal was essen oder was trinken. Ist nur eine Frage der Zeit.«

Chris' Handy brummt. Er schaut aufs Display und steht auf. »Anruf vom Chef.«

Sie sagt: »Wird nicht mehr lange dein Chef sein.«

KAPITEL 41

CHRIS

Koreatown / Laurel Canyon

Der Mann vom Parkservice mustert ihn, sprungbereit. Ein paar Doumi Girls – dickes Make-up, durchsichtige Plastikabsätze – steigen aus einem Transporter und stöckeln in die Karaokebar. Der Fahrer schreit ihnen nach; sie knallen die Wagentür zu und schneiden ihm damit das Wort ab. Chris sieht, wie sie ihre Partymienen aufsetzen und im Club verschwinden. Auf der anderen Straßenseite befindet sich ein Grillhühnchen-Imbiss, der aussieht wie eine kubistische Burg. Kartonartig türmt er sich über drei Stockwerke, der Kopf des Colonel ist drei Meter hoch und hat irgendwie etwas Religiöses.

Er tippt aufs Handy und sagt: »Hey.«

»Sprich mit mir, Baby.«

»Du hast mich angerufen.«

»Komm morgen her. Wir müssen eine Aufgabe für dich finden. Diese DePaulo-Sache ist gestorben, und ich will nicht, dass du Leerlauf hast.«

»Mach dir keine Sorgen.«

»Sorgen sind was für Schlappschwänze, Champ. Wollte mich nur mal bei dir melden. Alles klar? Deine Einsilbigkeit grenzt schon an Versteinerung.«

Der Soju-Nebel in Chris' Kopf löst sich auf. Acker macht keine Gefälligkeitsanrufe. Er ruft nie an, nur um sich mal zu melden.

»Bin beim Essen, sonst nichts.«

»Hast du ein Date?«

»So was Ähnliches.«

Er mustert den überfüllten Parkplatz. Fühlt sich schutzlos – aber wieso sollte ihn jemand beobachten?

Acker sagt: »Ich freu mich, dass du wieder im Spiel bist. Ruf mich morgen an. Ich finde was für dich.«

»Wird gemacht.«

»Und jetzt wieder rein, mach den Deal klar. Vergiss nicht, Zuversicht hat schon so manchen das Leben gekostet.«

Sie sind fertig mit Essen und holen Chris' SUV beim Parkservice ab. Sein Wegwerfhandy liegt auf der Mittelkonsole – ein verpasster Anruf.

Loto ist der Einzige, der die Nummer hat.

»Ruf zurück«, sagt Mae. Ihre Augen funkeln – sie beißt sich auf die Unterlippe. Fast hätte er sie gepackt und geküsst – später fragt er sich, wie viel anders ihrer beider Leben wohl verlaufen wäre, hätte er's getan.

Stattdessen ruft er Lotos Nummer zurück, und als er aufblickt, sieht er ein paar Mittzwanziger lachend aus der Karaokebar fallen.

Das Handy springt an – kein Hallo, nur ein stumpfes Brummen in der Leitung. Am anderen Ende hört er jemanden atmen.

Mae formt ihre Frage lautlos mit den Lippen: »Was?«

»Hey«, sagt er – er spricht absichtlich mir rauer Stimme, keine Ahnung warum. Am anderen Ende bleibt es still.

»Hey, bist du da?«, fragt Chris erneut.

Ein langes Nichts. Chris hört jemanden ein- und ausatmen – schnell, als wäre derjenige außer Atem.

Eine Stimme weit weg vom Handy sagt: »Da ist keiner ...«

Dann wird die Verbindung unterbrochen.

»War er dran?«

»Es wurde nichts gesagt, nur von jemandem weiter weg vom Handy und danach war die Leitung tot.«

»Komisch.«

»Meinst du, dass Loto eingeknickt ist? Dass er's den anderen erzählt hat?«

Chris legt einen Gang ein und fährt auf der Western Avenue Richtung Norden.

»Chris?«

Er blickt in den Rückspiegel – er sieht niemanden ausparken und ihnen folgen. Aber er weiß, dass das nichts zu bedeuten hat. Auf der Western Avenue herrscht viel zu dichter Verkehr, um Verfolger zu erkennen. Er biegt an der nächsten Ecke rechts ab, ganz gelassen, nicht schnell. Er hält nur Ausschau nach Verfolgern, will sie nicht abhängen.

»Warum sollte uns jemand folgen?«, fragt sie und spürt seine Angst.

»Vielleicht weil wir schon gefickt sind«, sagt er.

Aber niemand folgt ihnen. Er fährt weiter geradeaus.

»Wieso sind wir gefickt?«

»Weiß nicht«, sagt er. »Dieser komische Anruf von Acker – wieso ruft er mich nicht einfach morgen an und sagt mir, dass ich ins Büro kommen soll?«

»Vielleicht war jemand bei ihm, und er wusste nicht, ob er frei reden kann.«

»Kann sein. Lass uns vorbeifahren«, sagt er. »Nur ein kleines bisschen observieren, und dann versuchen wir's noch mal auf Lotos Burner-Phone – vielleicht kriegen wir ihn dazu, rauszukommen.«

»Das passiert alles wirklich«, sagt sie. »Heilige Scheiße, das passiert viel zu wirklich.«

Aber sie grinst.

Irgendwas stimmt nicht.

Vor dem Haus brennt kein Licht. Es ist komplett dunkel. Irgendwie ist sogar die Nacht dunkler als sonst. Chris braucht eine Sekunde, um es zu kapieren.

Die Straßenlaterne ist aus.

Er schaut hoch – könnte ein Spinnennetz aus feinen Rissen sein, vielleicht ist sie kaputt.

Fahr weiter.

Er schiebt den Gedanken von sich.

»Willst du Loto anrufen?«, fragt er.

Sie drückt auf Wahlwiederholung. Lässt es lange klingeln und hört schließlich die automatische Voicemail anspringen. Sie legt auf. Sie wechseln Blicke.

Machen wir das?

Ich glaube, wir müssen.

Er holt tief Luft.

Sie gehen langsam näher – Chris späht in die Dunkelheit. Das Fliegengitter vor der Haustür steht offen. Er steigt die Stufen hinauf und denkt an den Mann, der Blut geweint hat. Nur wenige Tage ist das her. Wie laut und hell das Haus war, sogar noch um Mitternacht. Das verletzte Auge kam ihm wie ein Omen vor.

»Da ist Blut«, sagt sie.

»Vielleicht von dem Mann letzte Woche, von dem ich dir erzählt hab«, sagt er – sein eigenes Flüstern dröhnt ihm in den Ohren. »Er hat geblutet, genau da hat er gesessen.«

Sie schüttelt den Kopf. Der Blutfleck ist schwarz, das Mondlicht schimmert darin. Es ist noch feucht. Frisch.

Er geht zur Tür.

Die Lampe vor der Tür ist kaputt – Scherben liegen vor dem Eingang.

»Chris ...«

Die Haustür steht einen Spalt offen, drinnen ist es stockdunkel.

»Wir sollten nicht hier sein«, flüstert er. »Wir müssen sofort weg.«

»Ich muss nachsehen«, sagt sie. »Ich muss es wissen.«

»Mae …«

Sie streckt die Hand nach dem Türknauf aus.

»Warte«, sagt er und macht ihr ein Zeichen, *nimm den Ärmel.* Sie zieht ihren Ärmel über die Hand und stößt die Tür auf. Drinnen ist alles schwarz. Sie dreht sich zu ihm um – ihre großen Augen sind voller knisternder Energie. Sie geht ins Haus und wird vollständig von der Dunkelheit verschluckt. Dann hört er sie sagen: *Oh Gott!*

KAPITEL 42

MAE

Laurel Canyon

Der Raum ist voller Leichen.

Sie blinzelt sich die Dunkelheit aus den Augen – seltsame dunkle Lichter treiben vor ihrem Gesicht. Sie kennt den Geruch von Blut gut genug, um zu wissen, dass überall welches sein muss. Der Geruch verrät ihr auch, dass feine Tröpfchen noch in der Luft hängen. Sie atmet den Tod. Von hinten schleicht Licht an sie heran, beleuchtet die Toten auf der Couch.

Neben dem umgestoßenen Beistelltisch liegt noch ein Toter auf dem Boden.

Dann wird die Welt wieder dunkel – sie schluckt einen Schrei, als Chris die Tür hinter ihnen schließt.

Scharfkantige Strahlen Mondlicht dringen durch die Jalousie.

Mae hat das Gefühl, eine Felswand herunterzurutschen. Sie atmet tief ein und aus, spürt Chris hinter sich, zieht ihr Handy aus der Tasche und schaltet die Lampe daran ein.

Sie leuchtet die beiden Toten auf der Couch an. Katherine und Janice De Waal – lila, schwarz und gelb. Verschmiertes

Blut an der Wand hinter ihnen. Blutspritzer, Blutflecken. Etwas Dunkleres als Blut. Sie sieht eingeschlagene Schädel. Aufgeplatzte Schädel. Die Klamotten vollgesogen mit Schwarz. Die Hände mit Kabelbindern vorm Körper gefesselt. Sie zittern …

Oh Gott …

… nein, doch nicht. Es ist Maes eigene Hand, die zittert. Im bebenden Licht sehen die Leichen aus, als würden sie zucken.

Mae lässt den zittrigen Lichtstrahl über den Boden gleiten.

Da liegt Loto embryoartig zusammengerollt. Sein Gesicht ist dunkellila, alle Blutgefäße darin sind geplatzt. Die Zunge hängt ihm aus dem Mund, die Augen treten aus ihren Höhlen. Die Kabelbinder schneiden ihm in die Haut, als hätte er mit all seiner Muskelkraft versucht, sie zu zerreißen. Auch am Hals ein dunkellila Striemen.

Sie leuchtet auf Tony, er liegt mit dem Gesicht nach unten auf dem Küchentisch, zusammengesackt in all seiner stattlichen Größe. Hirnmasse quillt aus seinem eingeschlagenen Schädel, sein Blut hat um eine Schale mit Orangen und Grapefruit eine Lache gebildet.

»Wir müssen sofort weg von hier«, sagt Chris hinter Mae.

»Nevaeh«, sagt sie. Der Klang ihrer eigenen Stimme jagt ihr Angst ein, verrät ihr, wie nah sie sich am Abgrund bewegt.

»Was ist mit ihr?«

»Vielleicht ist sie hier?«

»Wir haben keinen Jeep gesehen.«

Sie hört das Schloss knacken, als Chris die Tür verriegelt.

»Wenn jemand an die Tür kommt, folgst du mir. Ich weiß noch einen anderen Weg nach draußen.« *Wieso ist seine Stimme so ruhig?* »Mach dich bereit. Ich schalte jetzt das Licht an.«

Das Licht sticht ihr in die Augen, sie kneift sie vor Schmerz zusammen, erst dann öffnet sie sie wieder. Im grellen Licht wirkt die Szene obszön. So viel Tod. Blut sammelt sich in den Ritzen der Kunstledercouch – es ist frisch und feucht. Jetzt sieht sie, wie dunkel Lotos Gesicht ist, und sieht Tonys Blut heruntertropfen. Nach jedem dicken Tropfen bebt die Pfütze.

Mae schließt die Augen und zwingt einen Schrei hinunter, der sich tief in ihrer Magengrube lösen will.

»Alle Hausbewohner«, sagt Chris. »Alle außer Kevin.«

Lotos Stimme hallt in seinen Ohren nach: *Der ist böse, echt. Das war alles seine Idee.*

Am Tisch ist noch ein Platz gedeckt, ein umgestoßener Stuhl.

Ein Blutfleck auf halbem Weg zur Küche.

Noch einer.

Und ein dritter.

Das Blut bildet eine Spur – rote Flecken weisen ihnen den Weg. Blut führt sie über die Treppe nach oben. Mae nimmt ihren Ärmel und schaltet das Licht im Flur ein, Blut führt den ganzen Flur entlang. Manche Flecken sind auf dem Teppichboden verschmiert. Mae blickt zurück – Chris nickt. Klarer Fall, was hier passiert ist.

Jemand ist blutend nach oben gerannt.

Jemand anders ist ihm gefolgt.

Zu viele Fragen. Maes Gehirn blendet sie alle aus – kümmere dich nur um das Hier und Jetzt, nur um die Fakten.

Chris signalisiert ihr: *Lass mich vorgehen.* Sie tritt beiseite und folgt ihm in ein großes Schlafzimmer. Chris schaltet das Licht ein.

Kevin liegt mit dem Gesicht nach unten auf dem Boden. Sein Schädel ist offen, er liegt auf einem Haufen Socken und Unterhosen. Über ihm hängt eine Schublade aus der Kommode – er starb, als er mit gefesselten Händen die Sockenschublade durchwühlte.

Chris sagt etwas wie: *Ach du Scheiße* und *ich bin so blöd.* Er sieht aus wie einer, der gerade einen Bombenanschlag überlebt hat und im dichten Qualm die Orientierung verliert.

KAPITEL 43
CHRIS
Sixth Street

Auf der Fahrt zurück in Maes Apartment kann Chris den Film in seinem Kopf nicht abstellen.

Das brutale Massaker.

Die aufgezogene Schublade.

Kevin rennt los wie ein Wahnsinniger – blutet, seine Freunde sind tot oder liegen im Sterben, seine Hände sind gefesselt und er sucht das Einzige, das ihn retten könnte. Die Pistole, die er in der Sockenschublade versteckt hat. Chris kann nicht anders, er stellt sich diese irren letzten Sekunden vor – wie wahnhaft Kevin nach der Waffe gesucht haben muss, sein Mörder dicht hinter ihm, und dann war sie nicht da.

Chris biegt scharf links ab, als könnte er den Gedanken einfach abhängen. Aber es funktioniert nicht, die Bilder bleiben.

Der Mond erscheint riesig über ihnen, knochenfarben. Palmen ragen wie geschredderte Hände in den Himmel.

Zu Hause ziehen sie sich gleich im Wohnzimmer aus. Maes Nacktheit ist für Chris jetzt lediglich eine Tatsache. Mandy riecht an den abgelegten Klamotten, der mitgebrachte Geruch des Todes macht sie neugierig.

Maes Gesicht ist ausdruckslos – als wäre ein Teil von ihr bei den Leichen geblieben, als würde dieser Teil nie wieder nach Hause kommen.

Sie werfen alles in einen Müllsack. Duschen nacheinander. Chris lässt Mae den Vortritt. Er steht dumm und nackt in ihrem Wohnzimmer, sein Schwanz und seine Eier sind schrumpelig. Das Blut in seinem Körper hat sich in sein Innerstes zusammengezogen.

Er sieht immer wieder den Film in seinem Kopf. Kurze Standbilder von Blut und Leichen. Die Szene blitzt in Form von Polaroids auf – in seiner Vorstellung sind die Fotos getönt, die Farben grell. Dann lässt er Filme laufen, setzt die einzelnen Teile zusammen, rekonstruiert, wie es sich wahrscheinlich abgespielt hat. Die Tür wurde nicht aufgebrochen. Wer auch immer es war, die Täter kamen unter einem Vorwand ins Haus. Vielleicht bedeutet das, dass die Bewohner sie kannten. Oder sie gaben sich als potenzielle Kunden aus. Chris hatte sie tagelang bei ihren Geschäften beobachtet, sie waren nachlässig.

Chris denkt, es müssen mindestens vier Täter gewesen sein. Als sie drinnen waren, übernahmen sie das Kommando. Platzierten Kevin und Tony am Tisch, Katherine und Janice auf der Couch, dann schnappten sie sich Loto – er war der Kräftigste, der Furchterregendste. Sie legen ihm etwas um den Hals – Chris sieht wieder den dicken lila Striemen an Lotos Kehle vor sich –, anscheinend haben sie ihn vor den Augen der anderen erwürgt.

Chris gestattet sich noch nicht, über die Gründe zu spekulieren, er will sich dem Massaker langsam nähern. Anders als die anderen wurde Loto nicht geschlagen. Vielleicht wurde er umgebracht, um zu demonstrieren, dass sie's ernst meinen. Oder Loto sollte gefoltert werden, und es ist schiefgegangen. Sie wollten etwas aus ihm herauspressen, haben aus Versehen aber übertrieben und Loto getötet. Vielleicht trafen die Killer die Entscheidung auch erst dort – wenn sie sowieso wegen des Mordes an Loto dran sind, war es sinnlos, jemanden leben zu lassen. Oder vielleicht gehörte das Massaker auch von Anfang an zum Plan, sie erschlugen Tony und die Frauen mit stumpfen Waffen. Schusswaffen wurden nicht verwendet –

durch die Lage am Hang hallen Schüsse wider. Stattdessen nahmen sie Stöcke, Stangen, Knüppel, schwere und grausame Waffen, und sie arbeiteten schnell. Sie schlugen auf Kevin ein – er rannte blutend die Treppe hinauf. Jemand folgte ihm. Ein anderer blieb unten und tötete die anderen. Kevin schaffte es bis nach oben. Er dachte, er hätte eine Chance. Sein Vorsprung reicht, um die Sockenschublade aufzuziehen. Chris denkt, Kevin hatte gerade noch genug Zeit, um sich zu fragen, wer ihn so gefickt hat. Dann holte ihn sein Mörder ein und zertrümmerte ihm den Schädel.

Er hätte das Massaker nicht verhindern können, auch wenn er seine Pistole gefunden hätte. Oder doch? Kevin war ein Kidnapper und ein Erpresser, aber niemand hat es verdient, so zu sterben wie er und seine Mitbewohner. Möglicherweise hat Chris dazu beigetragen.

Mae kommt aus dem Bad. Sie hat sich ein Handtuch umgewickelt, ihre Haare sind nass und kraftlos. Ihre Haut ist rot, als hätte sie sich wie wild abgeschrubbt.

Chris duscht schnell. Er hat hier nichts anderes anzuziehen als ein paar alte Sachen für die Nacht – von damals noch, als sie zusammen waren –, eine Jogginghose und ein T-Shirt. Sie setzen sich auf die Couch und trinken Wodka aus Weingläsern. Chris fasst zusammen, was er sich zusammengereimt hat.

»Meinst du, die haben Nevaeh gefunden?«, fragt sie.

»Vielleicht war jemand hinter den Drogen her. Vielleicht sogar jemand, der auf der Party war und denselben Eindruck hatte wie ich – dass sie nachlässig waren, sie haben es praktisch drauf angelegt, ausgenommen zu werden. Vielleicht war's nur das und gar nicht mehr. In der Gegend treiben sich Gangster herum, die Leute zu Hause überfallen, vielleicht waren es dieselben, die vor ein paar Monaten den Rapper in dem Real-Housewife's-Haus ermordet haben.«

»Glaubst du wirklich? Glaubst du, es hatte gar nichts mit dem Mädchen zu tun?«

»Mae, ich weiß es nicht.«

»Ich denke, die haben Nevaeh gesucht und vielleicht auch gefunden.«

»Kann sein. Kann nicht sein.«

»Was machen wir?«

»Machen? Wir verstecken uns und halten den Ball flach. Das ist viel zu groß für uns, Mae.«

»Was ist mit Nevaeh? Wenn sie überhaupt noch lebt, ist sie in Gefahr.«

»Wir wissen nicht mal, ob es was mit ihr zu tun hatte«, sagt er. »Wir wissen gar nichts.«

»Aber wir vermuten, dass sie in einem Hotel irgendwo in Venice ist.«

»Ich suche weiter, okay?«

»Okay«, sagt sie, aber so wie sie das sagt, setzt es ihm zu.

»Gib mir dein Wegwerfhandy«, sagt er. Sie ist mit dem Kopf ganz woanders – in einem dunklen und blutigen Universum. Mit bloßen Händen zerbricht er das Telefon.

»Wir sollten eine Weile lang keinen Kontakt haben«, sagt er. »In zwei Tagen treffen wir uns irgendwo, formieren uns neu.«

Sie reißt die Augen auf, als die Realität sie wieder einholt.

»Ich muss morgen früh zur Arbeit«, sagt sie. »Scheiße. Ich kann nicht ...«

»Geh«, sagt er. »Wir müssen uns benehmen, als wäre nichts gewesen. Mae, fünf Menschen sind jetzt schon wegen dieser Sache gestorben. Dan und John Montez mitgerechnet sogar sieben. Wir können nicht tiefer eintauchen.«

»Was ist mit Nevaeh? Was ist, wenn die Mörder sie haben?«

»Dann«, sagt er, »ist es zu spät.«

KAPITEL 44
MAE
Brentwood

Blut.

»Wir wollen *Gefährliche Brandung* neu auflegen«, sagt Marcus Brottman am Telefon. »Die Geschichte abwandeln, unterschiedliche Stimmen ins Autorenteam holen.«

Blutlachen.

»Die Geschichte für ein junges Publikum mit anderen Prestigewerten umformulieren und uns damit gewissen Vorurteilen stellen – die eigenen nicht ausgenommen.«

Spritzendes Blut.

Mae lauscht der Konferenzschaltung über ihre Ohrhörer. Ihr Gehirn projiziert einen Snuff-Clip in Endlosschleife an die Wand ihres Büros. Katherine ist tot, ihr Gesicht dunkellila angelaufen und entstellt, Blut hat ihre Haare verfärbt.

Nevaeh ist irgendwo da draußen. Vielleicht in einem Hotel. Vielleicht in einem Straßengraben.

Ständig laufen diese Filme in Maes Kopf.

Gestern Nacht war sie, nachdem Chris gegangen war, noch mal mit Mandy draußen. Sie hatte in der Dunkelheit gekeucht, ihre Zunge hing ihr aus dem Maul so wie die von Loto.

»Können Sie uns etwas über den Charakter Warchild erzählen?«, bittet Marla Orzco, die Reporterin.

»Warchild gibt uns Gelegenheit, die Publikumserwartungen zu unterlaufen ...« Marcus ist der Showrunner und präsentiert seine prestigeträchtige Serie. Marla arbeitet für eine große Zeitschrift und ist der Firma nicht unbedingt freundlich gesinnt. Mae hört mit und achtet darauf, dass Marla sich benimmt. Sie wurde vor Tabuthemen gewarnt:

- Keine Fragen zu den Plagiatsvorwürfen im Zusammenhang mit seinem letzten großen Erfolg.
- Keine Fragen zu den Vorwürfen des schwarzen Autors auf Twitter, der Marcus bezichtigt, schwarze Geschichte und Verdienste gestohlen zu haben.
- Keine Fragen zu der inzwischen abgewiesenen Klage einer Autorin aus dem Team.

Das Gespräch wird zum ununterscheidbaren Rauschen. Mae kann sich kaum von ihrem Snuff-Movie losreißen, sie ruft erneut die Homepage der *L. A. Times* auf, sieht auf ihrer Twitterliste mit L. A.-Gerichtsreportern nach und guckt auch bei *Truth or Dare.*

»Wir werden mit einer ambitionierten Serie der Spitzenklasse an die Öffentlichkeit treten, die faszinierende Geschichten über moderne Helden und Heldinnen mit all ihren Fehlern erzählt, sich dabei aber an historischem Quellenmaterial orientiert.«

»Wie war die Arbeit mit Sandra Bullock?«

Vielleicht ist Nevaeh immer noch da draußen. Vielleicht ist sie ja doch in Sicherheit. Und vielleicht haben die Morde gar nichts mit ihr zu tun. Chris meinte, es könnte auch um Drogen oder andere schmutzige Geschäfte gegangen sein, allerdings schien er es selbst nicht zu glauben.

Mae klickt noch mal Twitter an. *Truth or Dare* hat jetzt einen Link getwittert: FÜNF TOTE IN WG – ERSCHLAGEN!

Sie öffnet den Artikel, er ist nur drei Sätze lang:

Laut LAPD wurden in einem Haus in den Hollywood Hills fünf Leichen entdeckt. Offensichtlich wurden alle fünf Personen erschlagen. Bislang ist über das Tatmotiv nichts bekannt.

Der Artikel trägt den Vermerk: **Vorläufige Meldung.**

In den Kommentaren verweist jemand auf Manson. Jemand anders erwähnt die Wonderland-Morde aus den Achtzigern, in die ein Pornostar verwickelt war. Wieder ein anderer sieht einen Zusammenhang mit dem Rapper, der vergangenen Monat in einem AirBnB-Haus erschossen wurde. Oder zu dem Überfallkommando, das durch die Hills tobt.

Maes Herz ist eine geballte Faust.

Irgendwo da draußen ist Nevaeh. Oder Nevaeh ist gar nicht mehr. Vielleicht hätte es eine Möglichkeit gegeben, sie zu retten, sie voll und ganz zu retten, aber Mae hatte sie nicht ergriffen und musste sich eingestehen, dass das Mädchen für sie eigentlich immer nur ein Mittel zum Zweck war. Ein Hebel.

»Was zum Teufel!?«, schreit Marcus und versetzt Mae in die Gegenwart zurück.

»Das ist ein ziemlich direktes Zitat«, sagt Marla. »Eigentlich fast wörtlich. Das würden Sie nicht als Plagiat bezeichnen?«

»Eine Hommage ...« Marcus bricht ab, Mae hebt ihre Stummschaltung auf.

»Das Interview ist beendet«, sagt sie.

»Hey ...«, bringt Marla gerade noch heraus, bevor Mae sie aus der Leitung wirft.

»Sie ist weg«, sagt Mae. »Tut mir leid ...«

»Wo, verdammt noch mal, warst du?« Marcus geht sofort in den Arschloch-Modus über. »Rasier dir deine Muschi gefälligst in deiner Freizeit! Wegen dir steh ich jetzt wie ein Vollidiot da.«

Seine schneidende Stimme macht sie nur wütend.

»Weißt du was, Marcus, ich hab noch einen Spruch, den du dir für dein nächstes Drehbuch klauen kannst: Fick dich.«

Sie legt auf. Die überbordende Freude darüber, sich nicht alles gefallen zu lassen, gerinnt schnell zu Scham. Sie steht auf, ihre Beine kribbeln. In den Kommentaren finden sich inzwischen Hunderte neue Bemerkungen über die Morde, aber sie werden warten müssen. Mae geht zu Cyrus ins Büro. Sie muss schnell mit ihm sprechen, bevor Marcus es tut. Marcus ist von der Sorte, die immer sofort zum Geschäftsführer rennt.

Bei Cyrus ist es so kalt, sie schwört, sie sieht ihren Atem. Taylor trägt seinen Mantel, daran erkennt sie, dass Cyrus nicht da ist. Wäre er da, würde Taylor sich keine Schwäche erlauben.

»Er ist weg«, sagt Taylor und lutscht Pfefferminz gegen Mundgeruch. »Irgendeine Notfallsitzung in Calabasas.«

Bei »Calabasas« schrillen Maes Alarmsirenen – sie weiß nicht genau, warum.

»Welcher Klient?«

»Hat er nicht gesagt. Muss aber ein dicker Fisch sein. Ich musste Chris Staw für ihn absagen, und der leitet einen Sender, also würde ich sagen, überdimensional groß. Er ist losgerannt, als wollte er seinen Chef beeindrucken. Dabei hat Cyrus gar keinen Chef.«

»Tust du mir einen Gefallen? Wenn Marcus Brottman oder sein Assistent anruft, vertröste ihn, bis ich mit Cyrus geredet habe.«

»Wer als Erster durchs Ziel geht, hat meistens gewonnen«, sagt Taylor und gibt einen recht passablen Cyrus. »Wird gemacht. Kann eine Weile dauern – ich meine Calabasas, bei dem Verkehr.« Er denkt kurz nach. Dann riskiert er's: »Was hast du denn angestellt?«

»Ich hab Marcus Brottman gesagt, dass er sich ficken soll.«

»Hast du ihn geschlachtet?«, sagt er. *Geschlachtet* versetzt ihr einen Stich.

Sie fragt: »Sitzt BlackGuard nicht in Calabasas?«

»So ist es.«

»Stell mich einfach durch, sobald es geht«, sagt sie. »Ich fahr nach Hause. Ich glaub, ich hab mir was eingefangen.«

»Den Fick-dich-Blues? Fahr ruhig, ich pass auf.«

Sie bedankt sich mit einem künstlichen Lächeln, blinzelt sich den Tod aus den Augen.

KAPITEL 45

CHRIS

Venice / El Sereno

Chris fährt den ganzen Tag Hotels ab und sucht den roten Jeep. An den Rezeptionen zeigt er sein Abzeichen, spielt den Cop und zeigt ein Foto von Nevaeh.

Den ganzen Tag hält er nach Verfolgern Ausschau. Er denkt an das, was er Mae nicht sagen wollte, an den Grund, warum sie sich achtundvierzig Stunden getrennt haben.

Chris parkt in doppelter Reihe vor einer Wellness-Oase mit Floating-Tanks. Er sieht andere Fahrer U-Turns drehen, er ist paranoid – das lenkt ihn von dem Massaker ab. Das Mädchen hier zu verstecken, wäre dämlich. »In der Gegend von Venice«, mehr hat Loto nicht gesagt, und mehr werden sie jetzt auch nicht mehr von ihm erfahren.

Fünf Tote – mit Dan sechs, mit John Montez sieben.

Ein Mann, gekleidet wie ein Mönch, geht an Chris vorbei. Er hat das Gesicht randvoll mit Botox und Fillern. Er lacht, die Schwerkraft muss sich komisch für ihn anfühlen.

Schmerz schießt Chris in den linken Arm. Ein dickes unsichtbares Ding sitzt auf seiner Brust. Er geht die Checkliste durch und sagt sich, dass er nicht stirbt. Die eingebildeten Infarkte waren eine ganze Weile weg, aber jetzt sind sie wieder da.

Er schaut auf sein Handy – das Massaker ist nur ein apokalyptischer Reiter auf der Homepage der *L.A. Times*. Vergangene Nacht hat der Penner-Sprenger wieder zugeschlagen, dieses Mal in Chinatown – keine Verletzten, aber auch keine neuen Hinweise auf den Verdächtigen. Das LAPD hat wieder jemanden erschossen – in Leimert Park herrscht Chaos. In Encino wurde eine Kellnerin in ihrem Apartment ermordet – sie ist hübsch und weiß, deshalb macht sie Schlagzeilen. Im Stadtparlament wird über die Crenshaw Opportunity Zone gestritten – Chris weiß nicht, was das bedeutet, aber garantiert wird jemand dabei über den Tisch gezogen.

Er liest, was bis jetzt in den Zeitungen steht. Das Massaker läuft unter »Drogenszene«. Es gibt Verweise auf die Gangster, die durch die Hills toben. Viel weiß man aber wohl nicht. Ein Detail wird überall falsch dargestellt – angeblich wurden alle fünf Opfer erschlagen. Chris weiß es besser – er hat den lila Striemen um Lotos Hals gesehen, er war genauso breit wie der Gürtel eines erwachsenen Mannes. Er weiß, dass Loto stranguliert wurde. Vielleicht ist das eine Information, die die Polizei zurückhält, um falsche Geständnisse ausschließen zu können.

Chris' Handy klingelt – Acker.

Scheiße. Jetzt kommt's.

»Champ – na, wie steht's?«

»Stolz und stark.«

Acker lacht nicht mal pro forma über den Pro-forma-Scherz.

Scheiße.

Er sagt: »Ich brauch dich hier zur Nachbesprechung.«

Scheiße.

»Wann?«

»Morgen Abend. Bei BlackGuard, Calabasas. Mit Yokoyama und dem Lügendetektor.«

»Alles klar, ich rasier mir die Brusthaare.«

»Hey, Champ. Lass dieses Mal die blöden Scherze.«

Ein stechender Schmerz.

Kein Herzinfarkt.

Er wirft eine Mini-Aspirin ein. Sie schmeckt bitter und sauer in seinem Mund – er trinkt Wasser hinterher. Spült den Geschmack halb runter.

Vielleicht ist es nur ein Routine-Debrief, sie hängen ihn an den Lügendetektor, stellen ihm ein paar Fragen, fertig. Chris hatte in seinen Bericht an Acker auch die Adresse vom Wonderland-Haus aufgenommen. Sogar der Name von Kevin Baldassare taucht dort auf. Das Ungeheuer kann unschwer eine Verbindung zwischen Chris und dem Massaker herstellen, aber vielleicht wollen sie sich nur rückversichern und ausschließen, dass Chris es war.

Oder?

Es gibt eine andere Version, die ihm große Angst macht – das ist die Version, deretwegen er Mae gebeten hat, sich achtundvierzig Stunden nicht bei ihm zu melden, und die ihn dazu bringt, andauernd im Rückspiegel nach Verfolgern Ausschau zu halten und den Wagen nach Peilsendern abzusuchen.

Maes Theorie zufolge würde sich niemand für Eric einsetzen, weil er nicht mehr viel wert ist. Er ist das perfekte Erpressungsopfer, die Ermittlungen werden auf Eis gelegt.

Und wenn die Theorie falsch ist?

Wenn Eric mehr wert ist, als sie dachten?

Chris geht davon aus, dass er direkt von BlackGuard mit den Ermittlungen zu Dans Tod beauftragt wurde. Oder von Mitnick & Associates? Das Ungeheuer vergewissert sich nur, dass es keinen Grund gibt, sich Sorgen zu machen.

Aber sicher weiß er das nicht. ist nur eine Vermutung.

Aber wenn es doch einen Klienten gibt?

Und wenn der Klient mit Chris' ergebnislosen Berichten unzufrieden war? Wenn jemand anders beauftragt wurde, Chris' Arbeit zu überprüfen? Jemand, der weniger zimperlich ist als Chris?

Er überlegt, wie er die Theorie überprüfen kann.

Er fährt Richtung Osten – ein Albtraum in der Rushhour, der ihm jede Menge Zeit verschafft, in Gedanken durchzudrehen. Kevin geht ihm einfach nicht aus dem Kopf – vielleicht hätte er's mit der Waffe verhindern können. Vielleicht ist Chris an allen fünf Morden schuld.

Vielleicht sogar in mehr als nur einer Hinsicht.

Du bekommst jetzt keinen Herzinfarkt.

Würde aber eine Menge Probleme lösen.

Der Verkehr stockt – das kann einen wahnsinnig machen. Er folgt dem Navi runter von der I-10 über kleinere Nebenstraßen, was ihn von dem Massaker und seiner Verantwortung dafür ablenkt und durch Seitenstraßen führt, links-rechts-links, er überquert eine vierspurige Straße, auf der sich Autos stauen, ohne Ampel.

So kommt er nach Mid-Wilshire – nicht weit von Maes Wohnung. Am liebsten würde er nach ihr sehen. Er weiß, das geht nicht. Wenn es wirklich so schlimm ist, wie er denkt, besteht immer noch die Chance, dass sie von Mae nichts wissen. Wenn das so ist, muss er jetzt vor allem für ihre Sicherheit sorgen.

Er schafft es zur Golden Hour nach El Sereno – es ist so wunderschön dort. Er fährt an einer Familie vorbei, die einen Dampfgarstand am Lincoln Park aufbaut, sie stellen Garbehälter bereit, außerdem Salsas, Zwiebeln und Koriander. Er fährt vom Valley Boulevard ab und schlängelt sich über Serpentinen hinauf in die Hügel. Vorbei am Haus der Familie Montez.

Hätte sich jemand seine Berichte angesehen, wären sie als Erstes hierhergekommen.

War jemand hier, der meine Arbeit überprüfen wollte?

Hat er freundlich gefragt? Oder ist er grob geworden?

Er sieht Johns jüngeren Bruder auf einem Fahrrad vorbeisausen. Chris hält und hupt. Der Junge dreht sich zu ihm um. Chris kneift die Augen im Dämmerlicht zusammen. Er sieht den Hals des Jungen. Der Junge hat einen lila Striemen am Hals, so breit wie der Gürtel eines erwachsenen Mannes.

Chris tritt aufs Gas. Er muss nicht anklopfen. Er kennt die Antwort. Er umklammert das Lenkrad, als könnte er dadurch verhindern, dass er fällt. Dieser dunkle, nagelneue Film in seinem Kopf. Dieselben Männer, die Loto stranguliert haben, sind jetzt im Haus von Marisol, würgen den Jungen, stellen Fragen, und Marisol schreit.

Chris hat Berichte beim Ungeheuer abgegeben, in denen er behauptet, keine Verbindung zwischen Dan und John Montez finden zu können. Jemand hat es nicht geglaubt, und man hat Leute losgeschickt, um seine Arbeit zu überprüfen. Das Team folgte ihm vom Haus der Familie Montez in die Wonderland Avenue. Er selbst hat die Killer zum Wonderland-Haus geführt.

Das Massaker geht auf seine Kappe.

KAPITEL 46

MAE

Sixth Street

Sie fällt in sich zusammen. Dort, wo sie die Haut an ihren Fingern abgekratzt hat, haben sich wunde rote Stellen gebildet. Ihre Hände sind schmierig vom Melkfett. Sie legt sich eine Tuchmaske aufs Gesicht, sie kühlt, saugt alle Unreinheiten heraus – am liebsten würde sie sich so was auf den ganzen Körper klatschen.

In ihrer Anrufliste findet sie die Nummer von Annabelle Green und tippt auf Wahlwiederholung.

»Hallo?« Mae hört das spätabendliche Misstrauen älterer Frauen.

»Hallo, Ms Green, hier ist Courtney Brown von Sixth Street Films …« Die Behauptung fällt ihr so leicht, wie die Rückkehr zu ihrem Akzent. »Ich wollte nur noch mal nachfragen, wie ich Nevaeh am besten erreichen kann.«

»Haben Sie immer noch nicht mit ihr gesprochen?«

»Nein, Ma'am. Sie?«

»Vor vier oder fünf Tagen zum letzten Mal. Ich hab ihr von Tom Cruise und dem großen Film erzählt, hätte gedacht, dass sie's genauso aufregend findet wie ich. Aber eigentlich ist sie ganz unbeeindruckt geblieben.«

Vor vier oder fünf Tagen. Also vor dem Massaker.

Einatmen, ausatmen.

»Ach, Sie wissen doch, wie Teenager sind«, sagt Mae.

»Na klar, ich war ja selbst mal einer, auch wenn's kaum noch zu glauben ist.«

»Vielleicht freut sie sich ja, wenn sie's von mir hört. Haben Sie eine Mailadresse von Nevaeh?«

»Weiß ich gar nicht. Ich selbst hab eine, aber ich seh da nie nach. Wo ich mein kleines Mädchen immer finde, ist bei *The Kingdom of Dreams*.«

Es dauert einen Augenblick, bis es Klick macht. »Ist das nicht das Videospiel, das sie mag?«

»Sie ist süchtig danach, da ist sie immer so eine Flamingo-Prinzessin. Sie verbringt Stunden damit, redet mit ihren digitalen Freundinnen, deren richtige Namen sie nicht kennt, nur die im Spiel.«

»Wissen Sie, wie Nevaeh dort heißt?«

»Sie war stolz, als sie ihren Namen bekommen hat, Nevaeh05, das ist sie. Sie hat mir gesagt, sie liebt es da und sie wünschte, es wäre die wirkliche Welt und diese hier die falsche.«

Im *Kingdom of Dreams* ist der Himmel lila. Einhörner fliegen in Schwärmen. Mae hat sich in einen Waschbären mit Motorradjacke verwandelt und spaziert über Wiesen aus wogendem roten Gras. Ihr Laptop-Lautsprecher summt hypnotisierende Synthesizerklänge. Die ersten dreißig Minuten schlendert sie mit ihrem Waschbär-Avatar durch das Königreich, begegnet anderen Figuren, beobachtet sie.

Maes Augen brennen. Ihr Waschbär steigt auf einen Berg.

Eine andere Spielerin, ein Ziegenbock im Schutzanzug, schiebt rautenförmige Steine über ein Feld und baut irgendwas. Mae geht näher ran, liest den Usernamen – **WAINGRO_RISING** – und geht weiter.

»Bist du ein Mädchen?« Die Stimme aus dem Lautsprecher gehört einem männlichen Teenager. »Zeig mir deine Titten.«

Mae googelt, wie man Mitspieler sucht und findet.

Such die Mailbox, rät ihr das Internet. Im Kingdom wird permanent Neues erschaffen, deshalb gibt es keine Landkarte. Sie spaziert so lange durch diese eingebildete Welt, bis die echte verschwindet.

Wie eine Fata Morgana taucht auf einmal ein Briefkasten auf. Sie geht hin und bekommt die Anweisung, eine Taste zu drücken. Das macht sie und tritt unter dem Namen ein, den Nevaehs Grandma ihr gegeben hat. Dann klickt sie auf aufzeichnen, merkt aber, dass sie nicht weiß, was sie sagen soll.

»Nevaeh ... hör mal, ich bin eine Freundin, auch wenn du mich nicht kennst. Ich kannte Katherine. Ich weiß, dass du wahrscheinlich große Angst hast. Ich will dir helfen.«

Mae hört sich selbst reden und fragt sich, ob sie die Wahrheit sagt.

Sie guckt auf ihr Handy – in Bukarest ist es sechs Uhr früh. Mae ruft Sarah an – sie hofft, dass sie Frühschicht hat und gerade zum Set gefahren wird. Sie will sich irgendeinen Bullshit anhören, will was über Autoren erzählt bekommen, die zu zimperlich sind, um eine Szene zu kürzen, und über Regisseure, die wegen ihrer »Ästhetik« keine Besprechungen bekommen. Sie möchte mehr über die Schrecken osteuropäischer Catering-Dienste erfahren. Und sie will wissen, ob rumänische Männer beschnitten sind.

Sie will endlich wieder so tun, als wäre alles in Ordnung.

Sarahs Mailbox springt an. Sie hinterlässt eine inhaltslose Botschaft und fragt sich, ob Sarah ihre Panik hört.

Sie geht durch den Flur in die Küche – ein Schlachtfeld. In der Spüle stapeln sich Schüsseln mit verkrustetem Joghurt und Suppe. Der Mülleimer läuft über, so voll ist er. Es riecht vergammelt. Sie kramt im Schrank und findet noch einen Haschkeks, dazu schenkt sie sich ein Whiskeyglas voll Pinot Grigio ein – die Weingläser sind alle schmutzig und stehen neben der Spüle.

Ihr kommt ein Gedanke: In ihrem Inneren herrscht Krieg und sie ist dabei, ihn zu verlieren.

Sie sieht Katherine und Janice tot auf der Couch vor sich – nur liegt Nevaeh jetzt daneben.

Mae nimmt den Keks – aber vorsichtig, es steckt mehr als eine Dosis drin; sie braucht nur ein Stück davon. Sie setzt sich, sucht Nachrichten über den Mord. Landesweit wird über das Massaker berichtet. Inzwischen hat sich die Version eines entgleisten Drogendeals durchgesetzt, sie fragt sich, wer das Narrativ angeschoben hat, und warum.

Sie kaut auf dem Keks herum – er ist alt und süß, hat diesen schweren Nachgeschmack, den man nie so richtig wegbekommt. Sie geht auf die Homepage von *Truth or Dare*. Unter den Sorgen der Kardashians und den Bikini-Selfies irgendwelcher D-Prominenz steht: **Leiche von Mordopfer aus Profitgier geplündert!**

Laut Quellen der Gerichtsmedizin von L.A. County erhielten Mitarbeiter von Euridyce – dem umstrittenen Unternehmen zur Beschaffung menschlichen Gewebes – noch vor der Autopsie Zugang zur Leiche von Mordopfer Tyler »Loto« Simpson und entfernten Haut und Organe, die zur Bestimmung der genauen Todesursache nötig gewesen wären. Eine Sprecherin von Eurydice gab missverständliche Kommunikation als Grund für den Vorfall an.

Der Name – Eurydice. Joss hatte davon erzählt. Die nehmen Leichen auseinander wie Autos in einer Hehlerwerkstatt.

Loto war der Einzige, der stranguliert wurde. Chris hatte von Folter gesprochen, dass der oder die Täter Fragen gestellt haben und es vielleicht nicht nur um einen einfachen Überfall ging.

Euridyce ist ein Klient – und Teil des Ungeheuers –, ein Unternehmen, dessen Mitarbeiter gerade die Ermittlungen über die Hintergründe des Massakers massiv behindert und Fragen danach abgelenkt haben, was mit Loto passiert ist – ob er zum Beispiel gefoltert wurde, denn das würde bedeuten, dass die Täter Informationen wollten. Oder jemanden gesucht haben.

Dreh bloß nicht durch, denkt sie. *Manchmal gibt's auch einfach blöde Zufälle.*

Sie schluckt Keksbrocken. Guckt runter auf ihre Hand.

Scheiße.

Sie hat den Keks fast aufgegessen. Dabei verträgt sie nicht viel, sie hat noch nie mehr als einen Viertel Keks auf einmal gegessen. Jetzt hat sie eine Überdosis THC und lauter Morde im Kopf.

Panik breitet sich aus – und das ist nur ein Vorgeschmack auf das, was kommt. Sie lässt sich eine Wanne ein. Das THC drückt ihr seinen Daumen mitten ins Gehirn, fest. Scham und

Angst überfluten sie. Sie zieht sich für die Wanne aus – jeder Dehnungsstreifen und jedes unerwünschte Haar verlangt ihre Aufmerksamkeit, so wie das Zungenschnalzen ihrer Mutter früher. Sie kneift sich in ihr Bauchfett und wünscht, sie könnte es einfach abreißen wie ein Pflaster. Ihr Eidechsengehirn schreit laut auf – diese ganzen Höhlenmenschenängste, die Wölfe, haarigen Mammuts und fremden Menschen mit Knüppeln und Speeren – sie versucht die Welt zu verstehen. Die Welt, in der wir leben, voller unsichtbarer Ungeheuer, die man nicht sehen kann, weil sie gar nicht lebendig sind, viel zu lange war sie Teil davon, und vielleicht ist sie inzwischen mit ihnen verwachsen, so wie ein Organ, wie die Organe, die Euridyce den Toten stiehlt, wenn sie noch warm sind, und reichen Leuten in die Bäuche pflanzt. Um sie herum wird das Wasser kalt, sie sitzt nackt in der Wanne und durchlebt jede Schandtat ihres Lebens noch einmal, jedes einzelne Mal, als sie an der John J. Pershing Junior High zu jemandem gemein war, Mary Beths Tränen, Kenny, der Mormone, den niemand leiden konnte, die ganzen Grausamkeiten, die dazu geführt haben, dass sie jetzt hier sitzt und verzweifelt versucht, sich reinzuwaschen. Deshalb muss sie höllisch aufpassen mit Gras – es lässt die Lügen verschwinden und zeigt ihr die Welt, wie sie wirklich ist, und noch schlimmer, wie sie selbst wirklich ist. Sie zeigt ihr die Wahrheit über die, die sie ist, und über das, was sie macht.

Sie denkt daran, dass Energie so was wie Licht ist und Licht gleichzeitig Partikel und eine Welle und dass Energie einfach so ist, sie ist Macht. Macht steckt gleichzeitig in einer Person und im System, und wenn man die Person zu Fall bringt, bleibt das System trotzdem bestehen. Mae begreift, dass das Ungeheuer immer wieder aus einer einzigen Zelle nachwachsen wird. Wie ein Tumor, nur eben einer aus Menschen.

Sie ist wirklich verdammt high.

Sie zieht den Stöpsel, bleibt aber in der Wanne sitzen, während das Wasser glucksend abfließt und sie mit jedem Zentimeter mehr friert.

Dann steht sie auf, wirft sich bequeme Klamotten über, geht zurück ins Wohnzimmer und öffnet den Laptop. Alles ist zu viel. Die Farben drücken ihr auf die Augen. Sie öffnet *The Kingdom of Dreams.*

Mae sieht in der Liste ihrer Freunde nach. Nevaeh ist nicht online.

Ihr Waschbär-Avatar fängt an zu laufen, alles ist schön und bunt in dieser künstlichen Welt. Sie setzt sich näher ran.

Mandy schmiegt sich an Maes Bein. Mae spürt, wie sie immer tiefer in der Welt des Spiels versinkt. Die grellen bunten Farben sind realer als die Welt um ihren Bildschirm herum, sie ist ein kleiner Waschbär in einer Motorradjacke. Am lila Himmel entdeckt sie geflügelte Pferde, Avatare schlendern über die Regenbogenwiesen. Freundliches Geplauder, Gelächter, ein Schweinemädchen und ein Elefantenjunges bestellen einen virtuellen Blumengarten, er ist fake und gerade deshalb wunderschön.

Als sie das nächste Mal von dem Spiel aufblickt, ist es zwei Uhr morgens. Im Schlaf sieht sie immer noch *The Kingdom of Dreams* vor sich. Auch durch ihre Träume schweben lila Wolken – aber unter ihnen verbergen sich Leichen.

KAPITEL 47
MAE
Brentwood

Alle haben ihren Wagen auf dem Parkplatz abgestellt. Mae ist spät aufgewacht, hatte immer noch Reste vom Gras im Kopf, sie war so benebelt, dass sie sich in die Dusche gesetzt hat und sich einfach vollregnen ließ.

Sie geht an Helens Büro vorbei – es ist leer. Auch Joss' Büro ist leer. Nate, der Praktikant, kommt vorbei, »ich geh Kaffee holen, die sind alle im Konferenzraum – willst du welchen?«

»Cold Brew mit Hafermilch, bitte. Was ist los?«

»Denen ist wohl ein großer Fisch ins Netz gegangen.«

Als sie den Konferenzraum betritt, ist die Atmosphäre aufgeladen, wie auf dem Gipfel eines Hügels, kurz bevor der Blitz einschlägt.

»Wie lange noch, bis es rauskommt?«, fragt Joss.

»Kann jeden Augenblick so weit sein«, erwidert Helen. »Wahrscheinlich passiert es jetzt gerade.«

Mae schiebt sich neben Megan Kang, die an ihrem Laptop herumfingert.

»Was ist los?«, fragt Mae.

»Gestern Nacht hat die Polizei jemanden festgenommen, den sie verdächtigt, die Anschläge auf die Obdachlosenlager verübt zu haben«, sagt Cyrus vom Kopfende des Tischs aus. »Und der Verdächtige ist unser neuer Klient.«

»Einer, der Brandanschläge auf Obdachlosenlager verübt, kann sich uns leisten?«

»Es ist Brad O'Dwyer. Stadtrat O'Dwyer ist sein Vater.«

»Die Geschichte ist radioaktiv.«

Unausgesprochen: *Sie strahlt aus.*

»Der Junge ist wirklich speziell«, sagt Joss. »Megan säubert gerade seinen Twitter-Account.«

Megan lächelt mit dem Mund, aber nicht mit den Augen.

»Echt schlimm«, sagt sie. »Verschwörungstheorien. Gewaltfantasien. Ultrarechte Slogans: *Ihr werdet uns nicht ersetzen.*«

Joss lacht. Megan nicht.

»Wir sprechen uns selbstverständlich gegen Rassismus aus«, sagt Cyrus. »Rassismus ist ein nationaler Schandfleck, und wir müssen uns alle dagegen wehren. Deshalb engagiert sich die Firma auch in diversen antirassistischen Organisationen. Dennoch legen wir in diesem Land Wert auf freie Meinungsäußerung und dürfen nicht zulassen, dass jemand ohne ausreichende Beweise aufgrund seiner öffentlich geäußerten Ansichten verurteilt wird, nur weil andere diese nicht teilen.«

Joss fragt: »Welche Beweise liegen gegen ihn vor?«

Helen sagt: »Der Polizeibericht wird uns noch zugespielt – müsste rechtzeitig da sein, sodass wir unsere Darstellung rausgeben können. Ich habe Holmes bei der *Times* drauf angesetzt. Wenn wir unsere Stellungnahme vor dem LAPD veröffentlichen, geben wir das Narrativ vor.«

Hector beugt sich zu Cyrus rüber, flüstert ihm etwas zu. Cyrus lacht – und plötzlich passt alles zusammen. O'Dwyer, von dessen Stimme die Entscheidung im Stadtparlament für oder gegen die Crenshaw Opportunity Zone abhängt, wird vom Ungeheuer gefressen.

Cyrus grinst – fast kann Mae das Blut an seinen Lefzen sehen.

Der Tag vergeht schnell. Mae hilft, Brads Onlinepräsenz zu polieren. Sie findet eine alte Website, die er mal gebaut hat. Steinalte Memes, alte Fashwave-Beats, Außenseiterzeugs. Ein bislang unveröffentlichtes Manifest. Um die Festplatte seines Laptops zu putzen, wird zusätzlich die Technikabteilung von BlackGuard herangezogen. O'Dwyer kommt ins Büro. Mae kann nur einen kurzen Blick auf ihn werfen – er sieht aus wie der Böse in einem Spielfilm der Achtzigerjahre, Föhnfrisur und Schulterpolster, viel zu braun gebrannt.

Er schüttelt Hände und lächelt. Man würde nicht draufkommen, dass sein Sohn gerade verhaftet wurde.

»Er will Bürgermeister werden«, wispert Joss. »Aber sein Sohn hat's gerade verkackt.«

Sie sichten die Presse. Bearbeiten die *L. A. Times.* Kümmern sich um Blogs und *Truth or Dare* – sie ersticken, was geht, säen Zweifel und geben nichtssagende Statements über das Büro der Stadtverwaltung heraus.

Mae arbeitet sich durch die Polizeiakte – jemand hat sie ihnen heimlich zugespielt. Brad O'Dwyer war wegen zu schnellen Fahrens angehalten worden. Der Polizist roch Kerosin, dann kam die Meldung über Funk, dass gerade jemand ein Lager unter einer Überführung in Reynier Village angezündet hat, keine fünf Minuten entfernt. Der Polizist sah im Kofferraum nach und fand Benzinkanister und Kältekompressen – dass Kältekompressen als Brandbeschleuniger verwendet wurden, war ein Detail, das die Polizei der Öffentlichkeit verschwiegen hatte.

Brad O'Dwyer taucht nach dem Mittagessen auf, frisch aus dem Gefängnis. Der Penner-Sprenger höchstpersönlich. Frederick Kim, sein Anwalt, führt ihn zu Cyrus und seinem Vater, dem Stadtrat, ins Konferenzzimmer. Zusammen mit ein paar Praktikanten guckt Mae vom Gang aus zu. Brad sieht gut aus, aber er hat Angst. Intuitiv will sie ihn als Jugendlichen bezeichnen, dabei ist er längst Mitte zwanzig. Er und sein Dad umarmen sich im Konferenzraum. Ihre Blicke schreien lauter unausgesprochene Scheiße. Mae blickt wieder zu Megan – auch ihr Gesicht schreit unausgesprochene Scheiße.

Joss kommt zu Mae, er wirkt nervös.

»Alles in Ordnung?«

»Hab schon die fünfte Apotheke heute angerufen, wieder nichts. In ganz L. A. County gibt's kein Lexapro. Überall aus.«

Ein Praktikant sagt: »Anti-Depressiva sind gerade voll angesagt.«

KAPITEL 48
CHRIS
Calabasas

Lügendetektoren reagieren nicht auf Lügen. Sie reagieren auf Angst.

Die Xanax stößt ihm auf und brennt in seinem Rachen. Zehn Milligramm, eine Kinderdosis, das reicht gerade mal, um die Nervosität zu dämpfen. Yokoyama befestigt die Riemen über seiner Brust. Er riecht wie diese Kerzen in den Wohnzimmern der Reichen. Chris versucht sich auf seinen Atem zu konzentrieren, am Ende seiner Nasenhöhle trifft er auf etwas Kaltes, und er erlaubt der Xanny, ihre Wirkung zu entfalten.

Chris verfolgt das Geschehen im Spiegel – Yokoyama ist nervös. Erst beim dritten Versuch sitzt die Fingermanschette endlich richtig, mögliche Würstchenwitze bleiben ihm aber zum Glück erspart.

Eisner hat sich vom Spiegel weggedreht – er versucht gelassen zu wirken, was ihm aber nicht mal ansatzweise glückt.

Hinter dem Spiegel ist jemand.

Chris' Herz schlägt ein bisschen schneller, aber genau das darf nicht passieren.

Er ist aufgeregt, wegen der fünf Toten, weil ihm jemand gefolgt ist, weil er beschattet wurde und weil er selbst die Killer zu der WG in der Wonderland Avenue geführt hat. Er ist aufgeregt, weil die nicht mitbekommen dürfen, dass er's weiß.

Eine einfache Art, den Lügendetektor zu überlisten, besteht darin, einfach die ganze Zeit nervös zu sein – der Herzschlag muss konstant beschleunigt sein, vielleicht bekommt man es hin, indem man auf eine im Schuh versteckte Reißzwecke tritt, sodass es einen durchzuckt, der Körper insgesamt heftig reagiert und damit die Ergebnisse durcheinanderbringt. Bei Chris wird das aber nicht funktionieren. Von ihm liegen Ergebnisse aus den vergangenen sechs Jahren vor, mit denen die neuen verglichen werden können. Wenn er zu aufgekratzt hier auftaucht, merken die das. Wenn er zu sehr auf Droge ist, sehen sie's auch und kapieren, dass was nicht stimmt – und sie werden wissen, warum.

Es ist ein Drahtseilakt. Aber er weiß, dass er sich jetzt nicht verrückt machen darf.

Chris hat einen Vorteil – er verkauft ihnen eine Geschichte, an die sie sowieso schon glauben. Dass er zu dämlich ist, um zu kapieren, worauf er da gestoßen ist. Dass er nur ein Handlanger ist, ein Schläger.

Chris guckt flüchtig in den Spiegel, so wie jeder es machen würde. Er reibt sich die Augen. Er hatte nur vier Stunden Schlaf, weil er die ganze Nacht mögliche Szenarien durchgegangen ist, Fragen geübt hat, die sie ihm vielleicht stellen werden, auch abwegige, um ihn reinzulegen – er ist alles so lange durchgegangen, bis sein Herz nicht mehr doppelt so schnell losgesprintet ist, nur weil von Mae die Rede war oder von dem Massaker. Bis ihn das, was sie wissen könnten, nicht mehr aus dem Konzept bringen kann. Auch darauf, dass sie Nevaeh erwähnen, hat er sich eingestellt. Und dass sie sagen: *Du warst in der Nacht des Massakers dort.*

»Okay«, sagt Yokoyama und setzt sich. »Dann wollen wir mal.«

Chris' Herz schlägt gleichmäßig.

»Wie heißen Sie?« Eisner ist steif.

»Chris Tamburro.«

Sie haken die Standardfragen ab. Eisner nimmt ein Blatt mit getippten Fragen, die ihm von jemandem vorgelegt wurden. Chris weiß, was jetzt kommt. Er kennt die Fragen, bevor Eisner sie stellt.

»Haben Sie den Auftrag bekommen, den Mord an Dan Hennigan zu untersuchen?«

»Das habe ich.«

Keine Aufregung. Kein Stechen in der Brust. Seine Handflächen bleiben trocken. Er atmet ein. Er atmet aus.

»Können Sie Ihre Ermittlungen beschreiben?«

»Dan Hennigan wurde von einem Mann namens John Montez ermordet. Offenbar hatte dieser versucht, Hennigans Wagen zu stehlen, als dies missglückte, hat er ihn erschossen. Nachdem John Montez zur Fahndung ausgeschrieben worden war, wurde er von einem Beamten des Los Angeles County Sherriff's Department getötet, da Montez das Feuer eröffnete, um sich seiner Festnahme zu entziehen.« Er geht mühelos in Polizeijargon über. »Ich wurde von BlackGuard beauftragt, Ermittlungen aufzunehmen und meine Kontakte zum Sheriff's Department zu nutzen, um nach möglichen Verbindungen zwischen Hennigan und Montez zu suchen und den genauen Sachverhalt zu überprüfen.«

Er weiß, welche Frage als Nächstes kommt. Er hört nicht mal hin. Er hört nur auf seinen Atem, ein und aus, und achtet darauf, wie sein Bauch sich hebt und senkt. Als Eisner fertig ist, sagt Chris seinen Spruch.

»Ich bin einigen Hinweisen nachgegangen und habe keine Verbindung gefunden.«

Eisner blättert in seinen Unterlagen. Yokoyama notiert sich etwas. Chris verbietet sich, etwas hineinzuinterpretieren. Er konzentriert sich auf seinen Atem und denkt an Mae.

»Konnten Sie sich ein Bild von John Montez machen?«

»Er war ein Gangster, ein Drogendealer, mitsamt Eintrag im CalGang-Register. Ein Knucklehead durch und durch.«

Die Lüge fällt ihm nicht schwer, Leute wollen so was glauben.

»Haben Ihre Ermittlungen Sie auch in das Haus in der Wonderland Avenue 2235 geführt?«

Er denkt nicht an die Toten.

»So ist es.« Wer schlau ist, antwortet bei einem Verhör nie ausführlicher als verlangt. Aber Chris will nicht schlau wirken. »Kevin Baldassare, der für einige Deputys beim Sheriff's Department als Informant tätig war, hat diesem einen Tipp zum Aufenthaltsort von John gegeben. Ich habe Kevin über mehrere Tage observiert und dabei herausgefunden, dass in dem Haus Drogen konsumiert und gedealt wurden, was die Verbindung zu John erklärt.«

»Und wissen Sie, was sich vor zwei Tagen in dem Haus zugetragen hat?«

Leichen im Dunkeln. Der tote Kevin vor der Kommode, er hatte eine Pistole zwischen den Socken gesucht, aber sie war weg.

»Natürlich. Im Internet war die Rede von einem Massaker in der WG.«

»Wissen Sie etwas über die Gründe, die dazu geführt haben könnten?«

Das kleine Mädchen mit dem riesigen dicken Bauch. Der lebendige Erpresserbeweis.

»Nein.«

Einatmen. Chris spürt etwas Kühles ganz hinten in seiner Nase, sein Atem strömt warm heraus.

»Haben Sie eine Theorie?«

Ich denke, ich wurde beschattet, weil man mir auf die Finger sehen wollte. Ich denke, jemand ist mir zum Haus gefolgt und hat versucht, Antworten aus den Bewohnern herauszupressen. Ich denke, das ist gründlich in die Hose gegangen. Ich denke, der Mord an

Loto war ein Versehen und die anderen mussten sterben, damit es keine Zeugen gibt. Ich denke, wahrscheinlich sollte ein anderer Mitarbeiter von BlackGuard meine Arbeit überprüfen, und das heißt, letztlich stecken unsere Vorgesetzten hinter alldem.

»Nein, keine Ahnung. Ich meine, das war ein Drogenhaus – ich habe Kundschaft ein und aus gehen sehen. Wahrscheinlich ist einer von denen auf die Idee gekommen, die Dealer auszurauben, und es ist schiefgegangen. Wenn man eins plus eins zusammenzählt, kann es eigentlich gar nicht anders gewesen sein.«

Chris atmet ein. Und wieder aus.

»Gibt es eine nicht an den Ermittlungen beteiligte Person, die etwas über den Fall weiß?«

Er sieht Mae vor sich – sein Herzschlag beschleunigt. Wenn das erst mal anfängt, lässt es sich nicht mehr kontrollieren. Er kann nicht verhindern, dass sein schweres Herzklopfen auf dem Pulsmonitor erscheint und seine Angst um Mae sichtbar werden lässt. Yokoyama sieht es und guckt Chris an.

Jetzt haben sie dich.

Gib ihnen eine Antwort, die sie dir abnehmen.

»Ja«, sagt Chris und weicht ab von dem Drehbuch, das er über Nacht einstudiert hat.

»Acker – Stephen Acker, der Anwalt, für den ich arbeite. Ich habe ihm meine Berichte geschickt. Er weiß alles, was ich weiß.«

Angst vor einem Vorgesetzten lässt ein Herz schneller schlagen – das müssten die beiden wissen.

Eisner nickt. Er notiert etwas. Vielleicht kaufen sie's ihm ab. Vielleicht aber auch nicht.

DePaulos Assistentin kommt mit einem Zettel herein. Eisner liest, was darauf steht, erst still, dann laut.

»Wir möchten Sie daran erinnern, dass sämtliche Vertraulichkeitsvereinbarungen auch für Gespräche mit Beamten der Strafverfolgungsbehörden gelten. Jegliche und sämtliche Fragen von Beamten der Strafverfolgungsbehörden sind an Stephen Acker zu richten.«

»Ich war lange genug bei der Polizei«, sagt Chris und entspannt sich, weil er weiß, dass es vorbei ist. »Sie müssen mir nicht sagen, dass ich mich durch einen Anwalt absichern muss.«

Chris und Yokoyama gehen zur Tür – anders als sonst ist ihnen ihr Small Talk heute im Hals stecken geblieben. Sie gehen an einem Konferenzraum vorbei. Auf dem Tisch stehen Platten mit Mango und Schinken. Weiße Männer mittleren Alters sitzen dort und warten, darunter ein Weißhaariger mit Achselschweißflecken – ist das nicht Maes Chef? Chris sieht Leonard DePaulo und Matt Matilla um die Ecke biegen – der Richtung nach kommen sie aus dem Raum hinter dem Spiegel. DePaulo ignoriert Chris, geht an ihm vorbei zum Konferenzraum – womit klar ist, dass er hinter dem Spiegel saß. Yokoyama eilt den Gang runter – er ist schlau genug, den Göttern nicht in die Quere zu kommen.

Sie treten nach draußen – Hitze schlägt ihnen ins Gesicht. Chris wird schwindlig – es ist wie in der Sauna.

»Willst du eine rauchen?«, fragt Yokoyama und guckt, als hätte er schon mal gefragt. Chris schüttelt sich aus seinen Gedanken.

»Klar.«

Ein Summen liegt in der Luft.

»Das war ganz schön anstrengend«, sagt Yokoyama.

»Na klar, die Firma will auf keinen Fall mit den Morden in Verbindung gebracht werden, nicht mal am Rande, aber das ist auch schon alles.«

»Kam mir komisch vor«, sagt Yokoyama. »Ich hatte das Gefühl, da sitzen total viele hinter dem Spiegel.«

Das Summen wird lauter. Chris späht in den Himmel.

Das Brummen wird zum aufziehenden Sturm, die windgepeitschten Palmen auf dem Parkplatz werfen trockene Wedel ab, die über den Asphalt jagen. Der Helikopter kommt tief über den Hügeln herangeflogen – eine rote Träne an einem dröhnenden Rotor, ein wunderschönes Kunstwerk, das die Atmosphäre durchpflügt. Der Lärm ist jetzt ohrenbetäubend, Chris' Kleidung vibriert auf seiner Haut. Der Hubschrauber ist direkt über ihnen, verstellt den Blick auf die Sonne, ihr Licht flackert zwischen den Rotorblättern. Als er wieder davonfliegt, sieht Chris ihm nach, auch noch als die Sonne dahinter wieder zum Vorschein kommt und Chris in die Augen sticht.

»Da ist er«, sagt Yokoyama, während Chris sich den violetten Sonnenabdruck aus dem Blick blinzelt. »Ach du Scheiße, das ist wirklich eine große Sache, oder?«

»Wieso? Wer war denn in dem Heli?«

Yokoyama zieht ein Gesicht wie: *Weißt du doch.*

»Die Nummer eins.«

»Wieso? DePaulo ist doch schon da.«

»Nicht der. Der Helikopterlandeplatz wird ausschließlich vom absoluten Oberboss benutzt. Kyser. Das ist der, dem alles gehört.«

»Leonard DePaulo gehört BlackGuard.«

»Richtig – und DePaulo gehört Kyser.«

KAPITEL 49

CHRIS

Downtown

Zäher morgendlicher Berufsverkehr erstickt die Innenstadt. Chris denkt an verstopfte Arterien. Phantomschmerzen ziehen seinen linken Arm hinauf. Wenige Minuten nachdem er von BlackGuard nach Hause kam, war er schon eingeschlafen. Als er nach vierzehn Stunden aufwachte, kam er sich vor wie ein kleiner Junge, verängstigt und verwirrt. Er wachte auf und dachte an Matt Matilla und die Special Operations. Und an einen roten Helikopter.

Die Bibliothek in der Innenstadt ist alt, früher war das Gebäude mal sehr prächtig, wurde dann aber von einem gläsernen Wolkenkratzer in den Schatten gestellt, der ihm die gesamte Morgensonne nahm. Chris geht an den Info-Schalter und fragt nach der Abteilung für Wirtschaftswissenschaften und Wirtschaftszeitschriften. Dann fährt er mit dem Fahrstuhl drei Stockwerke unter die Erde und betrachtet sich in der verspiegelten Tür. Sein Gesicht ist aufgedunsen. Als sich die Tür öffnet, teilt sich sein Spiegelbild einmal in der Mitte und wird ersetzt durch einen Mann mit dicken Dreadlocks, der sich eine Decke um die Schultern gewickelt hat, sodass er wie Moses aussieht. Ohne Chris eines Blicks zu würdigen, krächzt er: »Ich bin der, der brennt.« In Untergeschoss drei geht es zu wie in einem Tollhaus bei heruntergedrehter Lautstärke. Die Abteilungen mit den Büchern über True Crime, Religion und Okkultismus ziehen sämtliche Irren an. Männer mit Prophetenblick sehen aus, als wollten sie die anderen Anwesenden zum Satanismus bekehren und mit Lämmerblut waschen. Dazu sehr menschliche Gerüche. Viele der Computerplätze sind belegt, viele Besucher haben ihren gesamten Besitz drum herum verteilt und schlafen mit den Köpfen auf den Tastaturen.

Chris findet einen freien Computer und gibt Suchbegriffe ein – Google zeigt Fotos an, ein lächelnder Mann mit der für Reiche typischen Kurzhaarfrisur, weich und grau – er sieht nicht aus wie ein böser Gott. Dazu finden sich ein paar Artikel – Lawrence Kyser besitzt Risikokapital, ihm gehören Anteile an der transnationalen Sicherheitsfirma Clarent und dem Baukonzern TAU Construction. Vor zehn Jahren erschien ein Artikel in *Vanity Fair*: Der talentierte Mr Kyser.

Seinen Ruf als Kapitalgeber der Stars verdankt Kyser seiner engen Partnerschaft mit der Familie Hart, den Mehrheitsgesellschaftern von Hart Conglomerates International. Gerüchten zufolge beläuft sich sein Reinvermögen inzwischen auf Milliarden.

Fotos von Kyser mit ehemaligen Präsidenten beider Parteien.

Finanzmogul Lawrence Kyser spendet großzügig an Politiker – und sichert sich politisch mit seinen Beiträgen nach beiden Seiten hin ab.

Kyser in einem Privatflugzeug oder mit einem Bauarbeiterhelm mit aufgedrucktem Logo von TAU Construction.

Kyser setzt sich für den Crenshaw Opportunity Zone Revitalization Complex ein.

Kyser mit Hollywood-Persönlichkeiten – Chris erkennt Colson Hart, Erbe in der dritten Generation und Freizeit-Filmstar – er hat in der *Tarzan*-Neuauflage mitgespielt, die vor wenigen Jahren gefloppt ist.

Eine Verbindung nach Hollywood gibt es also. Chris geht dem nach. Er sucht Kyser und Colson, sieht sich Aufnahmen von roten Teppichen an. Davon gibt es viele – für jemanden, der keinen einzigen Hit zu verzeichnen hat, darf Colson ganz schön oft mitmischen. Kyser hat auf jedem Bild dasselbe Lächeln aufgesetzt, das mit jeder Aufnahme weniger überzeugend wirkt und dazu führt, dass Chris kaum noch richtig hinguckt. Fast hätte er die eine übersehen, auf der Kyser Arm in Arm mit Carol Goodman und einer jungen Schauspielerin zu sehen ist.

Casting-Agentin Carol Goodman, einer ihrer Jungstars und Finanzier Lawrence Kyser auf dem roten Teppich bei der Premiere von *Summer Nights*.

Chris hält sich am Tisch fest – als würde der Wirbelsturm nicht nur in ihm toben.

»Ach du Scheiße.«

Jemand lacht. Jemand bedeutet ihm, er soll die Klappe halten.

Maes Theorie nach war Eric Algar ein kleiner Fisch und überfällig, endlich abgesägt zu werden.

Und wenn er Freunde hat, für die das nicht gilt? Wie hatte diese Schauspielerin das Mae noch erklärt?

Bei den Soda-Pops fand immer noch eine ganz andere Party statt. Für Eric *und seine Freunde.*

Die ganzen unsichtbaren Verbindungen spannen sich wie ein Spinnennetz: ItGirl, Hart International, TAU Construction, Mitnick & Associates, BlackGuard, Clarent. Chris und Mae sprachen immer über das Ungeheuer, sie wussten, dass es Arme, Beine und Münder hat.

Plötzlich hat es auch ein Gesicht.

Der Blick von Patrick DePaulos Penthouse – alle Menschen sehen aus wie Staubpartikel. Chris schaut runter und kann an nichts anderes denken, als dass das Glas durchbrechen und er runterfallen könnte. Sein Körper zuckt beim bloßen Gedanken an den Aufprall.

Was glaubst du, was passiert, wenn du dich mit den Göttern anlegst?

Als er die Bibliothek verließ, wusste er alles über Kyser, was es im Internet über ihn zu erfahren gab. Was er außerdem wissen muss, geht ans Eingemachte.

Der unausgesprochene Grund, warum er jetzt bei Patrick ist: *Sag mir, wie viel Angst ich haben muss.*

»Die hätten mit der Festnahme auch noch warten können, bis der Penner-Sprenger hier in meiner Straße für Ordnung gesorgt hat«, sagt Patrick. Er sitzt mit einer Infusionsnadel im Arm in einem tiefen Ledersessel, neben ihm steht eine Krankenschwester von einem Therapie-Unternehmen. »Hast du schon gehört, dass es der Sohn von einem Stadtrat war?«

Patrick sieht schlecht aus. Irgendeine nicht besonders geglückte Augen-OP und dazu der Kater, außerdem zu viel Sport und zu viel Spaß. Chris kennt die Kombi. Geldvergiftung nennt man so was.

Chris tritt vom Fenster zurück. Patricks Penthouse ist herrlich – es sieht aus, als hätte er es mitsamt den Möbeln gekauft, mit denen der Immobilienmakler es in Szene gesetzt hatte. Klare Linien, viel Weiß. Es ist offen, sein Bett steht ungemacht in der Ecke. Ansonsten ist alles makellos – drei Mal die Woche kommen Leute zum Putzen. Auf der Anrichte steht eine Geschenktüte von einer Party mit rotem Teppich – Ohrhörer und eine Handyhülle aus Teak. Chris nimmt einen in braunes Papier eingewickelten Schokoriegel heraus, vorne drauf ist ein Farmer aus Kamerun. So viele Welten auf dieser Welt, die er niemals zu Gesicht bekommen wird.

»Willst du?«, fragt Patrick. »›Nachhaltig biologisch von der Bohne bis zur Schokolade‹ – was auch immer das heißen soll. Nimm dir, so viele du willst. Schmecken sowieso scheiße.«

Er dreht sich zu der Krankenschwester um, die den Infusionsbeutel beaufsichtigt. Kochsalzlösung mit B12 und weiß der Henker was noch.

»Anastasia, wir müssen aufhören mit dem Mist. Nächstes Mal bringst du mir gleich echtes Blut, am besten von christlichen Collegestudenten oder so.«

»Wir arbeiten dran, Mr DePaulo.«

»Also, was gibt's?«, fragt Patrick Chris. In seiner Stimme liegt etwas Kaltes – Chris hat gegen eine Regel verstoßen, indem er unaufgefordert hier aufgetaucht ist.

Chris tastet seine Tasche ab, als wollte er sagen: *Ich hab was für dich.*

Die Schwester muss es nicht erklärt bekommen – sie geht quer durch das riesige Penthouse in den Küchenbereich, lehnt sich dort an den Tresen und zieht ihr Handy aus der Tasche. Chris nimmt das Pillentütchen heraus, wirft und Patrick fängt. Er schnalzt mit der Zunge, soll heißen: *Ja, was haben wir denn da?*

»Adderall dreißig Milligramm ... Concerta... scheiße, das ist alles Speed. Noch mehr Addy ... okay, hallo, Percs. So was meine ich.«

Er schüttelt sich zwei Pillen in die Hand.

»Hol mir Milch, ja? Ich brauch vorher was im Magen, sonst kotz ich.«

Chris geht zum Kühlschrank – die Schwester blickt nicht mal von ihrem Handy auf; sie weiß, dass sie jetzt unsichtbar ist – und macht ihn auf. Er nimmt Hafermilch raus und geht damit zurück zu Patrick.

Patrick nimmt sie und sagt: »Oh Mann, mein Kopf. Ich kann mich nicht mehr an die Party gestern Nacht erinnern, nur dass Vertraulichkeitserklärungen unterzeichnet wurden und sämtliche Handys in einer Kiste verschwunden sind. Danach wird's meistens wild.«

Patrick tippt auf den Infusionsbeutel, als könnte er so die Heilung beschleunigen.

»Danke, Mann, gutes Timing.« Er presst sich die Hafermilch an die Stirn und schließt die Augen. Das ist seine Art, Chris zu bedeuten, dass er gehen soll.

Zorn lodert in ihm auf – die schiere Ungerechtigkeit, dass er diesem Kindskopf untergeordnet ist. Chris stellt sich vor, ihn durch sein Panoramafenster zu werfen. Er unterdrückt den Gedanken und ermahnt sich, sich lieber zu konzentrieren.

»Ich war gestern bei BlackGuard – zur Nachbesprechung.«

»Ach ja?«, sagt Patrick in ausdruckslosem *Interessiert keine Sau*-Ton. Er öffnet die Augen, analysiert und unterteilt die Pillen.

»Hab einen Helikopter auf dem Dach landen sehen. Rennwagenrot. War das der von deinem Dad?«

Patrick fällt eine Pille aus der Hand. Er pickt sie sich vom Schoß, schluckt sie trocken und ohne hinzusehen. Dann lacht er, viel zu laut.

»Hör mal, Mann, danke, dass du vorbeigekommen bist, aber ich fühl mich nicht mal halbwegs wieder wie ein Mensch, also ...«

Chris setzt seine Polizistenstimme ein: »Halt die Klappe, Patrick.«

Patrick reißt die Augen auf. Die Leine, an die er Chris gelegt hat, ist brüchig – wenn Chris sagt, dass sie nicht existiert, dann existiert sie nicht. Chris macht zwei Schritte auf ihn zu. Patrick presst sich tiefer in seinen Sessel.

Chris hängt sich direkt vor Patricks Gesicht, überlegt, ob er ihm wehtun soll, und stellt sich vor, wie gut sich das anfühlen würde. Patrick sieht es ihm an, das weiß Chris genau. Sie sehen sich gegenseitig in die Augen, während lauter unausgesprochene Dinge um sie herum aufeinanderprallen.

Chris tritt einen Schritt zurück und sagt: »Erzähl mir mehr über den Helikopter.«

Patrick unterbricht das gegenseitige Anstarren und schaut aus dem Fenster. Als er sich wieder zu Chris umdreht, ist alles, als wäre nichts gewesen. Seine Stimme klingt fast normal.

»Testarossa-rot? Das ist nicht der von Dad. Das ist ein Sikorsky, Mann.«

Chris grinst, spielt mit.

»Ein Sikorsky? Abgefahren. Und wem gehört der?«

»Kyser.« Er sagt es, als wär's nichts. Aber er hält sein Handy mit beiden Händen fest. Die Fingerknöchel sind weiß.

»Kyser? Nie gehört.«

»Weil er das so will. Und was Kyser will, bekommt er.«

Chris sieht sich in dem Apartment um, als wollte er sagen: *Und du?*

»Die Scheiße hat Schichten, wie man so schön sagt. Dads Unternehmen ist ungefähr fünfzig Millionen wert, höchstens. Der Heli, den du gesehen hast, das ist Kysers Privathubschrauber. Allein der kostet schon fünfzehn Mille. Der Landeplatz wurde mehr oder weniger für Kyser gebaut. Wenn er da gerade gelandet ist, dann war's vielleicht das zweite Mal, dass er ihn benutzt hat.«

»Dann gehören Kyser Anteile an BlackGuard?«

Patrick lächelt – dieses unausgesprochene Flehen sitzt tief in seinen Augen.

»Mann, dem gehören Anteile an allem. Soweit ich weiß, gehört ihm das Gebäude hier. Kennst du den Unterschied zwischen einer Million und einer Milliarde? Eine Million Sekunden sind elf Tage. Eine Milliarde Sekunden sind zweiunddreißig Jahre. Kyser besitzt Milliarden, Mann.«

»Bist du ihm mal begegnet?«

Patrick nickt.

»Ich war mal bei ihm zu Hause. Er wohnt auf einem Hügel draußen in Malibu – da bin ich mit meinem Dad gewesen. Das ist irre – man fährt durch ein Tor und den Hügel rauf, und Dad meinte so, *nimm dein Handy* – ich gucke und ich hab fünf Balken, dann sind wir auf die eigentliche Auffahrt, und plötzlich hatte ich keinen mehr. Er hat so eine Sperre eingebaut, damit man auf seinem Gelände nicht telefonieren oder online gehen kann – jedenfalls nicht ohne seine Erlaubnis. Okay, also wir parken, steigen aus dem Wagen, und irgendein Typ kommt mit einer Vertraulichkeitserklärung rausgerannt, noch bevor wir überhaupt einen Fuß ins Haus gesetzt haben. Man geht durch so einen super prunkvollen Eingang rein, und gleich im ersten Raum hängt ein riesiger scheiß Picasso. Ein echter. Sogar du weißt, wie ein Picasso aussieht, stimmt's? Und das musst du dir mal reinziehen – der ist zerschnitten« – mit der Hand fährt er einmal schräg durch die Luft –, »einmal direkt durch die Mitte. Total ruiniert. Kyser hat ihn auf einer Auktion gekauft und noch am selben Tag, an dem er geliefert wurde, hat er ihn aus der Kiste geholt und mit einem Rasiermesser aufgeschlitzt. Dann hat er ihn sich in die Diele gehängt. Das ist so irre. Ich hab meinen Dad gefragt, was ist das? Und er hat mir zugeflüstert – geflüstert wie ein Junge, der Angst vor seinem Lehrer hat –, *das ist eine Botschaft.*«

»Und wie lautet die?« Chris flüstert jetzt selbst fast.

»Das hab ich meinen Dad auch gefragt. Später, als wir auf dem Weg nach Hause waren. Mein Dad hat erklärt, Kyser will damit sagen: *Wenn ich das einfach so und ohne jeden Grund mit einem Gemälde machen kann, das zwanzig Millionen Dollar wert ist, was, glaubst du, mach ich mit dir, wenn du mir auch nur den geringsten Grund lieferst?*

Chris wollte wissen, wie viel Angst er haben muss.

Jetzt weiß er's.

Chris geht zu seinem Wagen zurück. Alle um ihn herum – die Menschen in den Juweliergeschäften, den Fast-Food-Läden, Edel-Tacos, Pizza-Imbissen, in denen es ein Stück für gerade mal einen Dollar gibt – all diese Leute leben ihr Leben, als würde die Welt nicht in Flammen stehen.

Chris und Patrick hatten sich wie gewöhnlich mit einem Fist Bump an der Tür verabschiedet, wie immer grinsend. Chris denkt, dass er Patrick wahrscheinlich zum letzten Mal gesehen hat. Wenn Chris die Sache irgendwie übersteht, wird Patrick seinen Vater total beiläufig bitten, einen neuen Sicherheitsmann zu engagieren. Irgendeinen bescheuerten Grund wird er angeben, und über diesen einen Augenblick, in dem alles zum Vorschein kam, wird er niemals sprechen.

Chris sieht auf sein Handy – Zeit, zu Mae zu fahren.

Er nimmt die Second Street aus der Innenstadt raus, biegt rechts auf den Glendale Boulevard und wenig später in die Echo Park Avenue ein, vorbei an dem alten Puppentheater. Ihm schießt ein verrückter Gedanke in den Kopf. Kurz vor der 101-Unterführung hält er an, fährt auf den Parkplatz einer Bäckerei für reiche Leute und steigt aus. Er tastet die Radkästen ab, sucht sehr sorgfältig und findet einen Hubbel, der dort eigentlich nicht hingehört.

Er zieht den Tracker unter der Stoßstange heraus.

Panik packt ihn – *die wissen alles.*

Mae mit einem Gürtel um den Hals, ihre Augen blutunterlaufen.

Er holt tief Luft.

Direkt nach dem Wonderland-Massaker hatte Chris den Wagen abgesucht, da war kein Tracker gewesen. Den muss jemand angebracht haben, als er bei BlackGuard war, also konnten die seine Bewegungen erst seit gestern Abend verfolgen. Als er bei Patrick war, hatte er den Wagen an der Bibliothek stehen lassen, da konnten sie also nichts Ungewöhnliches gesehen haben. Von Mae wissen sie nichts.

Schmerz durchströmt seinen linken Arm. Die Welt wird schwarz an den Rändern. Er lehnt sich an den Reifen. Schließt die Augen. Sein Herz ist jetzt doppelt so groß in seiner Brust.

»Alles in Ordnung?« Eine Frau mit einem runden Brotlaib voller Körner blickt auf Chris runter.

Er nickt. Steht zu schnell auf, sodass ihm gleich wieder schwindlig wird.

»Nur dehydriert«, sagt er.

Sie nickt. Er denkt, sie nickt nicht, weil sie ihm glaubt, sondern weil sie ihm glauben und mit ihrem Tag weitermachen will. Sie steigt in ihren Lexus. Er atmet. Kommt zu sich.

Er steckt den Tracker wieder hinter die Stoßstange. Die sollen nicht mitbekommen, dass er ihn gefunden hat.

Er fährt weiter, die Hände auf zehn und zwei Uhr. Er fährt im Kreis, hält dabei Ausschau nach Hubschraubern und sucht den Himmel nach Drohnen ab. Inzwischen kommt ihm nichts mehr zu abwegig vor.

In Gedanken sieht er Kyser und Carol Goodman. Er sieht einen aufgeschlitzten Picasso. Er sieht Matilla ganz in Schwarz neben den Wonderland-Leichen stehen.

Er parkt in der Third Street, einer Straße mit vielen Restaurants, ungefähr eine Meile von Maes Apartment entfernt. Wer seine Schritte nachverfolgt, würde sich nicht wundern, dass er hier Halt macht.

Er lässt sein Handy im Wagen, hinterlässt keine Spuren.

Er geht zu ihrem Apartment. Versucht schlau draus zu werden – wieso will ihm sein Körper weismachen, dass er stirbt? Er denkt, wahrscheinlich ist die einfachste Erklärung die richtige.

Sein Körper, unausgesprochen: *Eines Tages wirst du sterben.*

Sein Körper, unausgesprochen: *Und was machst du bis dahin?*

Die einzige Antwort, die ihm darauf einfällt: *Ich halte erst mal durch bis morgen.* Er weiß, das reicht nicht, aber vorläufig muss es genügen. Er darf nicht zulassen, dass es Mae wie dem aufgeschlitzten Picasso ergeht. Er muss sie überreden zu verschwinden, sich von dem Traum zu verabschieden, Algar zu entlarven und das Mädchen zu retten. Gegen das Ungeheuer kann man nicht gewinnen.

Vielleicht können sie zusammen abhauen. Vielleicht ist das ja gut genug.

Er klopft an die Tür, hat sich seine Worte zurechtgelegt. Aber auf ihren Blick ist er nicht vorbereitet – sie strahlt vor Freude.

»Wir müssen reden …«, setzt er an.

Aber Mae sagt: »Ich hab sie gefunden.«

FÜNFTER TEIL

AUS FALSCHEM FOLGT BELIEBIGES

KAPITEL 50

MAE

Sixth Street

Sie fährt aus der Firma nach Hause und denkt an Brad O'Dwyers Gesicht – dieses gut aussehende fleischgewordene Nichts. Sein Zimmertemperaturblick. Wie ein Zombie geht sie mit Mandy nach draußen. Wie ein Zombie isst sie eine halbe Pizza.

Ihr Kopf kommt ihr vor wie der Boden in New Orleans, in dem man keine Toten begraben kann, weil er zu nass ist und alle aus dem Schlamm wieder nach oben treiben würden. Sie sieht Dan unter der Plane, die tödlichen Schüsse auf Montez im Livestream, die Leichen in der Wonderland Avenue im Licht ihrer Handylampe.

Sie loggt sich erneut bei *The Kingdom of Dreams* ein, will sich ablenken, trinkt Weißwein aus einem Kaffeebecher, fühlt sich zu komisch und seltsam, um extra ein Glas zu spülen. Sie ist hin und her gerissen, weiß nicht, ob sie kämpfen oder die Flucht ergreifen soll. Beide Impulse verkleben ihr Gehirn, sie kann nirgends hin, kann sich nirgendwo verstecken.

Dieses Spiel, diese wunderschöne Lüge, diese Welt mit Regenbogenwolken und fliegenden Pferden. Diese andere, bessere Welt, dieses Neon-Land der Vögel und Einhörner, durch das man fliegt und schwebt, wo man an einem digitalen Fluss sitzt, das Plätschern und Glucksen des virtuellen Wassers hört, dieser Ort ohne Blut ... Hier lernt sie angeln, ihr Regler vibriert, wenn sie einen Fisch an der Angel hat, und wie der Fisch sie angrinst, als sie ihn hochzieht, und wie er ihr zuzwinkert, kurz bevor er wieder ins Wasser springt. Die Zeit vergeht so schnell, wie Blut spritzt, und plötzlich ist es wieder drei Uhr morgens, die gläserne Stunde, in der alles verrutscht, in der im Augenwinkel alles zu tanzen beginnt. Mae isst Cracker aus der Packung, der fade Geschmack beruhigt sie, weckt Erinnerungen an die Tage, an denen sie krank war und nicht in der Schule, Bauchschmerzen vortäuschte – sie hat nie absichtlich gekotzt, um abzunehmen, aber an der Junior High ein paar Mal den Finger in den Hals gesteckt, um behaupten zu können, sie habe ein Magen-Darm-Virus erwischt und müsse zu Hause bleiben.

Fast hätte sie das Zwitschern nicht gehört, fast hätte sie den Text übersehen.

NEVAEH_05 WANTS TO CHAT

Sie klickt auf »akzeptieren«. Der Modus wechselt, das Symbol ploppt groß auf – ein lächelnder Flamingo in einem strassbesetzten Abendkleid.

Der Flamingo sagt mit Mädchenstimme: »Hey?«

Mae sagt: »Hallo« und merkt jetzt erst, dass sie ihre Kopfhörer nicht aufhat – also auch kein Mikro. Sie fummelt nach dem Kabel, innerlich schwirrt es in ihr, und sie fingert am Stecker herum.

»Hey, ist da jemand?«, fragt der Flamingo wieder.

Mae schließt den Kopfhörer an.

»Hallo?« Die darauffolgende Stille zieht sich … Hat sie Nevaeh schon wieder verloren?

»Hey.«

»Bist du's, Nevaeh?«

Der Flamingo macht einen Knicks. »Höchstpersönlich.«

»Ich heiße Mae.«

»Dann bist du wirklich eine Lady, hm?« Der Flamingoschnabel bewegt sich synchron zur Stimme. »Meistens schreiben Jungs, die nur so tun als ob und eigentlich nur deine Titten sehen wollen.«

»Ich bin wirklich eine Frau. Ich suche dich schon eine ganze Weile.«

Wieder langes Schweigen.

»Woher kennst du mich denn überhaupt?«

»Ich kenne Katherine. Weißt du ... weißt du, was passiert ist?«

Es knackt und zischt, vielleicht sind es nur Geräusche im Mikro. Oder das Mädchen weint.

»Die haben alle umgebracht. Alle.«

Ein blauer Schmetterling flattert zwischen ihnen. Er fliegt einen Looping, zieht eine Leuchtspur in den digitalen Himmel.

»Nevaeh, es tut mir leid.«

»Das ist so scheiße.« Keine Frage, jetzt weint sie. Mae vielleicht auch. Jedenfalls verschwimmt der Bildschirm. »Weißt du, dass ich ein Baby bekomme?«

»Ja, Nevaeh, das weiß ich.«

Die Flamingo-Prinzessin lächelt und schluchzt durch die Lautsprecher.

»Das ist alles so scheiße. Ich brauche neue Vitamine. Ein Baby braucht Vitamine, aber Jesse sagt, wir müssen zu Hause bleiben. Er sagt, wir sind auf der Flucht.«

»Tut er dir weh?«

»Was? Nein ... Ich meine, wenn du ihn kennen würdest, würdest du das nicht fragen. Jesse ist so soft wie gekochte Spaghetti. Aber er sagt, wir sind auf der Flucht. Und dass die, die Katherine umgebracht haben, es auch auf mich abgesehen haben. Stimmt das?«

»Kann sein. Ich glaube schon.«

»Dann bin ich doch geliefert, oder?«

»Ich kann dir helfen, Nevaeh. Dir und dem Baby.«

»Das sagen alle. Die halten mich für blöd – als wüsste ich nicht, dass alle was wollen. Das Problem mit Jesse ist, dass er zu viel Schiss hat, um was zu kapieren.«

»Was macht er?«

»Irgendwelche Pläne, die ich nicht verstehe. Er redet mit jemandem in einer anderen Sprache, keine Ahnung, was das ist. Albanisch?«

»Armenisch?«

»Wenn du's sagst. Ich denke, er will mich loswerden. Mich abschieben, so wie alle. Ich bin eine heiße Kartoffel, erst bin ich von meiner Mom zu Grandma gewandert und jetzt von ItGirl zu Katherine und Jesse und was weiß ich wem noch. Das werde ich meinem Baby niemals antun. Die ist nämlich eine verdammt zähe kleine Bitch, das weiß ich genau. Katherine hat gesagt, die werden sie mir wegnehmen wollen, deshalb müssen wir uns verstecken. Sie hat behauptet, Eric will mir mein Mädchen wegnehmen. Stimmt das?«

»Ist wahrscheinlich ziemlich nah an der Wahrheit dran«, sagt Mae und denkt, in Wirklichkeit ist es bestimmt noch viel schlimmer. »Ich habe einen Plan, wie ich dir helfen kann. Einen legalen.«

»Das ist alles so verdammt scheiße. Ich hab nichts Schlimmes gemacht, ich weiß nicht, wieso ich mich verstecken muss. Ich hab nichts gemacht, das hat Katherine auch gesagt.«

»Nevaeh, ich will dir helfen. Sag mir, wo du bist.«

Mae tippt ihre Telefonnummer in die Nachrichtenzeile.

»Da kannst du mich erreichen. Jederzeit. Ich komme und hole dich.«

»Ich kenne dich gar nicht.« Hilflosigkeit liegt in ihrer Stimme.

»Ich pass auf dich auf«, sagt Mae – und staunt, wie ernst sie es meint. Der Anblick des Flamingos, der das Mädchen darstellt, lässt sie realer erscheinen. »Ich werde dir helfen, und zwar so, dass du Geld für dich und das Baby bekommst. Nevaeh, ich will, dass du mir vertraust.«

Lange Pause. Der Flamingo lächelt sie einfach nur an.

Mae sagt: »Ich weiß, was du fühlst. Ich hab auch Angst.«

Und die Flamingo-Prinzessin schluchzt so sehr, dass ihr Weinen in Mae widerhallt. Als wäre eine Stimmgabel angeschlagen worden. Sie schließt die Augen vor der Obszönität dieser perfekten Welt auf dem Bildschirm ihres Laptops, und als sie die Augen wieder aufschlägt, ist der Flamingo weg. Nevaeh hat sich ausgeloggt.

Etwas zerbricht in Mae oder fügt sich zu einem Ganzen zusammen. Etwas fährt in sie oder verlässt sie. Sie weiß nicht, was von beidem, aber sie fühlt sich sauber und leicht und schläft auf der Couch ein und ist sich zum ersten Mal seit langer Zeit einer Sache richtig sicher.

Wir können sie retten.

Mae wird von Mandys Bellen wach. Sie hört Chris kommen und plötzlich fällt ihr alles wieder ein. Sie rennt zur Tür.

Wir können sie retten.

Wir können diese eine gute Sache machen.

Nur einmal etwas Gutes.

Sie öffnet die Tür. Kann's nicht abwarten, es ihm zu erzählen.

»Wir müssen reden …«, setzt er an.

Mae sagt: »Ich hab sie gefunden.«

Erst jetzt sieht sie sein Gesicht. Und die Angst in seinem Blick.

KAPITEL 51

CHRIS

Sixth Street

Durch das Küchenfenster mümmelt Mandy abgefallene vertrocknete Bougainvilleablätter aus dem Garten. Für sie ist die Welt noch immer nur die Welt.

Sie hat Glück.

Mae setzt sich. Sekunden später steht sie auf, nimmt einen Schluck Wein. Sie ist angespannt vor lauter Angst und Wut.

Chris hat ihr alles erzählt. Sie haben ihren Wagen nach Peilsendern abgesucht – nichts. Jetzt forschen sie weiter. Sie zeigt ihm, wie man seine digitalen Fußabdrücke verwischt. Sie zeigt ihm Open Source Corporate Tracker.

Es ist alles da. Sie ziehen Verbindungslinien. Skizzieren das Skelett des Ungeheuers: Holdinggesellschaften, internationale Einträge, BlackGuard, Mitnick & Associates, Eurydice, TAU Construction, Hart International, Crenshaw Opportunity Zone Revitalization Complex, ItGirl. Die ganzen verzweigten Unternehmenszugehörigkeiten, Partnerschaften und Anteile.

Das Ungeheuer hat viele Hände, viele Augen, viele Köpfe.

Und ein Mann steht im Zentrum – Kyser.

»Der Revitalization Complex – das ist riesig«, sagt Mae. »Das sind die, die wegen der Opportunity Zone in Crenshaw Druck machen. Da geht es um Milliarden. Und alles hängt an Stadtrat O'Dwyer. Den konnten sie nicht knacken – bis sein Sohn verhaftet wurde, weil er Obdachlosenlager abgefackelt hat. Jetzt denken sie, dass sie ihn rumkriegen, wenn sie dafür seinen Sohn reinwaschen.«

»Die waschen ihn rein«, sagt Chris. »So oder so.«

»Der ist ganz schön geliefert.«

»Die waschen ihn rein«, sagt Chris noch einmal. »Hast du mir nicht gesagt, niemand wird verurteilt, wenn es nicht jemanden gibt, der will, dass er verurteilt wird?«

»Chris – was willst du eigentlich sagen?«

Er steht auf – die Schmerzen im Knie sind gemein.

»Mae – wir müssen reden. Darüber, wie weit wir gehen wollen.«

»Scheiß drauf«, sagt sie. »Ich lasse Nevaeh nicht hängen. Ist mir egal, wer's auf sie abgesehen hat.«

»Das ist einer, der zwanzig Millionen Dollar für ein Gemälde bezahlt, es mit einem Messer aufschlitzt und in seine Eingangsdiele hängt ...«

»Ich weiß nicht, was ich davon halten soll.«

»Das ist es ja. So was macht kein Mensch.«

»Aber was liegt Kyser an Eric Algar?«

»Ich weiß nur, dass wir dachten, wir würden gegen einen ehemaligen Fernsehproduzenten antreten, um den sich niemand mehr schert. Aber die teilen aus, so heftig, wie ich's noch nicht erlebt habe. Kyser und Algar hängen zusammen, mindestens durch ItGirl. Wenn wir Kyser aus Versehen angepisst haben, dann müssen wir die Finger davonlassen. Uns vielleicht sogar trennen. Ich hab Geld versteckt, ich wette, du auch. Wir können abhauen.«

Vielleicht versteht sie sein Angebot nicht. Vielleicht will sie's nicht verstehen. So oder so, Mae schüttelt den Kopf.

»Das Mädchen ist allein da draußen, Chris. Sie ist da draußen, und wir sind die Einzigen, die ihr helfen können. Wir müssen sie da rausholen. Wir müssen ihr helfen, ihre Geschichte zu erzählen. Wir müssen die Wahrheit sagen. Die Wahrheit über das alles.«

»Du hast gesagt, auf die Wahrheit kommt's nicht an.«

Sie sieht zu ihm auf – ihr Blick verschlägt ihm den Atem.

Wut und Freude sind wahnhaft miteinander verschmolzen. Sein Hirn produziert einen Begriff aus seiner Kindheit, aus der Zeit, als er noch in die Kirche ging.

Gerechter Zorn.

»Es muss aber auf die Wahrheit ankommen«, sagt sie. »Es muss.«

»Dann willst du zur Polizei gehen?«

Sie öffnet ihre Tasche, holt die Unterlagen raus, die sie aus dem Büro mitgenommen hat.

»Das ist die vollständige Polizeiakte zum Fall O'Dwyer. Jemand beim LAPD hat sie direkt an Mitnick weitergeleitet. Wenn wir damit zur Polizei gehen, sind die geliefert. Wir müssen die Geschichte an die Öffentlichkeit bringen. Chris, komm schon, ausgerechnet du müsstest doch wissen, wie die sind. Du warst selbst mal einer von denen.«

Er beißt die Zähne aufeinander.

»Tut mir leid, Chris. Aber ich bin nicht besser. Wir müssen dieses Spiel gegen diejenigen spielen, die wir selbst mal waren. Das ist der einzige Vorteil, den wir haben.«

»Du kapierst es nicht«, sagt Chris. »Du willst die Wahrheit? Ich sag dir die Wahrheit. Du und ich, wir sind immer schon kleine Fische gewesen, Spielfiguren ganz am Rande. Das hier läuft auf einer ganz anderen Ebene. Menschen sind zu Tode gekommen. Weißt du, was das Problem beim Töten ist? Es ist ansteckend.«

»Und du meinst, wenn wir einfach blindlings zu den Cops rennen, können wir das verhindern? Wenn wir zur Polizei gehen, weiß das Ungeheuer eine Stunde später alles. Noch bevor wir aus dem Gebäude raus sind. Und dann können wir Nevaeh nicht mehr beschützen.«

»Was ist mit dem Internet?«, fragt er. »Wir können einfach alles online stellen und versuchen, möglichst viel Licht drauf zu werfen.«

»Kann sein, dass es einen Tag viral geht, aber dann wird es vergessen. Chris, ich weiß, was es braucht, damit eine Geschichte wahrgenommen wird. Deshalb müssen wir uns gut überlegen, was wir tun.«

»Wenn wir's auf deine Art machen, können wir unsere Namen nicht raushalten«, sagt er. »Dann haben sie's auf uns abgesehen. So wie auf die Leute in der WG. Wenn du Nevaeh ins Licht der Öffentlichkeit zerrst, werden die sie vernichten.«

»Wir müssen sie benutzen. Sie ist der Beweis – das müssen wir ausnutzen. Wir müssen sie ausnutzen, um sie zu retten. Und um uns selbst zu retten. Wir können einen Anteil behalten und davon unsere eigene Firma gründen.«

»Unsere eigene Firma?«

»Du und ich. Wir können für uns selbst arbeiten, anstatt für das Ungeheuer.«

»Wirklich?« Womit er meint: *Du und ich?*

»Ja«, sagt sie und meint auch: *Du und ich.*

Der lange warme Augenblick geht vorbei. Er trifft seine Entscheidung.

»Wir brauchen mehr Informationen«, sagt er. »Wir müssen rausbekommen, warum Kyser das so wichtig ist.«

»Ich kenne jemanden, der es wissen könnte, und vielleicht verrät er's mir sogar.«

»Vertraust du ihm?«

»Überhaupt nicht.«

Kurze Pause, dann sagt sie: »Ich habe Angst.«

»Ich auch.«

»Hilfst du mir, Nevaeh zu retten? Auch wenn wir beide Angst haben?«

»Ja, natürlich.«

Sie küsst ihn, fest. Noch bevor er den Kuss erwidern kann, hört sie auf. Sie lächelt. Er würde alles tun, damit das so bleibt.

KAPITEL 52

MAE

West Hollywood

Vor Parkers Fenstern ist der Himmel dunkel und grau. Der letzte Regen ist so lange her, Mae hat vergessen, dass Niederschlag hier überhaupt möglich ist.

»Tee?«, fragt Parker.

»Gerne, danke.«

Parker ist jetzt noch dünner – seine viel zu stark gebräunte Haut ist fast schon rot, sie schlägt Falten über den schwindenden Muskeln. Seine Wangenknochen und seine Augen sehen aus wie von einem Juwelier modelliert.

»Ich hatte viel zu tun«, sagt sie. »Ich muss mich bei Ihnen entschuldigen, dass ich mich nicht längst gemeldet habe.«

Er lächelt – dieses Funkeln in seinen Augen ist der einzige Hinweis auf das, was wirklich in ihm vorgeht. Er schenkt ihr Wasser aus dem Wasserkocher ein. Sein Kiefer knackt. Er reicht ihr einen Becher Tee. Pankos Gesicht blitzt vor ihr auf. Sie erinnert sich, wie leise seine Stimme wurde, als er ihr von der Nacht mit Parker erzählte.

Der Tee schmeckt köstlich.

Parker sagt: »Ich wurde mehr oder weniger vollständig verbannt. Die Kanzlei von Frederick Kim hat mich rausgeworfen. Man hat mich auf eine Eisscholle verbannt und in die Arktis gestoßen. Ausgesetzt auf dunkler, gefährlicher See. Gesellschaften wissen, wie sie mit für sie nutzlos gewordenen Personen umgehen müssen. In unserer wird man einfach unsichtbar gemacht. Aber Sie sind trotzdem hier und besuchen mich. Wahrscheinlich haben Sie den Weg gefunden, weil uns eine tief empfundene Freundschaft verbindet?«

»Ich möchte Sie um etwas bitten.«

»Mit anderen Worten, Sie hoffen, ganz tief unten im Fass könnte noch ein nützliches Tröpfchen zu finden sein. Möglich, dass es so ist. Aber was bekomme ich im Gegenzug dafür?«

»Vielleicht kann ich Ihnen helfen, zum Beispiel mit wohlmeinender PR – sagen Sie's mir.«

»Damit ich den besten Ruf im Zellentrakt habe? Nein, mir schwebt etwas anderes vor. Inzwischen konzentriere ich mich eher auf meine juristischen Probleme.«

»Ich weiß nicht, wie ich Ihnen dabei helfen kann.«

»Vielleicht können Sie. Aber erzählen Sie mir erst mal, worauf Sie aus sind.«

»Ich möchte mit Ihnen über Lawrence Kyser reden.«

Er blinzelt. Blinzelt noch einmal.

»Ach, Mae. Ich denke, das wollen Sie nicht wirklich.«

»Ich weiß, wer er ist.«

»Und schon damit liegen Sie falsch. Ab einem gewissen Punkt sind Leute nicht mehr ein *Wer*, sondern ein *Warum*.«

»Wie meinen Sie das?«

»Haben Sie sich schon mal überlegt, wie seltsam die Sonne ist? Dieses riesige Feuer am Himmel, dieses brennende Ding, das die ganze Welt erst möglich macht, das Mächtigste überhaupt, aber wir wissen kaum mehr darüber, als dass wir sie nicht direkt ansehen dürfen. Sie befindet sich für alle sichtbar am Himmel, unsere Blicke tanzen drum herum, wir denken gar nicht darüber nach. Aber wenn man sie direkt ansieht, brennt sie einem die Augen aus dem Schädel.«

Die Warnung in seiner Stimme ist laut und deutlich.

»Meine Augen, meine Entscheidung«, sagt sie. »Ich will hinsehen.«

Sein Blick flattert durch den Raum, als würde er Berechnungen anstellen.

»Die Firma hat den Fall von Stadtrat O'Dwyers widerwärtigem Sohn übernommen, Sie sollen seinen guten Ruf retten? Den des Penner-Sprengers höchstpersönlich?«

»Er ist unser Klient, das ist richtig.«

»Und ich vermute, man hofft, Stadtrat O'Dywer in Hinblick auf die Opportunity Zone umzustimmen?«

»Natürlich. Wollen Sie behaupten, das sei alles so geplant gewesen? Dass O'Dwyers Sohn manipuliert wurde, um Druck auf O'Dwyer auszuüben?«

»Sie haben doch die Beweise gesehen. Sagen Sie's mir.«

»Brad O'Dwyer ist ein fieses Arschloch, und er wurde auf frischer Tat ertappt.«

»Okay. Manchmal hat man eben auch einfach Glück. Die Stimme von O'Dwyer fällt ihnen jetzt in den Schoß – wenn sie seinem Sohn helfen können. Können die ihm helfen?«

»Sieht schlecht aus. Wir können die Geschichte ein bisschen zurechtbiegen, Mitgefühl oder Verständnis für den jungen Mann wecken, sein Strafmaß minimieren. Aber er wird verurteilt werden, und höchstwahrscheinlich ist es dann auch mit den politischen Hoffnungen seines Vaters vorbei.«

Parker blickt über seine Schulter, denkt über etwas nach.

»Ihre Firma hat es immer verstanden, Polizeiberichte einzusehen – ich gehe davon aus, Sie kennen auch seinen? Haben Sie die Protokolle, eine Liste der vorliegenden Beweise?«

»Ich vermute, zum gegenwärtigen Zeitpunkt haben wir sogar mehr als sein Anwalt.«

»Ich will es. Alles. Das ist mein Preis.«

»Die Polizeiakte über Brad O'Dwyer? Warum?«

»Ist ›Warum?‹ wirklich eine Frage, die wir einander stellen sollten? Sollte ich Sie umgekehrt etwa fragen, warum Sie sich für Kyser interessieren?«

Irgendwas in ihrem Kopf sagt, *tu's nicht*. Sie ignoriert die Stimme.

»Ich kann sie Ihnen besorgen.«

Parker streckt die Hand aus.

»Dann bin ich Ihr Virgil.«

Seine Hand fühlt sich papieren und kalt an.

»Wenn Sie mir sagen, was Sie wissen, hilft mir das vielleicht zu verstehen, wo ich anfangen muss.«

»Ich weiß, dass er reich ist. Ich weiß, ihm gehört ein Teil der Firma, ebenso wie BlackGuard und TAU Construction. Ich weiß das mit ihm und Eric Algar. Ihm und ItGirl. Ihm und jungen Mädchen.«

»Ah, Eric. Das erklärt alles.«

»Wie bitte?«

»Ihren Gesichtsausdruck. Die Wahrheit über Eric hat oft diesen Effekt. Er ist wirklich widerlich.«

»Was hat Kyser mit ihm zu tun?«

»Erics Vorlieben haben ihn verleitet, ein System aufzubauen, das ihm grenzenlosen Zugang zu jungen und schutzlosen Mädchen verschafft.«

»Carol Goodman, ItGirl – die Soda-Pops.«

»Einzelheiten kenne ich nicht. Ich weiß nur, wohin es führt. Eric reicht Kinder an Kyser weiter. Kyser verwendet sie als Klebstoff, um Menschen aneinanderzubinden.«

»Wen?«

»Männer, die sich von ihren Begierden treiben lassen. Männer, deren sämtliche Wünsche erfüllt wurden und die nicht verstehen, warum sie immer noch unzufrieden sind. Sie suchen ständig nach Neuem. Nach etwas, das vor ihnen noch niemand hatte. Und im Zuge dessen hat Eric sein Hobby zu einem zweiten Beruf gemacht. Gemeinsam mit Carol Goodman hat er für Kyser das Feld bestellt.«

»Und anschließend verwendet er die Mädchen, um die Männer zu erpressen?«

»Nein. Ich meine, vielleicht. Aber Erpressung ist ein stumpfes Machtmittel. Geheimnisse sind nützlicher, wenn sie geheim sind. Geheimnisse ketten Menschen aneinander. Diese Mädchen, die Eric für Kyser heranholt, die Jungs, die Männer und Frauen – damit schafft er Orte, vorübergehend autonome Zonen, in denen es keine Gesetze mehr gibt, nur noch Fleisch –, und wenn es vorbei ist und das Flugzeug wieder landet, sind Bindungen entstanden, die kaum je wieder gelöst werden können. Also eigentlich nie.«

»Klingt wie eine rechte Verschwörungstheorie über Pizza-Restaurants.«

»Verschwörungstheorien haben keinen Bestand, weil sie davon ausgehen, dass es einen dunklen Raum gibt, in dem alles laut ausgesprochen wird. Meiner Meinung nach ist es aber praktisch nie so. Man tut, was von einem erwartet wird. Das muss man nicht gesagt bekommen, Blicke und Schweigen genügen schon, um es zu vertuschen, und dadurch, dass Menschen sich so verhalten, wie sie sich verhalten. Die meisten, die diese Dinge ermöglichen, hassen sich dafür – und denken, damit ist es automatisch schon in Ordnung. Als wären gar nicht sie es, dic cs machen.«

Was auch immer sich in Maes Gesicht abspielt, Parker muss darüber schmunzeln.

»Kommt Ihnen bekannt vor, oder? Wir alle denken, das Gesicht, das wir der Welt von uns zeigen, ist eine Maske, und nur was wir tief in unserem Inneren tragen, ist das wahre Ich. Aber was, wenn es umgekehrt ist? Wenn man ist, was man tut, und nicht das, was man davon hält?«

»Was wäre, wenn Eric entlarvt werden würde? Wenn es Beweise gäbe?«

»Dann würden Kyser und die anderen eine Möglichkeit finden, trotzdem weiterzumachen. Man kann eine Ameise töten, aber wenn der Zucker auf dem Boden liegen bleibt, werden weitere Ameisen kommen. Vielleicht eine andere Art, aus einer anderen Kolonie. Genauso ist es mit Menschen – man kann Monster bekämpfen, aber wenn Geld, Sex und Macht locken, tauchen schon bald andere Monster auf. Warum auch nicht?«

»Was ist mit Kyser?«

»Was soll mit ihm sein?«

»Könnte man ihn zu Fall bringen? Zum Beispiel, indem man Druck auf Eric ausübt, sodass er auspackt …«

»Oh – nein. Mae, nein.« Die Angst in seiner Stimme schockt sie. »Ich weiß nicht, was Sie in der Hand haben oder zu wissen glauben. Ich kann Ihnen versichern, das ist unmöglich. Lassen Sie das bleiben, Mae. Ich kann Sie wirklich gut leiden. Mir wäre es lieb, wenn Sie uns erhalten blieben. Sie wissen längst, dass sich unter der ganzen sanften Gewalt etwas Hartes, Kaltes und Gefährliches verbirgt. Wenn Sie dagegen angehen, wird das ihr Untergang sein. Vielleicht ist das Urteil längst gefallen, und es ist schon eine Kugel unterwegs zu Ihrem Schädel, sie hat nur noch nicht getroffen. Sie müssen das alles vergessen. Am besten suchen Sie sich einen Ort, wo Sie essen, leben und dankbar dafür sein können. Machen Sie sich nützlich für die. Und schicken Sie mir die Akte.«

Sie bleibt lange im Wagen sitzen, leitet wie versprochen die Unterlagen über ihr Handy an Parker weiter. Sie wartet, bis sie hochgeladen und abgeschickt wurden – die Dateien sind groß und das kostenlose Wi-Fi in West Hollywood schwankt.

Sie beobachtet Männer, die angeseilt hoch oben in den Palmen hängen und sie zurechtstutzen, sodass Palmwedel zu Boden fallen. Sie schaltet die Sitzkühlung in ihrem Wagen ein und sieht den schwitzenden Männern bei der Arbeit zu.

Suchen Sie sich einen Ort, wo Sie essen, leben und dankbar dafür sein können.

Die Männer verwandeln sich in Prismen, lösen sich in Regenbogenfarben auf. Mae wartet, bis die Tränen versiegen, dann wischt sie sich über das Gesicht und bringt ihr Make-up im Rückspiegel in Ordnung. Aber lange erträgt sie es nicht, sich selbst ins Gesicht zu sehen.

KAPITEL 53

CHRIS

Koreatown / The Black Site

Chris fährt nach Koreatown. Er stellt sich vor, dass der GPS-Tracker eine rote Linie in östlicher Richtung entlang der Third Street zieht, ein verschlafener Schreibtischtyp bei BlackGuard sieht ihn links auf die Highland Avenue abbiegen, dann rechts auf die Western. Er versucht, nicht an Kyser zu denken. Das Tier in seinem Gehirn ist bis zum Zerreißen angespannt, etwas in ihm droht beim nächsten lauten Geräusch auszuflippen.

Der Himmel kündigt Regen an – Chris weiß aber, dass der Himmel über Los Angeles häufig lügt.

Er denkt an Essen, an etwas Ungesundes, Tröstliches. Er denkt an Tteokbokki, einen Cheeseburger von Cassell's – schließlich entscheidet er sich für Katsu aus dem Curry-Laden. Er hält mit eingeschaltetem Warnblinker im absoluten Halteverbot und muss lachen bei dem Gedanken daran, dass der SUV abgeschleppt werden könnte. Der Typ am Schreibtisch bei BlackGuard würde sich ganz schön den Kopf zerbrechen, wenn der Peilsender eine rote Linie bis nach Cypress Park zieht.

Als er das Essen geholt hat, fährt er in die Garage in der Irolo Street, wo er einen Stellplatz gemietet hat. Ein Aztekengemälde an einer Wand in einer Einkaufsstraße ist so frisch, dass noch niemand darübergesprayt hat. Ein alter Mann arbeitet an einem Obststand, schneidet Mangos und streut Chili drauf.

Chris parkt auf seinem Platz und macht den Motor aus. Er bleibt sitzen und betrachtet seine Hände, bis sie aufhören zu zittern. Er versucht möglichst alle Gedanken im Kopf ganz nach hinten zu schieben. Er hört die Stimme seines Ausbilders von damals:

Leg dich bloß nicht mit den Göttern an. Das geht nicht gut aus.

Und das hat er auch nie getan. Bis jetzt.

Er steigt aus dem Wagen – der Lärm der Rushhour dringt zu ihm herüber. Hupende Autos, Musik aus geöffneten Fenstern.

Abgelenkt durch den Film in seinem Kopf, sieht Chris die Männer erst, als es zu spät ist.

Sie tragen schwarze Hoodies und schwarze Gesichtsmasken, springen aus zwei verschiedenen Wagen.

Einer schreit: *Keine Bewegung.*

Chris schleudert sein Essen wie eine Granate – Soße spritzt heraus. Servietten flattern im Luftzug der auf ihn zueilenden Männer.

BlackGuard, denkt er.

Die Abteilung fürs Grobe.

Sie kommen zum Aufräumen.

Seine Schritte hallen dumpf auf dem Beton. Sein Gehirn spuckt beiläufige Fakten über professionelle Leichenbeseitigung aus.

Er rennt zur Treppe.

Er sieht Bilder von geheimen Gräbern vor sich, von notdürftig ausgehobenen Löchern mitten in der Wüste. Lagerhäuser mit industriellen Abwasserkanälen. Schiffe, die nachts an Catalina vorbei auslaufen, weil man von dort aus niemals wieder angespült wird.

Er hechtet die Stufen mit einem Satz nach oben. Schmerz

schießt in sein Bein. Sein kaputtes Knie knickt ein. Er knallt hin. Schürft sich das Gesicht auf dem Betonboden auf. Ein Mann mit schwarzer Maske stürzt sich auf ihn. Chris haut ihm eine rein. Zertrümmert seine Kehle, dann hört er ein leises Zischen und spürt ein Zwicken. *Taser*, denkt er noch in der Millisekunde, bevor sein Nervensystem explodiert ...

Chris wacht auf und wundert sich, dass er noch lebt. Er steckt in einem Kofferraum. Eine Seite seines Gesichts brennt. Über ihm ein Prasseln – es regnet. Seine Hände sind hinter seinem Rücken gefesselt, sie kribbeln und werden taub.

Gedämpft hört er Stimmen, die Männer unterhalten sich. Ihre Stimmen sind laut, sie lachen derb, man hört ihnen ihre Siegessicherheit an.

Er hatte sich solche Gedanken um potenzielle Verfolger gemacht, dass er gar nicht auf eine Falle geachtet hat. Ihm hätte klar sein müssen, dass die wissen, wo er seinen Wagen abstellt. Das war nachlässig gewesen. Er hatte sich nicht bewusst gemacht, wie real das alles war, auf welcher Ebene sie mitzumischen versuchten.

Der Wagen holpert. Die Luft im Kofferraum ist schnell verbraucht. Chris schwitzt seine Klamotten durch. Schmerz steigt ihm in den linken Arm.

Dann geht die Klappe auf. Chris blinzelt durch Regentropfen.

Deputy Woodcock beugt sich über ihn.

»Motherfucker«, sagt Woodcock.

Die Dead Game Boys, nicht die Beseitigungsspezialisten von BlackGuard, haben ihn einkassiert. Chris ist unsicher, ob das besser oder schlechter ist.

Sie zerren Chris aus dem Kofferraum. Er sieht sich um. Ein verlassenes Bürogebäude, ausgeschlachtete Autos, steinalte Graffiti, sie sind irgendwo in den Hügeln. Nur eine einzige

Straße führt hierher. Das Gebäude ist fensterlos, eine Art Gehäuse.

Sie zerren ihn auf die Füße, und er erkennt ein paar Gesichter von der Kill-Party wieder. Sie scheren sich nicht um Masken, und das macht ihm Angst.

Es stinkt nach getrockneter Pisse. Ein einzelner Holzstuhl steht in der Mitte des Raums – sie stoßen Chris drauf. Getrocknetes Blut klebt am Boden. Unter seinen Füßen spürt er eine Handvoll kleine weiße Steinchen. Er braucht einen Augenblick, bis er begreift, dass es sich um menschliche Zahnsplitter handelt.

Sie haben ihn an einen geheimen Ort gebracht, so geheim, dass er gar nicht existiert.

Er holt tief Luft. Eine Gestalt kommt auf ihn zu. Woodcock schiebt sein Gesicht ganz dicht vor das von Chris, er hat einen mit Gummi überzogenen Schlagstock in der Hand und zeigt Chris stolz sein Werkzeug.

»In was hast du uns da reingezogen?«

Chris weiß, für jedes Verhör gilt – Geständnisse können nur schaden.

»Ich weiß nicht, was du meinst.«

Der Schlagstock trifft sein Bein. Chris schluckt den Schrei runter. Funktioniert halbwegs.

»Ich habe dir Baldassares Namen verraten, und eine Woche später sind er und seine gesamte Crew tot. In was für einen scheiß Shitstorm hast du uns da gebracht?«

»Ich habe das, was du mir gesagt hast, in einem Bericht geschrieben. Das war's. Mehr nicht.«

»Taucht mein Name in der Akte auf?«

»Ja.«

Wieder trifft ihn der Schlagstock. Chris spürt ein Knacken im Knie.

»Plötzlich steht Matt Matilla bei uns auf der Wache, stellt

mir Fragen, als wäre er der verfluchte Cop und ich irgendein Niemand.«

Matilla hat Chris auf die Finger geschaut. Das Ausmaß dessen, was das bedeutet, tötet Chris' Schmerz vorübergehend ab. Damit ist Matilla als WG-Killer bestätigt.

Woodcock sagt: »Du hast gesagt, du bist einer von uns. Du hast uns verdammt noch mal verraten.«

Wieder der Schlagstock, und der Schmerz kehrt in Form einer Flutwelle zurück. Sein Bein ist ein einziger blank liegender Nerv.

»Warst du das in der Wonderland Avenue?«

»Nein, war ich nicht, so was mache ich nicht. Ich hab nur einen Bericht geschrieben«, sagt Chris. »Ich hab einen Bericht geschrieben und ihn meinem Chef vorgelegt.«

»Wieso ist Kevin dann tot?«

»Ich weiß nicht – war's ein Drogenraub ...«

Woodcock knallt Chris den Schlagstock in den Bauch, sodass er heiße Luft kotzt.

»Erzähl mir nicht, was in der Zeitung steht. Sag mir die Wahrheit.«

»Ich weiß nicht, was passiert ist.«

»Aber du hast eine Theorie, oder nicht?«

Chris' Eidechsenhirn fleht ihn an ... *Sag ihm die Wahrheit, sag ihm, es war das Ungeheuer, es war BlackGuard, es war Matilla mit seiner Special Operations Group.* Aber er behält es für sich. Wenn er auspackt, bedeutet das seinen sicheren Tod und wahrscheinlich auch den von Mae, entweder durch die Dead Game Boys oder durch Matilla.

»Ein Drogenraub ...«

»Legt ihm die Weste an.«

»Woodcock ...« Die Furcht in Archers Stimme weckt Todesangst bei Chris.

»Leg sie ihm an.«

Er behält ein Bild von Mae im Kopf, eins vom ersten Abend, an dem sie zusammenkamen. Sie hat einen Drink in der Hand und lächelt, als wär alles nur ein Witz und Gott hätte ihr die Pointe verraten. Wie ein Ertrinkender klammert er sich an das Bild fest.

Grobe Hände packen ihn, ziehen ihm eine kugelsichere Weste über den Kopf, führen seine Arme durch die Öffnungen.

Die Weste drückt schwer auf seine Brust.

Woodcock hebt eine Pistole. Eine alte, ramponierte, der Griff ist mit Isolierband umwickelt. Eine Waffe, die Woodcock irgendwo einkassiert hat und die sich deshalb nicht zurückverfolgen lässt. Die Angst trifft Chris in Böen.

»Die Weste hält .44 Magnum-Geschosse auf«, sagt Woodcock. »Jedenfalls manchmal.«

Chris spuckt, frisches Blut spritzt auf das getrocknete auf dem Boden.

»Bitte«, sagt er. »Bitte nicht.«

»Warst du das in der Wonderland Avenue?«

»Ihr wisst doch, dass die gedealt haben …«

Woodcock richtet die Waffe auf Chris' Brust. Chris dreht den Kopf weg, als könnte ihn die Kugel nicht töten, wenn er sie nicht kommen sieht.

Bitte. Er kann es nicht mal mehr aussprechen.

Woodcock geht drei Schritte zurück, er verzieht keine Miene.

»Sag mir, was ich wissen muss.«

»Da ist nichts, es gibt nichts zu wissen, ich war's nicht, das ist reiner Zufall gewesen, ich schwör's. Bitte nicht …«

Der Schuss zerreißt die Welt. Schmerz gräbt sich in seine Brust. Schmerz durchzuckt seine Arme. Er fällt vom Stuhl und landet mit dem Gesicht voran in den Zahnsplittern. Sein Brustkorb bäumt sich auf. Seine Lungen arbeiten nicht. Seine

Finger tasten über das Einschussloch in der Weste – er verbrennt sie sich an der heißen Patrone, die darin steckt.

»Das war nur ein Auftrag«, sagt er. Seine Stimme klingt schrill – sie klingt nach dem Kind in ihm, das verschwunden ist. Sie lachen ihn aus. Sein Schritt ist warm und feucht. Er rappelt sich vom Boden auf, seine gefesselten Hände zielen auf Woodcocks Kehle. Woodcock hält die Pistole direkt neben Chris' Gesicht, der Lauf zeigt zu Boden. Der Schuss blendet ihn – er ist so nah, dass er Schwarzpulver in die Augen bekommt. Die Welt besteht nur noch aus Rauschen und Schmerz.

Er kehrt klein und eingefallen in die Welt zurück.

Woodcocks Lippen formen die Worte: *Scheiß auf den Drecksack* – Chris hört nur ein Fiepen.

Sie stellen sich im Kreis um ihn herum auf. Sie stampfen, holen mit den Knüppeln aus. Ihre Blicke sind wild und ungezähmt. Solche Blicke hat er im Rückspiegel von Polizeiwagen gesehen, als er noch auf der anderen Seite saß und nicht im Kofferraum lag.

Die Schmerzen sind so heftig, er merkt gar nicht mehr, woher sie kommen. Chris rollt sich zu einer Kugel zusammen, schützt seinen Kopf, so gut er kann.

So ist das also, denkt er, als aus dem Schmerzregen ein Ozean wird.

So ist das also, denkt er, als er ertrinkt.

KAPITEL 54
MAE
Los Angeles

Der Regen fegt den Smog vom Himmel, während Mae immer weiterfährt. Bergketten, die gestern noch unsichtbar waren, erheben sich jetzt um die Stadt. Wie mühelos sich diese Riesen vor uns verstecken.

Mae ruft Chris an. Er geht nicht dran. Sie fährt weiter. Ihr Wegwerfhandy liegt auf ihrem Schoß, sie hat Angst, dass Nevaeh anruft und sie's verpasst.

Das arme kleine Mädchen mit all ihren dummen Träumen. Das Mädchen, das so tut, als wäre sie ein Flamingo. Das Mädchen, das so tut, als würde sie nicht als Geisel festgehalten.

Mae fährt. Die Straße ist glatt vom Regen. Öl und Staub aus drei Monaten mischen sich mit dem Regenwasser. Alle fahren langsam, aber manche krachen trotzdem aufeinander. Die Staus sind schlimmer denn je.

Mae denkt an sich selbst. Diese arme Frau und all ihre dummen Träume. Diese Frau, die so tut, als wäre sie ein Geschoss. Die Frau, die so tut, als könnte sie jemals genug Gutes tun, um wieder wettzumachen, was sie alles mit verbrochen hat.

Mae überquert den Fluss. Der Regen ist jetzt wütend geworden. Er peitscht von einem Ufer zum anderen. Sie denkt an die Zeltstadt, in der sie Panko getroffen hat, sie steht jetzt unter Wasser, die Bewohner sind obdachloser denn je. Panko hält sich irgendwo im Pinata District auf. Er will nur gehört werden. Er will nur, dass jemand bestätigt, wie falsch das war, was ihm passiert ist. Sie fährt durch die Stadt, bewegt sich mit dem Verkehr, achtet nicht darauf, wohin sie fährt. Auf der Fairfax Avenue lässt sie sich südlich treiben, vorbei am Petersen Automotive Museum, wo Biggie Smalls erschossen wurde, durch Little Ethiopia bis West Adams. Bevor Mae merkt, wohin sie fährt, wird die Fairfax Avenue zum La Cienega Boulevard.

Sie versucht, einen Mann wie Kyser zu verstehen. Und die nackte Angst, die Parker vor ihm hatte.

Sie kommt vorbei an den Inglewood-Ölfeldern, die Pumpen bewegen sich ununterbrochen, saugen Geld aus der Erde. Sie fragt sich, wem es gehört. Sie fragt sich, wieso sie sich das vorher nie gefragt hat.

Sie fährt nach Crenshaw.

Die Opportunity Zone.

Die Palmen hier haben dicke Bärte aus abgestorbenem Laub. Sie kommt bei Duland's Soul Food vorbei, eine Schlange zieht sich bis um den Block, ätzender Gestank nach Grillhähnchen und Bratensoße wabert aus der Tür. Bilder von Nipsey Hussle zieren unzählige Gebäude, Gemälde von seinem schmalen Gesicht mit dem langen Bart und dem Schlafzimmerblick. Er wurde vor seinem eigenen Geschäft in der Crenshaw Opportunity Zone erschossen. Genau der Gegend, die jetzt abgerissen und neu bebaut werden soll.

Sie denkt an Parker und was er ihr über das Ungeheuer erzählt hat. Sie denkt an den Preis, den sie bezahlt hat – an die Polizeiakte über O'Dwyer. Was will Parker damit? Er wollte beweisen, dass er noch nützlich sein kann, und sucht nach einer günstigen Gelegenheit. Er hat offen mit ihr über Kyser gesprochen, weil er wusste, dass es sowieso keine Rolle spielt.

Sie biegt in die Einkaufsstraße ein, in der Nipsey Hussle gestorben ist. Dieser Typ, der geglaubt hatte, es gäbe so was wie ein Entkommen. Ein schwarzer Junge mit Braids und einer dicken Brille steht vor dem Parkplatz. Ein Weißer steht neben einem Tesla und macht Fotos von dem Gebäude und dem Parkplatz. Er sieht die Leute um sich herum gar nicht, die einen Augenblick innehalten.

Etwas zerreißt in ihr, das spürt sie.

Sie ruft im Büro an und bittet Aneesa, sie zu Cyrus' Büro durchzustellen.

»Büro Cyrus Mitnick.«

»Taylor, ich bin's, Mae.«

»Hey, Mädchen.«

»Kann ich mit Cyrus sprechen?«

»Der ist nicht hier. Vielleicht versuchst du's noch mal in einer Stunde?«

»Kannst du ihm was von mir ausrichten«?«

»Natürlich.«

»Sag ihm, ich kündige mit sofortiger Wirkung. Du kannst alles in meinem Büro wegwerfen.«

»Warte mal, ist das dein Ernst?«

»Mein voller Ernst. Auf meinem Fensterbrett steht eine Sukkulente, die kannst du haben, wenn sie nicht schon eingegangen ist.«

Sie sitzt da mit dem Handy auf dem Schoß und spürt das schwerelose Rauschen in ihrem Bauch.

Vielleicht fliegt sie. Vielleicht fällt sie. Schwer zu sagen, ehe man auf den Boden knallt.

Sie ist fast zu Hause, als ihr Handy erneut klingelt. Sie geht dran – aber es ist das Wegwerfhandy.

Nevaeh, denkt sie.

»Hallo?«

Schweres, unregelmäßiges Atmen.

»Mae ...« Seine Stimme ist matschig.

»Chris?«

»Ich hab nichts gesagt«, sagt er. »Ich hab nichts gesagt, aber die haben mich ganz schön fertiggemacht.«

KAPITEL 55

CHRIS

Sixth Street

Sein Schädel fühlt sich geschwollen an, sein Gehirn wie in einen Schraubstock gespannt. Sein Puls pocht durch den ganzen Körper, in den Wurzeln seiner wackelnden Zähne und in der Magengrube. Dieser stumpfe Schmerz, der ihn mit jedem Herzschlag trifft, als hätte man sein Blut durch Kies ersetzt.

»Schau mich nicht an.« Er kann das Mitleid in Maes Augen nicht ertragen.

»Halt die Klappe«, sagt sie und tupft sein Gesicht mit dem Waschlappen sauber. Die Scham wird umso größer, je sanfter sie ihn von Schmutz und Blut befreit. »Hör auf, so ein Mann zu sein.«

»Ich kann das selbst machen«, sagt er.

»Chris«, widerspricht sie, und die Traurigkeit in ihrer Stimme lässt seine Beschämung heiß auflodern, er reißt ihr den Waschlappen aus der Hand, und sie wendet sich von ihm ab. Wie er diese Schwäche an sich hasst. Und er weiß, dass es ihn noch schwächer macht, so wie er sich benimmt, aber er kann's nicht lassen und schrubbt sich trotz der Schmerzen das Gesicht. Hinterher ist der Waschlappen grau und rot. Er gibt ihn ihr zurück. Ihre Augen hinter der Brille sind riesengroß und feucht. Er dreht den Kopf zur Wand.

»Du musst mit mir reden, Chris. Du musst mir sagen, was passiert ist.«

»Das waren die Dead Game Boys«, sagt er. »Die von Black-Guard haben bei ihnen herumgeschnüffelt, und das hat Woodcock nicht gefallen.«

»Er wollte wissen, warum«, sagt sie. »Also haben sie dich verprügelt, um es herauszufinden.«

»Darum geht's nicht. Die haben mich verprügelt, weil sie wütend waren und Angst hatten«, sagt er. »Die Fragen waren nur ein Vorwand.«

»Wow«, sagt sie. »Klingt ja, als wärt ihr alle Opfer eurer toxischen Maskulinität. Ich frage mich, wie das ist.«

Er lacht, obwohl es wehtut.

»Chris«, sagt sie, dieses Mal mit Nachdruck. »Die haben dich zusammengeschlagen. Du muss mir erlauben, dir zu helfen.«

»Okay«, lenkt er ein und dreht sich wieder zu ihr um. »Okay.«

Sie hilft ihm aus den Klamotten. Die Schuhe sind das Schwierigste. Sie muss dran zerren, bis er sie von den Füßen hat, und das sendet Schockwellen durch seinen ganzen Körper.

Sie geht raus. Er pinkelt im Sitzen. Das Wasser in der Schüssel färbt sich rosa. Dann kommt sie wieder rein, dreht das Wasser in der Dusche an. Dampf erfüllt den Raum, und sie hilft ihm in die Wanne. Das Wasser läuft pink an ihm herunter.

Alles tut weh. Er fährt sich mit der Zunge über jeden einzelnen Zahn – ausgefallen ist zum Glück keiner.

Wenn er die Augen schließt, sind die anderen noch da, stampfen immer noch laut mit den Füßen.

Sie schmiert Salbe auf die Schrammen, versorgt sämtliche Wunden an seinem Körper. Das ist intimer als alles, was sie je im Bett gemacht haben. Es jagt ihm eine Riesenangst ein. Er lässt es zu. Sie hilft ihm, eine Jogginghose und ein T-Shirt anzuziehen, aber er sagt ihr nichts von dem Blut in der Kloschüssel. Er weiß, dass er das machen sollte, nur ist er jetzt einfach zu schwach dafür.

Sie führt ihn zu ihrem Bett. Erinnerungen werden wach. Dieses wilde Lächeln, das sie immer auf dem Weg ins Schlafzimmer hatte. Sie schaut zu ihm auf, ihr Gesicht jetzt ohne Brille und dieser fast ungläubige Blick, wenn sie sein Gesicht berührt.

Sie bringt ihn sachte ins Bett und spürt, wie etwas in seinem Inneren aneinanderreibt. Er versucht, es vor ihr zu verbergen.

Sie umfasst sein Gesicht. »Lass das«, sagt sie, lächelt aber dabei.

Den Arm zu heben, verursacht ihm Schmerzen, aber er tut es trotzdem. Er berührt ihr Gesicht und überlegt, was er sagen soll. Dann driftet er ab an einen vergilbten Ort.

»Chris.«

Er kommt wieder zu sich, fühlt sich geplättet vor Schmerz.

Sie hat ihr Wegwerfhandy in der Hand.

»Nevaeh hat angerufen. Chris, er schiebt sie ab. Er will sie gegen irgendwas eintauschen oder so. Ich muss sie holen, jetzt oder nie.«

Chris setzt sich auf. Es kommt ihm vor, als würde sein Gehirn auf dem Kissen zurückbleiben. Die Welt verschwimmt, er versucht, sie scharf zu stellen, atmet ein und aus und behält gerade so seinen Mageninhalt bei sich.

»Chris ...«

Er holt tief Luft, schiebt den Schmerz, so gut er kann, beiseite.

»Ich komme mit.«

KAPITEL 56

MAE

Thai Town

Schilder in drei verschiedenen Schriften: Englisch, Thai, Armenisch. Bäckereien, Asia-Imbisse, Metzger.

An der Wand einer armenischen Kfz-Werkstatt befindet sich ein Wandgemälde, ein vom Handgelenk bis zum Ellbogen aufgeschlitzter Unterarm, das Blut formt die Zahl 1915 und **UNSERE WUNDEN WERDEN NIEMALS HEILEN.**

Mae denkt: *Überall wurde Blut vergossen – fängt man erst mal an, es zu sehen, sieht man immer mehr.*

Sie hat Nevaeh im Kopf. *Er will mit mir in ein Einkaufszentrum in East Hollywood. Er hat gesagt, ich soll meine Sachen packen – und dann hatte er so was Totes im Blick.*

Ihre Hände am Lenkrad liegen auf zehn und zwei Uhr – Chris sitzt wie ein Zombie auf der Beifahrerseite. Er versucht zu verbergen, wie schwer er verletzt ist und in wie vielerlei Hinsicht. Er starrt in die Ferne, als würde er in einer Endlosschleife immer wieder vor sich sehen, wie er verprügelt wurde.

»Was meinst du, zu wem er sie bringt?«, fragt sie, um seine Trance zu durchbrechen. Er zuckt mit den Schultern – seine schuldbewusste Miene verrät ihr, dass sie recht hatte.

»Ich vermute, er kennt jemanden bei der armenischen Mafia. Jetzt will er sie loswerden, weil er kapiert hat, dass das eine Nummer zu groß für ihn ist.«

»Was machen die mit ihr?«

»Von deren Standpunkt aus geht es um eine schlichte Transaktion«, sagt Chris. »Wahrscheinlich rufen sie Algar an und verscherbeln Nevaeh an ihn.«

Vor ihnen fährt ein roter Jeep – er wechselt von einer Spur

zur anderen, versucht den Verkehr zu überlisten. Mae beugt sich näher an die Windschutzscheibe heran und späht durch den Dunst. Sie erkennt den hochgebundenen Pferdeschwanz eines Mädchens auf der Beifahrerseite.

»Scheiße, das sind sie«, sagt sie.

Chris beugt sich ebenfalls vor, kneift sein gesundes Auge leicht zusammen und nickt. Dann löst er seinen Sicherheitsgurt – der Wagen fiept, um ihn zu ermahnen.

»Chris, lass mich das machen.«

»Ich bin fit«, sagt er.

Er ist nicht fit.

Der Parkplatz ist winzig und völlig zugeparkt mit den Autos der Mittagsgäste von zwei Thai-Restaurants sowie der Kunden eines armenischen Metzgers. Ein großer schwarzer SUV hält auf zwei Behindertenparkplätzen quer vor einem Tabak-Discounter. Männer in farblosen Klamotten und mit rasierten Schädeln stehen drum herum. Sie sehen aus wie Gangster, aber fast schon zu offensichtlich, um es zu sein. *Das sind die Handlanger eines anderen Ungeheuers*, denkt Mae. *Als würde man in einen Zerrspiegel blicken.*

»Das müssen sie sein«, sagt sie.

Der Jeep schiebt sich auf den Parkplatz, hält vor dem SUV.

»Fahr nicht auf den Platz«, sagt Chris. »Da stecken wir fest.« Sie stellt sich ins absolute Halteverbot am Bordstein und sagt: »Bleib du hier.« Sie lässt den Motor laufen, knallt die Tür zu und würgt Chris' »Verdammte Scheiße« ab. Sie kommt sich vor, als wäre sie aus einem Flugzeug gesprungen. Der abrupte Eintritt in die Sommerluft von Los Angeles erinnert sie an eine Luftschleuse.

Alles wogt in der Mittagshitze. Autohupen und Geschimpfe erfüllen die Atmosphäre. Einer der Männer in Schwarz sieht sie kommen – sie sieht ihm an, dass er sie unter »ungefährlich« verbucht, er wendet sich ab.

»Nevaeh«, sagt sie. Das Mädchen dreht sich zu ihr um und blinzelt verwirrt. Nevaeh spielt jetzt schon so lange eine Rolle in Maes Leben, dass diese fast vergisst, dass Nevaeh sie nie gesehen hat.

»Wer zum Teufel bist du?«, fragt Jesse. Seine Stimme ist tiefer als erwartet. Sie hätte eher auf nasal und quengelig getippt. Doch er hat etwas Stahlhartes, und das macht den Moment noch schlimmer.

»Nevaeh, ich bin's«, sagt Mae, sie lässt ihren Akzent wieder aufblitzen. Sogar jetzt manipuliert sie das Mädchen. »Der Waschbär in der roten Lederjacke.«

Chris kommt hinter ihr heran. Er ragt hoch auf und ist sehr gut darin, sich seine Verletzungen nicht anmerken zu lassen. Mit seinem ramponierten Gesicht wirkt er nur noch furchterregender.

Die schwarz gekleideten Männer sehen Jesse verunsichert an, als könnte es sich bei dem Treffen um ein doppeltes Spiel handeln.

»Das Mädchen kommt mit uns«, sagt Mae.

»Einen Scheiß tut sie.«

Mae streckt Nevaeh eine Hand entgegen.

Die Hintertür des SUV geht auf – ein alter Mann mit Haaren in den Ohren starrt sie an, seine Blicke treffen Mae wie tödliche Strahlen.

»Haben Sie schon bezahlt?«, fragt Mae den Alten. »Wenn nicht, verlieren Sie nichts.«

»Hey ...«, faucht Jesse.

Auf dem Sunset Boulevard fährt ein Polizeiwagen vorbei. Alle erstarren und sind einen kurzen Moment auf derselben Seite. Niemand rührt sich, bis die Polizei außer Sichtweite ist.

»Komm mit, Nevaeh«, sagt Mae – laut genug, sodass Passanten gucken.

»Wer zum Teufel bist du?«, schreit Jesse, und genau das wollte sie.

Dass er eine Szene macht.

Die Gäste in einem der beiden Thai-Restaurants sehen ihnen schon zu, mit vom Khao Soi gelben offenen Mündern.

»Komm schon, Nevaeh.« Mae versucht etwas in ihren Gesichtsausdruck fließen zu lassen, etwas tief Empfundenes und Fürsorgliches, vielleicht sogar etwas Wahres.

»Ich bin raus«, sagt Nevaeh zu Jesse und macht einen Schritt auf Mae zu. Jesse streckt die Hand aus, als wollte er sie aufhalten, aber ihm fehlt der Mut.

Die armenischen Mafiosi sehen den Alten an: *Was jetzt?*

Das ist der Moment.

Mae und der Alte verhandeln mit Blicken.

Dann lehnt er sich auf seinem Sitz zurück und schließt die Tür.

Alle entspannen sich. Die Männer gehen in den Tabakladen zurück. Jesse sieht sich um, weiß nicht genau, was gerade passiert ist. In seinem Gesicht blitzt alles Mögliche auf, Wut, Angst und Verwirrung. Es lähmt ihn.

»Verpiss dich«, sagt Nevaeh zu ihm auf dem Weg zu Maes Wagen. Seit Mae sie im Video gesehen hat, ist ihr Bauch weitergewachsen und ihr T-Shirt ist ihr viel zu eng.

Jesse steht da und starrt sie an, als würde er doch noch etwas unternehmen wollen, aber als sie wegfahren, steht er immer noch da und begreift nicht einmal, dass er frei ist.

KAPITEL 57
CHRIS

Hollywood / Westwood

Das Mädchen sitzt hinten – gleichzeitig real und irgendwie nicht. Er hat so lange über sie nachgedacht. Es ist dasselbe Gefühl, wie wenn man zum ersten Mal einer echten Berühmtheit begegnet – irgendwie kriegt das Gehirn gar nicht auf die Reihe, dass die Person wirklich aus Fleisch und Blut ist.

Mae fährt über den Santa Monica Boulevard nach Hollywood. Chris dreht sich um, will das Mädchen ansehen – aber der Schmerz schreit wieder auf. Das Mädchen hat eine Hand am Türgriff, so wie sie guckt, stehen die Chancen fifty-fifty, dass sie einfach abhaut.

»Jetzt, wo ihr mich habt, könnt ihr mir auch gleich sagen, ob ihr nicht doch in Wirklichkeit die Bösen seid.« Nevaeh spricht mit breitem Hillbilly-Akzent.

»Wir gehören nicht zu denen.« Jetzt liegt auch in Maes Aussprache eine Prise White-Trash – Chris fragt sich, ob es Absicht ist. Sie will unbedingt Nevaehs Vertrauen gewinnen.

Mae sagt: »Das ist übrigens Chris. Wir beide wollen dir helfen.«

Nevaeh schnaubt, als wollte sie sagen: *Schon klar* – nimmt aber ihre Hand vom Türgriff. »Und wer hat dir so aufs Maul gehaun?«

»Das war die Polizei«, sagt er. Seine Zunge ist ein bisschen zu groß in seinem Mund.

»Dabei siehst du selbst aus wie ein Polizist.«

»Ich war mal einer.«

»Ach du Scheiße. Das heißt, die machen genau wie alle anderen auch ihre eigenen Leute fertig?«

Sie fahren an der Hollywood High vorbei. Ein paar Schüler lungern davor herum – Chris merkt, dass er gar nicht weiß, wie spät es ist – muss Nachmittag sein. Die letzten fünfzehn Stunden hatte er immer wieder das Bewusstsein verloren.

Nevaeh beugt sich vor.

»Meine kleine Bitch hat Hunger. Lass uns mal da in dem In-N-Out halten.« Sie legt eine Hand auf ihren Bauch, klappt sie rauf und runter, als wäre es der Mund einer Brauchrednerpuppe, und sagt mit komisch verstellter Stimme: »Fütter mich.«

Die Drive-Through-Schlange reicht bis um die Ecke. Nevaeh mustert die Jugendlichen davor, die meisten von der Hollywood High – Jungs mit Skateboards, zotteligen Haaren und Schnurrbartflaum. Sie greift in ihren Rucksack und zieht einen Energydrink raus, macht ihn auf und trinkt. Sie sieht, dass Chris sie im Rückspiegel anstarrt, und lacht ihn aus.

»Du bist wirklich Polizist, oder was?«

»Hm?«

»Du denkst, die ist schwanger, die sollte nicht so einen Mist trinken. Aber was soll schon passieren? Little Miss Vielfraß wird mit Hörnern geboren? Von mir aus. Ich stell sie mitsamt ihren Hörnern bei Instagram rein, dann wird sie reich und berühmt.«

Sie kommen in der Schlange voran, holen was zu essen. Sie sind so hungrig, dass sie gleich im Wagen auf der Fahrt zu Mae alles futtern. Chris trinkt einen Milkshake – für richtiges Essen schmerzt sein Kiefer zu sehr. Nevaeh verschlingt ihren Double-Double-Burger.

»Und wie gut hast du Katherine gekannt?«, fragt sie Mae plötzlich mit vollem Mund und aus dem Nichts heraus.

»Nur ein bisschen«, antwortet Mae.

»Warst du auf der Beerdigung?«

»Nein.«

»Ich wollte unbedingt hin. Ich hab so geheult. Aber Jesse hat Nein gesagt. Jesse ist ein Superarsch, ich schwör's. Der hat vor allen Angst. Er meinte, es ist Erics Schuld, dass die jetzt alle tot sind. Stimmt das?«

»Ist kompliziert«, sagt Mae.

»Ich wette, es ist überhaupt nicht kompliziert«, sagt das Mädchen. »Ich wette, es ist verdammt einfach. Reiche Leute bekommen, was sie wollen, sonst sorgen sie dafür, dass die Hölle losbricht, und spätestens dann kriegen sie, was sie wollen. Ende. Aus. Abspann.«

Das Mädchen beeindruckt ihn. Er hatte sich ein zusammengekauertes verschrecktes Ding vorgestellt, und auch wenn ihre große Klappe nur vorgetäuscht sein mochte, so war es eine Täuschung, die vielleicht Realität werden konnte.

»Katherine war cool«, sagt Nevaeh. »Sie hat sich um mich gekümmert, aber dieser Kevin war mir von Anfang an suspekt. Meine Mom hätte mich Heiße Kartoffel nennen sollen, ich wurde nämlich rumgereicht wie eine. Von meiner Mom zu meiner Grandma, dann in die Tanzschule zu Katherine und von der zu Jesse und so.«

»Das ist jetzt vorbei«, sagt Mae.

Das Mädchen tätschelt sich den Bauch.

»Werden wir ja sehen. Was zum Teufel habt ihr beiden mit uns beiden vor?«

Erst mal *vage bleiben.*

»Wir bringen dich in Sicherheit«, sagt Mae. »Dann machen wir dich reich und frei.«

Nevaeh lacht.

»Scheiße. Du klingst genau wie Katherine. Meinst du, das ist ein gutes Zeichen?«

Sarahs Wohnung in Westwood riecht nach einem schicken Boutique-Hotel – in der Luft hängen diverse Aroma-Öle. Der

Look ist beigefarbene Keramik, genoppte Stoffe, jede Menge Topfpflanzen. Nevaeh bekommt Sarahs Zimmer.

»Jedenfalls besser als das Surfrider Inn«, sagt sie und lässt sich aufs Bett fallen. Dann legt sie wieder die Hand auf den Bauch und lässt die Klappenhand sprechen: »Baby liebt Luxus.«

Mae bringt ihren Kram ins Gästezimmer.

Chris schmerzt sein kaputtes Knie schon beim bloßen Anblick der Couch.

»Wir können auch tauschen«, sagt Mae.

»Nein, die Couch ist super.«

»Ich muss arbeiten«, sagt sie. »Kannst du bis zum Abendessen auf Nevaeh aufpassen?«

»Was zum Teufel soll ich mit ihr anstellen?«

»Keine Ahnung. Lass sie fernsehen, und hab keine Angst vor ihr.«

»Hab ich nicht ...«

»Die ist ein Teenager, Chris. Ihr sind schreckliche Sachen passiert, aber sie ist nicht radioaktiv.«

Dabei hatte er gedacht, man würde es ihm nicht anmerken.

Das Mädchen verknallt sich sofort in Mandy. Sie sitzt auf der Couch und lässt sich abschlabbern. Dann legt sie ihre Hand auf den Bauch und sagt mit ihrer, wie sie es nennt, Bad-Bitch-Stimme: »Doggie und Bad Bitch sind beste Freundinnen.«

Mandy tapst zu ihrer Wasserschüssel. Nevaeh guckt Chris an: *Und jetzt?*

Der Blick löst nackte Panik bei ihm aus. Mae hat recht. Das Mädchen macht ihm eine Scheißangst. Genauso wie das Baby in ihrem Bauch – die unübersehbare Wahrheit über das, was passiert ist. Wenn sich das Baby bewegt, bebt ihr Bauch wellenförmig. Wie verkehrt die Schwangerschaft an ihrem Teenagerkörper wirkt.

Er hört Maes Stimme im Kopf: *Stell dich nicht so an.*

Dann fragt er Nevaeh: »Willst du lernen, wie man eine Wohnung filzt?«

»Wie man was?«

»Wie man eine Wohnung nach etwas Verstecktem durchsucht, so wie Cops das machen.«

»Au ja, das will ich!«

Sie gehen im Apartment umher. Mandy folgt ihm.

»Du musst alles anders betrachten«, erklärt er. »Wenn du was siehst, sagt dir dein Gehirn, was es ist: *Das ist ein Stuhl.* Lass das nicht zu. Du musst Träume und Formen sehen. Denk nicht *Stuhl*, denk *Objekt*. Betrachte es als das, was es wirklich ist, dann findest du Verstecke, auf die du sonst niemals gekommen wärst.«

Sie durchsuchen zum Spaß Sarahs Schlafzimmer. An den Nachttisch lässt er Nevaeh nicht – Maes Freundin hat ihre Privatsphäre verdient.

»Scheiße, ich hab sowieso schon reingeguckt«, sagt sie. »Die Lady, die hier wohnt, verwöhnt sich gerne. *Bzzzzz.*«

Chris muss unwillkürlich lachen.

»Warst du wirklich mal Cop?«, fragt sie.

»Wäre das ein Problem?«

»Auf die Polizei kannst du scheißen. Entweder die arbeiten für reiche Leute oder für sich selbst.«

Sie trommelt mit den Fingern auf ihrem Bauch. Das Baby darin tritt oder dreht sich, der Bauch bewegt sich. Chris zuckt zusammen. Nevaeh sieht sein Gesicht. »Jungs denken immer, Mädchen sind so zart und zerbrechlich und nur sie sind stark, dabei ist es genau umgekehrt. Meine kleine Bitch hier ist echt abgebrüht. Du warst doch Polizist? Da hast du doch bestimmt die ganze Zeit voll eklige Sachen gesehen. Was war das Ekligste, was du je gesehen hast?«

Deine Freunde in der WG mit ihren eingeschlagenen Schädeln.

Fast hätte er's gesagt, aber er kann sich gerade noch beherrschen – wieso will er den Panzer des Mädchens brechen?

»Ein Autounfall«, sagt er. »Ein tiefergelegter Sportwagen ist einem Sattelschlepper hinten reingefahren, sodass dem Fahrer der Kopf abgesäbelt wurde.«

»Nein! Echt?« Ihre Augen strahlen.

»Echt«, sagt er. »Ich musste den Kopf eine Straßenecke weiter einsammeln.«

»Kotz.«

Irgendwas in Chris gibt ihm ein, was er als Nächstes sagen soll.

»Ich hab lange Zeit jede Nacht davon geträumt. Nach einer Weile dann nicht mehr, irgendwann war's wieder gut.«

Sie schaut aus dem Fenster – Westwood glüht –, es sieht aus wie das Los Angeles, das man aus dem Kino kennt. Sie betrachtet die Stadt, während sie weiterspricht.

»Von denen, die jetzt tot sind, hab ich nur Katherine gekannt. Den anderen bin ich auch mal begegnet, Kevin und so. Auch diesem John, mit denen die befreundet waren und der von den Cops erschossen wurde. Aber Katherine hab ich richtig gekannt. Bevor die kleine Bitch hier am Start war, wollten die von ItGirl, dass ich mich als Freundin von Big Little bewerbe ...«

»Big Little?«

»Der YouTuber. Komm schon, den kennst du.«

»Du hast dich als seine Freundin beworben? Du meinst, wie für einen Job?«

»So abgefahren ist das gar nicht. Der Deal war, dass ich meinen eigenen YouTube-Kanal bekomme, und dann wär ich in seinem Feed aufgetaucht und wir hätten voll süß zusammen ausgesehen und ich hätte jede Menge Follower bekommen, Sponsoren und so was alles, und Big Little hätte einen Anteil kassiert, weil er mich berühmt gemacht hat. Ich bin zu ihm hin, und er war voll nett zu mir, aber das war total oberflächlich. Als würde er nur so tun als ob, als müsste man nur mit dem Finger schnippen, und dann würde seine Fassade bröckeln, und das hat mir richtig große Angst gemacht. Ich wollte das nicht. Ich wollte nicht so tun, als wäre ich seine Freundin, weil ich dachte, dass mich das verrückt macht, wenn ich so ein ganzes Leben vortäuschen muss. Ich hatte nämlich noch nie einen echten Freund, weißt du? Und Katherine war diejenige, die gesagt hat, dass ich's nicht machen muss. Sie war die Einzige. Deshalb bin ich zu ihr. Deshalb hab ich's ihr gesagt.«

Chris' Herz hämmert in seiner Brust – all das Schreckliche, das das Mädchen in ihrem Kopf mit sich herumträgt. Er will das Thema wechseln, auf Mae warten.

»Sie war diejenige, die mir gesagt hat, dass das nicht okay ist, was Eric da mit mir gemacht hat. Sie hat kein bisschen mir die Schuld gegeben. Ich war total am Ende deshalb, und ich glaube, wenn ich ehrlich bin, bin ich's immer noch. Aber sie hat gesagt, dass ich mich entscheiden kann. Sie hat gesagt, ich kann mich gegen die alle wehren. Und jetzt ist sie tot.«

»Bist wirklich ein richtig taffes Ding, hat dir das schon mal jemand gesagt?«

Sie streicht sich über den Bauch – dieses Mal ganz sachte.

»War ich früher nicht. Muss ich jetzt aber sein, für sie. Ich hätte sie auch wegmachen lassen können, als sie noch so groß war wie ein Kaugummi. Jetzt ist sie aber schon so groß wie ein Brot, und ich liebe sie.«

»Natürlich liebst du sie. Ist doch deine Bad Bitch.«

Nevaeh grinst und lässt die Hand auf dem Bauch liegen.

»Genau, da hast du verdammt recht.«

KAPITEL 58
MAE
Westwood / Studio City

Sie vermisst es, zu den Eingeweihten zu gehören und sich mit dem ganzen Schmutz auszukennen. Jetzt muss sie die Lücken mit Vermutungen füllen und liest Zeitungen wie ein Nachrichtenjunkie. Sie erkennt die Fingerabdrücke des Ungeheuers in jedem Artikel. Sie liest, was über den Fall Brad O'Dwyer geschrieben wurde. Ein Statement von Brad – »Bei allem Respekt gegenüber unserer Polizei, die jeden Tag heldenhaft Kopf und Kragen riskiert, um in unserer Gesellschaft für Ordnung zu sorgen, meine Festnahme war ein Irrtum und sobald die wahren Umstände des Falls ans Licht kommen, werde ich vollkommen entlastet sein« – trägt eindeutig Cyrus' Handschrift.

Cyrus hat seinen Job gemacht – die Meldungen sind mehrdeutig, aber das wird nicht genügen, um O'Dwyers Kopf aus der Schlinge zu ziehen. Mae kann den Subtext entziffern – jemand bei der Staatsanwaltschaft möchte Karriere machen, indem er einen reichen Sprössling und Brandstifter zu Fall bringt. Den Artikeln ist zu entnehmen, dass bei der Durchsuchung von O'Dwyers Wagen Gegenstände sichergestellt wurden, die ihn eindeutig in Zusammenhang mit den Anschlägen auf die Obdachlosenlager bringen. Welche Gegenstände das waren, steht nicht drin. Mae kennt die Handschrift des Brandbombenlegers bereits aus den Polizeiakten, die sie an Parker weitergeleitet hat – er hat Kältekompressen als Brandbeschleuniger verwendet. Bei den Cops hat jemand Brads Chat-Room-Ergüsse gesichert und geleakt. Ein verpixelter Hitler in grellen Farben. Ein Foto von Dunkelhäutigen mit der Überschrift **DIE BRAUNE FLUT.** Hasstiraden gegen **PARASITEN** und Warnungen vor vermeintlicher Überfremdung.

Hättest mal sehen sollen, was die alles in der Firma gelöscht haben.

Ein paar Artikel weiter ausnahmsweise mal eine zutreffende Überschrift: **Politische Verbündete lassen angeklagten West Hollywood Power Broker fallen.** In dem Artikel über Parker ist die Rede von einem neuen Anwalt – nicht Frederick Kim oder ein anderer Anwalt im Umfeld des Ungeheuers. Anscheinend hat man versucht, ein Statement zu bekommen – aber niemand ist mehr bereit, für Parker auszusagen. Wie er gesagt hat – man hat ihn auf eine Eisscholle verbannt und ins Meer hinausgestoßen.

Mae will dahinterkommen, wie die beiden Fälle zusammenhängen. Wieso denkt Parker, O'Dwyers Polizeiakte könnte ihm helfen?

Mae schwört sich, dass es ihr letzter Handel mit dem Teufel war. Der allerletzte.

Irgendwas in ihrem Kopf meldet sich: *Das hast du dir schon mal geschworen.*

Sie legt sich Notizbücher, ihren Laptop und ihr Handy auf Sarahs Gästebett zurecht und skizziert einen Guerrillakrieg. Vor der Tür hört sie Chris und Nevaeh lachen. Chris' Lachen ist gut und stark. Offenbar entsteht gerade eine seltsame Freundschaft, mit der sie nicht gerechnet hätte. Mae stellt sich vor, wie sie die Geschichte als Plot einer Krimiserie pitchen würde, korrupter Ex-Cop mit ramponierter Visage und junge Redneck-Tänzerin, schwanger mit dem Baby eines mächtigen Mannes, kämpfen gemeinsam gegen das organisierte Verbrechen.

Sie kehrt zu ihrem Schlachtplan zurück. Ein Umstand macht es ihr leicht: Sie spielt gegen ihr früheres Ich. Sie weiß genau, welche Schritte die Firma ergreifen wird. Und warum sie Niederlagen einstecken musste, auch wenn das nur sehr selten vorkam. Sie macht eine Liste mit allen Reportern, die nicht mitspielen, und von allen Publikationen, bei denen man kein Schweigegeld entgegennimmt.

Wir müssen Blitzschach spielen. Der Gegner muss auf Hierarchien achten, und das macht ihn langsam.

Kyser sitzt ihr im Hinterkopf. Ein Milliardär – was für eine dumme Idee, einem Einzelnen überhaupt so viel Macht zuzugestehen. Sie hört Parkers Stimme in ihrem Kopf: *Ab einem gewissen Punkt sind Leute nicht mehr ein* Wer, *sondern ein* Warum.

Mae denkt an die Grundlagen des Vertuschens, so wie Dan es ihr beigebracht hat. Und kehrt sie um.

Alles, was sie vorlegen, muss beweisbar sein. Die Geschichte erzählt sich selbst.

Sie haben den Beweis. Sie können ihre Behauptungen unanfechtbar mit DNA belegen. Dans Stimme in ihrem Kopf sagt: *Horror oder Tränendrüse – am besten beides.*

Mae kann nicht schlafen.

Und sie weiß, warum.

Sie geht ins Wohnzimmer. Bewegt sich ganz vorsichtig, sie kennt sich hier im Dunkeln nicht aus, findet Chris schlafend auf der Couch. Sie tippt ihn sachte an die Schulter, hat Angst, einen Bluterguss oder eine Schramme zu erwischen. Er dreht sich um ... sein Blick ist hellwach – er hat gar nicht geschlafen.

»Ich kann dich nicht hier auf der Couch schlafen lassen.«

»Schon gut.«

Jungs sind so bescheuert, hört sie Nevaehs Stimme im Kopf.

Sie nimmt seine Hand und zieht ihn behutsam hoch, setzt sich zu ihm auf die Couch. Sein salziger Geruch steigt ihr in die Nase, und sie unterdrückt die Gefühle nicht, die das in ihr weckt. Sie lässt sie in sich toben und legt ihm eine Hand auf die Wange.

»Ich will dich aber nicht hier auf der Couch schlafen lassen.«

Endlich kapiert er es. Sie sieht ihn im Dunkeln grinsen.

Sie ziehen sich schnell aus. Alles andere machen sie langsam. Er ist immer noch sehr angeschlagen.

Beide sind sie angeschlagen.

Sie wacht früh auf und denkt über Manipulation nach.

Das Mädchen will berühmt werden – also muss man sie wie einen Star behandeln.

Mae geht die Straße runter, kauft alle süßen Plunderstücke in der Auslage eines Cafés. Croissants mit Mandeln, Schokolade und Matcha, Kouign amann und Canelés.

Sie kommt zurück, schleicht katzengleich an Chris vorbei, der noch schläft – sie denkt an seine Hände in der Dunkelheit –, und deckt den Frühstückstisch auf Sarahs Terrasse. Über Mae kreist ein Schatten – eine gierige Möwe lauert in der Luft.

Nevaeh verliert kein einziges begeistertes Wort über das üppige Frühstücksangebot – ein echter Star würde so was für selbstverständlich halten, das weiß sie. Sie nimmt sich ein Schokocroissant und scrollt Instagram runter.

Sie zeigt Chris und Mae ein Foto von einer sehr berühmten Frau mit einem Baby, ihr Shirt lässt den Bauch frei. Ihre Oberarme sehen aus wie gepanzert. Nevaeh stößt einen Seufzer aus. »Wenn ich meine Kleine bekomme, wird mein Körper nie wieder derselbe sein, das ist der große Nachteil. Ich muss rauskriegen, wie die's geschafft hat, ihren Babybauch so schnell wieder loszuwerden. Drei Wochen nach der Geburt sieht sie schon wieder so aus? Das ist doch nicht fair. Ich meine, ich weiß, dass man sich den Bauch straffen lassen kann und so, aber trotzdem. Ich will das auch.«

Die Regel besagt: *Wer Vertrauen schenkt, bekommt auch welches.*

»Das ist eine Klientin der Firma, für die ich gearbeitet habe«, sagt Mae. »Die hat sich nicht operieren lassen.«

»Ach komm, kennst du die etwa?«

»Ich habe ihre Leute kennengelernt. Und ich weiß, was ihr Geheimnis ist. Soll ich's dir verraten?«

»Verdammt, ja, na klar, das will ich wissen.« Sie legt ihr Handy hin.

»Alles bloß vorgetäuscht.«

Nevaeh beugt sich vor. Die Stimme in Maes Kopf lacht: *Jetzt hab ich sie.*

»Was? Was ist vorgetäuscht?«

»Die war nie schwanger.«

»Wie bitte?«

»Sie hat eine Leihmutter engagiert – *eine Gestationsträgerin.* Eine Frau in Mexico City musste eine Vertraulichkeitserklärung unterschreiben, bestimmte Ernährungsvorschriften einhalten, zum Beispiel durfte sie kein Aspirin nehmen. In ihrem Team war jemand der Ansicht, wenn das rauskommt, dass eine andere ihr Baby für sie austrägt, würde das ihrem Image schaden, und deshalb haben sie beschlossen, die Schwangerschaft vorzutäuschen.«

»Nee-hee«, sagt Nevaeh. »Du lügst. Ich hab sie doch auf dem roten Teppich gesehen mit ihren dicken Babybauch.«

»Der Kostümbildner hat ein paar Polster genäht, so wie Drag Queens sie tragen. Aus Schaumstoff.«

»Nee-hee. Du lügst. So was kommt doch raus.«

»Ein Paparazzo hat sie erwischt, wie sie ausgerutscht ist, und er hat den Schaumstoff gesehen. Deshalb wurden wir eingeschaltet. Wir haben dem Fotografen Schweigegeld gezahlt, fünfstellig.«

»Abgefahren.« Mae sieht das Leuchten in Nevaehs Augen, und die Stimme in Maes Kopf sagt: *Jetzt.*

»Gewusst, wie. Deshalb können wir dir helfen.«

Das Mädchen nickt, als wollte sie sagen: *Okay, ich höre.*

»Wir haben nichts Illegales vor. Wir wollen uns nicht verstecken müssen. Wir werden einfach deine Geschichte verkaufen, an alle.«

»Muss ich dann auch drüber reden?«

Erst mal nicht darauf antworten.

»Du trägst den Beweis in dir. Mit der DNA deines Babys können wir alles belegen, sodass es sich nicht abstreiten lässt. Wir können beweisen, was Eric getan hat, und verhindern, dass er's wieder tut.«

»Ich will aber nicht, dass es alle erfahren.«

»Die Zeitungen drucken weder deinen Namen noch ein Foto von dir. Wir schützen dich.«

»Kevin und die haben gesagt, Erics Leute tun mir was an. Und du weißt ja, was Kevin und denen passiert ist, was Katherine passiert ist.«

»Wenn wir erst mal den DNA-Beweis haben, bist du sicher. Wenn die Schweinerei rausgekommen ist, würden sie's nur schlimmer machen, indem sie dir was tun. Die Sache öffentlich zu machen, ist die einzige Möglichkeit, dich in Sicherheit zu bringen.«

Nevaeh nickt – aber es ist weder ein Ja noch ein Nein.

»Wir werden dir Geld beschaffen. Und einen Anwalt. Außerdem einen Vertrag für ein Buch – wir denken uns ein Pseudonym für dich aus und verkaufen die Geschichte an Zeitungen und Verlage, wir machen einen Podcast und verticken die Filmrechte. Wir machen dich reich, und das ganz legal.«

Mae sagt nicht, *die werden schreckliche Sachen über dich verbreiten, die werden behaupten, alle Mädchen heutzutage seien frühreif. Die werden dich als Lolita bezeichnen und dir unterstellen, dass du nur aufs Geld scharf bist.*

»Geld für dich und dein Baby – du musst dir keine Gedanken über einen Job machen, du kannst tanzen oder was immer du willst. Ich denke, wahrscheinlich können wir dir alles in allem zu ein paar Millionen verhelfen.«

Sie sieht Nevaeh die Frage an, beantwortet sie, noch bevor sie sie stellen kann.

»Wir nehmen einen Anteil von zehn Prozent, wie ein Agent oder eine Agentin.«

»Aber ich muss drüber reden.«

Vertrauen aufbauen und nutzen.

»Ja.«

»Viel?«

»Ich bin immer dabei.«

Dieser lange Moment, in dem sie dem Mädchen in die Augen sieht. Mae erlaubt ihr, alles zu sehen – die Angst, die Fragen und vor allem den Zwiespalt.

Das Mädchen nickt.

Sie sagt: »Okay.«

Mae feiert in Gedanken ihren Sieg.

Und hasst sich dafür nur ein kleines bisschen.

Sie war so lange in dem Apartment, dass ihr der Ventura Boulevard schon wie Ausland vorkommt. Sushi-Läden und Bistros säumen die Straße.

Assistenten aus den CBS-Studios halten die Warteschlange im Coffee Shop auf, verlangen von den Baristas, dass sie auf jeden halb entkoffeinierten Hafermilch-Latte jemandes Namen schreiben, und entschuldigen sich dann, weil sie auf die Karten ihrer Chefs kein Trinkgeld geben können.

Mae holt sich einen Cold Brew und setzt sich vorne hin, mit dem Gesicht zur Tür. Sie erkennt Marla von einem Autorenfoto in der Zeitung – sie trägt Jeans zu einer alten Armeejacke. Marla begegnet ihrem Blick und nickt, wie um zu sagen: *Ich hab dich gesehen*, dann grinst sie, als würde Mae genauso aussehen, wie sie sie sich vorgestellt hatte. Sie kommt schnell näher. Setzt sich, ohne die Jacke auszuziehen.

»Kann ich dir was holen?«, fragt Mae.

»Der Marcus-Brottman-Artikel«, sagt Marla. »Mein Redakteur hat ihn gestoppt, weil er meinte, der sei reine Hetze.

»Wir nennen es Kopfschuss«, erwidert Mae, »wenn wir über einen Reporter hinweg zum Herausgeber gehen. Chefs sind immer eher dagegen, Staub aufzuwirbeln – Chefs halten viel von Zusammenhalt. Deshalb will ich mit dir reden.«

»Willst du mir jetzt vielleicht was von Zusammenhalt erzählen? Nachdem du meinen Artikel abgewürgt hast?«

»Ich habe gestern bei Mitnick & Associates gekündigt.«

Marla verschränkt die Arme, als wollte sie sagen: *Von mir erfährst du trotzdem nichts.*

»Jetzt wird mir alles klar. Du hättest die Hannah-Heard-Story im Keim erstickt.«

»Welche Hannah-Heard-Story?«

»Wow, du bist wirklich raus. Sie wurde gestern gefeuert. Erst war sie spurlos verschwunden, dann ist sie völlig hinüber am Set aufgetaucht, und da haben die Nägel mit Köpfen gemacht.«

Dieser seltsame Anfall von schlechtem Gewissen – Mae schiebt ihn beiseite.

»Ich habe eine neue Klientin«, sagt Mae. »Das bleibt aber vorläufig unter uns. Ich vertraue dir. Ist okay, wenn du mir nicht vertraust. Meine neue Klientin ist erst vierzehn Jahre alt, aber im sechsten Monat schwanger. Der Kindsvater ist über fünfzig und ein in der Branche bestens bekannter Power Player.«

Marla verzieht keine Miene, nur ihre Augen verraten, was in ihr vorgeht.

»Erzähl mir mehr.«

»Der Mann macht seit Jahren Kinderfernsehen.«

»Du meinst Eric Algar.«

»Das heißt, du hast davon gehört?«

»Alle haben davon gehört.«

»Niemand sagt was, aber alle tuscheln. Meine Rede.«

»Eben. Wegen Leuten wie dir.«

»Ich hab dir schon gesagt, dass ich ausgestiegen bin. Die wissen nicht, was ich jetzt mache.«

»Sie werden es aber erfahren.«

»Ich brauche nur ein bisschen Vorsprung, und da bist du gefragt.«

»Du willst auf beiden Seiten mitmischen – dich als eine Art Kreuzritterin ins Spiel bringen? Und dich gleichzeitig von denen bezahlen lassen?«

»Es sind zu viele Menschen zu Schaden gekommen. Es ist viel schlimmer, als du dir vorstellst.«

»Hat es was mit dem Tod von Dan Hennigan zu tun?«

»Ja.«

»Inwiefern?«

»Konzentriere dich auf das Mädchen und auf das, was du beweisen kannst.«

»Wird sie auspacken?«

»Sie wird reden. Nicht exklusiv. Wir werden noch ein großes Interview mit einer anderen Journalistin verabreden.«

»Geld wird aber vor allem mit dem großen Interview verdient ...«

»Dafür bekommst du den ausführlichen Hintergrundbericht, die harten Fakten. In den Fall sind viele Personen verwickelt, du hast keine Ahnung, was für ein großes Ding das ist. Wie weit willst du es zurückverfolgen?«

Marla sagt: »Ich dachte, MeToo hat mit so was aufgeräumt.«

»Soll das ein Witz sein?«

»Natürlich.«

Marla mustert sie kurz. Mae spürt, dass sich Risse auftun.

»Warum kommst du damit zu mir?«

»Weil du mir in meiner Zeit bei der Firma immer die größten Schwierigkeiten gemacht hast und weil ich dich für eine Kämpferin halte. Das Mädchen braucht uns jetzt. So viele Kämpferinnen wie möglich.«

Marla lächelt – Mae weiß, dass es die richtige Entscheidung war, sich an sie zu wenden.

»Sprich mit dem Mädchen«, sagt Mae. »Dann wirst du's verstehen.«

»Okay, ich spreche mit dem Mädchen. Aber wenn ich Wind davon bekomme, dass es sich um eine abgekartete Sache handelt, lass ich dich eiskalt hochgehen.«

Mae sagt: »Gleichfalls.«

KAPITEL 59

CHRIS

Westwood

Das Mädchen redet, als hätte sie ihr ganzes Leben nur darauf gewartet, dass ihr endlich jemand zuhört.

Sie sitzen in einem lockeren Kreis. Kurze Übungssession vor dem Interview mit Marla. Mae hat Chris eingeschärft: »Du musst dabei sein, damit sie lernt, in anderer Leute Gegenwart darüber zu sprechen.«

Chris will nicht dabei sein.

Er denkt an die Zeit, als er noch ein harter Kerl war.

Nevaeh erzählt vom Tanzen, von den Kursen beim YMCA in Broken Arrow und wie sie sich online immer Schritte abgeguckt hat. Sie erzählt von K-Pop, von lauter Namen, die Chris nicht kennt, von lauter Idolen, die sie liebt und die sterben.

Sie erzählt vom Tanzunterricht, von Blut und blauen Flecken an den Füßen und dass sie sich trotzdem immer wieder in ihre Tanzschuhe gezwängt und niemals geweint hat. Dass sie sich nie etwas anmerken ließ. Sie erzählt von den Mädchen, die sich so gequält haben, dass sie kotzen mussten, und auch von den Mädchen, die gekotzt haben, um dünn zu bleiben.

Sie redet über die Mädchen, die herausstachen – die Mädchen, denen sie nachgeeifert hat, deren Scrunchies sie geklaut, die Haare rausgezogen und eins davon gegessen hat, weil sie dachte – obwohl sie wusste, dass es verrückt war –, so könnte sie vielleicht etwas von deren Magie auf sich übertragen, und Zaubersprüche kannte sie ja keine.

Sie erzählt von Katherine und dass sie eine Göttin war, eine schwitzende und stinkende Göttin, die sich nicht mal unter den Achseln rasiert hat. Katherine brachte ihnen bei, ihren eigenen Gestank zu lieben. Das Tanzen ist leichter geworden, wenn man sich darüber freuen konnte, etwas von einem Tier zu haben. Sie erzählt von den Fotosessions, wie Muttermale mit Trockeneis entfernt und Haare ausgezupft wurden und manche Mädchen nicht nur Tabletten gegen Akne schluckten, sondern sich auch schon Botox spritzen ließen.

Sie erzählt von Carol Goodman, dieser kosmischen Kraft, der sie alle gefallen wollten und vor der sogar Katherine Angst hatte. Vor dieser magischen Person, die einen einfach so herausfischen und zum Star machen konnte.

Sie erzählt von dem, was getuschelt wurde. Von Eric Algar – einem echten Hollywood-Produzenten, der einen richtig berühmt machen konnte, wenn er einem eine Rolle gab.

Sie erzählt, wie er zum Tanzunterricht kam und seine Blicke Urängste in ihr freisetzten, und wie aufgeregt sie trotzdem war, als sie zum ersten Mal zu ihm eingeladen wurde.

Sie erzählt von den Soda-Pops. Wie sehr die Kinder um die Einladungen wetteiferten – und dass immer auch Jungs dort waren, Jungs aus den Schulen und welche, die man schon von den Castings her kannte oder denen man online folgte. Alle wussten, was Eric für junge Schauspieler tun konnte und was er für Hannah, Brad und unzählige andere getan hatte. Es gab Hotdogs, Videospiele und Planschen im Pool, und sie war hin und her gerissen. Wegen der Jungs, die ihr Angst machten, und wegen der Männer, die ihr noch größere Angst machten. Sie erzählt davon, dass es mehrere Stufen gab, dass nicht alles auf einmal passierte und manche Mädchen nicht zu den Partys gehen durften, vor allem die, die noch bei ihren Müttern wohnten oder deren Mütter sich darum scherten, was mit ihren Töchtern geschah. Und dass diese Mädchen ihre Mütter dafür hassten. Wie wütend ihre Freundin Madison war, als Nevaeh zum ersten Mal zu einer Party durfte und sie nicht. Anders als Madison hatte Nevaeh niemanden, der es ihr hätte verbieten können. Beim ersten Mal war alles noch genauso, wie man es sich vorgestellt hatte. Erst beim nächsten Mal durfte man dann ins Haus. Und dort wurde eine andere Party gefeiert. Sie erzählt von Wodka und kleinen lila Pillen und wie laut Männer lachen.

Mae zeigt Nevaeh ein Bild von Kyser, sie nickt und sagt: »Der war da.« Sie nennt noch andere Namen, manche davon sind berühmt. Was diese Männer verbindet, ist ihre Macht. Und ihre Gier.

Manchmal kann Nevaeh aber auch nicht erzählen, dann schweigt sie, und sie sitzen einfach nur zu dritt da. Chris zwingt sich, dabeizubleiben. Er weiß, wie schlimm das alles ist, von ihnen dreien ist er derjenige, für den es mit Abstand am wenigsten schlimm ist. Er bemüht sich nach Kräften, einfach nur Zeuge zu sein und zuzuhören.

Sie erzählt von einem Raum ohne Fenster und Eric Algar darin. Als sie berichtet, was er mit ihr gemacht hat, tut sie es in der dritten Person, als wäre sie gar nicht selbst mit ihm dort gewesen. Als hätte er ihre Seele aus ihrem Körper vertrieben.

KAPITEL 60
CHRIS
Westwood

Sie stehen früh auf, lassen Nevaeh schlafen. Sie hat es verdient, und vor ihr liegt ein anstrengender Tag.

Sie planen die Strecke nach West Adams, wo Marla ein privates Arbeitszimmer hat. Chris sucht Maes Wagen auf Peilsender ab, er geht nach draußen. Leise heulen die Santa-Ana-Winde. Er mustert die Autos vor dem Gebäude, hält nach möglichen Beschattern Ausschau, kann aber keine entdecken. Trotzdem hat er kein gutes Gefühl. Er kehrt zurück ins Apartment, Mae sitzt auf dem Wohnzimmerboden, als wäre sie hingefallen, und umklammert ihr Telefon mit beiden Händen.

»Was ist?«

Sie blickt nicht mal auf, rührt sich nicht, scrollt nur mit dem Daumen.

»Mae? Mae, was ist los?«

»Hannah Heard ist tot.« Ihre Stimme ist ausdruckslos.

»Was sagst du da?«

»Steht bei *Truth or Dare.* Hannah ist tot. Chris, sie ... sie hat mir von Algar erzählt.« Sie scrollt weiter. »Sie sagen es nicht direkt, deuten aber an, dass es eine Überdosis war, natürlich würden die's danach aussehen lassen, oder?«

»Glaubst du ...«

»Na klar. Meinst du, die würden davor zurückschrecken?«

»Ich denke, die würden vor nichts zurückschrecken. Das heißt aber trotzdem nicht, dass sie's getan haben.«

Sie legt ihr Handy vorsichtig hin, alle ihre Bewegungen sind kontrolliert. Chris geht zu ihr und hockt sich neben sie. Mae sieht ihn mit feuchten Augen an, er nimmt sie in die Arme und lehnt sich zurück, schaut an die Zimmerdecke, während sie auf seiner Brust liegt.

»Erinnerst du dich an sie?«, fragt sie. »Weißt du noch, wie du sie zum ersten Mal gesehen hast? Und wie sie gestrahlt hat?«

»Ja, das war bei einem Film, in dem sie eine Fußballerin oder so was gespielt hat. Sie war echt gut.«

»Sie hat gestrahlt«, sagt Mae. Sie liegen zusammen da, während etwas Riesengroßes in ihnen rumort. Chris hält sie ganz fest.

»Ich kann jemanden im Sheriff's Department anrufen«, sagt er. »Ich kenne jemanden bei der Mordkommission, sie schuldet mir noch einen Gefallen von früher. Entweder sie hilft mir und ich bekomme eine Antwort oder nicht, dann ist das unsere Antwort.«

»Mach das, bevor wieder alles vertuscht wird.«

»Okay, mache ich, aber du solltest den Termin mit Marla verschieben.«

Mae setzt sich abrupt auf.

»Nein, wir müssen Nevaehs Geschichte an die Öffentlichkeit bringen. Wir dürfen uns nicht aufhalten lassen. Jetzt erst recht nicht.« Ihre Stimme klingt wieder fest, ein anderer als Chris hätte sich vielleicht davon täuschen lassen.

»Okay«, sagt er. »Du fährst mit ihr zu Marla. Ich versuche mehr über Hannah in Erfahrung zu bringen. Hör mal, ich weiß, du hast sie gemocht. Es tut mir leid.«

Sie stößt ein düsteres Lachen aus.

»Mir auch«, sagt Mae.

KAPITEL 61

MAE

West Adams

Mae betrachtet ihr Gesicht im Rückspiegel. Ihre Kehle macht komische Sachen. Sie schluckt schwer, will etwas machen, damit es aufhört.

Die Regel besagt: *Zieh niemals die Maske ab.*

Hannah mit blauem aufgedunsenem Gesicht. Hannah auf der Couch neben Katherine und Janice.

Sie dreht den Spiegel, um den Verkehr hinter sich zu kontrollieren. Keine schwarzen SUVs in Sicht.

Ein Windstoß rüttelt am Kombi – die heißen und schweren Santa-Ana-Winde.

Sie beruhigt Nevaeh: »Wenn du nicht weißt, was du sagen sollst, sag nichts.«

»Das hast du mir schon eingebläut«, erinnert Nevaeh sie und kaut Haut von ihren Nägeln.

Sie sind die Geschichte so oft durchgegangen, bis Nevaeh sie mit fester Stimme erzählen konnte. Und Mae glaubte, durch den Bericht des Mädchens unwiderruflich vergiftet worden zu sein.

Mae rät ihr, lüg nicht. »Du befindest dich nicht im Zeugenstand. Du musst nichts sagen, was du nicht sagen willst.«

»Ich will überhaupt nichts sagen. Ich will nicht, dass die Leute wissen, was passiert ist. Ich will nicht angestarrt werden.«

»Niemand wird dich identifizieren können. Das ist gesetzeswidrig.«

»Na klar, es halten sich ja auch immer alle an die Gesetze.«

Irgendwas in Maes Kopf sagt: *Du musst das nicht machen.*

Ihr Handy klingelt über die Autolautsprecher. Es ist Chris. Sie stöpselt sich einen Kopfhörer ins Ohr, damit Nevaeh nicht mithört.

»Hey«, sagt sie dem Mädchen zuliebe mit betont ruhiger Stimme.

»Hey. Alles klar?«

»Was hast du rausgefunden?«

»Es war wirklich Selbstmord. Sie hat absichtlich eine Überdosis genommen.«

»Bist du sicher?«

»Sie hat ein Video auf ihrem Handy hinterlassen.«

»Das können die ...«

»Ich hab's gesehen. Das hätten sie nicht fälschen können.«

Sie hört es ihm schon an der Stimme an, fragt aber trotzdem.

»War's schlimm?«

Er zögert und sagt: »Ja.«

»Okay.«

»Aber hör mal, ich bin sicher. Sie hat sich selbst umgebracht.«

»Selbst wenn sie's getan hat, hat sie's nicht getan.«

Sie schaut rüber, sieht Nevaeh in ihrer eigenen kleinen Welt. Das Mädchen spürt Maes Blick, erwidert ihn und lächelt. Mae lächelt auch.

Zieh niemals deine Maske ab.

Marla hat ein Gästehaus in West Adams als Arbeitszimmer gemietet. Erst mal geht es um ein Kennenlerntreffen, aber danach gibt es kein Zurück. Wenn man ein Geheimnis in die Welt entlässt, gehört es einem nicht mehr.

So nah am West Adams Strip ist Parken schwierig. Mae sieht eine schmale Lücke, denkt aber, dass sie irgendwie reinkommt, und versucht seitwärts einzuparken, aber entweder ist die Lücke nicht groß genug oder ihre Nerven zu angespannt. Sie tritt zu fest auf die Bremse. Nevaeh guckt sauer.

»Willst du mich umbringen?« Nevaeh zieht die Lippe hoch, eine abgedroschene Geste. Fast wäre Mae ausgeflippt. Sie fährt noch mal raus, guckt hinter sich – sieht keinen Schaden an der Stoßstange des anderen Wagens.

»Jetzt sind wir auf der Flucht«, sagt Nevaeh.

Sie biegen rechts ab in den Smiley Drive. Hier ist nicht so viel Verkehr. Mae atmet tief ein, versucht ihre Nerven zu beruhigen. Sie hört immer noch Hannahs Schluchzen durch die Trailertür und sucht die Straße nach Parklücken ab – als ihr Blick auf zwei schwarze SUVs fällt. Ein Mann mit schwarzem T-Shirt und schwarzer Hose, fast schon eine Uniform. Sein Blick trifft ihren. Eine kurze Schrecksekunde, als er sie erkennt, er kann es nicht verbergen.

BlackGuard.

Sie hält die Hände auf zehn und zwei Uhr. Sie zittern nicht. Der Mann bleibt stehen, sie fährt langsam vorbei.

Nevaeh sagt: »Da ist eine Lücke.«

Mae ignoriert sie und blickt in den Rückspiegel. Der Mann springt in den SUV. Sie erlaubt sich nicht mal, nach Luft zu schnappen, biegt erneut rechts ab, während der SUV einen halben Straßenzug hinter ihr ausschert.

Ihr Gehirn spuckt Szenarien aus – schwarz gekleidete Männer schnappen sich das Mädchen und lassen Mae am Straßenrand stehen. Krassere Bilder blitzen auf, Bilder von Schusswaffen und von Blut.

Sie wissen es.

Sie schiebt den Gedanken von sich, zwingt sich in die Gegenwart zurück.

»Mae, da passt ein verdammter Elefant rein. Mae, Mae!«

Sie erreicht den Adams Boulevard gerade, als die Ampel auf Gelb springt, tritt aufs Gas und biegt scharf links ab.

»Was ist los? Was stimmt nicht?«

Die Angst in Nevaehs Stimme versetzt Mae einen Stich – sie ist kurz vor Panik und schlingert zwischen den Spuren wie beim Kart-Rennen. Schaut in den Rückspiegel. Der SUV ist noch nicht hinter ihnen. Mae gibt Nevaeh ihr Handy.

»Ruf Marla an«, sagt sie und wechselt auf die rechte Spur, schiebt sich der La Cienega entgegen.

Nevaeh tut, was Mae ihr sagt. Das Telefon verbindet sich mit der Anlage im Auto, aber es springt nur die Mailbox an.

»Leg auf.«

Die Leitung ist tot. Mae schaut wieder in den Rückspiegel. Vier Fahrzeuge hinter ihnen ein schwarzer SUV, der auf die Überholspur ausscheren will.

»Versuch's noch mal.«

Der SUV setzt sich jetzt auf die Überholspur, kriecht eine Wagenlänge näher heran.

Nevaeh tippt auf Wahlwiederholung.

Die Überholspur steht.

Wieder die Mailbox.

Mae fährt bis an die Kreuzung zum La Cienega vor. Der schwarze SUV ist jetzt wieder vier Autos hinter ihnen, versucht erneut, auf ihre Spur zu wechseln.

Nevaeh legt auf, ohne dass sie dazu aufgefordert werden muss.

Sie sagt: »Das ist schlecht, oder? Richtig schlecht.«

»Jedenfalls nicht gut.« Mae glaubt, ihre Angst verbergen zu können, immerhin kann sie verhindern, dass ihre Stimme bricht.

Sie findet eine Lücke im Verkehr, biegt blitzschnell auf den La Cienega Boulevard ab, ein Stück weiter ist die Auffahrt zur I-10. Mae wägt ab, fährt auf die Autobahn und hat Glück – sie kommt glatt durch bis zur Abzweigung Richtung Osten.

Sie überfährt die Stau-Ampel, ein letzter Blick zurück – kein schwarzer SUV.

Bitte, bitte kein Stau.

Nevaeh schaukelt vor und zurück, tätschelt sich den Bauch – braves Mädchen, tapferes Mädchen.

Kein totaler Stillstand, wieder entdeckt sie eine Lücke und reiht sich ein in den Strom. Verliert sich im Morast.

»Soll ich Chris anrufen?«

»Ja. Warte, nein. Geh in meine Kontakte, suche ›die Firma‹ und ruf da an.«

Ich muss nur drei Sekunden lang seine Stimme hören, dann weiß ich Bescheid.

Das Handy tutet über die Autoanlage.

»Mitnick & Associates.«

»Das Büro von Cyrus, bitte.« Maes Stimme ist ruhig, unverdächtig.

Der Anruf wird durchgestellt, sie schaut in den Rückspiegel und kann keinen schwarzen SUV entdecken.

»Büro Cyrus Mitnick.«

»Hey, Taylor. Ich bin's, Mae.«

»Wie geht's, wie steht's? Was macht der Ruhestand?«

»Ist ein Riesenspaß, ich sticke Deckchen, gucke MSNBC und schreibe Kommentare zu Zeitungsartikeln im Netz, wahnsinnig befriedigend.« Das Geplauder fällt ihr leicht, als würde keine Stimme laut in ihrem Kopf schreien: *Sie wissen es, sie wissen es, sie wissen es.*

Taylor lacht und sagt: »Glücklich ist, wer vergisst, was nicht zu ändern ist ... oder wie?«

Der Form wurde Genüge getan, jetzt fragt Mae: »Ist Cyrus da?«

»Tut mir leid, nicht in seinem Büro. Er sitzt mit Ward Parker im Konferenzraum.«

Sie fährt schweigend weiter.

»Mae. Bist du noch dran?«

»Verzeihung, ja. Hast du gesagt, Ward Parker? Ist er doch wieder Klient?«

»Ich denke schon. Gestern kam er rein und hat unter vier Augen mit Cyrus verhandelt, jetzt besprechen sie sich mit dem ganzen Team.« Taylor senkt seine Stimme, wie um zu sagen: *Aber erzähl's nicht weiter.* »Die hatten eine Konferenzschaltung mit Mr DePaulo von BlackGuard, hängt irgendwie alles mit der Opportunity Zone zusammen.«

Sie spult den Rest des Gesprächs auf Autopilot ab.

Parker unterstützt die Opportunity Zone ... und er hat Mae um die Polizeiakte über Brad O'Dwyer gebeten. Sie zählt eins und eins zusammen. Die Verbindung ist so offensichtlich, wie hatte sie das übersehen können?

Parker hat ein Problem und O'Dwyer hat auch eins – Obdachlose sind der gemeinsame Nenner. Parker wollte die Polizeiakte über den Attentäter auf die Obdachlosenlager – er war scharf auf Einzelheiten, die der Öffentlichkeit nicht bekannt sind. Panko hält sich in einem Obdachlosenlager auf. Der Attentäter sitzt hinter Gittern – und das Ungeheuer will ihn entlasten. Die Polizei hält Einzelheiten zurück – in diesem Fall das mit den als Brandbeschleuniger verwendeten Kühlpacks und die Beschaffenheit einzelner Bauteile für die Brandsätze. Es passt alles zusammen – Parkers Plan ist perfekt, so ökonomisch wie widerwärtig.

Sie hat Parker das Wissen verschafft, das ihm die Rückkehr in den Schoß des Ungeheuers ermöglicht.

Sie bittet Nevaeh, Chris anzurufen. Das Handy tutet wieder.

»Was gibt's?«

»Die wissen Bescheid.«

»Bist du sicher?«

»Um die Ecke hat einer von BlackGuard geparkt. Ich hab

ihn gesehen, er hat uns gesehen. Wir sind abgehauen und jetzt in Sicherheit, aber wir müssen uns irgendwo treffen.«

»Sag nicht am Telefon, wo. Gehen wir davon aus, dass die mithören.«

»Am ersten Ort«, sagt Mae. »Weißt du, welchen ich meine?«

»Natürlich. Wird eine Weile dauern.«

»Aber du musst vorher noch was machen. Der Junge, von dem ich dir erzählt habe, Panko ...«

»Der Obdachlose?«

»Du musst ihn finden. Er ist irgendwo im Pinata District in einer Zeltstadt. Kannst du ihn suchen, jetzt sofort? Du musst ihn irgendwo anders hinbringen, egal wo. Wenn's sein muss, bring ihn mit.«

»Sagst du mir, warum?«

»Ich denke, wir können ihm das Leben retten. Der Rest muss warten.«

»Okay. Verstanden.«

»Ich schicke dir eine SMS mit der Personenbeschreibung. Und danke.«

»Na klar.«

»Wir kriegen das hin.« Sie weiß nicht genau, ob das eine Feststellung oder eine Frage war.

»Natürlich kriegen wir's hin. Bis gleich.«

»Bitte, du musst ihn finden.«

KAPITEL 62

CHRIS

Pinata District

Stockender Innenstadtverkehr in der Rushhour. Die Bürogebäude leeren sich, alle beeilen sich, auf die Freeways zu gelangen, und blockieren die Straßen. Chris fährt Richtung Süden, dem Pendlerstrom entgegen. Hinter ihm tost der Wind. Beide Straßenseiten sind mit Großhandelsgeschäften für Partybedarf gesäumt. Sie haben bereits früh am Nachmittag geschlossen – Hunderte von Pinatas hängen hinter den vergitterten Schaufenstern.

Chris kommt an einem Maiskolbenverkäufer vorbei, der gerade Feierabend macht. In den Zeltstädten herrscht reger Betrieb. Chris betrachtet die Obdachlosen – er sucht einen Weißen mit Dreadlocks, dank Maes Beschreibung kann er die meisten ausschließen. Im Kopf sieht er immer wieder Hannah Heards Smartphone-Video vor sich, ihre Abschiedsbotschaft. Wie dieses Wrack von einer jungen Frau dasitzt, in einer Hand lauter Pillen und mit der anderen zeigt sie der Kamera den Mittelfinger, sie ist nur noch ein Schatten der Person, die sie einmal war.

Ihre wütende Litanei.

Seht euch an, was ihr aus mir gemacht habt.

Sie nennt keine Namen. Sie spricht zur ganzen Welt.

Seht euch an, was ihr mir angetan habt.

Er findet einen Parkplatz auf dem Olympic Boulevard, er steigt aus, und sofort wogt der Gestank nach Abfall und Pisse heran. Er fängt an zu schwitzen, aber der durstige Wind saugt alles auf. Dann kommt er an einer Drogenküche vorbei, aus der ein beängstigender Geruch dringt: Hier wird Shatter mit

Butan gekocht – hochkonzentriertes Haschisch auf einer Gasflamme.

Er sieht sich um, legt gedanklich ein Raster an. Er wird von Zelt zu Zelt gehen müssen, auf dem Parkplatz eines leer stehenden Lagerhauses sind an die fünfzig Zelte, dort fängt er an.

Seht, was ihr mir angetan habt.

Ein Mann kniet auf dem rissigen Asphalt, flickt einen Fahrradreifen.

Er sieht Chris an. Chris zieht seine Hand aus der Tasche.

»Hey«, sagt er. »Ich suche …«

Ein greller Blitz blendet ihn. Wie eine Faust aus reinem Lärm kracht die Explosion mitten in die Dunkelheit. Als er wieder zu sich kommt, steht die Welt in Flammen. Chris ist auf Händen und Knien und hört Schreie von dort, woher die Detonation kam.

Die Zeltstadt lodert. Ein Windstoß treibt das Feuer zum Olympic Boulevard. Flammenwolken ziehen die Straße runter.

Chris hat einen albtraumhaften Gedanken: In der Drogenküche befinden sich Butangasflaschen, wenn die hochgehen, dann mit einer Wucht, die ganze Häuser sprengt.

Er rennt auf die Flammen zu.

Die meisten Menschen rennen jetzt in die andere Richtung, manche trampeln panisch übereinander, andere helfen Gestürzten aufzustehen. Chris sucht Panko. Das Feuer breitet sich noch schneller aus als befürchtet. Funken springen durch die vergitterten Fenster der Pinata-Geschäfte. Ratten quillen aus Löchern und Ritzen in den Gebäudemauern, ihre Schwänze sind blutig, weil die Tiere hinter ihnen sich nach draußen durchbeißen wollen.

Auf dem Boden liegt ein Toter. Chris dreht ihn um – die Splitterwunde am Hals ist hässlich rot auf seiner von Asche geschwärzten Haut.

Chris sieht einen brennenden Mann, der zu Boden geht, und läuft schnell durch den Funkenregen auf ihn zu. Pinatas brennen schnell, auch die Geschäfte sind Pulverfässer. Sirenen mischen sich jetzt in den Chor aus Knistern und Schreien. Er erreicht den brennenden Körper, die Flammen fressen die Kapuzenjacke des jungen Mannes. Er ist groß, Weiß und hat Dreadlocks. Nur die Flammen züngeln noch an ihm.

Seht, was ihr aus mir gemacht habt.

Chris beugt sich über den toten Panko. Rauch, Sirenen und Hubschrauberlärm erfüllen die Luft. Feuerwehrwagen rasen über den Olympic Boulevard heran. Der Pinata-Laden neben der Drogenküche steht bereits vollständig in Flammen, Chris späht in die Seitenstraße daneben. Dort steht ein schwarz gekleideter Mann mit raspelkurz rasiertem Schädel und schaut in die Flammen. Matt Matilla von BlackGuard – die Spiegelbrille lässt Feuer in seinen Augen lodern.

Chris begreift, was passiert ist.

Hinter ihm wird ein einzelner spitzer Schrei laut. Ein Zelt wölbt sich mitten im Feuersturm, verzweifelte, aber machtlose Hände im Innern suchen einen Ausgang.

Chris wendet sich von Matilla ab und läuft in die brennende Zeltstadt. Auf dem Boden liegt ein Mann in einer schmutzigen Armeejacke und schlägt sich Flammen von den Beinen. Chris' Lungen fühlen sich an, als wären sie voller Glasscherben. Er tritt auf Fleisch und Knochen – ein Körperteil von jemandem, der von der Explosion zerrissen wurde. Überall ist der Tod. Überall um ihn herum und auch in ihm selbst macht er sich bereits breit. Chris ist umgeben von einem Höllengestank aus brennendem Plastik und Abfall.

Das lodernde Zelt ruckt und windet sich, die Person darin brüllt laut ein Gebet. Chris zieht die Öffnung auf, Flammen schlängeln sich über seine Arme, er greift hinein. Etwas knistert. Er zieht mit aller Kraft. Etwas reißt.

Die Frau im Zelt kämpft sich durch die Öffnung, sobald sie groß genug ist. Ihre Lippen sind blau. Sie erstickt ein Stöhnen und schiebt Chris' Hände von sich. Er streckt sie in den Himmel, geschmolzenes Plastik rinnt daran herunter. Er befiehlt seinen Händen, loszulassen, doch sie gehorchen nicht.

Die Frau rennt los. Chris dreht sich um und folgt ihr. Die Welt verschwimmt. Er stürzt. Am Boden ist die Luft reiner. Er kriecht auf Knien und Ellbogen, seine verbrannten Handflächen flehen zum Himmel.

Es ist so heiß, dass die Luft flimmert. Ein Schwall Hitze treibt durch die Gasse, ein Flammentornado tanzt hinterher. Jetzt ist das Feuer in der Drogenküche angekommen. Rauch, Sirenen und Helikopter ergeben ein undurchdringliches Dröhnen. Chris bleibt bei den Toten. In der Drogenküche platzt etwas, Chris vergräbt sein Gesicht im Abfall. Das Butangas riecht nach faulen Eiern, der Gestank schwappt in die Gasse, und die Feuerwehrmänner laufen um ihr Leben.

Einen verrückten, ausgedehnten Augenblick lang ist alles vollkommen friedlich und ruhig.

Dann EXPLOSION.

SECHSTER TEIL

THE DEAD FLAG BLUES

KAPITEL 63

MAE

Pinata District / Dignity Health / Westwood

Die Zeit zersplittert. Mae taucht zwischen den Welten auf und wieder ab, sie sucht in der Zeltstadt nach Überlebenden – am Straßenrand liegt der geschmolzene Helm eines Feuerwehrmanns.

Im Krankenhaus wandert sie durch die Rettungsstation – sieht eine Frau im Scherbenkleid, sogar in ihre Augen haben sich Glassplitter gegraben.

Dann wieder ist sie bei Sarah im Apartment, geht die Nachrichtenmeldungen durch.

Laut Angaben des LAPD bestehen signifikante Ähnlichkeiten zwischen dem heutigen Brand und der Anschlagsserie auf Obdachlosenlager, die Los Angeles den gesamten Sommer über zu schaffen gemacht hat, wodurch sich akute Zweifel an der Schuld des Hauptverdächtigen Brad O'Dwyer ergeben. O'Dwyer war laut seines Instagram-Feeds zum Tatzeitpunkt in Ojai bei seiner Familie.

In der Zeltstadt atmet sie giftige Dämpfe, ihre Spucke ist schwarz.

Im Krankenhaus hört sie, wie ein Verletzter gefragt wird: *Wissen Sie, wer Präsident ist?*

Jemand schreit: *Hier braucht jemand Sauerstoff!*

Zu Hause verfolgt sie die Entstehung eines neuen Narrativs.

O'Dwyers Anwalt, Frederick Kim, hat ein Statement herausgegeben, in dem er die Staatsanwaltschaft auffordert,

die Vorwürfe gegen seinen Mandanten zurückzuziehen. »Bestimmte Details waren nur der LAPD und dem Attentäter selbst bekannt, daher ist eindeutig bewiesen, dass sich der wahre Täter noch auf freiem Fuß befindet«, erklärte Kim. »Mein Mandant sollte unverzüglich entlastet werden.«

In der Zeltstadt sieht die Drogenküche aus, als wäre eine Rakete eingeschlagen. Auf der Rettungsstation eilt eine Krankenschwester mit funkelndem Blick an Mae vorbei – Mae kennt das Gefühl, sie hatte häufig genug dasselbe Funkeln in den Augen. Die Freude darüber, im Zentrum des Geschehens zu sein, dabei sein zu dürfen.

Mae setzt sich auf Sarahs Couch und scrollt weiter. Sie erkennt Cyrus' Handschrift in sämtlichen Meldungen und Berichten und errät, noch bevor sie die Berichte liest, welche Zeitung welchen Reporter darauf ansetzt. Es sind genau die, die sie selbst auch angerufen hätte. Immer wieder tauchen dieselben Phrasen in den Berichten auf.

Signifikante Ähnlichkeiten.

Akute Zweifel.

Sie ist in der Zeltstadt, sieht die Krankenwagen, die sich mühsam an den Ü-Wagen der Sender vorbeischieben, und rennt zu ihrem eigenen Wagen, um ihnen zu folgen. Sie ruft Marla an, doch die geht immer noch nicht ran. Mae googelt Marlas Namen und fürchtet, sie könnte bald schon als Leiche auftauchen. Stattdessen findet sie Marlas neue Titelgeschichte. Sie hat den Tag offenbar mit einer Frau verbracht, deren Ruhm sie weit außerhalb der Reichweite von Mitnick und der Firma stellt, und ein exklusives Interview mit ihr geführt. Mae denkt daran, welche Fäden gezogen worden sein mussten, um Marla damit zu ködern. Welches Gewicht haben die Mächte, die sich jetzt bedrohlich vor ihnen aufbauen.

Mae ist im Krankenhaus, sie späht durch ein Fenster in einen dunklen Raum. Chris mit Verbänden, Chris an Schläuchen. Seine Hände sind in Mull gewickelt. Sie öffnet die Tür und geht hinein. Eine Krankenschwester ruft Mae etwas hinterher. Sie stellt sich ans Fußende des Betts, sagt seinen Namen. Seine Augen flattern. Er schlägt sie auf und sieht sie, erkennt sie. Chris ist um hundert Jahre gealtert.

Sie sitzt auf dem Sofa: sieht Nachrichten, Gesichter von Opfern, die Toten bekommen Namen. Panko wird nicht genannt. Der Sender kehrt zur Hauptnachricht zurück – das tragische Ende von Hannah Heard. Der Bericht ist vorhersehbar, die Medien lieben solche Ereignisse. Das schöne Mädchen, das von den eigenen Dämonen verschlungen wurde.

Mae zählt die Toten. Dan, John, Katherine, Kevin, Loto, Tony, Janice, Hannah und Panko. Dazu all die anderen, die im Feuer starben.

Lauter Opfer des Ungeheuers, auf die eine oder andere Art.

Mae hat sich die Wangen wund gebissen, sie schluckt das Blut. Und schwört darauf.

KAPITEL 64
MAE

Coldwater Canyon / West Hollywood

Mae fährt über den Mulholland Drive nach Coldwater. Sie schaltet ihr Handy aus und sucht den Wagen nach Peilsendern ab, so wie Chris es ihr gezeigt hat. Niemand soll nachweisen können, dass sie dort war.

Ihre Tasche klafft offen auf dem Beifahrersitz – die Pistole, die herauslugt, ähnelt einer flachen schwarzen Zunge. Es ist die verfluchte Waffe, die Chris Kevin aus der Sockenschublade gestohlen hat.

Ich bin ein Geschoss.

Der eiskalte Teil in Mae geht in Gedanken noch einmal durch, wie es Parker gelungen war, sie auszuspielen. Er musste mit seinem Plan zum Ungeheuer gegangen sein. Und dort hat man zwei Fliegen mit einer Klappe geschlagen. Gut für Parker: Panko ist tot, die Vorwürfe gegen ihn werden fallen gelassen. Gut für das Ungeheuer: Mit einem weiteren Anschlag des Penner-Sprengers werden begründete Zweifel an der Täterschaft von Brad O'Dwyer geweckt. Die Staatsanwaltschaft muss die Anklage fallen lassen, da ausgeschlossen ist, dass es sich um einen Trittbrettfahrer handelt – die besondere Vorgehensweise war der Öffentlichkeit nicht bekannt.

Mae vermutet, der Crenshaw Revitalization Complex werde in der kommenden Woche grünes Licht bekommen. O'Dwyers Gesinnungswandel wird man neuen Berichten oder einer veränderten Ausgangslage zuschreiben.

Sie vermutet, dass die Vorwürfe gegen Parker einfach unter den Tisch gefegt werden. Vielleicht merkt Reza Nuri bei der *L. A. Times*, dass an der Sache was faul ist, und möglicherweise erlauben ihm seine Chefs einen Artikel darüber zu schreiben: ***Zeuge gegen Ward Parker unter den Opfern des Anschlags in der Pinata Street.*** Aber er wird mit seinem Artikel nicht mal in die Nähe der Wahrheit kommen. Kann sein, dass der ein oder andere zwei und zwei zusammenzählt. Möglich, dass getuschelt wird. Aber das wird keine Rolle spielen.

Die arme Hannah Heard dagegen wird zur Hollywood-Legende. Die schöne junge Frau, die sich selbst zugrunde gerichtet hat. Außer ihr selbst wird niemandem etwas vorgeworfen.

Einer der besten Schachzüge des Ungeheuers ist es zu kontrollieren, was wir als Gewalt bezeichnen und was nicht.

Sie fährt über den Hügelkamm.

Die Waffe ist kalt und schwer – viel schwerer, als sie dachte.

Sie erlaubt sich nicht, darüber nachzudenken, was sie vielleicht tun oder auch nicht tun wird.

Die können nicht jedes Mal gewinnen, das kann nicht sein.

Mae fährt die Straße hinauf, die sich über einen steilen Hang voller vertrocknetem Salbei windet. Oben auf dem Hügel befindet sich ein Zaun mit einem riesigen Haus dahinter, und Mae schlängelt sich immer weiter bergan bis vor Eric Algars Haus.

Es ist so eins, wie sie in den Achtzigerjahren neu und angesagt waren, eins mit viel Glas und schlichten weißen Wänden.

Schwarze SUVs parken davor. Männer in schwarzen Polohemden gehen ein und aus, die Haustür steht offen. Die Männer schieben eine Art Käfig mit Motor ins Haus, einen Verbrenner – das ist die schnellste Methode, Sachen zu vernichten, und gehört bei BlackGuard zum Aufräumservice. Algars Haus wird von Beweisen gesäubert.

Mae und Chris haben nicht mehr bewirkt, als dem Ungeheuer ein paar Schwachstellen im eigenen Panzer aufzuzeigen, und ihm die Mittel an die Hand gegeben, ein paar kleinere Probleme zu lösen.

Sie fährt langsam vorbei. Ein Mann in einem schwarzen Polohemd dreht sich zu ihr um. Sie hält nicht, sondern fährt die Hügel wieder runter, das Lenkrad fest umklammert.

»Ach, Sie sind es.« Parker trägt ein lila Hemd, die Ärmel hat er hochgekrempelt. Er riecht teuer. Mae stellt sich vor, wie sie sich mit ihren abgekauten Nägeln auf ihn stürzt. In Wirklichkeit aber steht sie da und lächelt.

»Haben Sie jemand anderen erwartet?«

Der Riemen ihrer Handtasche gräbt in ihre Schulter. Mit jeder Sekunde wird die Pistole schwerer.

»Ich erwarte Gesellschaft. Wir werden es kurz machen müssen, aber es gibt ja gewiss nicht viel zu sagen, oder?«

»Sie haben mich benutzt.«

»Natürlich.«

»Menschen sind gestorben.«

»Das sind die Opfer des Penner-Sprengers.«

»Die Opfer von BlackGuard. Und Ihnen.«

»Genauso wie von Ihnen, meine Liebe.«

Mae schiebt ihre Hand in ihre Tasche, die Waffe ist jetzt noch kälter – wahrscheinlich, weil Mae selbst glüht.

»Ich wusste nicht, wozu Sie die Akte verwenden wollten. Ich wusste nicht, was Sie von mir verlangen.«

»Sie wussten nur, dass Sie damit bekamen, was Sie wollten. Und Sie haben es bekommen. Ich kann das gut verstehen.«

Es ist die Golden Hour, und um sie herum leuchtet ein geheimnisvolles Licht. Wohin sie auch schaut, sie ist von obszöner Schönheit umgeben.

»Dann ist alles wieder so, wie es war?«

»Ich hoffe, Brad O'Dwyer wird in Zukunft akzeptablere Wege finden, seine inneren Verspannungen zu lösen, und ich vermute, dass sein Vater der Opportunity Zone inzwischen sehr viel aufgeschlossener gegenübersteht. Aber ansonsten, ja.«

»Die gewinnen immer.«

»Genau das zeichnet sie aus, mein Mädchen.«

»Nennen Sie mich nicht so.« Wut liegt in ihrer Stimme.

»Sie müssen das als Spiel betrachten, Mae. Und Sie dürfen sich das nicht alles so zu Herzen nehmen.«

»Sie wissen nicht mal, wie viele Menschen Ihretwegen sterben mussten.«

»Mae. Warum sollte ich das wissen wollen?«

Sie wendet den Blick ab – die untergehende Sonne blendet sie, und als sie sich wieder zu ihm umdreht, ist er lila getönt.

»Wie können Sie damit leben?«

»Das Gelassenheitsgebet hilft mir«, sagt Parker. »Man muss ändern, was man ändern kann, und Frieden schließen mit dem, was man nicht ändern kann.«

Er schaut über ihre Schulter. Mae folgt seinem Blick. Auf dem Gehweg steht ein Mann und sieht sie unsicher an. Er ist jung, und seine Kleidung ist billig. Er betrachtet sie beide, dann sieht er wieder auf sein Handy, als wollte er sich vergewissern.

»Billy?«, fragt Parker, und der Mann blickt auf. »Du bist hier richtig.«

Parker lächelt und tritt beiseite, um ihm Platz zu machen.

»Der Typ ist ein Monster«, sagt Mae zu dem jungen Mann. »Ein Killer. Lauf um dein verdammtes Leben, das ist kein Witz.«

Der junge Mann schiebt sich an Mae vorbei und geht ins Haus.

Parker sagt: »Das war kindisch. Die Jungs bedeuten mir was, ich liebe sie sogar. Auch wenn ich verstehen kann, dass Sie mir nicht glauben.«

Sie umklammert den Griff der Pistole so fest, dass ihre Hand schmerzt, aber sie weiß, sie wird sie nicht ziehen.

»Auf Wiedersehen, Mae. Ich hoffe, Sie bewahren weiter einen kühlen Kopf in dieser Angelegenheit. Ich mag Sie. Dass Sie sich nach Kyser erkundigt haben, habe ich denen nicht verraten. Ich kann verstehen, warum Dan so viel von Ihnen gehalten hat. Sie sind eine Kämpferin. Aber wenn Sie darauf bestehen, einen aussichtslosen Krieg zu führen, werden Sie dabei draufgehen, so oder so.«

Parker geht ins Haus.

Mae fährt zu Sarahs Apartment, versucht ihren Zorn zu verstehen. Wie viel davon richtet sie gegen die anderen? Und wie viel gegen sich selbst?

Sie zählt erneut die Toten. Dan, John, Katherine, Kevin, Loto, Tony, Janice, Hannah und Panko. Und alle, die im Feuer starben.

Alle sind dem Ungeheuer zum Opfer gefallen, auf die ein oder andere Art.

Sie sind ihr zum Opfer gefallen, auf die ein oder andere Art.

Im Apartment ist es dunkel. Nevaeh sitzt gebannt vor *The Kingdom of Dreams*, ihr Gesicht leuchtet blau und lila im Licht des Bildschirms. Sie fragt: »Wird Chris wieder gesund?«

»Es hat ihn schlimm erwischt, aber er überlebt. Wahrscheinlich darf er morgen sogar schon Besuch bekommen.«

»Ich will zu ihm.«

»Wir können nicht riskieren, dass du draußen rumspazierst, jetzt nicht. Aber ich richte ihm Grüße von dir aus.«

»Und was ist unser Plan?« Alte Tränen stauen sich in der Stimme des Mädchens. Mandy presst ihren Kopf an sie, und allein das zu sehen, reißt bei Mae fast alle Stützpfeiler ein.

Sie antwortet: »Erst mal verstecken wir uns.«

Nevaeh legt ihre Hand wieder auf den Bauch, um ihn sprechen zu lassen: »Die Geschichte meines beschissenen Lebens.«

»Pack lieber zusammen«, sagt Mae. »Ich hab ein Hotel für uns in Sherman Oaks gefunden. Besser, wenn wir nicht zu lange an einem Ort bleiben.«

Nevaeh fragt: »Ist das alles nur wegen Eric?«

Mae sagt, *nein*.

Mae sagt, *ja*.

Mae sagt, *ist kompliziert*.

Sie sagt, *hängt alles miteinander zusammen*.

Sie sagt nicht, *hängt alles mit mir zusammen*.

Maes Handy klingelt. Die Firma. Sie schluckt und geht dran.

»Hey, Kleines.«

»Hey, Taylor.«

»Ich hoffe, du hast ein schönes Leben. Hier geht die Post ab. Helen will mit dir zu Mittag essen. Ich rufe an, um einen Termin auszumachen – sie meint, du weißt, worum es geht?«

Eine lange Sekunde verstreicht.

»Ja. Ja, na klar.«

»Sie möchte so schnell wie möglich. Wie sieht es morgen bei dir aus?«

»Weißt du was? Zufällig hab ich noch nichts vor.«

KAPITEL 65

MAE

Beverly Hills

In dem Steak House ist es dunkel und kalt. Hinter einer Art Tresen hängen riesige Rinderhälften an Fleischerhaken. Helen hat einen Tisch oben reservieren lassen. Es ist der angesagteste Ort, um in Beverly Hills teure Callgirls aufzugabeln – auch schon um die Mittagszeit. Der Ort ist Helens Botschaft an sie: Du sitzt vor einer Kulisse aus Fleischerhaken bei den ganzen anderen Huren.

Die Kellnerin führt sie an ihren Tisch. Im Bereich vor dem Tresen stehen lauter kleine Tische für zwei Personen. Die Hälfte davon ist mit jungen Frauen besetzt, die entweder schon einen Kunden vor sich haben oder noch auf einen warten. Die schon in Gesellschaft sind, haben alle dasselbe Lächeln aufgesetzt, strahlend und ungerührt. Rosenwasserduft erfüllt den Raum – anscheinend haben sie auch alle eine Vorliebe für dasselbe Parfüm. Mae bestellt einen Meskal auf Eis, damit das Zittern aufhört. Dieses ohrenbetäubende Gerede. All die lauten Männer, die mit ihren Gläsern anstoßen und lachen, das Gewirr ihrer Stimmen. Ihre Lippen sind fettig vom Fleisch, blaurot vom Wein, schmatzend vertilgen sie Steaks mit Pommes oder Hummer Mac 'n' Cheese.

Sie essen ununterbrochen, weil sie überhaupt nie hungrig waren.

Helen kommt ohne Kellnerin die Treppe hinauf. Sie braucht Minuten, um den Raum zu durchqueren, schüttelt an jedem zweiten Tisch jemandes Hand und lacht dabei mit weit geöffnetem Mund – ihre Zähne sind weiß. Endlich erreicht sie Maes Tisch und breitet ihre Arme aus, als würde sie eine Umarmung erwarten. Als Mae keine Anstalten macht aufzustehen, lässt sich Helen, ohne zu zögern, ihr gegenüber nieder.

»Schön, dich zu sehen, Mae.«

Sie antwortet nicht, da der Kellner mit ihrem Drink kommt.

Helen bestellt einen Pinot Noir und ein Mineralwasser. Sie nickt in Richtung der Mädchen an den Tischen.

»So hübsch. Seit vierzig Jahren frequentieren Prostituierte schon dieses Restaurant.«

Mae hört den unausgesprochenen Teil: *Diese Stadt verändert sich nie.*

Mae sagt: »Ich weiß nicht, wie's den Männern gelingt, darüber hinwegzusehen, dass alles nur gelogen ist.«

»Die Lüge macht es für sie wahrscheinlich erst schön.«

Sie sitzen schweigend im Stimmengewirr, bis Helens Drink eintrifft.

»Das ist ein Geschäftsessen«, sagt Helen, als die Kellnerin gegangen ist. »Zwischen zwei Geschäftspartnerinnen. Das sind wir doch, oder? Geschäftspartnerinnen?«

»Wir waren es.«

»Vielleicht können wir es wieder werden. Das hier ist ein Freundschaftstreffen, Mae, Cyrus hat eine Bitte. Ich soll dich daran erinnern, dass sämtliche Vertraulichkeitserklärungen und Verschwiegenheitsverpflichtungen, denen du zugestimmt hast, als du deinen Arbeitsvertrag mit der Firma unterzeichnet hast, nach wie vor volle Gültigkeit besitzen, und die Nichteinhaltung Konsequenzen nach sich zieht.«

»Ich habe nichts über Firmenangelegenheiten verlautbaren lassen.«

»Ich weiß. Und auch das macht mir Hoffnung.«

»Hoffnung worauf?«

»Dass wir dich zurückgewinnen können. Die Firma hat dich nicht gut behandelt. Das begreife ich jetzt, ich habe mich durch meine internalisierte Frauenfeindlichkeit in meinem Verhältnis zu dir beeinflussen lassen. Aber von Frau zu Frau – wir müssen zusammenhalten. Ich möchte mit dir zusammenarbeiten. Wir wollen der Welt die Geschichte dieses Mädchens erzählen.«

»Blödsinn.«

»Rebellen sind die besten Anführer. Roboter sind zu eigenständigem Denken nicht fähig. Wir brauchen Menschen, die Initiative zeigen. Und was du seit Dans Tod angeschoben hast, zeigt uns, dass du ausgezeichnet dazu in der Lage bist. Es ist doch so: Ein Rebell ist nur so lange ein Rebell, bis abgerechnet wird. Und genau das erwartet dich. Wenn du uns von deiner Aufrichtigkeit überzeugst, sind wir bereit, dich wieder an Bord zu nehmen und großzügig zu belohnen.«

»Ich kann das nicht mehr.«

»Ich denke, du kannst das sehr gut. Als wir erfahren haben, dass du die Geschichte verkaufen willst, wussten wir, dass wir mit dir zusammenarbeiten können.«

»Es ging nicht ums Geld ...«

»Trotzdem hättest du's genommen, oder etwa nicht? Ist das nicht seltsam? Du hättest die Geschichte doch auch einfach online verbreiten können.«

»Du weißt so gut wie ich, wenn eine Geschichte nicht von den richtigen Stellen bestätigt wird, passiert gar nichts. Einen

Tag lang geht sie viral, dann verpufft sie und ist vergessen. Niemand wird verurteilt, wenn es nicht jemanden gibt, der das will.«

»Du weißt ja, dass ich im Vorstand von Frauen erheben die Stimme bin …«

»Du ahnst gar nicht, wie widerlich das ist.«

»Was soll ich dazu sagen? Dass die Welt nicht mehr dieselbe sein wird? Du hast ein kleines Druckmittel an der Hand, ein einziges. Aber das war's auch schon. Entweder du bist drin oder du bist draußen – und draußen willst du nicht sein. Du willst nicht raus in die Wildnis. Du willst deinen Anteil am Geld und an der Macht, du willst Kontrolle. Komm schon. Du verkaufst die Geschichte des Mädchens, weil du wütend bist, dabei weißt du, dass man sie durch die Mangel drehen und wieder ausspucken wird, aber das ist dir egal. Du weißt, was die Presse mit ihr machen wird …«

»Mit eurer Hilfe.«

»Bitte. Du gehörst doch zu uns. Du bist nicht zufällig dahin gelangt, wo du warst. Das wussten wir schon seit Brad Cherry.«

Dan in ihrem Kopf: *Man musste dir nicht sagen, was zu tun ist. Es hat längst in dir gesteckt.*

Helen sagt: »Wir verstehen einander jetzt besser und können uns wieder gemeinsam an die Arbeit machen. Dan hat immer gesagt, dass du eine Kämpferin bist. Wir geben dir was zum Kämpfen. Wir sichern Nevaeh ein Vermögen. So sieht dein Sieg aus. Das ist dein Zuckerbrot, meine Liebe.«

»Und was ist die Peitsche? Dass ihr mich umbringt?«

»Ach, sei nicht so dramatisch. Mae, dieses Essen findet doch nur statt, weil du niemand bist, der umgebracht werden müsste. Du gehörst zu uns. Komm zurück.«

Mae sieht Helen an und sieht sich selbst in zehn Jahren, in fünfzehn Jahren, immer reicher und gebotoxt, damit die

Maske bloß nicht verrutscht, yogadünn, klinisch sauber und schön, mit von Jahr zu Jahr weißeren Zähnen, alles Dunkle und Gemeine irgendwo tief in sich vergraben. Immer schmutziger, immer gemeiner, immer tiefer vergraben. Helens Zähne sitzen wie kleine Totenschädel in ihrem Mund.

Mae fragt: »Was ist mit Eric Algar? Wenn ihr Nevaeh helft, ihre Geschichte zu verkaufen, könnt ihr nichts mehr für ihn tun. Habt ihr keine Angst, dass er aussagt, wenn er abgesägt wird?«

Das Unausgesprochene steht noch zwischen ihnen – bis Mae beschließt, *Scheiß drauf.* »Habt ihr keine Angst, dass er über Kyser und seine Freunde auspackt?«

Kurz zuckt eines von Helens Lidern, ansonsten aber sitzt ihre Maske perfekt. Als sie weiterspricht, ist ihre Stimme ruhig wie die einer Yogalehrerin:

»Wahrscheinlich ist es besser, wenn du mir nicht sagst, wie viel du weißt.«

»Genau das meine ich, Helen. Eric weiß alles. Er wird sich nicht stillschweigend abschießen lassen.«

»Er war mal eine große Nummer in dieser Stadt. Denk nur an die ganzen Teeniesendungen, meine Stieftochter hat sie geliebt. Und die ganze Zeit hat er sich ausgetobt, hat die armen Mädchen zu seinem Harem gemacht. Gestern ist er nervös geworden – es liegt was in der Luft, nicht wahr?« Helen lässt es so stehen. »Er hat sich Reinigungskräfte nach Hause bestellt, und ich meine keine Merry Maids. Profis von BlackGuard. Vier Anwälte, vier Sicherheitsleute, eine mobile Müllverbrennungsanlage, um alles zu vernichten, was sie finden.«

Fast hätte Mae gesagt, *ich hab's gesehen*, aber es gibt keinen Grund, etwas zu verraten.

Helen sagt: »Er hatte so viel Kinderpornografie zu Hause, dass sie den ganzen Tag lang beschäftigt waren. Fotos, CD-

ROMS, alles ist in den Pyrobehälter gewandert. Dabei hatten sie solche Angst, irgendwas zu übersehen, dass sie seinen ganzen Laptop verbrannt haben. Alle Räume im Haus waren mit Mikros und Kameras ausgestattet, sämtliche Schlaf- und Badezimmer. Die haben alles entfernt.«

»Warum erzählst du mir das?«

»Weil Eric Algars Freunde begriffen haben, dass er's nicht wert ist, weiter beschützt zu werden.«

Der stille Donnerschlag zwischen ihnen.

Mae nimmt ihren Drink. Ihre Hand ist ruhig.

Ein paar Tische weiter lacht jemand wiehernd wie ein Esel. Mae bekommt Gänsehaut davon in dem Moment, in dem der Kellner an ihren Tisch tritt.

»Haben Sie sich schon entschieden?«, fragt der.

Helen sieht Mae an.

»Hast du?«

KAPITEL 66

CHRIS

Dignity Health

Als er aufwacht, ist Mae da.

Sie sagt: »Die wollen ihn umbringen.«

Chris treibt schwerelos durch Morphiumwolken. Seine Hände sind zwei strahlende Sonnen aus Schmerz am Ende seiner Arme. Die Ärzte sagen, das ist ein gutes Zeichen – das heißt, die Nerven sind nicht abgestorben.

»Hey, Mae.«

Sie sagt: »Die wollen Eric Algar den Stecker ziehen. Wegen uns. Durch uns ist ihnen klar geworden, wie nachlässig er geworden ist. Wie viele Baustellen er aufgerissen hat. Und deshalb werden sie ihn töten. Wahrscheinlich durch BlackGuard. Wahrscheinlich noch heute Nacht.«

»Gut.« Das Wort schmerzt, als er es ausspricht. Seine Stimme ist brüchig und rußig.

»Eigentlich müsste sich das gut anfühlen«, sagt Mae. »Tut es aber nicht. Die können einem wirklich alles verderben, oder? Sogar die Gerechtigkeit.«

»Er hat's verdient.«

Sie winkt ab.

»Aber damit wird auch nur wieder weiter vertuscht. Die wollen nicht, dass er redet. Er kann alle belasten, Kyser und seine Freunde, und deshalb werden sie ihn umbringen. Anschließend wollen sie mit uns arbeiten und aus Nevaehs Geschichte Geld schlagen. Nachdem dafür gesorgt wurde, dass sie dem Ungeheuer damit nichts mehr anhaben kann. ItGirl macht weiter, und es finden auch weiter Partys statt. Parker, Kyser, die Firma, BlackGuard – alle machen weiter. Ich mache weiter.«

»Ich weiß, dass du weitermachst.«

»Die dürfen nicht immer gewinnen.«

»Du kannst es aber nicht mit der gesamten Welt aufnehmen. Eric wird keinen Mädchen mehr was antun. Reicht das nicht? Ist es nicht Zeit loszulassen?«

»Wir wollten gegen die kämpfen. Wir wollten unsere eigene Firma gründen, wir wollten zusammen gegen die kämpfen.«

Er hustet, damit seine Stimme nicht ganz so zerfranst klingt, aber er weiß, dass er Mae nicht mal im Ansatz begreiflich machen kann, wie sehr ihn der Anschlag verändert hat. Er hebt seine nutzlosen verbundenen Hände, so gut es geht.

»Ich kann nicht mehr als Ermittler oder Mann fürs Grobe arbeiten. Und ich will das auch nicht mehr. Damit bin ich fertig. Ich werde mit meiner Rente auskommen oder mir was anderes suchen müssen. Aber wir können auch einfach wegziehen, irgendwohin, wo's billiger ist. Wegziehen und woanders leben. Wir suchen uns jeder eine gute Beschäftigung und hören auf, das Böse zu bekämpfen. Stattdessen machen wir was Gutes. Du und ich. Ich wäre glücklich. Und du?«

Er sieht ihr die Antwort an den Augen an. Aber er redet trotzdem weiter.

»Ich liebe dich«, sagt er. Allein für das, was der Satz mit ihrem Gesicht macht, war es wert, ihn auszusprechen. Diese großen Augen.

Mae sagt: »Natürlich tust du das. Und ich liebe dich auch. Das weißt du, oder?«

Sie sagt nicht, *aber das reicht nicht.* Stattdessen sagt sie: »Ich rede mir immer so was ein, insgeheim. Dass ich *ein Geschoss bin.* Und das bin ich.«

»Du musst es aber nicht sein ...«

»Die haben mich nicht verändert oder korrumpiert. Die haben nur kapiert, worin ich gut bin, und es sich zunutze gemacht. Ich werde mich nicht ändern, aber vielleicht kann ich den Lauf der Pistole in Zukunft auf was anderes richten.«

Er sucht in seinem Gehirn nach Worten, die sie umstimmen könnten. Aber er ist benommen von den Medikamenten, und außerdem lässt sich die Welt sowieso nicht mit Worten ändern. Mae küsst ihn – seine verbrannten Lippen schmerzen. Er presst sie trotzdem an ihre, will es ihr beweisen, damit sie's begreift. Sie löst sich von ihm. Ihre großen Augen sind traurig. Aber unter der Traurigkeit lodert ein Feuer. Sie sieht auf seine Hände.

»Hast du große Schmerzen?«

»Die Medikamente betäuben alles. Keine Schmerzen.«

Sie nimmt es ihm ab – vielleicht kann er sie ja doch anlügen. Oder vielleicht muss sie es ihm einfach glauben. Sie sagt: »Wiedersehen, Chris.«

Er sagt nichts.

KAPITEL 67

MAE

Sherman Oaks / Glendale / Los Angeles / Beverly Hills / Venice

Am nächsten Morgen im Hotel steht Mae früh auf. Sie sieht nach Nevaeh, die neben ihr im Bett liegt und schläft, dann schleicht sie nach draußen. Sie sucht den Wagen noch einmal nach Peilsendern ab, schaut während der Fahrt immer wieder in den Rückspiegel – sie weiß, dass sie es den Rest ihres Lebens tun wird. Egal, wie die Sache hier endet, die unsichtbaren Mauern um sie herum sind eingestürzt und können nie wieder aufgebaut werden.

Als sie erklärt hat, was sie möchte, geht der Kassierer zum Filialleiter.

Sie zählen fünfzigtausend Dollar ab. Der Haufen ist größer, als Mae gedacht hätte. Er passt kaum in die Reisetasche und wiegt schwer an ihrer Schulter – sie trägt den Riemen schräg über der Brust wie einen Patronengurt.

Zurück im Hotel, weckt sie Nevaeh, spricht ganz leise und sagt: »Du musst packen.«

»Ziehen wir wieder um?«

»So ähnlich.«

Sie setzt Mandy neben Nevaehs Gepäck auf den Rücksitz. Schweigend fahren sie nach Glendale, kommen an einem armenischen Judo-Studio und einem Laden für alte Videospiele vorbei, dann biegen sie ab zum Bahnhof Glendale.

Nevaeh liest, was auf dem Schild steht, und sagt: »Was soll der Scheiß?«

Mae gibt ihr ein ausgedrucktes Ticket. Nevaeh sieht Mae an – ihr Verrat leuchtet in grellen Neonfarben auf.

»Nee-hee.«

»Wir diskutieren es nicht.«

»Ich will nicht dahin zurück.«

»Du musst. Dort kümmert sich jemand um dich. Das brauchst du mehr als alles andere.«

»Du hast gesagt, dort bin ich nicht sicher.«

»Nach heute Nacht wird sich niemand mehr wegen dir oder deiner Kleinen Gedanken machen. Niemand wird mehr hinter dir her sein. Du bist frei.«

»Meine Grandma, die kann nicht …«

Mae greift hinter sich und zieht die Reisetasche raus.

»Das wird helfen.«

Nevaeh guckt rein – ihr fehlen die Worte.

Mae sagt: »Tut mir leid. Das alles tut mir leid. Mehr kann ich dir nicht geben. Wenn ich kann, bekommst du mehr. Deine Grandma weiß, dass du kommst. Du bist ein schlaues Mädchen. Sei schlau. Sei schlau mit dem Geld. Du hast ein Baby, jetzt tu für sie, was du kannst. Wenn du willst, erzählst du, was dir passiert ist, wenn nicht, lässt du's bleiben. Mit mir hat das nichts zu tun.«

»Ich will nicht wieder zurück.«

»Du willst tanzen, also tanz. Geh irgendwohin, wo du ein Mensch sein und tanzen kannst. Das Geld verwendest du so, dass es dir möglichst viel Sicherheit gibt. Und wenn du tanzen willst, tanzt du. Sei kein Geschoss. Sei ein Mensch.«

Nevaehs Tränen ziehen auf wie ein Sommergewitter. Mae beißt sich auf die Lippe. Ihre Maske fällt. Sie will Nevaeh umarmen, aber Nevaeh schlägt ihre Hände weg.

»Du hast gesagt, die Zeiten sind vorbei, in denen ich eine heiße Kartoffel war. Du hast gesagt, du passt auf mich auf.«

»Ich hab dich benutzt«, sagt Mae. »Ich wollte dich zur Heldin machen, damit ich mir selbst toll vorkomme, aber du musst keine Heldin sein.«

Nevaeh schluchzt.

»Du bist genau wie die anderen. Du sagst, du bist nicht so, aber das stimmt nicht. Du bist genauso wie die.«

»Das bin ich. Aber vielleicht kann ich auch noch was anderes sein.«

Nevaeh zeigt ihr einen Stinkefinger und geht in den Bahnhof. Mae ist ihr kein bisschen böse.

Sie fährt los, in westlicher Richtung gegen den Verkehrsstrom, meidet zusätzlich die Schnellstraßen.

Sie fährt unter der Bahnbrücke nach Atwater Village, vorbei am hippen Restaurant ...

NIEMAND ENTKOMMT DER GEWALT DES ESSENS

... und rüber zum L. A. River. Sie blickt hinunter auf die Zeltstadt, wo sie mit Panko gesprochen hatte ...

Ich will nur frei sein und clean werden. Ich weiß nicht, wieso das so schwer ist.

... der Glendale Boulevard wird zur Hyperion Avenue, Mae fährt am Reservoir vorbei, das inzwischen leer ist und trocken, ein großes Loch, Leute gehen oder joggen hier in Leggings oder Shorts, vorbei am Hundepark und runter nach Silver Lake, da ist das Restaurant, in dem Tze ihr von Katherine erzählt hat ...

Ich weiß nicht, ob die Stadt hier was für dich ist.

Wieso?

Du hast mich gefragt, was richtig und was falsch ist.

Sie vergisst, dass sie am Steuer sitzt, und erlaubt sich, in Gedanken abzudriften. Sie fährt unter dem 101 durch – Dutzende von Zelten stehen unter der Überführung, der Asphalt ist völlig verrußt, hier war eines der ersten Lager, auf das Brad O'Dwyer Brandbomben geworfen hat – und fährt weiter nach

Koreatown rein, biegt rechts in die Western Avenue ab, vorbei an dem Asia-Imbiss, wo Chris und sie essen waren, während BlackGuard Katherine und Loto und die anderen oben in den Hügeln ermordet haben.

So viele Tote. Sie kennt ihre Namen.

Kyser kennt sie nicht, da ist sich Mae sicher.

Sie biegt rechts in die Sixth Street ab, verlässt Koreatown und erreicht Hancock Park mit seinen alten eleganten Häusern, dann weiter am Getty House vorbei und nach Mid-City rein, vorbei an Teergruben und ihrem Apartment. Sie hält nicht an, kommt ans Ende der Sixth Street und befindet sich jetzt schon in Beverly Hills, auf dem Wilshire Boulevard, südlich des Hotels, in dem Dan die Welt ins Wanken brachte, und schließlich auch vorbei an der Stelle, wo Dan an dieser Welt zugrunde ging.

Such dir einen Hebel. Mae fährt durch Beverly Hills, vorbei am Layer District, wo sich Ackers Kanzlei befindet, wie Chris ihr verraten hat. Sie fährt in südlicher Richtung vorbei an dem Steak House, in dem sie sich mit Helen unter all den Prostituierten traf ...

So sieht dein Sieg aus.

... und sie fährt immer weiter in westlicher Richtung, dann in südlicher. Vom Olympic zum Hauser zum Venice Boulevard, vorbei an kubanischen Restaurants und In-N-Outs, vorbei an Millionen von Menschen, Imbisswagen und Transportern, Landschaftsgärtnern mit müden Augen und Ladeflächen voller Rasenmähern.

Ihr Handy brummt: Nachrichtenmeldung. Eine Überschrift in der *L. A. Times*-App: **Opportunity Zone bewilligt – Stadtrat O'Dwyer gibt seine Zustimmung.**

Sie gewinnen immer.

Diese unverwundbaren Menschen. BlackGuard und Dead Game Boys. Parker und Acker, Helen Poirier und Mitnick und über ihnen allen stehen Männer mit mehr Geld, als sich ein einzelnes Gehirn vorstellen kann.

Ab einem gewissen Punkt sind Leute nicht mehr ein Wer, *sondern ein* Warum.

Sie kommt nach Venice. Lässt das Fenster runter. Mandy streckt den Kopf raus, kostet Meeresluft.

Mae erreicht Venice gerade rechtzeitig, um noch zu sehen, wie der Pazifik die Sonne verschluckt, so wie er es jeden Abend tut und immer tun wird, bis ans Ende von allem. Sie setzt sich in den schmutzigen Sand, feine Steinchen graben sich in ihre Sandalen und piken ihr in den Fuß. Sie versucht sich zu erinnern, wann sich der Ozean für sie verändert hat, wann herfahren plötzlich zu anstrengend wurde, wann der Ozean für sie keine wogende Unendlichkeit mehr war, sondern zum Parkproblem wurde, ein Ort mit zu vielen schreienden Kindern, Betrunkenen und unangenehm viel Sand in den Schuhen. Sie denkt an Chris; erinnert sich, wie sie hier mit ihm in der Dunkelheit stand, Hubschrauber über ihnen kreisten, Ü-Wagen heranrasten und er sie an den Hinterkopf fasste und sie sich küssten.

Dieses Gefühl überflutet sie, dieser tiefe Wunsch, in die Zeit zurückzukehren, in der sie durch die lichterloh brennende Welt gehen konnte, ohne überhaupt mitzubekommen, dass sie in Flammen stand. Wieder zurück zu unverbindlichen Essensverabredungen, zurück zu beiläufigen Drinks in Bars. Was wäre gewesen, wenn sie sich nicht darum geschert hätte? Wenn sie Dans Tod als Abschluss betrachtet hätte, so wie alle es wollten – als das Ende einer Geschichte. Wenn sie ihr Leben einfach weitergelebt hätte. Vielleicht hätte sie dann nicht den Rest ihres Lebens dieses Ding mit sich herumgeschleppt, diesen geheimen Schmerz, diese geheime Sorge. Aber wer tut das nicht? Wer weiß nicht, dass das eigene Leben auf einem Knochenhaufen aufbaut? Wer trägt nicht das Wissen in sich, dass die Welt mit brutaler Gewalt in Gang gehalten wird? Kindersklaven nähen unsere Kleidung, in der Massentierhaltung werden Lebewesen verwurstet, ganze Kontinente aus Plastikmüll treiben auf dem Ozean. Soll sie das alles entblößen und runterreißen? Sie allein? Sie denkt an Parker, an sein Gerede über eine geheime Sonne, etwas am Himmel, das wir nicht ansehen dürfen, sonst verbrennt es einem die Augen.

Der Ozean liegt vor ihr und zeigt ihr, wie klein sie in Wirklichkeit ist. Winziger als ein Floh auf dem Antlitz der Erde. Flöhe sind winzig und wie sehr ihre Bisse trotzdem brennen.

Als sie draufkommt, ist die Idee bereits vollständig ausgeformt, wird aus den Tiefen in ihrem Inneren geboren.

Sie hört nicht mehr Dans Stimme im Kopf. Dan ist tot. Die Stimme ist jetzt ausschließlich die von Mae selbst:

Willst du eine Geschichte verkaufen, musst du auf die Tränendrüse drücken.

Oder Horror mitliefern.

Sie zieht ihren Laptop aus der Tasche auf dem Rücksitz. Öffnet eine Datei und fängt an zu schreiben.

KAPITEL 68

MAE

Coldwater Canyon

Die Nacht ist perfekt. Sie fährt mit heruntergelassener Scheibe. Irgendwo unter ihr singen Kojoten verzweifelte Liebeslieder.

An der letzten Ecke biegt sie links ab. Die Straße kriecht in einem weiten Bogen den steilen Hang hinauf – Eric Algars Haus befindet sich sieben Meter den mit Gestrüpp bewachsenen Hügel hinauf. Sie parkt ihren Wagen ein kleines Stück unterhalb davon, steigt aus und geht die gewundene Straße hinauf, bis sie vor seinem Haus steht. Sie findet einen Platz im Schutz eines Strauchs im Nachbargarten und wartet. Die Luft kribbelt auf ihrer Haut. Der Riemen ihrer Tasche gräbt sich in ihre Schulter. Jeder Atemzug schickt Feuerkugeln in ihre Lunge.

Sie behält ihr Telefon in der Hand. Die Nummer hat sie bereits aufgerufen, ist bereit, sie zu wählen.

Als es so weit ist, geht es ganz schnell.

Ein schwarzer SUV fährt vor – Mae kann durch die getönten Scheiben nichts erkennen. Die Türen öffnen sich, noch bevor der Wagen richtig steht, Männer springen raus. Alle in Schwarz. Und sie tragen schwarze Masken. Sind bis zu den Zähnen bewaffnet.

Mae tritt hinaus in die Nacht – sie denkt an den ersten Menschen, der im All spazieren ging, und drückt auf Wahlwiederholung. Die Männer in Schwarz schieben sich an Erics Haustür heran. Einer macht sich am Schloss zu schaffen.

Das Telefon klingelt und klingelt.

Komm schon, du Arschloch ...

Die Tür geht auf.

Ein Knacken in der Leitung und eine froschartige Stimme sagt: »Hallo?«

»Eric Algar? Männer dringen gerade in Ihr Haus ein, die wollen Sie umbringen. Verschwinden Sie hinten raus.«

Die Männer gehen jetzt rein, entsichern ihre Pistolen.

»Was zum Teufel ...«

»Verschwinden Sie schnell«, sagt sie.

»Soll das ein Witz sein?«

»Wenn Sie nicht auf mich hören, werden Sie sterben.«

»Sie können mich mal.« Er legt auf. Mae überlegt, ob sie BlackGuard einfach machen lassen soll.

Aber dann würden die anderen gewinnen.

Sie muss ihn überzeugen, dass die es wirklich auf ihn abgesehen haben. Dan hat ihr vor langer Zeit gesagt: *Ist nicht so, dass die Wahrheit nicht wichtig wäre, aber es kommt nicht drauf an.* Manchmal muss man ihnen einen blutigen Handschuh hinhalten.

Sie greift in ihre Tasche. Zieht Kevin Baldassares Pistole raus und zielt auf den Mond, versucht ihn vom Himmel zu schießen. Die Schüsse knallen laut, hallen von den Hängen wider, machen Mae zur Armee.

Durch das Echo werden aus jedem einzelnen Schuss viele. Die Männer im Haus erwidern blindlings das Feuer, sie schießen aus der Haustür. Mae läuft den Hang runter und hört wegen des Lärms ihre eigenen Schritte nicht. Sie lässt den Motor an und wendet, sodass ihr Wagen jetzt bergab steht. Dann späht sie zur Hinterseite von Algars Haus hinauf.

Vielleicht erwischen sie ihn.

In der Nacht erhebt sich ein Schatten, eine Gestalt klettert über den Zaun. Algar rutscht mit dem Kopf voran den Hang hinunter. Er stürzt durch trockenes Gestrüpp, taucht wieder auf und erreicht die Straße. Angst und Wut liegen in seinem Blick.

Das Monster im Licht ihrer Scheinwerfer.

Mae überlegt, einfach aufs Gas zu treten, ihn zu überrollen, platt zu walzen, ihm das Leben auszutreiben.

Gerechtigkeit. Aber nicht genug davon.

Stattdessen fährt sie neben ihm heran, lässt die Scheibe runter und sieht ihn an. Ein ganz normales Hollywood-Gesicht, vom Alter und vom Exzess aufgedunsen, solche Typen sieht man überall.

Da ist so vieles, was sie gerne sagen würde. So vieles, was sie gerne machen würde.

Aber sie sagt: »Kyser war's. Das waren Kyser und BlackGuard und alle zusammen.«

Sein Blick verengt sich. Ganz allmählich begreift er es.

Mae sagt: »Sie haben nur eine Waffe gegen die anderen: Ihre Geheimnisse.«

Sie stellt sich vor, ihm die Pistole an den Kopf zu halten. Sie hat extra zwei Kugeln aufgehoben, nur für alle Fälle. Wie gut es sich anfühlen würde, ihm das Gesicht vom Schädel zu schießen.

Stattdessen sagt sie: »Lauf, du dämliches Arschloch.«

Dann tritt sie aufs Gas und lässt den Motor im Leerlauf aufheulen.

Er rappelt sich auf und rennt in die Dunkelheit davon.

Sie fährt so weit bergab, bis ihr Handy wieder Empfang hat, dann verbindet sie es mit ihrem Laptop, öffnet das Word-Dokument, das sie am Strand geschrieben hat. Darin befinden sich die Geheimnisse vieler Jahre, die Lügen vieler Jahren.

Als Nächstes erstellt sie eine Liste mit Mailadressen von Reportern, Klatschkolumnisten und Bloggern. Sie denkt an all die Vertraulichkeitserklärungen und Verschwiegenheitsgarantien, die sie unterschrieben hat. Und drückt auf Senden. Verstößt gegen alle Regeln. Macht sich unwiderruflich unmöglich.

Danach klappt sie den Laptop zu und fährt wieder hinauf in die Hügel zu den großen Häusern. Jetzt weiß sie, dass sie niemals so eins besitzen wird.

In der ganzen Stadt öffnen Menschen ihre E-Mails und verbreiten sie weiter. Sie tuscheln und sie reden.

Das Ungeheuer befindet sich überall in der Stadt. Kyser in seinem Anwesen mit dem aufgeschlitzten Picasso. Parker verteilt Geld und Schmerz. Cyrus und Helen schlagen laut Krach in der Welt, damit nur ja niemand auf das Getuschel hört. Morgen früh werden sie alle noch ein bisschen erschrockener erwachen, als sie es sowieso schon sind.

Eine Schlacht steht bevor. Mae wird sie nicht gewinnen, aber sie wird kämpfen.

Die Aussicht macht ihr Angst.

Und gibt ihr einen Wahnsinnskick.

Irgendwo weiter unten am Hang rennt Eric Algar um sein Leben. Jetzt weiß er, wer seine Feinde sind. Und er kann ihnen schaden. In Maes Kopf ist er eine Fackel, die sie den Hang hinuntergeworfen hat und die lauter kleine Funken in die Nacht hinaussprüht. Die meisten werden sich nicht verfangen, aber vielleicht bleibt einer ja doch hängen. Sie lässt alle Scheiben runter. Ein Hauch von Jasmin liegt in der Luft. Darunter stinkt es nach Rauch. Es ist immer noch Feuersaison. Die Stadt bettelt darum, in Flammen aufzugehen.

DANKSAGUNG

Mein Dank gilt Steph Cha, John Covarrubias, Nadine Nettmann und Ken Woodruff für ihre Gedanken zu früheren Entwürfen des Romans. Besonderer Dank geht an Andrew Bain für seine unverzichtbare Hilfe bei der Entwicklung der Geschichte.